CLASSICS
- 中国书籍编译馆 -

梅里美中短篇小说选集

[法]梅里美 —— 著

孙更俊 —— 译

中国书籍出版社

译 者 序

如果我们承认文学作品的翻译不同于一般的翻译而应该是一种文学的再创作，那这些译者的大名就应该是明明白白地标示在文学作品的封面上，而不仅仅是扭扭捏捏地掩面在内封里。至于他们是不是合格的文学翻译家，就只好交给读者和历史去认定了。

对于来自异域的经典文学作品，不管是死译、硬译、直译、转译、合译、首译、再译，总之我们现在已经有许多的译本了，它们对中国文学的发展的确产生了不少积极的影响。或许我们"五四"以来的新文学就是在这样的影响下产生和成长起来的。但进入21世纪以后，我们或许应该对其进行一番反思，我们对这些来自异域的文学经典的翻译是否经典，是否会因为译者在外语和汉语上都还有着这样或那样的不足而因此降低了这些作品的经典性。如果真是这样的话，这些所谓经典的译著会将我们带到何处去呢？至少，中国所谓的新文学或许会走入一个很尴尬的境地，总有一天会成为人类的笑柄。

或许我并不是最先发现这个问题的人，但一定是第一个深入思考并努力来解决这个问题的人。于是有了我的"新译"。我知道，这或许会是一件更为费力却不讨好的事，但我曾自诩是一个"为未来开门户也为过去擦屁股"的人,因此这也就成了我的分内之事,虽然有的时候会因此而感到悲哀,但有的时候也会感到很愉快。

我坚信,和其他的译本比较起来,我的译本一定是更好的读本。

孙更俊
2015年3月于北京西山

目 录

马铁奥 __001

误会 __009

龙迪诺 __012

攻克敌堡 __016

幻觉 __021

不是故事的故事 __027

虚惊 __035

决斗 __041

费得里格 __048

罗杰上尉 __057

圣堂 __069

希望 __095

古瓶 __110

罗马惊魂 __126

伊尔的维纳斯 __144

三封西班牙来信 __163

卡尔曼 __184

熊人 __226

巴黎情恨 __260

另一个唐璜 __300

马 铁 奥

出了维基奥港,朝着西北方向,向着科西嘉岛的内陆走上三个小时,便是那些牧羊人居住的地方。地势逐渐升高,道路越来越窄,而且更为崎岖不平,即便骑着马,这三个小时的路程也不是一件轻松的事。

牧场主马铁奥的房子就在这条路的尽头。而牧场的那一边则是一片生长得非常茂密的灌木丛,灌木丛的那一边就该是崇山峻岭了。那灌木丛中是没有真正意义上的路的,如果不是当地人想要穿过这片灌木丛就只好自己开辟出一条路来,这样的事是没有什么人愿意去做的,因为也似乎并没有什么意义。但如果你在城里犯了什么法,就带上一顶小帐篷躲到那片灌木丛中去住着好了。那些牧羊人义气得很,会为你提供足够的牛奶和面包。而且,如果官府的人追到这里来,他们不仅不会出卖你,还会为你通风报信,让你赶快躲到那丛林的深处去,或者就干脆跑到丛林后面的山里去,官府是拿你一点办法也没有的。

马铁奥五十多岁,虽然身材矮小但却很壮实,头发乌黑而略带卷曲,鼻子尖尖的,鼻头向前探出来之后还要再钩回去,眼睛深藏在眼窝里,皮肤的颜色和他靴子的颜色很接近,是棕色和褐色的混合。既然是牧场主,所以放牧的事就都由雇来的人去做,自己要做的事只是打猎。他是个神枪手，可以在一百二十步远的距离外百发百中地打到岩羊的头，再加上他的仗义疏财，因此得到了周围人的尊重，几乎所有的科西嘉人都知道他的名字。马铁奥的妻子先给他生了三个女儿，长大后都出嫁到城里去了，几年后才给他生了儿子小福图纳多。在马铁奥的眼里，这儿子自然是比什么都重要的。

那一年，小福图纳多还不到十岁。

那一天，马铁奥并没有出去打猎，而是要去丛林那一边巡视一片新开辟出来的牧场。如果是往常出去打猎，他有可能是要带着小福图纳多一起去的，但这一天他却把小福图纳多留在了家里而带着被他称为"老婆子"的夫人走了。

整个上午，小福图纳多都一个人在院门前的干草堆上玩着用纸牌给自己算命的游戏。快到中午的时候，他呆呆地看着东南方向的远处，心里想着星期天父亲可能会带着他去城里，这是他算了好几遍都得出的结果。那一定是到被人们称为"老班长"的叔叔家里去吃饭，也就可以见到那个大眼睛的小妹妹了，他想。

砰——，一声清脆的枪声打断了他的遐想。枪声正是从东南方向传来的。紧接着又是砰砰几声，而且越来越近。这一定又是有什么人在城里犯了事，要逃到那丛林中去躲避警察的追捕了。那人在前面跑，警察在后面追，如果那人能在警察追上他之前钻到那片丛林里去，警察也就拿他没什么办法了，可他要是被警察追到了呢？那就要被警察押回到城里去了，要么被枪决，要么蹲监狱，那可不是好玩的。这些事当然都是父亲告诉小福图纳多的，他也看到过父亲带着许多面包和牛奶钻到那丛林里去。小福图纳多想父亲一定是把面包和牛奶给藏在那丛林里的什么人送去了。

对于父亲的做法，母亲很不理解，小福图纳多经常听到母亲对父亲说："你给了他们这么多帮助，他们能给你什么呢？"

保姆也听到了那枪声，大声喊着小福图纳多回去。但小福图纳多像是没有听见，还是站在那里朝传来枪声的方向张望着。因为这之后就再没有枪声响起，保姆也就没有再来喊他。在这个地方，几声枪响也算不上什么大事。

终于，一个人从不远处走过来了。那条路是一个斜坡，所以当那个人出现的时候，离小福图纳多所在的地方就已经很近了。那个人走起路来一瘸一拐的，像是负了伤，但还是很快就来到了小福图纳多跟前。

"你是马铁奥先生的儿子吧？我叫吉阿内托，是你父亲马铁奥先生的朋友。警察在追我，我又负了伤，我能在这草堆里躲避一下吗？"那人说。

小福图纳多突然想起了母亲的话，便对那个人说："如果我帮助你藏起来，你能给我什么呢？"

那个人没有想到小福图纳多会说出这样的话，先是显出很惊异的神色，然后还是立刻从口袋里掏出一枚五法郎的硬币来对他说："如果马铁奥的儿子喜欢这个，那就把它拿去吧。"

小福图纳多想，这回可以在父亲面前炫耀一下了。他更可以对母亲说，瞧，我可要比父亲聪明多了。于是他立刻伸手把那枚硬币抓过来塞进衣兜里，然后立刻在干草堆上扒出个洞，让那个人钻了进去，然后又用干草把那个洞堵起来，直到谁也看不出来为止。随后他便坐在那干草堆上继续玩起纸牌的游戏来，像是什么事都没发生过一样。几乎就是在这个时候，几名警察气喘吁吁地向着小福图纳多走过来。队长加姆巴虽然算不上是他父亲的朋友，却可以和他父亲扯上一点亲戚关系，算得上是他父亲的表兄弟，也就算得上是小福图纳多的叔叔了。这个加姆巴以前就是为了抓捕犯人到他的家里来过，所以一见到小福图纳多便走到了他的跟前来。

003

"你好啊,小福图纳多!几天不见,你已经长这么高了。赶紧告诉我,刚才,你看见一个人从这里跑过去了吗?"他的表情很严肃,但语气却很是和缓。

"一个人,一个什么人呢?"小福图纳多几乎连头也没抬。

"那个人头上戴着一顶黑天鹅绒的帽子,身穿红黄条纹的外衣……"

加姆巴这样说着,可小福图纳多还是没有抬起头来,而且还一边继续鼓弄着手中的纸牌一边嘟哝着:"今天早晨,神甫骑着那匹名叫皮埃罗的马从我家门前经过,他问我父亲的身体好吗,我回答他好着呢……"

"小坏蛋,快告诉我,吉阿内托那家伙跑哪去了?"加姆巴显然有点着急,表情更加严肃,语气也不再和蔼了。

"我刚才睡着了,没看见什么吉阿内托,如果有,那他一定是跑到那丛林里去了。"小福图纳多终于抬起头看了加姆巴一眼说。

"那是不可能的。他的腿上有伤,不可能那么快就穿过牧场,一定是躲到你们家的院子里去了。你不说,那我们就只好去搜了。"说着他们就转身要朝那院子里走去,加姆巴的手下也自然是紧跟在他的身后。

但就在这时,小福图纳多不知怎么又嘟哝出了那句话:"我帮助了你们,你们能给我什么呢?"而这句话又正好让加姆巴队长听到了。他立刻转过身来,走到了小福图纳多跟前。他从口袋里拿出一块银制的怀表,并提着表链,让那表在小福图纳多的眼前晃着,阳光照在上面忽而从这一点上反射出来,忽而又从那一点上反射出来,让小福图纳多的眼睛几乎要为之昏花了。

"小淘气,你一定想得到这块表吧?如果把它挂在脖子上,在维基奥港的大街上走来走去,那该有多神气啊!那时候,如果有人问：'谁知道现在几点啊？'你就可以把表掏出来回答说：'来看看我的表吧，现在是几点几点啦！'你叔叔的儿子已经有了一块，还没有这一块好呢。"加姆巴这样说着，一边用眼睛在周围寻觅着。

"我看你还是到我家的院子里去搜吧，但如果搜不到，看我父亲回来后你怎么向他交代吧。"小福图纳多这样说着，把眼睛向身后的干草堆看了看。那个加姆巴是干什么的呀，他其实也早就看出这干草堆里的秘密了。这时他也不再说什么了，干脆就把那块表塞在了小福图纳多手里，然后便让两个警察把小福图纳多拖到一边去了。就在这时枪响了，有子弹从草堆中射了出来，加姆巴队长的帽子竟然被打飞了。也许是因为有干草遮蔽了视线，否则吉阿内托——这个和马铁奥有一拼的神枪手的这一枪或许会要了加姆巴队长命的。紧接着，枪声又响起来，当然是从干草堆外面向干草堆里面射出的子弹更多。很快干草堆被掀开，吉阿内托从里面爬了出来，他浑身是血，已经连站也站不起来了。也因此，吉阿内托便老老实实地让人家把他五花大绑了起来，然后他有气无力地对加姆巴队长说："看来你们只好把我背回到城里去了。"但加姆巴队长却让手下用栗子树的枝杈为他制作了一副简单的担架，为了让吉阿内托舒服一点，还在上面铺了一层干草，然后对吉阿内托说："来吧老兄。这一路上你是比我们还要舒服的。

这时，小福图纳多走上前去，将那枚五法郎的硬币放在了吉阿内托的手里，可吉阿内托却连看都没看他一眼，因为他当时透过干草的缝隙看到了外面发生的一切，尤其还看到了小福图纳多往草堆上回望的那一微妙动作，他知道自己是被马铁奥的儿子出卖了。如果不是小福图纳多的那句话，让加姆巴带着他的人到马铁奥家的院子里去搜，自己也许是可以趁着这机会逃脱掉的。更何况如果不是小福图纳多往草堆上看了那一眼，加姆巴也许并不会想到自己是藏在那草堆里的，他也就可能躲过这一劫，重新回到那丛林里去了。他原本就在那丛林里躲避很长一段时间了，这次只是为了补充一些火枪子弹才又回到城里去的。他本可以让马铁奥代他去办的，之所以非要自己去，不过是想趁此机会看望一下自己的妻子和孩子，结果一进城就被发现了，只好再逃回来，却没想到加姆巴队长竟然如此执着，这回看来是凶多吉少，至少也要在监狱里度过其后半生了，吉阿内托感到实在是懊丧得很。

就在加姆巴和他的手下抬着他们的"俘获物"要回城的时候，先是保姆从院子里跑出来了，然后是马铁奥和他的妻子也从丛林那边赶回来了。加姆巴队长看到马铁奥快马加鞭地赶过来时被吓了一跳，幸亏自己没去搜查院子，否则可就要有些麻烦了。但他很快便定下了神儿，并非常坦然地迎了上去。

"喂，老伙计，"他大声喊道，"你好啊！是不是早已把你的老弟忘了？"

"是哪阵风把你吹来的呢？"马铁奥面无表情地对加姆巴说。

"是那个吉阿内托，前些日子，他杀了一个警察，然后便消失得无影无踪了。今天让我们发现了他，便一直追到这里来了。幸亏你的宝贝儿子帮忙，我们已经把他抓住了，正要打道回府呢。"加姆巴话里有话地说。

"好啊，那个家伙，上星期还偷了我们一只山羊呢。"马铁奥的妻子把小福图纳多搂在怀里说。

"可怜的家伙！"马铁奥的脸色愈加暗了。

"我的小表侄算是立了功，我一定会在送给上司的报告里写上你和他的名字。"加姆巴队长似乎并没有察觉到这一点，继续说着。

"真可恶！"马铁奥一边低声地说着，一边走到担架前对躺在上面的吉阿内托说，"据说你是因为我的儿子才被抓住的，真是太对不住了。"但吉阿内托却说："不，马铁奥先生，你的儿子是个好孩子，他做得很对。他不仅把我出卖了，还退回了我给他的五法郎，真的是太讲义气了。"马铁奥对吉阿内托的话虽然还不是听得很明白，但其中的讽刺意味他还是感觉到了。他知道要想弄明白到底是怎么回事，也只好去问自己的儿子了。

加姆巴队长最终和他的手下带着他们的"俘获物"走了。马铁奥一家人回到屋里。

"福图纳多，告诉我是怎么回事！"马铁奥厉声说道。小福图纳多只好把事情一五一十地说出来，最后还把那块怀表拿出来递给父亲说："我之所以告诉了加姆巴叔叔吉阿内托的藏身之处，是因为加姆巴队长给了我这个。"

大约有十分钟的时间，马铁奥什么话也没说，他的妻子和小福图纳多也因此不敢说一句话。当他终于又开口说话时，说出的话却是："老婆子，这儿子是我的吗？"

他妻子被吓坏了，立刻说："你在说什么呀老头子，难道你是说他是我和别人生的吗？"

"也许是吧，我的儿子怎么可以做出这样的事呢？为别人做点事还要向别人要点什么这倒不算什么，但拿了别人的钱却不履行自己的承诺不说，竟然为了一块表而背叛了那五法郎就算得上是卑劣下作了。这不是我的儿子应做的事，或者说，做出了这样的事就不再是我的儿子了。所以，他，福图纳多，或者叫什么别的名字的这个人，一定要为自己这样的丑陋行为付出代价。"话一说完，马铁奥便提起枪，叫小福图纳多跟在他的身后，竟朝着那片丛林走去了。

马铁奥的妻子似乎明白了他的意思，立刻追上去拦住他说："老头子啊，都是我不好。是我经常说那样的话影响了福图纳多。你要惩罚就惩罚我吧,福图纳多可是你唯一的儿子啊!"

但马铁奥还是将她推开了。

马铁奥带着小福图纳多走到一个较为低洼的地方站下来对他说:"去,站到那块大石头的旁边去,把你平时背下来的那些经文都再背一遍吧!"

小福图纳多也不敢问父亲让他念经是什么意思,便把自己平时背下来的较长的《天主经》和《圣母经》先都背了一遍。

"还有那篇很短的《信经》呢,你要背三遍!"马铁奥厉声说道。

小福图纳多又将父亲几乎每天都要自己背的《信经》背了三遍,背着背着,他渐渐感觉到了事情的严重性,尤其是背到了"背信弃义者死"那句经文时,小福图纳多恐惧得浑身都战栗起来了。经文一背完,他立刻扑倒在父亲的脚下,抱住父亲的双腿说:"父亲啊,你可不要杀了我啊!我再也不敢做那样背信弃义的事了!"但他父亲的腿一抬,他的身体便又飞回到了原来的地方。

几乎是在小福图纳多的身体飞起来的同时,砰——,枪响了。

"让上帝饶恕你吧!"

误　会

一八一二年，英美之间为了争夺制海权而开战，史称英美战争。维纳将军的军团驻扎在哥伦比亚，在当地招募的民兵团里有个小伙子叫塞穆尔，个子高高的，很有点骑士风度。他虽然精通剑术，却总想用剑以外的方式来表现自己。为此，他竟然不自量力地拿起笔杆子，写了一部名为《威廉·退尔》的话剧和一篇名为《华盛顿》的史诗。前者虽然与德国人席勒所写的那部话剧同名，而且所表现的也是同一个历史人物，但绝没有任何模仿的痕迹，原因是他在这之前并没有看过那部话剧，也没有读过那个剧本。至于那篇史诗，因为从没有发表过，我们也就只能当它是一个传说了。

有道是无知者无畏。一个二十几岁的小伙子，既没上过几天学，又没有过什么经历，甚至连国门也没走出去过，对于瑞士那个欧洲国家和它的解放者威廉·退尔又能有多少认识呢？于是除了手法的夸张，言辞的激烈，对专制制度的谩骂和对共和制度的吹捧之外还能有什么呢？更不要说那些在语言修辞和逻辑上的错误了。所以刚开始时，虽然他自己很是自负，常常以美国的提儿特和圣女贞德自比，但当地的剧院还是拒绝了他，这也是自然而然的事。后来之所以又接受了他，那是因为发生了一件不同寻常的事，使他几乎是在一夜之间成了家喻户晓的名人。

那是一场非常惨烈的战斗。塞穆尔的上司是个惜命如金的人，在最需要往前冲的时候总会想出一些办法来使自己的部下先冲上去。这一次是他坐骑的肚带松了要重新系一下，这个过程竟然用了十五分钟，等他再冲上去的时候，自己部队的旗帜已经插在敌人的炮台上了。当时和塞穆尔一起冲上去的有好几个人，可那几个都在和敌人的肉搏中死掉了，只有塞穆尔活了下来，虽然胳膊负了伤，但还是坚持着把握在旗手手中的旗子接过来拿到自己手里并插在了敌人的炮台上。于是他便理所当然地成了英雄，成了那些新闻媒体争相报道的对象。

当地那个剧院的老板是个聪明人。他想不论塞穆尔的剧本写得如何，只要是在这个时候推出来一定火。于是便把塞穆尔留在他那里的剧本翻出来，也没有再去征得塞穆尔的同意就排练上了。而据说这个时候，塞穆尔正躺在医院里养伤，手里拿着的正是刚刚得到的席勒的《威廉·退尔》，正在惭愧得想把自己的剧本扔到火炉里去呢！等到塞穆尔想着要去把自己的剧本从剧院老板那里取回来的时候，剧院的广告都已经贴得到处都是了。

首场演出的那一天，几乎整个城市的人都涌向了剧院。当胳膊上还缠着绷带的塞穆尔出现在剧场里的时候，所有的观众都站起来为他鼓掌。演出理所当然地获得了巨大成功，演出结束时塞穆尔更是被请到了主席台上和演员们一起一次次向观众谢幕。那掌声足足持续了十分钟。第二天，他的名字就出现在了各大报纸的头条。有一份叫作《国民报》的报纸说的最邪乎："以前哥伦比亚什么都不缺，就是缺一个诗人，现在有了，他的名字叫塞穆尔，那个让英国人骄傲不已的莎士比亚可以见鬼去了。"

但好在塞穆尔还是有一些自知之明的，当他看到这些报道的时候总是撇一下嘴，然后自己对自己说："哪里！人家是日月，我不过是一颗小星星而已。"

一天,他被邀请到某沙龙里去参加聚会,许多名媛贵妇围着他问这问那,并把许多溢美之词往他的身上堆,弄得他心里并不是很舒服。终于,他发现在大厅的一角坐着个姑娘,竟然连看也不看他一眼。他先是有一些恼火,但被这些名媛贵妇们弄得烦了,反而对那个姑娘产生了兴趣,尤其当他发现那姑娘手里拿着的是一本席勒的《威廉·退尔》之后。

塞穆尔走了过去,没想到那个姑娘不仅人长得漂亮而且还很大方,谈起他的《威廉·退尔》来虽然没说什么不好,但谈起席勒的《威廉·退尔》却说了许多的好,但也正是因此而一下子征服了他。几天以后,他已经成了那个姑娘的追求者,塞穆尔把其他的事情都扔到九霄云外去了。

一天晚上,塞穆尔和那个姑娘一起在特拉华河边散步,他竟然向人家求婚了,但他得到的回答却是"我怎么可以嫁给一个以杀人为职业的人呢?"

这时塞穆尔的伤刚好,第二天就要返回部队了,但听到心上人说出了这样的话之后,他二话没说,先是把佩戴在身上的那把剑连同剑鞘一起扔进了河里,然后又转过身来对自己的心上人说:"我发誓,从今以后,我为祖国的效劳只限于祝福,绝不会再去做打打杀杀的事了。"

第二天,塞穆尔把一纸辞呈递了上去。因为只是个民兵,所以也不用什么批复,他就又变成了一个平民。但最后,据说那个姑娘还是没有嫁给他,塞穆尔也没有再写出什么剧本来,至少人们再也没有在报纸上和剧院贴出的海报上见到过他的名字,对于这个世界来说,先前发生的一切仿佛都只是个误会而已。

龙 迪 诺

他叫龙迪诺，自幼父母双亡，在叔父家里长大。他的叔父是镇子里的法官，为人极为吝啬，从小到大，连一顿饱饭也没让龙迪诺吃过：明明知道他要吃两碗才饱，却在他刚刚吃了一碗时，就把他从饭桌上轰开了。等到了他可以当兵入伍的时候，龙迪诺的叔父便执意把他送到部队上去了，而且还到处散布说：

"让这孩子去当兵，我算是为我们镇子做了件大好事，否则他将来会把全镇子人都杀了也说不定。"但很多人都知道，龙迪诺的叔父之所以这样做的目的不过是想独吞龙迪诺名下的那份遗产罢了。

不过龙迪诺自身也不是没有问题，也许是因为从小受到的虐待太多，所以总愿意和别人对着干，也就是说你如果让我这样，我就偏偏要那样。结果到了部队没几天，他就被当作问题士兵送进了教导营。但说来也怪，从教导营一出来，他仿佛是变了一个人，因为各方面表现都很好，龙迪诺先是被提升为下士，很快又被提升为中士，俨然已经算得上是个军官了。

但一天上校把他找了去。

"你的服役期就要满了，有什么打算呢？"

"我要退役回乡。"

"为什么一定要回乡呢？你现在是中士，再稍微努力一下就是上士，等到当上了少尉，就成了真正的军官，那就可以长期留在部队上了，这难道不比你回到那个小镇子上去做个小职员好得多吗？"

"不，上校，我父母给我留下一笔遗产，可以让我生活得很好。"

"不，你叔父给我来过信，说是为了把你养大和供你上学，他花的钱已经远远超过了你名下的那份遗产，他要我尽可能地把你留在部队上，因为你在镇子上的名声很不好，说不定会给他惹出什么大麻烦，让他连那个法官的位置也保不住。"

"他真的这样说吗？"

"他的信在这里，你自己看吧！"

"不必了，上校。我是一定要回去的！"

于是，上校也不再劝他了。没过多久，龙迪诺便以中士的身份退役了。

他来到叔父的家，要叔父如数交出他父母给他留下的那份遗产，可叔父交给他的却是一份账目，说龙迪诺还欠着他叔父一大笔钱。叔侄俩争执起来，叔父先动了手，却被侄子一刀送上了西天。事后，龙迪诺逃到他的一个朋友家躲了起来。很快，警察找到这里来了。龙迪诺又让所有来的警察都是非死即伤地回去，很快他就成了老百姓心目中的英雄。在那样的时代，尤其是在那些烧炭党人的起义被镇压下去之后，老百姓与警察之间就仿佛是仇敌一样，有这样一个人站出来与警察对着干，是一件很得人心的事。其后的两三年间，龙迪诺杀死的警察不下几十个，因此也就成了当地政府要悬赏捉拿的要犯。

那几年，龙迪诺经常变换藏身的地点，却又从不离开得太远。他今天出现在这里，明天又会出现在那里，但也只是在方圆三四十公里的范围内活动。他既不抢劫也不偷窃，所以没有引起民愤。他每到一个地方，老百姓都会招待他，并且拿出一些钱来给他，他也不多要，只要够他用来买弹药的就行了。虽然没有谁会举报他，但为了安全起见，他还是要人家把房门锁上之后再把钥匙交到他手里来，到了走的时候再把钥匙还给人家。他无论到哪里去都带着他的那条大狗，龙迪诺睡觉的时候，就由这条大狗在一边站岗。有个地主曾建议让他逃到更远一些的地方甚至逃到国外去，并愿意在钱财上给他以资助，但龙迪诺却说："我不想离开家乡，哪怕最终会被吊死在这里！"

有一次，几个人找到龙迪诺并对他说："我们结成一伙，你来做老大，怎么样？"他却说："你们是要让我做土匪头子吗？这不是我要做的事，你们还是找别人去吧！"可没过几天那几个人又来了，说是有个商人要带着一笔很大数目的钱从附近的什么地方经过，要龙迪诺和他们一起去做一单生意，但他却说："你们是要我去抢劫吗？那样的事我不干！如果你们今天能把我灌倒，你们愿意去干我就不拦着；否则的话，你们也别想去干！"结果当然是他把那几个人都灌醉了了事。

但最终龙迪诺还是被抓住了。那天，他在一个小教堂里过夜，可那神甫竟然留下了一把钥匙在手里并在龙迪诺睡着的时候吩咐一个手下人避开了他的狗从后门出去报告了警察。当龙迪诺的狗把他叫醒的时候，小教堂已经被几十个警察围住了。他利用钟楼负隅顽抗，弄得那些警察也不敢贸然进攻。但没有吃的喝的，天气又极热，耗了几天之后，龙迪诺不得不主动投降。他提出的条件是让警察们列成一队来迎接他，警长接受了。于是他先是用枪把那条狗打死了，然后再把枪从钟楼上扔下来，最后自己再从教堂里走出来，那些警察都直挺挺地站在那里，简直就像是在接受他的检阅一样。

很快他就被判处了绞刑。据说在刑场上,行刑官要给龙迪诺罩上面罩,却被他拒绝了。他说:"请让我看着家乡的这片天空死去吧!"

攻克敌堡

我有个做将军的朋友，给我讲过他当兵后参加的第一次战斗，给我留下了相当深刻的印象。现在我就凭着自己的记忆把他所讲给我的话记述在这里，大家姑且把它当成一个有趣的故事来读吧。

那天，我是在晚上抵达并被分配到的那个军团的。先到的是军部，从 A 将军那里拿了个条子，便又立刻去被分配到的那个团部报到。到了团部的宿营地，我又立刻去见了 B 上校，他开始时连看也不看我一眼，当看了我枫丹白露军校的毕业证书之后，才把我从头到脚地打量了一番，并把我介绍给了刚刚执行侦察任务回来的 C 上尉，让我带着中尉的军衔先到他的连队里去做一名士兵。

C 上尉身材高大，棕色的头发，表情严肃，令人望而生畏。据说他打起仗来十分英勇，因此不仅获得了上尉的官衔而且还获得了十字勋章，也许很快就要成为少校了。他说起话来声音沙哑而又低沉，据说是在伊埃纳一役中被子弹打穿了喉咙造成的，与他那巨人般的身躯和神人般的姿态很不相称。

听说我是枫丹白露军校的毕业生，他撇了撇嘴说："唉，我的中尉昨天刚刚战死，凭你的学历倒是可以立刻来接替他的位置的，可我还是不能立刻就作出那样的任命，因为又一场战斗就要打响了，还是等等再说吧。"

我知道他话里藏着的话是怕我听到炮弹爆炸的声音会吓得尿裤子，不过我也的确没有听到炮弹爆炸的声音不尿裤子的自信，所以虽然心里生出了想说一句"未必如此"的话来反驳他的念头，但话到嘴边却又被我咽回到肚子里去了。

俄军的碉堡与我们的营地有大于大炮射程两倍的距离。月亮从那碉堡的后面升起来，既大又红，把那碉堡反衬得黑黝黝的，像是一座锥形的坟墓。站在我身边的一个老兵说，那月亮既大又红，说明明天会有一场恶战。

我觉得这老兵的话说得实在是一点道理也没有，但心里还是因此而感到不安，难道明天，即我来到这里的第一天就会赶上一场恶战吗？我躺下来，但是却睡不着。要是我来到这里的第一天就战死了会怎么样呢？别人会不会认为我是很不幸的呢？我走到帐篷的外面去，呆呆地又把那月亮看了许久。

仿佛是刚刚睡着，起床鼓就被敲响了。集合，点名，把枪拿起来又放下，然后吃早餐，倒并不像要有什么战事发生。直到下午三点，突然来了命令，说是战斗就要开始了。我们的部队要对敌人发起进攻，我们也就立刻拿起枪进入了阵地。先是炮兵从两侧向俄军的阵地发起攻击，渐渐把阵线推到了大炮的射程之内，很快，俄军的碉堡便被包裹在了滚滚的硝烟中了。俄军的大炮也不含糊，但我们有洼地作掩护，所以他们的炮击几乎没有给我们造成任何伤亡，只是偶尔有炮弹落在离我们不远的地方，将一些尘土撒在了我们的身上而已。等我们把阵线推到离他们更近一些的时候，他们的炮弹就只能从我们的头顶飞过去，在我们的身后爆炸了。

我们从一处洼地推进到另一处洼地，虽然离俄军的阵地和碉堡越来越近了，但却似乎是更加安静了。上尉回过头来看了我一眼，我当然也是一直都紧跟在他的身后。我摸了摸自己的下巴，那里有我刚长出不久的几根胡须,像是在对他说:"你用不着担心我,我并不会尿裤子。"其实我也真的并没有感到害怕,只是有点担心别人会以为我害怕,尤其是从对面射过来的炮弹,竟然没有一发落在我们中间,也让我原有的担心减少了许多,以为所谓的恶战也就是这么一回事,等到我们的大炮把敌人的碉堡炸毁,阵地夷为平地之后,我们只要冲过去欢呼一下胜利就可以了。

上校也来阵地上巡视了,他看见了我,对我半开玩笑似的说:"怎么样,我们枫丹白露的毕业生,这样来度过你军人生活的第一天是不是还不够带劲啊?别着急,真正的战斗还没开始呢。"这时,一颗炮弹在不远处爆炸了,我也学着上校的样子掸了掸落在身上的尘土,然后又举起手向上校敬了个礼。上校也向我敬了个礼,还面带笑容地走过来用手拍了拍我的肩膀,像和我是老朋友似的。

但很快,俄军似乎发现了自己的错误,开始改用一种被称为"开花弹"的炮弹对我们进行反击。这种炮弹使得洼地对我们失去了掩护作用,让我第一次看到了死亡。一颗这样的炮弹在离我们并不很近的地方爆炸了。我身旁的一个士兵被飞过来的一块较大的弹片削去了半个脑袋,自然是立刻就死掉了。我的帽子也被一块较小的弹片打飞了。我去捡我的军帽时,上尉又扭过头来对我说:"罪不二罚,看来你今天是不会有什么事了。"

"这是死神在让我向他脱帽致敬呢。"我很为自己能在当时说出这样一句称得上是"妙趣横生"的话而感到骄傲。

"好,说得好啊!我想也许到了今天晚上,你就可以来指挥一个连队了。"我当时并没有过深地去想上尉这句话中的意思,后来想起来这就仿佛是一句谶语,已经预示出了过后的结果,虽然过后我也并没有把这件事告诉给任何人。

半小时以后,俄军的炮火减弱了,我们开始向俄军的阵地发起冲锋。我所在的连队负责正面进攻。我们遭遇到俄军一次又一次反击,一次次退下来又一次次冲上去。终于,从俄军的阵地上传来了几声"乌拉——"的叫喊,然后就突然间鸦雀无声了。我们也停止了冲锋,整个战场变得像死亡一样沉寂。

"我可不喜欢这样的沉寂,尤其是对我们来说,这可不是什么好兆头。"上尉就趴在我的身边,我听见他在这样嘟哝着。

终于,上尉发出命令,我们几乎是在一瞬之间就冲到了俄军碉堡的跟前。那碉堡此时只剩下了一圈断壁残垣,俄军士兵的身体横七竖八地在碉堡的周围摞了好几层,我们高喊着"皇帝万岁!"正准备冲到那碉堡的里面去,但就在这时,令所有人意想不到的一幕出现了。仿佛是在突然之间,从那碉堡的残垣断壁后面站起了一排俄军士兵,他们把枪口对准了我们;还有几个俄军士兵,一只手里拿着点火棍,另一只手里提着炸药包,摆出了要与敌人同归于尽的架势。我终于感觉到恐惧了,但却听到上尉在高呼:"兄弟们,真正的舞蹈开始了,晚安!"这是我听到的他最后的话语。

"轰隆——轰隆——"的声音开始在我的耳边炸响,伴随着的还有"砰砰"的枪声和"冲啊——杀啊——"的叫喊声。我仿佛是和其他人一起冲进了那碉堡,与那些俄军士兵展开了一场肉搏战。上尉倒下了,脑袋开了花。上校用枪尖挑着自己的军帽,第一个站在了碉堡的一段墙壁上高呼着"我们胜利了",却被从血泊里站起来的一个俄军士兵拽了下去,接着又是"轰隆——"一声巨响。但我又仿佛是一直趴在地上,闭着眼睛,做着一个噩梦,等到我再一次睁开眼睛的时候,战斗已经结束了。

我们胜利了,一个上千人的团队还有两百多人没有倒下而成为幸存者,我自然也是其中的一个。

019

上校仰面朝天，躺在碉堡入口处，几个士兵围着他。军医也站在一边，看来他是不行了。我也走了过去。

"我的 A 中校在哪里呢？"上校问。

"您的 A 中校已经阵亡了。"一个上士说。

"我的 B 少校在哪里呢？"上校又问。

"您的 B 少校已经被抬走了，他被炸掉了双腿。"一个中士说。

"那个资格最老的上尉在哪儿？"上校又问。

"资格最老的上尉没有了，只有新来的那个中尉还在。"一个少士回答道。

我被那几个"士"们推到了上校面前。上校看见了我，脸上立刻露出了像是见到了老朋友似的一丝笑意。

"那么，先生，这团队暂时要由您来指挥了。你要立刻把这碉堡修好，因为敌人是一定要来反攻的。只要您能坚持到 A 将军增援部队的到来时，那您就不仅是一个上尉了，也许还要被任命为上校呢。"

幻　觉

> 霍拉旭，天地间还有许多事，是你们这些
> 哲学家连做梦也没有想到过的呢。
>
> ——【英】莎士比亚《哈姆雷特》

说起幻觉，或许没有什么人不信，但若说几个人可以同时产生一种同样的幻觉就没有什么人会相信了，而当这种幻觉变成了预言，竟然在一些年后变成了事实就更不会有什么人相信了。但历史上竟然就有这样的事，让你想不信都难。

在瑞典皇家档案馆里，收藏着一份有三个人签字的文件。那是一份记录，记录着我们下面所要叙述的故事。签字的是瑞典历史上最著名的国王查理十一、不拉埃伯爵、包姆加医生、守门官和几名侍卫，之所以要由这许多人同时签字，自然是为了要证明其内容的真实性。还要说明的一点是，这件事也曾被当时的人在其他的档案文件中提及过，也就更说明了这件事绝非出于虚构。当然，我们也不排除这是又一件"皇帝的新衣"。

查理十一是瑞典历史上最专制，但也是最贤明的君主之一。他颁布了一系列条例来限制贵族的特权，取消了元老院，并制定了一

套较为完备的宪法，由此改变了在这以前由寡头势力控制着的国家体制，使整个国家进入了一种较为安定的状态。此外，他自然还是一个路德教派的支持者，虽然有一些严厉和冷酷，但却讲求实际而不喜欢有任何空虚的幻想。

这件事发生时，王后乌尔里克·乌莱奥诺尔刚刚去世不久。很多人都知道，他与王后的感情不是很好，私下里有不少情妇，所以有人说他的王后正是因此抑郁而死的。但其实也并非如此，王后的死对于他是一个不小的打击，从那以后他就变得忧郁和沉默了。

那是一个秋天的后半夜，他穿着睡衣坐在斯德哥尔摩王宫的书房里，面对着烧得很旺的炉火发呆，身边站着他所宠信的内侍布拉埃伯爵和鲍姆加滕医生。夜深了，在往常，国王即便自己还要这样呆坐下去，也早就让他们去睡了。但今天确实有一些反常，国王并没有向他们道晚安。布拉埃伯爵已经好几次表示要国王早一点休息，但国王却理都不理他。鲍姆加滕医生也说熬夜也许正是这些日子他身体不适的原因，但国王也只是对他摆一摆手说："不，我现在还不困。"

他们试着和国王聊些什么，但每个话题都谈不上两三句就说不下去了。布拉埃伯爵终于看着挂在墙上的王后像说："这幅画像简直画得和真人一样，既庄重又温柔……"

还没等布拉埃伯爵说完国王便打断了他的话说："算了吧布拉埃，这幅画像画得比她本人漂亮多了，她本人，尤其是卸了妆之后，是并不怎么漂亮的，和大街上走着的普通人并没什么区别。"说完，他似乎又觉得这样说王后并不是很好。为了掩饰自己内心里的愧疚，他便站了起来，在屋子里转了一圈之后又在窗前站住了。

现在的瑞典王宫当时还没有建成。那时的王宫坐落在特霍姆岬角，面对着摩莱尔湖，形状像是一块巨大的马蹄铁，国王的书房在其把角处，大会议厅就在书房的对面。令站在窗前的国王大惑不解的是，此时竟然有一道道光芒从大会议厅的每一扇窗户口闪射出来。怎么会呢？在这样的时候，谁会把那里面所有的蜡烛都点燃呢？着火了吗？可为什么没有烟呢？是幻觉吗？可站在一旁的布拉埃伯爵和鲍姆加滕医生似乎也看到了。布拉埃伯爵拉铃叫来了几名值夜的侍卫，要他们赶紧去看看大会议厅里发生了什么事，却被国王拦住了，他要亲自去看。于是，国王走在前面，伯爵和医生手执蜡烛走在后面，更有几名侍卫在后面跟着，他们一起来到了通向大会议厅走廊的入口处。

"这帐幔是谁挂在这里的，我记得以前是没有的呀。"查理十一问道。

"国王陛下，这帐幔昨天还没有，臣下也不知道是谁在什么时候挂上去的，我来将它扯下去就是了。"一个侍卫说着就试图去将那帐幔扯下来，可无论他怎么用力，却还是不能将那帐幔扯下来，于是只好作罢。

国王只好钻进了那帐幔，朝着大会议厅的门口走去，其他人自然是紧跟在他的后面。

这时，大会议厅的守门官也来了，他立刻拦住国王说："国王陛下最好还是别往前走了，自从王后驾崩之后这地方很奇怪，一到夜深人静的时候就会发出一些很奇怪的声音，除了有时在走廊入口处会出现那帐幔之外，还会从窗口处闪出光来呢。"

布拉埃伯爵也说："别再往前走了陛下，您没听到那边似乎正有一种奇怪的声音传过来吗？"

鲍姆加滕医生也说："是啊陛下，我的蜡烛刚刚被风吹灭了，谁知道这意味着什么呢？"

但查理十一还是迈着坚定的步伐走到会议厅门前。他先是用脚踢了一下那门，砰——，那声音在走廊里引出一声长长的回音。

"守门官，将门锁打开！"查理十一喊道。

守门官的双手抖得厉害，怎么也不能把钥匙插到锁孔里去。

"你来！"查理十一对布拉埃伯爵喊道。

"陛下，您还是饶了我吧！如果陛下现在让臣下朝着丹麦人或德国人的枪口冲过去臣下都不会犹豫，但现在陛下是要让臣下到地狱里去看看，臣下就只能做逃兵了。"说着便躲到廊柱后面的阴影里去了。

"真是一群胆小鬼，都给我滚到一边去！"查理十一说着，一把从守门官手里夺过钥匙，只一下，就把钥匙捅进了锁孔。别人还来不及去阻止他，那两扇橡木制成的大门已经被打开了，查理十一径直走了进去，其他人也只好跟了进去。

会议厅里烛火辉煌，黑色的帐幔遮住了绣花的壁毯，四周摆满了古斯塔夫·阿道夫大帝的将士们从丹麦、俄罗斯、德国带回的战利品，中间悬挂着一面蒙着黑纱的瑞典国旗。

这里像是要开会。长凳上按照等级分列坐满了国会议员，他们都在和身边的人相互交谈着，发出像蚊蝇一样的声音，自然是谁也听不清他们在说着什么。所有人的衣服都是黑色的，脸庞在黑色衣服的衬托下显得异常苍白，很像是包裹上了一层石膏，因此谁也分辨不清每一张脸孔之间有什么区别。当然，也不可能有哪一张脸孔是他们熟悉的，因为那里展现出的情景既不属于现在也不属于过去，而是属于未来。

在国王的御座上坐着的是一具佩戴着王室标志的血淋淋的尸体。这尸体右面，站着一个头戴王冠、手执权杖的孩子，左边站着的是一个身穿华萨总督式大礼服的上了年纪的人，御座前面坐着好几位身穿长袍的人，他们的举止庄重，表情严肃，自然是法官。他们的面前是一张长桌，每个人的面前都摆着一部厚厚的书和一些文件。在法官和议员们之间摆着个木墩子，木墩子上也蒙着一块黑布，旁边放着一把斧子，斧刃上闪着寒光。

这些人似乎并没有发现有人闯进了他们的会场而继续着他们的事情。先是最年长的那个法官站了起来，他似乎正是审判长，他用手在桌子上轻轻地敲了三下，会议厅里便立刻鸦雀无声了。然后他又一挥手，一个年轻人便从不知什么地方径直被押到会场的中间来了。那年轻人脸色红润、衣着讲究、高扬着头，用轻蔑的目光看了一眼那个木墩，然后便将目光落在了那具血淋淋的尸体上了。那具尸体也便立刻抖动起来，血又冲出了他身上的伤口流了出来。这时那个法官把手一挥，便立刻走上两个膀大腰圆的人来，他们试图将那个年轻人按倒，但却被那个年轻人甩开了。那个年轻人竟自己将自己的头枕在了那个木墩上，斧子立刻被一个刽子手举起来又砍下去，那年轻人的头颅便立刻离开了他的肩头。令人意想不到的是一股鲜血从他的脖颈中喷出来，竟然直喷到那具尸体上去了，和那具尸体上新流出的血混合在了一起。更令人意想不到的是那年轻人的头颅在地上蹦跳了几下后竟然滚到了查理十一的脚边，他的鞋子还沾上了一点血迹，像是绣在上面的玫瑰花瓣。

查理十一终于按捺不住了，他走上前去，对那个穿总督服的人说道："如果你来自上帝，就请你开口说话；如果你来自魔鬼，就请你离开吧！"

过了一会儿那个穿总督服的人终于开口道："我们只是些幽灵，要带给你一点未来的消息。刚才你看到的情景会在 50 年之后变成现实，但这与你似乎并没有什么关系。"

其后，那幽灵便消失了，其他的幽灵和帐幔也都随即消失了，只剩下了查理十一和他手下的那几个人站在那里，还有那绣在他鞋上的玫瑰花瓣在证实着那刚刚发生过的事情。整个事情所用的时间约有十分钟。

查理十一回到书房,便立刻叫人将整个事情的经过记录下来,并让亲眼目睹了这件事情的人都签了字。记录的末尾还记录下了查理十一所说的一句很著名的话:"以上所述如有一句妄言,我愿放弃一切能享受到更美好生活的希望,而这更美好的生活乃是我理所当然应该得到的。"这份文件至今犹存,直到现在也没有什么人对此件事情的真实性提出质疑。

今天,如果我们把古斯塔夫三世的死和由苏德玛尼公爵主持的对于谋杀古斯塔夫三世的凶手安卡斯特罗姆的审判这件事,与查理十一这一次的幻觉联系起来看,谁还能不相信它们之间所存在着的那种必然的联系呢?

那具血淋淋的尸体正是被谋杀的古斯塔夫三世。站在古斯塔夫右侧的那个孩子正是古斯塔夫四世。站在古斯塔夫左侧、穿着总督服的那个老人正是古斯塔夫四世的叔父。而那个被斩首的年轻人也就是谋杀了古斯塔夫三世的安卡斯特罗姆无疑了。

不是故事的故事

下面这几封信是在我的好朋友——已故的 G 夫人的遗物里发现的,该是 G 夫人的好友 P 夫人寄给她的,之所以要把它们发表出来,自然是觉得其中很有一点趣味,可以为读者除去些许烦闷而已。

一

亲爱的索菲:

记得在前一封信里,我说过我是如何一下子发现自己已经年届三十,而且已经破产,也就是说从今以后只好艰苦度日了。这第一个不幸是谁也没有办法的事;第二个呢,一开始是无论如何也接受不了的,直到随着亨利一起来到了诺阿穆迪埃之后才不得不认命了。要想重整旗鼓,我和亨利至少也要在这阴暗、破败的城堡里奋斗两三年,但事已至此,又能怎么办呢!

城堡是亨利家的祖产,已经很多年没有人居住过了。塔楼很高,墙壁很厚;客厅很大,有八个烛台,但为了节省,只有星期天才全都点上;家具很简陋,各种设施都已经老旧,几乎每一样东西都要经过修理才能使用，但你放心，如果明年春天你到这里来，一切就都可以收拾停当了。这里的风景是第一流的，有树林，也有悬崖；距海边只有三公里，夜里睡觉的时候可以听到海浪击打海岸的声音。

没有邻居，除了本堂神甫奥班先生之外，没有任何人来拜访过我们。奥班先生是个很随和的年轻人，眼睛和眉毛都是黑黑的，像是画在脸上一样。上个星期天，他给我们来布道时说的"不幸是上帝为了净化我们的灵魂而赐予我们的恩典"那句话直到现在还在我的耳边回响，这无疑是给我的心灵带来了莫大的安慰。这样看来，我们倒是应该感谢那个该死的经纪人了，他弄走了我们的财产，是否会使我们的灵魂得到净化我不敢说，但倒的确是使我和亨利更亲近了一些。说实在的，我倒是的确感到比先前幸福一些了。

感谢你给我寄来的礼物，那顶灰色的帽子尤其让我喜欢，下星期我会戴着它去做弥撒。如果可能的话，下一次可以寄一些书给我。我要利用这一段时间读一点书，三年之后回到巴黎，我可不能一直是一个不学无术的人。我也不知道该读什么样的书，是德文的还是拉丁文的，是读歌德的诗还是霍夫曼的小说，你该给我一些建议。但我觉得，诺阿穆迪埃倒是一个适合读鬼故事的地方。这里的夜晚实在是太可怕了，尤其是刮起风再下起雨来的时候。

二

亲爱的索菲：

时间一天天过去，日子也就这样被强撑着过下来了。如果说忍耐力的话，男人真是比不上我们女人。这段时间里，亨利的萎靡不振和无精打采几乎到了无以复加的程度。他能多早睡觉就多早睡觉，能多晚起床就多晚起床，一起来不是去打猎就是去城里拜访公证人和皇家检察官，在我看来，那该是这个世界上两个最让人讨厌的人了。

乡下的空气对于我大有裨益，每天我照镜子的时候，都觉得自己更年轻了一些似的。昨天，在我强烈要求下，亨利陪着我到海边去散步。他打海鸟，我手里拿着拜伦的《海盗》，时不时地去翻阅一下里面的《海盗之歌》，对着汹涌的大海，那些诗句变得更加令我激动不已了。你知道拜伦作品中的哪些东西最打动我吗？是他对大自然的热爱。他不是因为吃过了牡蛎就来谈大海的，他是经历过无数的风浪之后才要去赞美大海的。他是先有了切身感受之后才有了韵脚，而不像有些诗人是先有了韵脚之后再去找感受，也因此就只好来矫揉造作了。

正当我陶醉在拜伦诗句里的时候，奥班神甫来了。他年轻，有学问，从他忧郁的眼神和苍白的脸上，我判定他也一定是有过一些经历的人。我们一边散步一边很随意地谈起话来，谈大海，谈诗歌，谈拜伦，我们的看法竟然是那么一致，像是用同一个心灵在感受着这些东西一样。终于，我们走到悬崖上一座修道院的废墟前，他指给我看一段雕满了怪物的门廊，给我讲了一些其中的寓意，然后说："如果我有足够大的实力，非把这里的一切都修复起来！"这时，我看见他原本苍白的脸上现出了一重红艳的光辉。

亨利要回去吃饭，但我坚持要到神甫的家里去看看他从农人手里得到的一件古物，亨利只好服从。那是一个珐琅的方盒子，据说是装圣骨的，但我看倒像是个女人用来装首饰用的。借着这个机会，我们看到了奥班神甫的家。那哪里称得上是家呢？楼下只有一个房间，地板铺得凹凸不平，墙上只是刷了一层石灰，家具只是一张桌子两把椅子。我随意翻弄桌子上的几本《圣徒传》时，发现下面压着一本拉马丁的《约瑟兰》，那写的是青年教士约瑟兰为了宗教而牺牲爱情的故事。奥班神甫立刻走上来将那几本书整理了一下，顺便将《约瑟兰》用《圣徒传》挡住了。他的脸上掠过了一抹淡淡的红晕。

但当他把那个盒子重新放进一个木箱里去的时候，我却发现了他的又一个秘密。在那木箱的底部，我看见了一束枯萎了的玫瑰花。我立刻问道：

"那该是一件纪念物吧？"

奥班神甫的脸又一次红了。

"不，没什么，收集植物标本只是我的一点癖好而已。"

说着，他便立刻将那箱子盖起来了。

那楼上该是他的卧室，但客厅已然如此，卧室的样子也就可想而知了。

回到城堡，我感到很是忧伤。因为奥班神甫的境况真是太糟糕了，和他比起来我们过得几乎就是天上的日子，还有什么可以抱怨的呢？我准备送他一件礼物，一把可以折叠的椅子，你去给我选一把寄来吧。

拜托了，谢谢！

三

亲爱的索菲：

近来这些日子我终于摆脱了寂寞，这当然要感谢奥班神甫。他几乎什么都懂，除了哲学和文学之外，他竟然还懂得植物学，能说出许多种郁金香的名字，这让我想起卢梭，他，简直就是一个卢梭。

"您是专门研究过植物学吗?"有一次,当他指着路边的一株草说出了那株草的名字时我问道。

"不,我所知道的只是一些皮毛,我之所以关注它们,只是为了给自己的生活增加一点乐趣而已。"他回答说。

"那您是否可以把您所知道的植物学知识都讲给我来听听呢?"我说。

"好吧,虽然只是一点皮毛,但其中的确是有许多乐趣的。"他说。

第二天,奥班神甫便抱着一个大纸袋子来了,里面装着几十种植物的标本,每一个上面都有标签,标着植物的名称、产地和特性,但只是没有那一束玫瑰花。讲课开始了,在讲到植物的花朵时奥班神甫却犯了难,因为植物也和动物一样是要繁殖后代的,而花朵正是植物的生殖器官。还有,几乎大部分的植物都是一妻多夫的,我们一般称其为显花植物,就是要将生殖器官显露在外面的,就仿佛是在大庭广众之下来做那件事。但最终在我的鼓励下,奥班神甫还是把这些知识都讲给了我,让我真是大开眼界。

至于那些隐花植物,你是每天也都能接触到的,比如你最喜欢吃的蘑菇就是,据男人们说那和嘬咂女人舌头的感觉是一样的。

四

亲爱的索菲:

既然你来信问到那支玫瑰花的事,那我就讲给你听吧。

那天,在植物学的课程接近尾声时,我问奥班神甫:

"以您的聪明才智,怎么会甘心在这么一个小地方做神甫呢?"

他先是微微一笑,然后回答道:

"做乡下人的神甫比做城里人的神甫容易，做小地方的神甫比做大地方的神甫更容易，我是想让我自己活得更轻松一点。"

"可我觉得，凭您的学问，就是在城里的哪个大教堂做神甫也是绰绰有余的呀。"我说。

"不错，"他继续说，"当时有人告诉我，N城的主教，就是您的叔叔，看上了我要让我去做圣马利教堂的神甫。那当然是很好的职位，而且，我唯一的亲人——我的姑妈也住在那里。但我还是到这里来了。后来主教另选了别人，我知道后还很高兴。我在诺阿穆迪埃很好，因为在这里，我可以忘却一些让我伤心的事。"

他这样说着，眼睛似乎有一些湿润了。

"把您的伤心事讲给我听听吧！"

我用有一点祈求的语气对他说。

"明天吧，明天我会给您讲另一门植物学。"他略带风趣地说完了这句话之后，便站起来走了。

第二天，他又拿着一个大纸包来了，我看见那纸包里包着的正是那一束枯萎的玫瑰花。他把那纸包放在桌子上之后，便给我讲起了他的故事：

"九年前，我之所以选择当了一名教士，与这束玫瑰花有很大的关系。在N城，我爱上了个姑娘。那姑娘家里较为富有，可我却除了一点可怜的学问之外一无所有。我对那姑娘说：'亲爱的，我要去巴黎找份工作，努力挣出一些钱来，然后便回来娶你，你会等着我吗？'那姑娘满口答应了，并送了那束玫瑰花给我。可一年后，当我再一次回到N城时，她却已经嫁人了。这件事对我的打击太大了，于是我便下决心当了教士，几年后又离开了N城到这里来做了神甫。"

讲完之后，他打开那个纸包，把那束玫瑰花拿在手里说：

"我本来想把这束花一直保存下去的,但就在昨天,我决定不再保存它了,因为我觉得自己已经不再是一个小孩子了,过去的事就都让它过去吧。"

说着,他就把那束玫瑰花投进了正燃烧着火焰的壁炉里。

"谢谢你,如果不是你要我给你讲这一门植物学,我或许还会这样生活下去呢!"他仍然是略带风趣地说,但泪水却从我的眼里流出来了。如果不是亨利这时走进来了,我很有可能就冲上去把奥班神甫抱在怀里了。

五

亲爱的索菲:

想给你写信已经很久了。我要告诉你的事也许会让你感动,但也许会让你觉得可笑,但无论怎样我都要告诉你,因为把这样的事憋在心里是很不好受的。

我要告诉你的是发生在我和奥班神甫之间的事。你知道的,我这个人有一点自命清高,一般的男人我是看不上眼的,但奥班神甫却是例外,他是那么出类拔萃,所以当那次他对我讲了他的故事之后,我们的关系就变得有一点亲密了;但是他和我都并没有做出过任何出格的事。

我们在一起的时间更多了,谈话的内容也涉及了更多的方面。他几乎什么事都和我说。有一次他去了 N 城,回来后立刻跑到我这里来对我说他遇见了那个女子,说她已经是三个孩子的母亲了,说他对那个女子几乎一点感觉也没有了。

我知道奥班神甫已经爱上我了,虽然他嘴上没说,也没有任何行动，但我从他的眼神里已经看出来了。他与我有过好几次对视，让我几乎就要把持不住自己了。我知道他是在等待着我的主动，但我又知道我是不能那样做的。于是我决定要帮他，帮他离开诺阿穆迪埃这个鬼地方回到 N 城去。

那天，我们一起在海滩上散步。我们谁也不说什么话，但也许谁都知道对方的心里在想着什么。终于，当我们又走到那个废墟前的时候，我对他说：

"亲爱的奥班神甫，我想去 N 城去找我的叔叔，让他给你在那里安排一个更好的职位。"

他却立刻几乎是大叫起来："怎么，您是要我离开诺阿穆迪埃吗？不，我在这里很好的，尤其是能经常和您在一起散步聊天，这该是我最大的幸福了。"

"必须如此，因为只有这样，我们才可以把各自从这样一种尴尬的境地中解救出来，否则，我们都会困死在里面。"我的话说得那么坚决，奥班神甫便也不再说什么了。

于是第二天我就去了 N 城，找到了我的叔叔，正好圣马利教堂的那个神甫病逝了，位置还空着，奥班神甫便被调回去补了缺。离别的时候把他的那个小木箱子送给了我，里面装着的是一些植物的标本。没事的时候我会经常把它们拿出来看一看，有时会感到喜悦，但有时也会感到悲伤，甚至会流下泪来。

他答应要给我写信的，但至今我也没有接到过他的来信。

虚　惊

一个小伙子，个子不高，带着一副墨镜，站在 W 城火车站候车室的门前，时不时抬起头看一看火车站的钟楼，或低头看一看拿在手里的怀表，像是它们所指示的时间有什么不一样似的。每当有马车在候车室的门前停下来，他都会死死地盯在那车门上，直到马车里的人走出来后，他才会把视线移开。不错，他是在等着一个女人，一个准备和他一起去 N 镇幽会的姑娘。N 镇离 W 城很近，他们准备在那里住一个晚上就回来。

终于，那姑娘从一辆马车上走了下来，虽然带着面纱，但依旧遮不住其婀娜的风韵。他们并没有拥抱，更没有接吻，甚至连话也没说，便径直走进了候车室。这是一个不大的火车站，候车室里人很多，但大多是一些乡下人，所以空气中似乎弥漫着一种污浊的味道。好在等候的时间不长，他们买的又是头等车厢的票，上了火车，他们就把自己与别人拉开了距离，仿佛成了人上人。

一坐下来，那姑娘便揭开了面纱，露出了一张娇小的脸庞，那是一个典型的小家碧玉。

"刚才我可是差一点没认出你来，你戴墨镜的样子真帅。"那姑娘用英语对那个小伙子说。她的脸上现出一抹神秘的笑容，那样子还是蛮可爱的。

或许正是因为那姑娘这么一说，小伙子才想到把墨镜摘下来，露出了一个小职员的本色。

"我可是一下子就把你认出来了，你的身材真是太好了。"小伙子一边用英语说着，一边把手伸到那姑娘的身后，搂住了她的腰。

但这时，坐在他们对面的那个人却说话了，而且用的是英语："你们最好还是讲法语，否则可就算不上是悄悄话了。好在我是只会说英语而不懂法语的英国人，否则的话我只好换一个座位了。"

"没事的先生，其实我们也没什么悄悄话可说。但是如果您愿意的话，那边倒是有一个空座位的。"小伙子说。

"我看见了，但我还是愿意坐在这里。和你们坐在一起，我会觉得安全；据说凡是正在谈情说爱的人，是不会去坑害别人的。没事的，只要你们不介意，我倒是很愿意听，正好可以让我的旅途不是太寂寞。"这样说着，他把他皮箱的盖子打开了一道缝，并把一只手伸进去像是要把一件什么东西拿出来，可拿了半天也没拿出来，于是只好把皮箱完全打开了。小伙子不经意地往那皮箱里看了一眼，发现那里面除了衣物和几本书之外还有一摞钞票，至少也有几万英镑。他放进衣袋里的一定是比那几万英镑还贵重的东西了。他一定是怕遇到贼才这么做的，小伙子想。

"如果你们因此不说什么悄悄话了，那我就只好用读书来打发这段时间了。"那个自称是英国人的人说道。

因为有了这样的遭遇，两个人便不再说什么话，只是相互依偎着了事。好在N镇很快就到了，否则总是那么憋着，对这一对恋人来说就太难受了。但不幸的是那个所谓的英国人也和他们去的是同一个地方，而且还住进了同一个酒店，甚至所住的房间与他们住的房间还正对着，这实在让他们感到很不舒服。要不是只打算在这里住一个晚上，他们肯定是要换一个酒店的，至少是要换一个房间了。

"可别让他把我们当成贼来防着,我们可不是因为是相好才不去坑害别人的。"小伙子对他的女朋友说。

几乎是刚刚住下就听见有人来敲那个英国人的房门,门开了之后听见来的人管他叫叔叔,但没过两分钟就听见这叔侄俩吵了起来,大致的意思是做侄子的向叔叔要钱但做叔叔的不给,结果是侄子被叔叔从房间里轰出来然后骂骂咧咧地走了。"没钱,没钱!一分也没有!"侄子都走了一会儿了,还听见那个叔叔在屋里叫嚷着。

餐厅里乱哄哄的,一群大兵在那里不知是在搞着什么庆祝活动,这一对恋人只好让服务员把饭菜送到房间里来吃。对面那间房的门半开着,他们看见那个英国人一个人在喝酒,吃饭的时候又有好几次听到那个英国人喊服务员给他拿酒,一会儿要这种酒一会儿又要那种酒,许多名目他们连听都没听说过;服务员报出的价格都很高,但他总是说:"你不用管多少钱,只管拿来就是了。"

"这家伙一定很有钱,他的皮箱里至少放着几万英镑。还有被他装进衣袋里的那个小盒子,里面装的一定是比那几万英镑还要贵重的东西,也许还是值几百万英镑的钻石呢。"那小伙子说。

"怪不得他那么提心吊胆的呢。可越是有钱的人越吝啬,刚才你没看见那个管他叫叔叔的小伙子被他骂走了吗?还说自己一分也没有呢!"他的女朋友说。

吃完了晚饭,他们立刻就上了床,那张胡桃木的床很大,但对他们这两个小字号的人来说真是有点浪费了。两个人一定都是第一次,所以都显得有一些拘谨,尤其是当他们紧紧抱在一起的时候简直就像是并不存在一样。餐厅里的那些大兵们还在闹着,对门的那个英国人还在喝着,他们这一边却已经无声无息了。又过了一会儿,先是听见那些大兵们走了,然后又听见那个英国人喊服务员拿了一次酒,再然后,整个酒店就变得像死一般寂静了。

小伙子出身农民,从小在M城的郊区长大的,后来考上了城里的学校,毕业后才留在了城里,这还是第一次到M城以外的地方来,也因此直到现在都定不下神来。他的女朋友虽然是在城里长大的,但M城到底是个小城,她的父母也是普通人,再加上他们还没结婚,甚至她的父母还不知道她与这个小伙子的事,所以心里也一样是忐忑不安的。于是两个人在相互搂抱了一会儿之后便几乎是同时松开了手。但也正是在这个时候,从门外传来了"砰"的一声响,把他们两个人都吓了一跳。接着他们又听到那个英国人喊道:"没钱!没钱!一分钱也没有!"

"一定是那个侄子又来找他了。"小伙子说。

"不会吧,我们刚才好像并没有听到敲门和开门的声音啊。"他的女朋友说。

"也许那个侄子来的时候那些大兵正在离开,也或许是我们正在……"

"要不,你去看看,不会出了什么事吧?否则,明天我们可就回不去了。"那姑娘打断了小伙子的话说。

小伙子立刻明白了姑娘的意思,也立刻紧张了起来。

"真是,如果出了什么事,我们一定会被当作嫌疑人扣留在这里询问,再闹得个沸沸扬扬,弄得M城的人也都知道了,那就完了。尤其是要让我们单位的领导知道了,连我的前程也要受到影响了。更何况……"这样说着,小伙子便下了床。

他小心翼翼地走到门边,轻轻地拉开门上的插销,并把门打开了一道缝。楼道里的蜡烛还没有灭,因此他可以看到对面那间房子的门。那门紧紧地关着,像是什么事都没有发生。然后他去看下面的门缝,因为如果那个英国人还没睡,他房间里的蜡烛光就会从那道门缝中透出来。但这一看不要紧，虽然没有光透出来，却有一种红红的液体正从里面流出来。同时，他似乎还听到了那个英国人的呻吟声，像是要死了一样。

"坏了，真的出事了！一定是他的侄子来了，不仅抢走了他的钱，还把他人也给打坏了。我看见血正从门缝里往外流呢。"他一边跑回到床上一边说。

"那怎么办呢？如果真是那样，我母亲会骂死我，我父亲会打死我的。"他的女朋友说。

"走，不等警察来我们就离开，明天早晨八点有一班火车，先离开这个鬼地方再说。"

"也不行，如果那个英国人死了，警察更会以为是我们干的了。"

"没事，我们写一封信留给酒店，把我们看到听到的都写在上面，再向警察说明我们之所以要急忙离开的原因，只要警察抓住了他的那个侄子，也就不会再去找我们的麻烦了。再退一步说，如果警察非要找到我们不可，也就是说找到 M 城去了，你也不用出面，有我一个人出面就够了。关键是我不能耽误了后天的会议，我被提升为科长的决定很可能是要在那个会议上宣布出来呢！"

小伙子说完这些话之后又狠狠地亲了那姑娘一下，然后便穿好衣服去写信了。不一会儿，那姑娘竟然打起呼噜来了。

小伙子有个习惯，无论做什么事情都认真，尤其是在把事情落实到文字上的时候就更是如此，因此在三易其稿把这封信写好了的时候已经是早晨六点钟了。于是他赶紧把女朋友叫起来收拾东西出发。可正当他们打开房门往外走的时候，对面那个房间的门也被打开了，那个英国人手里拿着扫帚正往外扫着酒瓶子的碎片，门前的地上还残留着一片红色的印记。

"怎么？你们这是要走吗？"那个英国人问。

"噢，不。我们只是想出去遛个弯儿，呼吸一点新鲜空气。"小伙子说。

于是，这一对恋人便只好真出去遛了个弯儿，然后才又回到床上去睡了一觉。

小伙子醒来的时候已经是中午了。他们在酒店的餐厅里匆匆地吃了点东西，便乘了下午一点的那班火车回了 M 城。

决　斗

喂，你会因为
人家比你多一根
或少一根胡须就和人家干一架吗
……
你个糊涂蛋
难道在和别人决斗之前
还要先来做一道算术题不成
　　　　——【英】莎士比亚《罗密欧与朱丽叶》

到巴黎的第二天，我便到刚当兵走了不久的好朋友奥古斯特的家里去拜访。戴棠夫人把奥古斯特的信拿出来给我看，那是他从离康布雷二十多公里的驻地寄来的。信上说那些龙骑兵怎么个个都少年英俊，怎么既像狮子般的勇敢又像小学生一样爱胡闹，他正准备请他们吃一顿饭。那天晚上，为了欢迎我的到来，戴棠夫妇请了几个朋友，专门为我举行了一个音乐宴会，让我觉得很是受宠若惊。

乐队在一支一支地演奏着由戴棠夫妇安排好的曲子，大多是一些慷慨激昂的进行曲，因此弄得每个人也都有点慷慨激昂起来。戴棠先生讲起了他年轻时的一些事,特别讲到了他刚刚加入法兰西禁卫军时由他掏钱举办的那个宴会,所有的杯子和盘子都被砸碎了,至少有三个军官在桌子底下一直睡到第二天中午。他本人则因为一句什么话在第二天去与一名下士决斗,结果胳膊上被人家狠狠地刺了一剑,却也因此在禁卫军里获得了很好的名声等等。他说那决斗其实是有人特意为了迎接他的到来安排好了的,那在当时是惯例,叫作摸底,但一般也都是点到为止,并不真斗,他之所以被刺了一剑,全是因为他自己太懵懂的缘故。

决斗的事戴棠夫人像是第一次听说,因此便开始为儿子担心起来,在场的人也有军人,便用这样的事现在已经被禁止的话来安慰她。可戴棠先生却依然说:"哎呀,没啥了不起。军队么,那就是个锻炼人的地方。没有流过血的人,到了战场上是会打哆嗦的。"

但话题还是很快被岔开了。大家开始谈音乐、诗歌,最终又因为我喜欢绘画而谈到了绘画。于是我便有机会拿出自己的写生册给大家欣赏,最终,画册落在奥古斯特的妹妹亨利艾特的手里,这其实也正是我要到这里来,把这个写生册拿出来供大家欣赏的真正目的。我想,这个时候或许只有奥古斯特知道,我暗恋他的妹妹已经不是一天两天了。

可就在第一道菜刚刚上来的时候,一个仆人进来交给戴棠先生一封信。他打开信一看,脸色立刻就变了,或许是因为他看到那封信虽然是从康布雷发来的却又不是奥古斯特的笔迹吧。他站起来走到窗子那边去看信,那信的内容一定是很简单,他只是扫了一眼就把那信放在窗台上走出了客厅。谁也不知道究竟发生了什么事,戴棠夫人也站起来走到了窗子前去看那封来信,结果立刻瘫倒在了地上。这时大家才知道一定是出了大事了。接下来是有的人去找戴棠先生,有的人去救治戴棠夫人,亨利艾特小姐几乎是被吓呆了,我则赶紧去把那封落在地上的信捡起来看。那信上写的竟是：

戴棠先生、夫人：

我们非常悲痛地通知你们，你们的儿子奥古斯特·戴棠已于今天上午在与某人的决斗中身亡，请尽快来本军团为他处理后事。

法兰西龙骑兵康布雷雪莱累兹军团某部

看完了之后，我又把信放回到了窗台上。

晚宴只好到此为止。戴棠先生把自己关在书房里，谁叫也不开门。戴棠夫人被抬到了卧室里，醒来之后便成了一个植物人。亨利艾特小姐坐在一边不停地哭泣。我和另外几个客人也只好在那里坐着一直到天明。

第二天早晨，戴棠先生终于走出了书房，戴棠夫人也恢复了神智，在大哭了一场之后下了床，亨利艾特小姐倒仿佛在一夜之间长大了，她没等父母说话就安排好了马车。我和那几个客人便目送着他们一家人坐上马车，到康布雷去处理奥古斯特的后事了。

其后的一个星期，我没到任何地方去，只是把自己关在画室里画画，虽然一张让自己满意的作品也没画出来。一天早上，秘书吉拉尔小姐说有个军官要见我。

"是奥古斯特·戴棠……噢，不，是哪一个军官？"我差点把奥古斯特已经去世的事情忘记了。

来的人自我介绍是康布雷雪莱累兹军团的福勒里上尉，是奥古斯特·戴棠先生生前的朋友，奥古斯特·戴棠先生去世前嘱托他把一件东西送给我，那是一封信和两个小盒子。

我打开那封信，看到了下面这几行字：

亲爱的朋友：

明天一早，我要和一个名叫杜尔维勒的家伙去决斗，据说此人剑术高明，后果很难预料。所以给你留下一件东西作为纪念。另一个小盒子请代我交给住在××大街×号的F夫人（保密）。我已写信给父母，建议他们把令妹嫁给你，你只要主动去争取一下就行了。祝你们幸福！

你的朋友奥古斯特·戴棠

××年×月×日于康布雷

我又打开了那个上面写着我名字的小盒子，里面是一块金表，盖的内侧镶着的是我为他画的简笔头像。我把这怀表捧在手里放在胸前，禁不住泪如泉涌。这时福勒里上尉要告辞，我却拉住他说：

"请您把事情的经过说给我听听好吗？杜尔维勒这家伙是个什么人，为什么要对奥古斯特下此狠手呢？"

听到我这么说，福勒里上尉便坐了下来，把事情的经过对我说了一遍，在我听来那可不是编出来的：

在雪莱累兹，再没有比我更了解这件事情的人了，而且不瞒您说，我就是这次事件的策划者和奥古斯特这一方的证人。其实，奥古斯特和杜尔维勒都是很好的人，尤其是杜尔维勒，他也没想到一个玩笑竟然会酿成这样一场惨剧。不知您是否知道，在部队里，只要有新来的士兵或军官，大家总要想出各种办法来试一试他的胆量，行话叫"摸底"。一般都是有人用一种别出心裁的办法去挑逗或者说是去羞辱他一下，如果他提出决斗就已经说明他不是胆小鬼了，他也因此就会赢得大家的尊重。有的时候大家一起哄就过去了，尤其是一喝多了连当事人也把决斗的事忘记了，但也有时这决斗真的会进行，用的也都是剑，而且也都是点到为止，或者顶多是受一点轻伤，并不会出人命的。

那天晚上酒喝到差不多的时候，杜尔维勒去向奥古斯特敬酒，他当着大家的面给奥古斯特倒了一杯醋要他喝下去。奥古斯特当然拒绝，可杜尔维勒却很坚持。我当时坐在奥古斯特的旁边，立刻趴在他的耳边说：

"把那杯醋泼在他脸上好了。"

奥古斯特立刻便那样做了，在场的所有人都站起来为奥古斯特鼓起掌来。

杜尔维勒当然是有所准备的，"看来您是想和我决斗了？"说着也把手中的那杯酒泼在了奥古斯特的脸上。

"好吧，如果你愿意，明天一早我们就到城外去走一遭吧！就让福勒里上尉做我的证人好了。"奥古斯特说话的声音很大，是故意要所有人都听到的。于是所有人又都为他鼓起掌来。接下来大家又都继续喝起酒来，一直喝到半夜才散去，有不少人已经是东倒西歪了。

那天是我把奥古斯特送到住处的，临别时还和他说好好睡一觉，最好是睡到明天中午再醒。可没想到第二天一大早奥古斯特就来敲我的门，说是一定要与杜尔维勒决斗，而且还把这信和东西都交给了我，说一旦战死沙场就要我把这东西交给你，而如果凯旋他就再把这东西拿走。我怎么劝都劝不住他，才只好去找了杜尔维勒。当然，看到奥古斯特这样坚持，我是更加喜爱他了。这家伙真是个男子汉，将来一定能成为一名优秀的龙骑兵，我想。

于是我们一行人来到城外,除了奥古斯特、杜尔维勒和我之外,还有杜尔维勒的证人拉法尔中尉和军医。也没说上几句话决斗就开始了。说真的,奥古斯特的剑术其实很差,和杜尔维勒根本就不在一个级别上,没有两分钟,他手中的剑就被杜尔维勒挑飞了。杜尔维勒大笑着说:

"喂,戴棠先生,能否把你手中的剑握得紧一点呢?"

奥古斯特也许是被杜尔维勒的话惹急了,把剑拾起来又向杜尔维勒冲了过去。杜尔维勒先是一闪,躲开了奥古斯特刺过来的剑,奥古斯特却因为用力过猛摔在了地上,而他手中的剑却不知怎么又被杜尔维勒挑飞了。

"好啊,够勇敢!不过我们还是不要再斗了吧!否则我一个不小心,戴棠先生可就要血洒疆场了!"说着杜尔维勒先生已经准备把剑收起来了。可谁知道这个时候奥古斯特又朝着杜尔维勒扑了过去,眼看他的剑就要刺到杜尔维勒的胸口了,杜尔维勒急忙抽出剑来招架,结果是奥古斯特的剑刺中了杜尔维勒的左臂,杜尔维勒的剑刺进了奥古斯特的小腹。很显然杜尔维勒的剑是无意中刺中奥古斯特的,如果不是杜尔维勒躲闪得快,奥古斯特的剑也许就会直接刺入他的心脏了。而且,因为奥古斯特是用尽了全身的力气扑过去的,这样杜尔维勒的剑不仅刺了进去,还被奥古斯特的身体向一侧狠力地拉了一下,不仅肠子断了,连膀胱也被撕开了。这样的伤,那个军医一点办法也没有。耗到中午,也只好一命呜呼了。

即便是这样杜尔维勒还内疚得不得了,他不顾自己的伤痛,趴在奥古斯特的尸体上大哭不止,我们把他送回家里,现在还不知怎么样呢。

福勒里上尉走后，我按照信中的地址，把另一个小盒子交给了那个Ｆ夫人。那个Ｆ夫人听说奥古斯特已死，要不是我手疾眼快把她扶住，她也会像戴棠夫人那样晕过去。我把她扶进屋里，只听她说了一句话："是我害了她！"然后便只剩下哭了。于是我也只好走了出来。

　　这是怎么回事呢？我本应该是向那个Ｆ夫人问个究竟的，但因为想起了奥古斯特信中括号里的那两个字便放弃了。因为要想做到那两个字，最好的办法就是不知道。

　　我又想起了奥古斯特在信中所说的另外那件事，那对于我也许才是更重要的呢。于是我便立刻拐了一个弯儿，向着戴棠家的府邸走去了。

费得里格

在卡瓦镇，费得里格是个有名的公子哥，长得仪表堂堂，待人彬彬有礼，只是沉迷酒色，喜爱赌博。有一阵子，他几乎是逢赌必赢。和他在一起赌博的有十二个富家子弟，都拜他为师，外界称为他的十二门徒，结果都被他赢得几近于倾家荡产，只好都先后去做了土匪，在后来政府军一次次的围剿中丧了命。但那一阵子过去后，在与另一些人的赌博中他却开始了逢赌必输，没几天不仅把先前赢的钱都输了进去，还把自己弄得几近于倾家荡产，只好躲到山沟里去贫苦度日。白天打打猎，晚上和佃户玩"不带响儿"的纸牌，可谓度日如年，无聊之至。

一天，费得里格打猎回来，刚要准备吃饭，就有人叫门。开门一看，费得里格差点晕过去，那来他这里求宿的竟然是耶稣和他的十二门徒。但费得里格到底是费得里格，虽然他几乎从不进教堂，还尤其讨厌那些僧侣，但这回既然来的是耶稣，他自然是要将其另眼相看的，因此便叫来了佃户和他一起忙活起来。说来也巧，那天他打来的猎物很多，再加上那只被佃户养得很肥的山羊，足够这些人享用的了。

晚饭准备好后，客人便依次入席。费得里格觉得美中不足的是酒，那是当地最便宜的小烧酒，是只有最下等的人才会喝的。

"耶稣先生,"他先给所有人都斟满了酒,然后举起自己也斟满了酒的杯子说,"真是不好意思,山中隐居,只好以此浊酒来敬奉您了。"

"且慢,"耶稣说,"我先来尝一尝这酒到底如何。"说着耶稣把那酒小小地抿了一口,然后竟立刻竖起大拇指说:"好酒!真是好酒啊!"说着,一扬脖儿,就将那杯酒灌到肚子里去了。费得里格也尝了尝那酒,觉得也的确比往常有味道得多,便也一扬脖儿,将那杯酒灌到肚子里去了。于是所有人都一杯一杯地喝起来,仿佛那酒是从天堂里弄来的玉液琼浆一般。尤其是圣徒彼得,一边喝着一边还要不住地用拉丁语说:"啊,真是妙不可言,妙不可言!"

喝酒是如此,吃起肉来就更是如此了。耶稣说:"这天底下的一切活物都是可以吃的,只要我们在吃之前感谢一下耶和华神就可以了,因为这一切都是他赐给我们的。"于是在耶稣的带领下,所有的人都把手放在胸前说:"感谢耶和华神赐予我们这食物!阿门!"这一情节让费得里格有一点不舒服,因为那些东西明明是自己给他们的,怎么成了耶和华神赐予他们的了呢?但费得里格到底是费得里格,一点也没有表现出什么不满的情绪来,而是给这位一条大腿之后又给那位一块胸脯肉;尤其是对那个彼得,费得里格给他的往往要比给别人的更多一些。"啊,真是妙不可言,妙不可言!"他依然还是一边吃一边用拉丁语说着他的这句名言。

晚饭后,耶稣和他的门徒立刻就去睡了。略微收拾了一下之后,费得里格仍旧和佃户玩了几把那"不带响儿"的纸牌。

第二天早晨,耶稣带着他的十二门徒来向费得里格告别。耶稣说:"费得里格先生,为了感谢您的盛情款待,您可以向我随意祈求几份恩典,我是耶稣基督,具有至高无上的权力,只要是你要的,就没有我不能给的。"

费得里格几乎并没有做任何的思考就从口袋里掏出一副纸牌来,他举着那副纸牌说:"主啊,求您让我在用这副纸牌与别人赌博时每赌必赢吧!"

"好,就这样吧!"耶稣说。

站在一边的圣徒彼得立刻趴在费得里格的耳朵边上说:"你在说什么呢老兄,你该祈求主来拯救你的灵魂。"但费得里格却推开他说:"那我倒是没想过。"

"第二份呢?"耶稣问。

"主啊,求您让爬到我门前那棵橙子树上去的人没有我的允许就下不来吧!"费得里格说。

耶稣犹豫了一下,因为他实在不知道费得里格这个要求的意义在哪里,但他还是说:"好,就这样吧!"

站在一边的圣徒彼得又凑过来说:"你在说什么呢老兄,你应该祈求主答应你死后可以入天堂才对呀!"但费得里格又把他推开了说:"那我也同样没想过。"

"第三份呢?"耶稣又问道。

"主啊,求您让在我壁炉前坐下的人没有我的允许就站不起来吧!"费得里格说。

"好,就这样吧!"耶稣连犹豫也没犹豫就答应了费得里格,然后就带着他的十二门徒离开了费得里格的住所。

客人走后,费得里格立刻叫来佃户打牌,他要试一试那耶稣的话是否灵验,结果是他几乎没有动脑子就连续赢了三把。于是他立刻就动身来到镇子上,在一家最好的旅店里租下一间最好的套房住了下来。他回来的消息立刻传遍了整个镇子,那些曾经输了和赢了他的,或者说尤其是那些赢了他的赌客们也就都来拜访他。

"这几年你都去哪了,想死我们了。"有的说。

"听说你是一个人隐居在山里,那该是怎样的寂寞啊!"又有人说。

"有三四年了吧,你是怎么打发时间的呢?"终于有人问。

"祈祷,"费得里格说,"这就是我的《圣经》。"说着,他从口袋里掏出了那副纸牌摇晃着说。

这回答让那些人有点大惑不解,最后他们认定费得里格一定是去什么别的地方赌牌,那地方的人一定都像是他先前的十二门徒那样从不跟他耍什么花样儿,所以让他翻了本,这回他一定是以为自己的牌技提高了回来报仇的。于是他们商量着要再一次把费得里格赢个精光,让他也只好去上山当土匪。牌局被费得里格安排在了晚上,他说先要请大家吃顿饭,然后再开战也不迟。那些人当然也没什么不愿意,让费得里格多喝几杯,糊弄起他来也就更容易了。

这顿饭自然要比那次请耶稣和他的门徒们吃的那顿饭吃得热闹,虽然喝的酒也无非就是希腊的马瓦西和意大利的麝香,但在座的人却都说他们从没有喝过这么好的葡萄酒。费得里格故意喝得一点也不比别人少,因为他知道那牌无论怎么打他都会赢。他还准备了另外一副纸牌,为的是先让他们赢几把,甚至他还准备每赢三四把就一定要故意输一把,以免把他们吓跑。

酒席撤下去之后,战斗便开始了。头几局用的是那副普通的纸牌,无论怎么打他都输,他故意装得很是懊丧,拿来酒当水喝,又故意弄倒了酒杯,把酒洒在了纸牌上,于是只好把那副被他称之为《圣经》的纸牌换上来,他的牌运也就因此被改变了。因为他已用不着把注意力都放在牌上,也就可以发现那些人的花活,他们有的相互使眼色,有的相互打手势,有的在牌上做记号,有的甚至还相互换牌,但这些他都装作没看见,反而更让他赢得心安理得了。

连续好几天,他们都在战斗。每天,费得里格都是胜利者。很快,费得里格就又搬进了一座豪华的府邸，每天都在那里大摆筵席，使那里成了卡瓦镇的一道亮丽的风景。来这里和他赌牌的人更是络绎不绝，一拨人输光了走了，很快就有另一拨人拿着钱涌上来。那副被他称之为《圣经》的纸牌当然早就被玩烂了，但后来费得里格发现，不论是从哪里买来的纸牌，只要他往胸口处一放，嘴里"主啊主啊"地叨唠上几句，那牌就具有了同样的魔力，而别人无论怎么学着他的样子去叨唠都没用。尤其是他始终坚持着每赢三四把都要输一把的原则，所以那些人谁都发现不了他的奥秘，只好怪自己的牌运太差或技不如人，兴高采烈地来然后垂头丧气地走了。

没多久，几乎所有卡瓦镇上有钱人的钱都被聚拢到费得里格手里来了，渐渐地也没有什么人敢来与他赌牌了。终于有一天，他做了一个奇异的梦，梦见他的十二门徒正在地狱里受苦，而那个名叫普路同的地狱之王竟然是一个赌徒，扬言谁能赢他一把就可以从地狱里拯救出一个灵魂。醒来之后，费得里格便决定要到地狱里去一趟，去把门徒们的灵魂拯救出来。

他随身只带了一副纸牌和他的那条心爱的名叫玛舍塞拉的母猎犬。他先到了西西里岛，再登上吉贝尔山，然后再从火山口往下走，一直走到那地狱的入口处。咚、咚、咚，他叩响了地狱之门。门开了一道缝，一个一条腿儿的小鬼儿把他领到了普路同的面前。

"你是谁？"普路同问。

"我是赌徒费得里格。"费得里格说。

"你到这里来有什么事呢？"普路同又问。

"我来拯救我门徒的灵魂。"费得里格又说。

"你说的是那十二个小玩闹吗？他们可都是我的手下败将，现在还欠着我许多钱呢。"普路同显出对费得里格不屑一顾的神情。

"算了，我没时间与你斗嘴。来吧，一把一个，我要是输一把，你就把我自己也留在这里好了。"费得里格说着,就把那副纸牌扔在了普路同的面前。于是战斗开始,没过多一会儿,费得里格就赢了普路同十二把。普路同也不食言,他把这十二个灵魂装在一个口袋里交给了费得里格,费得里格便从地狱里走出来,那大门便在他的身后"咣当"一声关上了。让他没想到的是那条名叫刻耳柏洛斯的恶狗竟趁着费得里格与普路同赌牌的时候与母猎犬玛舍塞拉做了件坏事,当他们离开那里往火山口上爬的时候还隐约能听到它的叫声。几个月之后,母猎犬玛舍塞拉竟产下了一窝小怪物,个个都长着三个脑袋,费得里格只好将它们扔进了卡瓦河。

从西西里岛回到卡瓦,费得里格没有再回到镇子上去,而是又回到山沟里隐居起来,他把那十二个门徒的灵魂供养起来,热了给他们扇扇扇子,冷了给他们盖上被子,没事了就坐在他们旁边与他们说话,就这样打发自己的日子。

四十年后,费得里格七十岁了,死神来到了他的面前,说他的大限已到,该把他送到另一个世界去了。但他却对死神说:"我倒是做好跟你走的准备了,可我对你还有一个请求,你能爬到我门前那棵橙子树上为我摘一个橙子吗?能吃上一个刚刚成熟的橙子,算得上是我人生的最后一个愿望了。"

那死神倒还憨厚,说:"如果你在临走之前只有这么一个愿望的话,我倒是很愿意帮忙的。"说着,那死神便爬到那棵树上去摘橙子,可他没想到上去很容易下来可就难了,费得里格不说话,他的脚就像是和那树的枝杈长在一起一样,连想挪动一下都不可能。

"费得里格,现在你若能让我下来,我可以给你添加十年的寿命。"死神说。

"十年,你也太吝啬了吧。"费得里格说。

"那就三十年好了。"死神又说。

"三十年,再乘以三还差不多。"费得里格又说。

"怎么,难道你想再活一百岁吗?"死神已经要目瞪口呆了。

"正是,否则你就永远都不要从那树上下来,和那树长在一起好了。"说着费得里格竟然把头扭向一边去了。

"好吧,一百年就一百年,你要是活得不愉快可别怨我。"死神只好屈服了。于是费得里格说了句"下来吧"。那死神就立刻从那树杈上掉了下来,倒也并没有把腿摔断。

死神一走,费得里格仿佛又回到了年轻的时候。他现在还有的是钱,所以自然可以继续花天酒地,但再多的钱也是会花光的,所以他也还是要继续赌。卡瓦镇不行了,他就去约克镇,法国不行了,他就去意大利,去英国。只是光阴似箭,日月如梭,一百年很快又过去了,他又回到山沟里的住所隐居起来,整天陪伴着他的也还是被他供养着的那十二个门徒的灵魂。当死神又来敲他门的时候,他已经躺在床上起不来了。

"费得里格先生,你准备好了吗?"死神说。

"当然,我已经叫人去请神甫了。我的腿脚不方便,请你自己推门进来,坐在壁炉前的凳子上等一会儿吧。"费得里格说。

"如果真是这样,我是可以等一等的。"那死神倒也善良,说着就推门进来坐在了那个凳子上。可等了十分钟那神甫也没有来,又等了一个小时那神甫还是没有来,死神觉出自己又上当了,可是想站起来却是不可能了。他的臀部好像是一个千斤重的铁砣,将他的整个身体固定在那凳子上了。那凳子的四条腿儿仿佛是在地上生了根,怎么晃都是纹丝不动。

"不瞒你说,我之所以想再活几十年,实在是因为还有许多事情想做。我知道你是既憨厚又善良的,一定会再给我几十年时间,这对你又有什么损失呢?"费得里格对死神说。

"你的几十年到底是多少年呢?"死神问。

"不用多,四十年足矣。"费得里格说。

"不行,我最多只能再给你二十年。"死神这样说其实只是为了维护自己的尊严而已。

"我说四十年就是四十年,我是知道怎么样才能让你答应的。"说着,费得里格便叫人弄来了几捆柴禾扔进了壁炉里,那火一下子被烧旺了好几倍,把死神的后背都要烤焦了。

"好吧,好吧,我再给你四十年算啦,我可不想成为烤全羊。"死神又一次屈服了。

又活四十年,费得里格又赌了四十年。只是四十年之后死神又来了,他发现这一次有了一些不同,费得里格正背着一个口袋在家门口等着他。

"你背着这个口袋干什么呢?"死神问。

"这是我的十二个门徒的灵魂,他们生前是我最诚实的朋友。现在你就把我和他们一起带回到地狱里受罪去吧。"费得里格说。

"那好吧。"说着,死神揪住费得里格的衣领腾空而起,向南方飞去,到了西西里岛又一头扎进吉贝尔火山口,径直来到了地狱的大门口。咚、咚、咚,死神叩响了地狱之门。那门被打开了一道缝儿,还是那个一条腿儿的小鬼儿把他们带到了地狱之王普路同面前。

"这是哪一个呀?"普路同问。

"赌徒费得里格!"死神报道。

"不行,你还是把他送到别的地方去吧!不定哪一天他会把我这里所有的灵魂都赢走的。"普路同说。

"别担心,他早已经金盆洗手了。"死神说。

"别和我开玩笑了,这赌只要一沾上手,那是几辈子都改不掉的。快走吧,这里不欢迎他这样的人。"普路同一边说着,一边把他们推了出来。

没有办法,死神只好提着费得里格来到了天国的入口,而且在将他放在了入口处之后就自己离开了。

没想到守着那入口的竟是圣徒彼得。

"你是谁?"圣徒彼得问。

"你的朋友费得里格。"费得里格说。

"什么?你有一点自知之明好不好。以你现在的声名怎么可以进天国呢?"圣徒彼得说。

"彼得,一百八十年前,我是这样接待你的吗?"费得里格说。

"的确,我和我的主都应该感激你的。但你在这之后做的许多事情也的确是太过分了。这样吧,我去问问主,看他怎么说吧。"说完,他便转过身进入天国里去了。

不一会儿,耶稣来了。耶稣一看到费得里格便想起了那一天的宴会,想到了那酒和肉,便立刻同意让费得里格到天国里来,但又说他带来的那十二个灵魂却要被送到地狱里去。

"怎么了,我的主,想当年您带着您的十二门徒来到我那里的时候,我难道是只接待了您而将您的十二门徒拒之门外了吗?"费得里格立刻说。

耶稣犹豫了一会儿之后终于说:"……的确……然而……但是……不过……,那就,都让他们进来好了。"

于是,费得里格带着他十二门徒的灵魂就又成了天国里的居民。至于在那之后的天国里会不会因此而发生什么事情,我们就不得而知了。

罗杰上尉

本来距离旅行的目的地已经没有几天的路程了,谁知海上却突然变得风平浪静起来,于是那船只好在海面上漂着,一步也走不了。帆垂下来,紧贴着桅杆,像是悬挂在上面的一件脏衣服。暑气弥漫,人仿佛在蒸笼里,难受至极,无聊至极。

船上所能提供的娱乐早已经被人们玩儿腻了。在一间一百来平的房子里一起度过了四个月之后,大家都很熟悉了,甚至对各自的身份和经历相互之间也已经了如指掌。只要看见大副走过来,你就会知道他会和你谈起他的老家里约和那座艾斯林格桥,那是禁卫军修的,而他当时就在那支部队里服役。甚至你会连他喜欢用的词语,每一个词语或句子间的停顿,说每一句话时的语气和表情都预测到,比如他在每一次提到"皇帝"这个字眼儿时总会停顿一下,脸上露出一抹黯然的表情,补充上一句"如果你们能像我一样见到他当时的样子也一定会如此"。一开始时你还真的会为之感动,但当你第三次再听到这句话时一定会把视线从他的脸上移开了,嘴角也还会不自觉地向左或向右撇一下,依每个人的口轮匝肌的习惯而定。二副是个关心政治的人,每天都对布雷斯特带来的某一期《宪报》上的文章发表自己的见解;要不就大谈文学艺术,分析一部小说或一出戏剧的成功之处或从中找出一些瑕疵,好像如果要由他来写这部小说或编导这出戏剧就会使之更加完美了似的。事务长更是邪乎，他第一次给我们讲他从卡迪斯囚船上逃跑的经过时，我们都听得入了神，但当他把这件事讲到第十二次的时候就有人受不了了，他只好中途打住，很是不情愿地躲回到自己的舱室里去。……在这所有的人当中，只有船长是个例外，他言语和蔼，但又说一不二，许多人在背地里埋怨他，说之所以会被困在这里全是他的指挥不当造成的。他们甚至骂他是蠢猪，但我觉得他们之所以如此，不过是要以此来缓解一下内心的烦躁而已。

一天，吃过了晚饭，人们都聚集在甲板上观看海上落日，或许是因为虽然那落日每天都是一样的，但那彩霞却是每天都不同，所以这便成了每天晚饭后一个可以一次又一次地重复却又不令人烦厌的节目。当然也有人躲在一边抽烟，也有人在阅读从阅览室那有限的几十本书里挑选出来的什么书，还有的人坐在一边已经开始打哈欠了。坐在我左边的是一个军官，他在不时地耍弄着一把匕首，一次又一次让匕首垂直地从手中落下，一次又一次剡在甲板上。我也想玩一玩儿这个游戏，看到坐在我右边的船长腰间也佩戴着一把匕首，便想拿过来玩一玩儿，但却被船长拒绝了。等到那太阳已经落到海平面下面去，人们也都要各自回到自己的舱房里去的时候，船长叫住了我，为我讲罗杰上尉的故事，他说这把匕首就是罗杰上尉留给他的纪念物。

我认识他的时候，我们都在海军服役，驻扎在布列斯特。他是上尉，我是准尉，他的年龄比我大一点有限，都算是三十岁出头。我敢说，他是我们那支部队里最优秀的军官，心地善良，有教养，有思想，有才华，又非常讲感情。和他比起来，我是太普通太普通了，但我们的交情却是很不错的。当然他也不是没有缺点，情绪不很稳定，有点傲气，容易发火。我想，这都是因为他是个私生子的缘故。

他最害怕的是被人瞧不起，他最需要的是别人的尊重，无论在什么时候总是要高人一等，至少他要让自己认为是这样。他从未谋面的父亲给了他一笔年金，这笔钱虽然不是很多，却使他在经济上比身边的人优越了不知多少。他也许是为了填补一下私生子给他的精神造成的残缺，总是把这些钱拿出来与周围的人共享，也因此获得了一个仗义疏财的名声。每个季度钱一到账，就会有人愁眉苦脸地来找他。"怎么了，老兄！是不是又赶不上趟了，钱袋在那里，自己去拿吧！然后别走，我请你吃饭。"他这样对待周围的人，周围的人当然都会说他好，当然会围着他转了。

那年，布列斯特来了一位年轻貌美的女演员，名叫加布里埃尔。据说她曾在巴黎红极一时，因此成了某参议员的情妇，那个参议员也不知为她花了多少钱。但她又是一个非常任性的女人。一天，参议员来到她那里进屋之后没有摘帽子，她便说那是对她的不尊重而非要让他摘下来不可。那参议员耸了耸肩膀说："真是岂有此理！在被我养着的女人面前，我难道连戴帽子的自由都没有吗？"说着把那帽子摘下来之后又重新歪戴在了头上。加布里埃尔立刻发起火来，她狠狠地打了那参议员一记耳光，让他的帽子飞起来落在了屋角的地上，两人也就从此分手。她说自己之所以做演员不是为了别的，而只是为了能自由自在地生活。

罗杰上尉看到了加布里埃尔并听说了她的这段传闻之后，认为这正合自己的口味。他买了鲜花并扎上粉红色的丝带，还在里面非常巧妙地放进了二十五枚拿破仑金币，那是他当时身上所有的钱，而他知道加布里埃尔那一年也正好是二十五岁。然后他拉上我和他一起去看加布里埃尔做主角的歌剧，幕间休息的时候，我又陪着他到了后台，他在赞美了加布里埃尔几句之后便将那束鲜花献给了她，并请她允许自己改日登门拜访。加布里埃尔先是向他行了个屈膝礼，然后又报之以嫣然一笑,但当她接过那花束之后脸色却变了。

"这里面装进了什么,是钱吗?"她这样说着,看到我们没有否认,便将那束花向罗杰上尉的脸上扔过去。那花束散开了,金币乱飞,罗杰上尉的脸也被划破了。这时候,下半场的铃声响了,加布里埃尔去接着演出了,罗杰上校满脸羞愧,他和我拾起花和金币从剧场里走出来,听到剧场里有人喝倒彩,想必是那加布里埃尔下半场的演出出了什么问题。我们进了一个路边上的咖啡馆儿,罗杰上尉把那束花送给了一个女服务员,并将那二十五枚金币都扔在了柜台上,要了最好的潘趣酒,让我陪着他一直喝到后半夜才回到驻地。

随后的几天,罗杰上尉因为脸上有伤,所以只能躲在营房里喝酒,但这一次的遭遇不但没有让他将加布里埃尔放弃,反而让他对加布里埃尔的爱达到了疯狂的程度,抱定了非要得到她不可的决心。他每天都要给加布里埃尔写好几封厚厚的情书来表达自己对她的倾慕和喜爱,最初的几封被原封不动地退了回来,其后的却如石沉大海,直到有人发现剧院里卖橘子的老太婆在用他的情书做包装纸,才让他停止下来。那是加布里埃尔别出心裁想出的羞辱人的办法,对罗杰上尉实在算得上是一个沉重的打击,但信不写了他又开始每天到剧院里去找,在路上截,只要一见到就向人家求婚,最后连海军大臣也知道了这件事,认为是有损军人的尊严而要处分他。

正在这样一个关键的时候,那些同样驻扎在布列斯特的陆军军官们倒是帮了罗杰上尉一个忙。在一场通俗歌剧的演出结束后,他们吵着要加布里埃尔把其中较为低俗的一个唱段再来一遍而被加布里埃尔拒绝了,于是他们准备在其后几天的演出时为她大喝倒彩,直到把她赶出布列斯特为止。罗杰这一天不在场,第二天听说了这件事后,便打定主意要和这些陆军军官们干一场。

果不其然，第二天，加布里埃尔一出场，坐在台下的那些陆军军官们便连续不断地弄出了一片嘘声和口哨声。罗杰上尉就坐在这些陆军军官们旁边，立刻站起来怒斥他们，说他们这样欺负一个女演员是无耻的行径，要他们立刻从剧院里滚出去。那些陆军军官立刻就把矛头转向了罗杰上尉，称他是多管闲事而要他从剧场里滚出去。结果自然是动起了手来，幸亏我和几个海军军官及时赶到，否则他可就真的要吃大亏了。

海军大臣知道了这件事，罗杰不仅被记了一大过，而且还被关了大半个月的禁闭。

他被放出来之后的第二天我去看他，被告知他在驻地旁边的一个饭店吃饭。我去了那个地方，发现坐在他对面的竟然是加布里埃尔，他们之间已经开始用你相称，亲密得像一对相爱了很长时间的情侣了。从那以后，罗杰上尉几乎每天晚上都去剧院，直到第二天早晨才回来。每到周末就连他的影子也看不到了。

不久，一艘荷兰的三桅战舰驶进了布列斯特港。一天晚上，那些荷兰军官请我们吃饭，罗杰上尉也去了。大家一起开怀畅饮，喝了不少酒。撤席后又有人提出要赌几局，那些荷兰军官似乎个个都很有钱，尤其是那个大副赌注下得很大，弄得我们都只好撤出来。罗杰上尉平时是从不沾赌的，但这时却仿佛有了一种责任感似的冲了上去，几乎是那个大副下多少他就下多少，几个回合之后双方倒是也没有多大输赢之分。

第二天我们又回请，其后又赌起来，最后又变成了那个大副与罗杰上尉的对决，但最终也没什么输赢。于是双方的赌性被激发出来了，其后的每一天几乎都在赌，吃饭喝酒已经成了借口和陪衬，赌钱成了主题。有时在饭店，有时在酒吧，有时在咖啡馆，赌注也越来越大，最后每一局的赌注上升到了几十个拿破仑金币，相当于我们两三个月的工资，那简直不是赌钱，而是一场场战斗了。一个星期的时间里，罗杰上尉不仅已经把身上的钱和加布里埃尔手里的钱输光了，而且还欠下了四五万法郎的债。这四五万法郎的债自然都是向周围的人借的，这些人平时都用过罗杰上尉的钱，现在只要罗杰上尉伸手，没有人不倾囊相助的。

这一天，罗杰上尉已经是山穷水尽了，但赌局已经约定了，他于是找到我，我知道他的意思，便将手里刚刚得到的二十五枚金币塞在了他的手里，然后和他一起去了一个小咖啡馆儿。最后的时刻来到了，罗杰上尉必须将两粒骰子掷出一个六点和一个四点才能赢下这一局。夜色已深，几个荷兰军官都已经昏昏沉沉的了，只有罗杰上尉还是精神百倍。他把骰桶儿摇晃了好几分钟，把那个大副摇晃得几乎要天旋地转了，然后他才一个猛劲将那两枚骰子掷出那骰桶儿，这时我看见那两枚骰子一个是六点另一个是三点，心想完了。但就在那骰子被掷出的同时，一根立在边上的蜡烛被碰倒了，蜡油溅在了那个大副的一只手上，那个大副赶紧用另一只手去把这一只手上的蜡油拂去，罗杰上尉则装作赶紧去扶起那根蜡烛，然后当两个人再去看那两枚骰子时，竟然真的是一个六点、一个四点，于是罗杰上尉赢了这非常关键的一局。那个大副本来也有一些奇怪，但因为已经赢得太多了，所以也就没有计较。可从那以后，罗杰上尉便几乎一局都没有输过。那个大副也急了，赌注下到两百个金币一局，他们一直干到天亮，罗杰上尉不仅翻回了所有的本，还赢了四万多法郎回来。那个大副也算得上是个英雄，当他从座位上站起来的时候，脸色黄得像个蜡人一样，当天上午就把输掉的将近十万法郎的钱如数都交给了罗杰上尉，只是当天下午就在自己的宿舍里开枪自杀了。

罗杰上尉把还完账之后剩下的将近五万法郎的钱一股脑儿堆在

了加布里埃尔的面前，让加布里埃尔高兴得跳了起来。"我们现在要怎么来花这么多钱呢？"她大叫道。

但罗杰上尉却坐在那里像是傻了一样，因为他刚刚听说了那个大副的死讯。

"我想咱们应该买一辆四轮儿的敞篷马车去巴黎兜一圈，气气那些曾经瞧不起我们的人。我要买一颗足够大的钻戒、珍珠项链、各种颜色的开司米的料子……怎么了，亲爱的罗杰，你为什么不开心？"看到罗杰上尉只是呆呆地坐在那里，连看也不看她这边一眼，加布里埃尔走过去拍了拍他的肩膀说，"你是在生我的气吗？"

"我心里难受。"罗杰上尉说。

"你是说因为赢了钱心里有什么愧疚吗？这就大可不必了。前两天，他不是还赢了你许多钱吗？"加布里埃尔说着又去欣赏那一堆钱去了，"输了钱，想不开，自己给了自己一枪，这和你有什么关系呢？这些钱，现在到了我们手里，一定是他上辈子欠我们的。"她还在继续说着。

罗杰上尉一会儿呆呆地坐着看着对面的墙壁，一会儿又站起来，耷拉着脑袋在屋子里来回地踱步。

"你知道，你这个样子，会让人怀疑你是使用了什么诡计把钱从人家手里骗过来的呢。"加布里埃尔突然说。

罗杰上尉突然站住了，抬起头来看着加布里埃尔说："如果真的是这样会怎么样呢？"

"得了吧，作弊哪有那么简单？况且边上还有那么多人看着，怎么可能呢？"加布里埃尔说。

"是的，加布里埃尔。我作了弊，真的作了弊，我是个小人，是个骗子，这些钱是我骗来的，我真该死！"罗杰上尉一边说着，一边用拳头捶击着自己的胸口。

加布里埃尔终于相信了,她坐在了沙发上,把头扭向一边,像是再也不想看见那堆钱似的说:"我宁愿你去杀人,也不愿你做出这样见不得人的事。"

接下来在他们两个人之间就只剩下了沉默。

第二天,加布里埃尔只是把那堆钱中原本属于自己的那一小部分收起来,其他的钱就让它在那里堆着,然后就离开了罗杰上尉。罗杰上尉几乎是足不出户,整日地看着那堆钱发呆。我去看他,他要么没说上几句话就把我支走,要么竟然会大骂一通荷兰人,谈起那个大副,更像是根本就不认识,从来也没和人家打过交道似的。但我却又从别人那里听说他在私下里打听那个大副家人的情况,无奈那条荷兰人的船已经离开了布列斯特港,关于大副家人的情况他无从知道了。后来他告诉我,他原本是想把那钱归还给那个大副的家人的。

好像是没过多久,据罗杰上尉后来告诉我说,他因为发现加布里埃尔和一个准尉来往密切,便到她住的地方找到她并质问她说:"你怎么可以和那个人来往呢?他其实只是一个水手,而且是所有水手中最脏的一个!"但加布里埃尔却说:"他怎么脏呢?他又没有骗别人的钱。"罗杰上尉大怒,他拔出匕首似乎要朝着加布里埃尔刺去,可加布里埃尔不仅没有躲避而且还迎了上去。他们就这样对视了很久,终于,罗杰上尉把匕首扔在了地上,然后便跑出了加布里埃尔住的地方。

随后的一个晚上我去找他,他正在写信。有几封信已经写好了摆在一边,其中一封信是写给我的,我便拿起来看。这一看竟吓了我一跳,那竟然是一封告别的信,他说自己要走了,要到另一个世界去了,因为自己做了对不起他人,也对不起自己良心的事,是个骗子。我当然知道他所指的是什么事,便立刻开导他,让他不要太自责,其实那只是一局棋而已,那一局棋也不过二十金币,至于其后发生的事就与欺骗没有关系了。

"如果按你的说法,那我就不是个大盗而只是个小贼了。那我就更不能原谅自己了。"其后他便没完没了地笑起来,笑得我浑身不由自主地战栗起来。他疯了么?我想。

这时突然门开了,是加布里埃尔来了,她"扑通"一下子跪在了罗杰上尉的面前抱着他的双腿说:"原谅我吧,亲爱的,原谅我说的那句话,我错了,我不能不爱你,无论你做了什么,没有你,我是活不下去的。"这样说着,不仅她已经泪流满面,我也已经泪流满面了。

但罗杰上尉还是摇了摇头说:"不,我是个骗子,而且是个小骗子,谁都可以原谅我,但我自己却是无法原谅我自己的。"

"那好吧,亲爱的。如果你非要这样做的话,那就带着我一起走吧。我演过那样的悲剧,开枪打死自己,这样的事对我来说太容易了。"说到这里,加布里埃尔竟然笑了,可罗杰上尉却又流下了眼泪,两个人抱在了一起。我觉得没什么事了,便走了出来。

我想,如果不是突然接到命令要我们出发去执行一次巡航任务,这件事一定还不会这么容易就结束。我们分别被任命为一艘三桅战舰上的大副和二副,任务是越过英国人设置的海上封锁线,到印度洋的法属殖民地海域巡航,于是我们都做好了一去不回的准备。"自杀身亡的确不如为国捐躯。"罗杰上尉在接到命令之后这样对我说。

临行前,他把那些钱的一部分拿出来捐给了当地的慈善机构,剩下的交给了加布里埃尔,要她去捐给她在那里长大的那家孤儿院,加布里埃尔当时答应得很好,但过后是否这样做了,我们却谁也不知道。女人,我是不会相信她们的。

我们登上了那艘名为"伽拉忒亚"的战舰,舰长是个不学无术且刚愎自用的人，但我们的运气不错，因为赶上了一阵大风，所以很容易就穿越了英国人设置的海上封锁线而来到了葡萄牙海岸，然后又朝印度洋驶去。如果每天都是与敌人在战斗也许就好了，这样平静的巡航又使罗杰上尉的情绪渐渐低落下来。他每天完成了自己例行的工作，便立刻躲到舱房里去，和谁都不说话。

一天，我去舱房里找他，看见他躺在吊床上，眼睛直呆呆地看着舱顶，便对他说："老兄，看来你还没有从先前的阴影中走出来。至于吗？何必呢？不过是二十个金币呀！想想当初你去勾搭省长老婆的事，你这样愧疚还有完吗？"我说的这件事就发生在后来这件事不久之前。也不知是罗杰上尉先看上了省长老婆，还是省长老婆先看上了他，总之后来被省长发现了，弄得那个省长老婆只好服毒自尽。只是这件事并没有被公之于世而已。

罗杰上尉翻了个身，并没有对我说的问题作出回答。于是我继续说道："你还可以反过来想一想，如果不是这样的结果，会怎么样呢？加布里埃尔，她身上的钱全被你输光了，想买一件衣服也不成，那样你就不会因此而感到愧疚吗？还有你向周围的人借了那么多钱，你要怎么才能还上呢？如果你还不上的话，难道你不会为此而感到愧疚吗？"

罗杰上尉还是没有说话。又过了很长时间，仿佛是一个世纪，他才握住我的手，断断续续地对我说："我的好朋友，别再劝我了。我这个人是不可救药的。如果当时我能想到加布里埃尔也就好了，没有，我一丝一毫也没想到她。我想到的只是我自己，我的荣誉，是我的虚荣心让我去那样做的，虽然只是在一瞬之间，虽然只是二十法郎，但那个大副死了，是我害了他，我是不能原谅自己的。"当时，我看到他那么痛苦，那痛苦没有一丝一豪伪装和造作，真不知道再对他说些什么。

但一个星期五的中午,我们发现有一艘英国军舰正在向我们逼近,那船比我们的船大得多,行进速度却比我们的快,看来我们不得不与其进行一场实力悬殊的战斗了。罗杰上尉被舰长叫到指挥舱里商量作战方案,从指挥舱里走出来,罗杰上尉将我拉到一旁对我说:"现在,有两套方案可供选择:一个是硬拼,就是让敌人追上来,然后我们再猛地靠上去,当两舷相接的时候让我们的士兵突然越过船舷冲上去给英国人来一个措手不及,因为如果用炮对轰,我们无论如何是轰不过人家的;另一套方案是把我们的大炮都扔到海里去,然后轻装逃走,虽然不太光彩,逃命是没有问题的。但这位舰长却非要与敌舰对轰,那结果也就只有一个,我们的舰被击沉,你们成为英国人的俘虏。"

"'你们'?为什么不是'我们'而是'你们'?难道你不在我们之中吗?"我大惑不解地问。

"我是宁愿战死也不愿做俘虏的。"

停了一会儿他又说:"作为老朋友,我对你只有一个请求,就是当我负了伤自己没有力量跳进大海的时候你一定要帮我一下,或者就干脆把我扔进大海。大海,它将是我的灵床,我的坟墓。"

但我却立刻非常明确地表示,我也许能做到,但也许又是绝对做不到的。

"你必须这样做!"他仿佛是在给我下命令了。

下午三点,战斗打响了。英国人大炮的射程比我们的远,所以首先向我们开炮,等到我们大炮的射程可以达到英国人战舰的时候,我们的战舰已经被轰击得不成样子了。当我们扯满了帆想去进一步接近敌舰的时候,一发炮弹打过来,正好打在主桅杆的基座上,主桅杆便立刻倒了下来,甲板上立刻乱成一片。英国人利用这个时机又绕到我们的舰尾,并将炮火向我们更加猛烈地轰击过来,把我们的舰尾几乎要打没了。我们的伽拉忒亚号就要沉了。罗杰上尉指挥我们把倒下且折断了的桅杆再立起来，但突然"轰隆"一声，有炮弹在不远处的甲板上爆炸了。我眼看着罗杰上尉躺倒在了甲板上，他的肚子被一块弹片击中了。

这时舰长跑了过来说："大副，你说现在我们如何是好呢？"

"把那半截桅杆立起来，挂上我们的国旗，然后放下救生艇，弃船逃生。"罗杰上尉说。

"好吧，就按你说的办。"舰长转身去做了。

"怎么样？等一等，我们会把你直接抬到救生艇上去。"我握着他的手说。

"把我扔到海里去吧，这回我是没救了，但我可不愿看到你们投降。"他有气无力地说。

两个士兵过来，说是要把他抬到船舱里去，这时他已经昏迷过去了。我看见舰旗被挂上去又被摘下来，再被挂上去的是降旗。他的伤是致命的，在那两个士兵把他抬起来后，这把匕首从他的腰间落下，被我留了下来，直到今天。

"船长，左舷发现一条鲸鱼！"一个船员喊道。"鲸鱼？好啊！"船长立刻跑了过去，他的故事也因此而结束了。

圣 堂

一

在圣洛克教堂,最后一场弥撒结束了。教堂执事正在做着例行的巡查,把那些圣堂的栅门关好,或看一看里面还有什么人没有。如果还有人,他就会提醒一下,或者再等一会儿。等确定一个人也没有了,他才会去吃午饭。

这些圣堂中有几个是比较特殊的,一些有身份的女人往往不愿意与别人混在一起,便出钱买下一种特权,可以独自一人在里面祈祷。执事走过一个这样的圣堂时脚步突然停住了,他发现里面的那个女人还没走,她把头仰靠在椅背上,依旧在冥思着什么。他知道,那是德·比埃纳夫人。

在那个时代的上流社会,有一些女人,既年轻又漂亮而且有钱。她们到教堂来的目的只是为了寻求所谓灵魂的得救,除了祈祷和忏悔之外,就是捐献,今天捐献台布,明天捐献蜡烛,不定哪天还会通过神甫之手捐献给教堂一笔钱作为善款,去救济那些几乎是与她们八竿子打不着的穷人。德·比埃纳夫人就属于这一类。

执事不想打扰德·比埃纳夫人的冥想,于是立刻走开了。他的那双坏了后跟儿的鞋子随着他两脚的移动发出一连串踢里踏拉的声音，在此时空荡荡的教堂里变得很是清晰，虽然他已经努力不把脚抬得太高。

执事终于走到了祭坛的另一端，在一个角落里坐了下来。这时，有一个年轻却谈不上漂亮的女子走到教堂里来了。那女子先是在祭坛前的过道上走来走去并四下里张望着，仿佛是第一次来到这里，这里的一切都让她感到很新鲜。这女子的眼睛倒还算得上明亮，但眼窝已经开始凹陷，再加上眼睛周围的两圈黑晕，说明在她的内心里一定隐藏着许多苦楚，或者说虽然她的人还年轻但心已经不年轻了。她的穿着是处于随意和讲究之间，或者说是随意和讲究的混合。粉红色的帽子上插着一枝假花，长长的开司米披肩下面是印花棉布的连衣裙，那双薄呢子面的平底鞋已经旧得不能再旧了。很显然，她是处在比德·比埃纳夫人低得多的那一个社会层面上。

这女子在祭坛前转悠了一会儿之后，又转悠到那些圣堂前的过道上去了，而且还在德·比埃纳夫人所在的那个圣堂的栅门前站住了，等到德·比埃纳夫人推门出来时才迎了上去。

"请问夫人，"她略带羞怯地微笑着说，"我想捐献一根蜡烛，该和谁去说呢？"

"你说什么？"也许是这问题问得太突然，也或许是德·比埃纳夫人还没有从自己刚才的冥想中完全走出来，所以问道。

"我是说，我想捐献一根蜡烛给教堂，却不知该把钱交给谁。"那女子赶紧回答道。

德·比埃纳夫人虽然是个很虔诚的教徒，但对于那些带有迷信色彩及临时抱佛脚的做法也并不排斥，因为即便是这种形式的捐献也有其感人之处，甚至她自己也是这样走过来的。于是，她便指了指那个正在朝这边走过来的执事说：

"把钱交给他就好了。"

德·比埃纳夫人一边整理着自己的面纱，一边看着那女子从一个小得不能再小的钱包里拿出了一枚五法郎的硬币交给了那个执事。

那天恰巧德·比埃纳夫人是走着过来的，她很想在她们一起走出教堂大门的时候和那个女子聊几句，但那个女子却似乎并没有与她认识一下的意思。她们走的是同一个方向，德·比埃纳夫人先是很快就看不到那个女子的踪影了，然后是又在一个街角处看见了她。她正从一家面包店里走出来，用那条开司米的披巾包着刚买的面包。她也看见了德·比埃纳夫人，但只是把嘴角往上翘了一下，然后便低下头朝路易大帝街的那座破旧的四层楼房走去了。

德·比埃纳夫人想，这个女子的生活处境或许是太艰难了，但她的虔诚却要比我的更可贵，她献出的那五法郎或许相当于我献出的五百、五千，甚至五万法郎呢！她这样想着，那女子的身影不仅摇晃在他的眼前，而且还变得越来越高大起来。

这以后，德·比埃纳夫人经常会在教堂附近的街道上看见这个女子，每次见到她时，她都是把嘴角往上一翘然后再低下头走开。德·比埃纳夫人开始对这个女子感兴趣起来，她很想了解一下这个女子的生活，很想给她一些经济上的帮助，尤其是看到她一次比一次憔悴，连那粉红色的帽子和开司米的披巾也不见了的时候。显而易见，她的虔诚并没有给她带来什么回报。但就在德·比埃纳有了这样的想法之后，她却突然再也见不到那个女子了。

一天，德·比埃纳夫人看见有人将一具棺材抬进了教堂，后面跟着的是一个衣衫破旧的男人。她赶紧叫执事过去问死者是什么人，问回来的答案是：死去的人是个女人，带着一个女儿住在路易大帝街十三号的顶层，可是她的那个女儿最近不知跑到哪里去了，这个女人死了好几天才被人们发现；那个男人只是那座楼房的看门人，他说这女人生前无意中对他说过此生最大的愿望就是死后到这里来做一次弥撒，于是他便从院子里的邻居那里凑了一点钱把女人送到这里来了。德·比埃纳夫人想，这一定就是那个捐献蜡烛的女子了，她的女儿现在在哪里呢？这之后的好几天，她头脑里想的都是关于这个女子的问题，眼前浮现出的都是这女子的身影，那粉红色的帽子、开司米的披巾，还有那略带矜持和羞涩的笑容……。她让人去收容所打听过，但最近并没有小女孩被送进来过。

几天后的一天，德·比埃纳夫人又到教堂里去，她的车子经过路易大帝街。实际上她的住处虽然离这里不远，但如果要走这条街去教堂还是要多走上几十米。但这几天她只要出门，就要故意经过这条街，并向那座楼房瞅上几眼。她非常希望能看到那个熟悉的身影从自己身边闪过或出现在那座楼房的门口，但始终也没有过。于是，"她的女儿到哪里去了"这个问题就又会在她的脑海里打起转儿来。

这一天，德·比埃纳夫人的车子被一辆货车挡在了离那座小楼不远处，那个女子却仿佛出现在了她的眼前。她仿佛看见那女子正趴在四层楼的窗口上往下眺望呢。而且，那女子似乎也看见了德·比埃纳夫人，只是她的嘴角并没有再往上翘起的意思了。很快，前面的那辆货车让开了，德·比埃纳夫人的车子也就没有理由继续停在那里了。

这一天，德·比埃纳夫人从教堂回来，车子自然还是走的路易大帝街，透过车窗，她竟然发现四楼的那扇窗子半开着，那女子却已经不站在那里了，在那窗子的下面却聚拢着一堆人。她当时并没有多想，但等到她回到自己的住所时才突然想到，该不是那女子从楼上跳下来了吧？她立即派自己的一个佣人跑过去看。结果不出她所料，果然是有一个年轻的女子从四层楼上跳下来了，不过并没有摔死，还能说话，还在不断地说着："快让我死吧！快让我死吧！……"那样子真是恐怖极了。

"没有人救助她吗？为什么不为她去找医生呢？"德·比埃纳夫人焦急地问。

"没有的，这个女人，据说是做那个职业的，以前是个演员，但演的都是小角色，不知怎么就又坐上那个了，要知道，那些女演员本来就都是那样的，到现在谁会同情她呢，据说她的母亲刚死了不久，她的胳膊上还戴着黑纱呢……"

"行了，快别说了，"德·比埃纳夫人叫来了两个女佣并对她们说，"快去我屋里抱上床上所有的东西给那女子送去。如果无大碍，就先把她抱回到房间里去，如果严重就先把她盖上别动，等一会 K 医生到了再说。别听那些人胡说八道，这女子可是我的朋友，你们谁要是跟着胡说八道小心我让谁走人！"

德·比埃纳夫人说的那个 K 医生是她家的常客，每个星期的这一天都会到她家来做客，然后去旁边的那家剧院看歌剧。她知道自己有晕血的毛病，所以实在怀疑自己见到那女子时会不会立刻晕厥过去，便只好坐下来等。好在没有几分钟，K 医生就到了，于是她便让那个男仆立刻把 K 医生带到路易大帝街去了。

大约两个小时以后，K 医生回来了。

"有些自杀的人天生就是运气好，"K 医生说道，"记得有一个丑女人往自己嘴里开了一枪，结果是子弹先打碎了她三颗牙，然后又在她的脸上打穿了一个洞，除了比原来更丑一些之外，什么事也没有。这个名叫阿尔塞娜·吉约的姑娘也是，有的人从二楼跳下来就没救了，她可倒好，从四楼跳下来，竟然先落在二楼的雨搭上，然后才落到地上，因此只是摔断了一条腿骨和两根肋骨。当然，他还有幸认识您，您的被子送的真是及时，否则得了破伤风也一样会没命。不过我亲爱的德·比埃纳夫人,我的牛肉烤得如何了?《奥赛罗》的第一幕看来是赶不上了。"

这K医生说话的确有点碎,但德·比埃纳夫人还是听出那个女子是没有什么大问题了。于是她一边看着K医生吃着烤牛肉一边问:

"您没问问这个名叫阿尔塞娜·吉约的女子是为什么要轻生的吗?"

K医生一边嚼着烤牛肉一边摇着头说:

"这个么,实在是对不起。您是知道的,夫人,我从不会问病人这些带有隐私性的问题。我只会问他们以前得过什么病,吃过什么药,对什么东西过敏等问题,因为这与我的治疗有关……不过,一个人要自杀,那一定是有原因的,她戴着黑纱,我想是因为父母死了吧。但这当然也说不通,如果我们都因为父母死了就自杀,这世界也早就不存在了。但也有的人是一时糊涂,以为自己离开了谁就活不下去了,结果跳楼了,或者投河了,死了,后悔都来不及了。其实谁离开谁不行呢,地球照样转,明天一早太阳还会升起来的。"

"她是不是也后悔了呢?"德·比埃纳夫人又问。

"后悔?她倒是似乎并不。她又哭又闹,我也弄不清是怎么回事。但我知道她有肺病,一看脸色就知道,如果她就此死了,倒是可以免受肺病的折磨了。这酒也真不错!"K医生说着,又喝了一大口葡萄酒。

"您说,我明天可以去看看她吗?"

"当然……不可以,我对她说了,您会帮助她,但是我还是不能保证您在见到她的时候不会晕厥过去。"

"过后怎么办呢?"

"最好是将她送到康复医院里去,那里会提供她康复过程中所需的一切。不过,这需要一些钱。"

"钱倒是没有问题,都由我来付。"

"您可真是个大善人,这个女子也真是有福气。不过我倒是要提醒您考虑一下您的这位被保护人是否值得您这样来保护。听说她以前是个演员,怪不得她这样会跳,简直就像是从楼顶上飞下来的鸟一样。"

"你是说……那不可能!我看得出,她是一个心地善良的女子。您知道我看人是很准的。我和这个姑娘是在教堂里认识的,当时她去教堂里捐献了一根五法郎的蜡烛,我想那五法郎对于她可并不是个小数目,她也许是为了给母亲还愿才那么做的。她从小和母亲相依为命地长大,她小的时候母亲养她,母亲老了她来养母亲,但现在母亲死了,她一时想不开便做了傻事。她也许做过那种事,但为了养活母亲又有什么办法呢?她也许追求过真,但这世界上又有哪几样东西是真的呢!"

"完全正确,或者是也许,差不多。我对骨相是有些研究的,我发现您的这位朋友头顶上有一块地方有隆起,这说明她好冲动,人一冲动起来就会失去理智。她的居室很简陋,简陋到除了一个木板床之外什么都没有,但床头上却悬挂着圣枝主日教堂里发给信男信女的黄杨树枝,这证明着她的虔诚,但也证明了她的……,您是知道我要说出的那个词的,但在这里我还是不说的好,因为我要是说出来恐怕以后就再也吃不到这烤牛肉,也喝不到这么好的葡萄酒了。"

"我当然知道你要说什么,但我们就是这么虔诚到愚蠢的程度了又怎么样呢?但我现在想的却不是你说的这些问题,我想的是我本可以更早一点去帮助这个女子的,如果是那样,这样的事情就不会发生了。"

"夫人,你要是这样内疚起来,那您的内疚就要无边无际了。"

"我之所以对她感到内疚,只是因为我遇到了她而没有能及时地帮助她。那些我所没有遇到的人我是不会如此上心的,要知道人是要生活在具象里而不是生活在抽象里的。"

"您的这个说法是对的,我只能为那些没遇到您的人感到悲哀了。不过,她现在也还不适合往康复医院里送,所以您明天要做的是叫人给她换一张好点的床并请一位好一点的护理来,治疗的事有我在您就放心好了。对了,您最好还是为她请一位神甫来,因为她如果不能被很好地开导一下的话,说不定除了肺已经出了问题之外,精神还要出问题呢!好了,现在,我该去剧院看那后半场的《奥德赛》了。"

几天后,德·比埃纳夫人终于站在了这个名叫阿尔塞娜·吉约的女子床前。

"其实我并不需要神甫的开导,而需要的只是您在我面前的出现,您比什么镇静剂都更能让我镇静下来。他们对我说出了您的名字,我一想就是您。德·比埃纳夫人,是您可怜我,对我伸出了这援助之手,使我又重新有了活下去的希望。"那女子见到德·比埃纳夫人后非常凄然地说道,眼睛里充满了泪水。

"可怜的孩子,住在这里太委屈你了。为什么不能弄得更好一些呢?"德·比埃纳夫人握住了那女子的手说。

"不,夫人,这样已经很好了。"说着,眼泪已经从她的眼里流出来了。

"可怜的孩子,你现在身上感觉怎么样,还疼吗?"

"不了,只是耳边总响着从上面跳下来时的风声和摔在地上时骨头的断裂声。"

"当时一定是太冲动了,现在怎么样,后悔了吧?"

"是啊,夫人。可人在那个时候又怎么还会有理智呢?"

"我真后悔没有早一点去找你,帮助你。但我的孩子,要记住,到什么时候也不该轻生,因为我们的生命可是只有一次啊!"

"夫人,您说的倒是轻巧,"K医生突然插进来说道,"您怎么能体会到失去一个留着胡子的小帅哥是什么感觉呢?世界末日来了也不过如此的。"

"闭嘴吧,哪里说话都有你。吉约,说说看,到底是怎么一回事?怎么也不至于是因为你母亲的去世吧。"德·比埃纳夫人问道。

"母亲去世当然也是个原因,我觉得像是整个世界都把我抛弃掉了,再也没有谁来关心和爱护我了。但更主要的是那个——我爱上了一个男人,他甚至连我的名字都忘记了……"说着,阿尔塞娜·吉约小姐竟然呜呜地哭了起来。

这时候,K医生又有了说话的机会。

"我早就说了,这个世界上,男人都是混蛋,女人都是傻瓜。得了,我这个混蛋也该走了,再不走就要误了门诊的时间了,我的助手,那个傻瓜小姐又要在心里骂我是个没良心的家伙了。非常抱歉,我的德·比埃纳夫人,我甚至不能送您回家了,不过您正可以来开导一下这位阿尔塞娜·吉约小姐,还是让她赶紧忘了那个没良心的混蛋男人,别再傻下去了吧!至于你,护理小姐,但愿你不是一个傻瓜,赶紧拿着这张单子去药房取药吧。"

说完,K医生便戴上帽子、拿起手杖并深深地向在场的三个女人鞠了一躬,走出了房间。

"该死的,你的嘴能不能别这么碎呢?"德·比埃纳夫人在K医生走出去的同时朝着他的后背说道,得到的回答是他"哈哈……"的一阵大笑。

当屋里只剩下德·比埃纳夫人和阿尔塞娜·吉约小姐的时候,德·比埃纳夫人便和阿尔塞娜·吉约小姐聊了起来。

"这样说来,你是被你的心上人欺骗了,是吗?"

"不,他并没有骗我,因为他从没有说过要娶我,都是我一厢情愿。他是对的,我不是他需要的那种女人。我只是个小演员,玩玩儿是可以的,时间长了就会成为他的累赘。所以他走了,无论我怎么哀求。我在他的心里没有位置,他给我写的最后一封信,竟然连我的名字也写错了。那一天,我又不小心把他送给我的一面威尼斯产的小镜子摔碎了,因此我就想,完了,一切都完了,那就让一切都结束了吧,于是我便打开了窗子,恰巧又看到了您的车子从我的眼前开过去,便更觉得万念俱灰了。和您比起来,我算什么呢?这样的人生对我来说还有什么意义呢?于是我……"

"人遇到不幸的事,往往会烦恼抑郁,有时一时冲动,还会做出失去理智的傻事。但有一些事是我们不能忘记的,我们的生命是上帝给的,怎么能轻易抛弃呢?那个时候,你怎么能没有想到上帝呢?但是,可怜的孩子,我或许不应该再来责备你,因为你现在也许已经后悔了。感谢上帝,是他伸出手来把你接回了家。"

"不,夫人!不是那样的!我并不相信上帝,我之所以去教堂里捐献那根蜡烛,并不是像您所说的是为母亲了却什么心愿,而是因为我对生活还存有一丝非分之想,我想让奇迹能在我的身上出现,让我的心上人能回到我的身边。我母亲从小就对我说过,向教堂里捐献东西就像是买彩票,可是中彩的机会却要比买彩票小得多,所以那一次,我是想去碰碰运气的,结果当然是什么也没有得到。其实,那怎么可能呢?不过是自欺欺人而已。我虽然是个演员,但只演过几个小角色,那能挣几个钱?有时甚至还要倒贴都说不定。所以我还需要靠做那种事来挣钱,好养活我那个多病的母亲。但对他我是用了真心的,可他对我却又像是其他男人一样。幸运的是我并没有孩子,否则那就要更加不幸了。像我这样的一个女人，除了死去，是不可能获得幸福的，到了现在就更是如此了。实际上，如果真像您所说的是上帝又把我接回来的，那我就应该埋怨他了，还是让我死了更好。没有了人爱的女人，活着又有什么意思呢？可是我又遇到了您，这可以算得上是我买的那张彩票中了彩吗？虽然您是可怜我，但这对我来说也算得上是可以继续活下去的理由了。但我不知道自己能坚持多久，几年，几个月，几天，我想我还是要死的，或者再一次跳楼，也或者去投河，但如果我能够留下一具尸体的话，就请您也为我在教堂里做一次弥撒吧，这也是我最后的一个愿望。因为遇到了您，我或许对那个上帝有了一点好感了。"

"不，你不能死，既然你对上帝有了好感，我就会帮助你逐渐把这好感变成一种虔诚的信仰，那时你就会觉得这样的死是一种罪过了。可怜的孩子，你会好起来的，上帝会宽恕你的。我也将努力使自己变成一个天使守护在你身边。"

这样说着，德·比埃纳夫人将早已准备好、装在一个纸袋里的几个金路易放在了阿尔塞娜·吉约小姐的手里，但却又被吉约小姐塞了回来。

"不，夫人。我不能再接受您的东西了。您最好是把我送到收容所去，就让我死在那里算了。因为我觉得很可怕，您的怜悯和上帝的宽恕都是一样。我怕自己承受不了这怜悯和宽恕，还是让我死了吧！"说着，阿尔塞娜·吉约小姐便咬了咬牙忍住疼痛，把身子扭向了另一边，呜呜地哭起来了。

"你听着，"德·比埃纳夫人非常严肃地说道，"我不许你死，我要让你变成一个正常的女人活下去，现在，这已经成了我的一个神圣的职责，我是不会放手的。你也用不着再和我多说什么，我像了解我自己一样了解你，我因此可以做你的医生，我要在治疗你的同时来治疗我自己，我是在拯救你灵魂的同时来拯救我的灵魂。你不能拒绝我，否则我会很伤心的。"

这时那个护理小姐取药回来了，阿尔塞娜·吉约小姐还在哭，德·比埃纳夫人把那几个金路易放在了阿尔塞娜·吉约小姐的枕头下面，并对护理小姐交代了几句话，便离开了那房间。

其实人真是一种很奇怪的动物。他们口口声声说喜欢好的东西，但在很多时候又离不开不好的东西，因为他们的好有时又正需要那不好来衬托才能表现出来。德·比埃纳夫人感到很满意，因为这些年来她都一直在寻找着这样一种能证明自己好的、不好的东西。但这其实只是她用来自欺欺人的一种表象，那隐藏在这种表象下面的却是一种好奇心，是作为一个所谓的贞洁女性对所谓不贞洁女性之不贞洁生活的好奇心。其实，要将阿尔塞娜·吉约小姐这样的所谓不贞洁女性改造成所谓的贞洁女性也并不是什么难事，因为她是因为贫穷才不得不去不贞洁的，而且她还年轻，只要环境改变了，她是很容易将过去忘记的，至于爱情的失败，又有哪个女人没有经历过呢？因此在这个世界上，倒不是阿尔塞娜·吉约小姐这样的人更需要德·比埃纳夫人这样的人，而是德·比埃纳夫人这样的人更需要阿尔塞娜·吉约小姐这样的人。

对于这些，德·比埃纳夫人或许也明白，只是不愿意说出来或者不愿意那么去想罢了。吉约小姐一定不知道的，这也就是人与人的差别。

二

　　一天早晨，德·比埃纳夫人正在洗漱，一个男仆来敲她"圣堂"的门，这里的所谓"圣堂"就是德·比埃纳夫人的洗漱间，这是除了她自己和她的贴身女仆约瑟芬小姐之外任何人也不能进入的禁地，就像她在圣洛克教堂里的那间专用的圣堂一样。门打开了一道缝，约瑟芬小姐从那个男仆手里接过一张名片，意思自然是说名片上的那个人到了。

　　"噢，马克斯来了！"约瑟芬几乎跳了起来。德·比埃纳夫人把那张名片从约瑟芬手里夺过去看了看之后立刻说："好吧约瑟芬，你去叫这位马克斯·德·萨利尼先生在客厅里等我一会儿。"

　　不一会儿，约瑟芬小姐就满面通红地跑回来了。

　　"什么事让你这样兴奋？"德·比埃纳夫人问。

　　"也没什么，只是马克斯先生说我胖了，您知道，这是我求之不得的事。"约瑟芬说着，脸上现出了一份很是得意的表情，仿佛是因为胖了马克斯先生就可以对她怎么样了似的。德·比埃纳夫人却似乎不以为然，因为她正在努力减肥，虽然她也并不是很胖，但也确实有着一种要继续发胖的趋势，而且这种趋势还是很明显的，甚至是不可阻挡的。

　　这个马克斯先生当然不可能对约瑟芬小姐怎么样，说她胖了也只是想让她高兴，不至于在德·比埃纳夫人面前说自己的坏话。他曾经是德·比埃纳夫人的追求者之一，以前总是随着自己的姑母奥布莱夫人一起来这里做客，这一次是因为他的姑母奥布莱夫人已经去世了，所以他是第一次自己单独到这里来的，也因此就有了一点特殊的意义。

马克斯从小就桀骜不驯，长大后又是吃喝嫖赌无所不好，落得了一个很不好的名声，他的姑母很想改变他但都没能成功。他比德·比埃纳夫人大两岁，两个人从小就认识，算得上是中国人所谓的青梅竹马或发小儿。德·比埃纳夫人结婚之前，他的姑妈曾有意将他们两个撮合在一起。德·比埃纳夫人当时的名字叫爱丽丝·德·吉斯卡尔。奥布莱夫人经常说："亲爱的爱丽丝啊，这世界上也许只有你能改变他了。"那时的她也想过要试试，因为马克斯身上的优点也是有目共睹的。他非常活泼，喜欢逗乐，歌唱得好，舞跳得更棒，和这样的人生活在一起一定开心，只要他不是今天这个明天那个而对你专一就好，但这对于马克斯来说也许会比登天还难。尤其是在这个时候传出来马克斯不仅欠着人家一大笔赌债还养着一个情妇，紧接着又为了一个女演员去与人决斗险些死在决斗场上，所以这门亲事也就自然而然地没有人再提了。

也正是在这个时候，德·比埃纳先生出现了。德·比埃纳先生出身名门，又很有钱，虽然很少说话，但却出口成章，于是爱丽丝·德·吉斯卡尔小姐很快就变成了德·比埃纳夫人。由于有了这样一位知书达理的妻子，德·比埃纳先生也就变得更加被人敬重。但他不在的时候，周围的气氛却总是会变得更轻松一些。他每年一到了这个时候，都会用上几个月的时间去打理自己的农场，而德·比埃纳夫人是不会和他同去的。此时正是属于他不在家的这段时间，否则也许就不会发生这样的一些事情了。

五分钟后，德·比埃纳夫人走出了她的"圣堂"。她的心情有一点激动，因为马克斯的到来让她想起了奥布莱夫人，她一直都把奥布莱夫人当作是自己一生中最热爱的人。她不会去管别人怎么说，只相信自己的判断；不喜欢猜测，如同约瑟芬小姐的帽子戴歪了或衣服上出现了一些皱褶,也绝不会去猜测是不是她刚刚被什么人拥抱过一样。走到客厅门口,她听见了马克斯在弹着钢琴歌唱,那是很优美的男中音,唱的是那不勒斯的一首民歌:

再见吧,泰蕾丝
啊,我亲爱的泰蕾丝
我从海外归来的那一天
将是我们重逢的那一日

再见吧,泰蕾丝
啊,我亲爱的泰蕾丝
就在我们重逢的那一日
我将要娶你做我的妻子

她站在门外,听着马克斯把那首歌唱完,然后擦干了已经流到脸颊上的泪水,才推开了客厅的门,把手递给了从钢琴前站起来的他。

"我可怜的马克斯,见到你我真不知道是应该高兴还是应该悲伤。"德·比埃纳夫人的眼泪又要从眼眶中流出来了。

马克斯紧紧握住了德·比埃纳夫人的手,也是激动得连话也说不出来了。

过了一会儿,德·比埃纳夫人才又说道:

"我很内疚,因为你姑母生病的时候我没有去罗马探望她,也因此她去世的时候我没能守在她的身边。我知道那时有你守护在她的身边,能感受到他的爱该是一件多么幸福的事啊!"

马克斯也几乎是哽咽着说:

"她跟我一直在谈起你,直到最后那一刻也是如此。这次来我带来了她要我带给你的礼物,是她在手上戴了几十年的那枚戒指和她直到去世前的那天早晨还在看的那部书,她还说她没看完的那部分要你来帮助她看完呢!"

这样说着,马克斯把一个布包交给了德·比埃纳夫人。当德·比埃纳夫人把那布包接过来抱在怀里时,两个人都已经泣不成声了。

过了一会儿,当两个人的心情都平静下来之后,还是德·比埃纳夫人先打破了那沉默说道:

"谢谢你马克斯!谢谢你能把这两件珍贵的礼物带给我。我不管别人怎么说你不好,都会把你当成我最好的朋友,因为我知道你是一个心地非常善良的人,如果没有你的陪伴,奥布莱夫人去世前该是怎样的孤独啊!"

"姑母在病中常对我说:'马克斯啊,等我走了之后,就只剩下爱丽丝可以说你了。'我对姑母说你已经是德·比埃纳夫人了,但姑妈一直都坚持只叫你爱丽丝,真是没有办法。不过她不知道的是她的爱丽丝似乎并没有尽到责任,竟然还要把我当成她最好的朋友了。"这样说着,马克斯的脸上又有了笑意,弄得德·比埃纳夫人的心情也好了许多。

"听说你现在已经不再像先前那样喜欢胡闹了,是吗?"德·比埃纳夫人问道。

"是的,我是答应了姑母的,"马克斯回答说,"我要做一个大家都认为好的好人。但是在其他的地方比在巴黎要容易一些,巴黎这地方的诱惑简直无处不在,要想让我学好,我只能经常到您这里来,或者就住在您这里了。今天在路上就遇到了一个所谓的朋友,要拉着我去和什么人一起吃饭,结果被我谢绝了。要不是我要到您这里来,我想我肯定是会去的。不过这样一来,我至少今天是要在您这里用餐了,我正等待着您的邀请呢!"

"不过,我已经和别人约好了要去城里……"

还没等德·比埃纳夫人把话说完,马克斯立刻抢过去说道:"那好了,我去与那些人吃饭的责任可就要由您来负了。"

"请你记住,马克斯,"德·比埃纳夫人说,"别去参加那些乱七八糟的聚会,今天中午,你可以留下来,让约瑟芬陪着你在这里吃饭。晚上我去达尔斯内夫人家里吃饭,你也可以到那里去。达尔斯内夫人那里你是去过的。"

"好吧,约瑟芬小姐是很好的,很会招待人,可是达尔斯内夫人却有点烦人,她总是会向你提出许多问题,有时会让你言语失当,弄得场面很尴尬,还有她那个女儿,个子高高的,有点吓人。"马克斯说。

"胡说!那是个很迷人的姑娘,还没有结婚,你这样说已经算得上是言语失当了。作为你姑母的朋友,我要再说你几句。一定不要再与先前的那些朋友来往;否则,我就会对你失去信心了。现在说说你这两年在外面的情况吧,为什么连一封信也不给我写呢?"

"噢,我的上帝!真是罪该万死,至少有二十次,我都只是写了个开头便写不下去了。我到过意大利,也到过德国,但到处都是那么无聊。我曾经打算找个地方去学习画画,但看到有那么多大师在我的前面,便失去了学习的勇气,如果不能至少做到与他们并列,再去画画又有什么意义呢?接着我又结识了一个意大利的考古学家,差点也成了一个考古学家;我甚至在他的劝说下组织了一场考古发掘,结果只是挖出了一些陶瓷碎片。我甚至还上了几堂声乐课,但也不见太大的起色。总之是一事无成。"马克斯说着摊开两手,脸上现出一种非常无奈却又若无其事的表情。

"马克斯。我真的希望你能找到一件正经事来做下去,以你的聪明才智，是一定能做成的。千万不能游手好闲，否则还会有堕落的危险。"德·比埃纳夫人说。

"夫人，我坦率地说吧，旅行对我是有好处的。我虽然没干成什么事，但却看到了许多新奇的东西，那些东西在巴黎是见不到的。在巴黎我只会烦闷，这一烦闷就说不定会做出什么蠢事来。现在，我已经变得规矩多了也节俭多了。我以前欠下的债姑母都替我还清了，还把她的遗产全都留给了我，我不会再去别人面前假装有钱人，因此也就不会那样肆无忌惮地去借钱挥霍了。今天要请我吃饭的那个朋友就是想把一匹马卖给我，五千法郎，要是在从前我是会立刻答应的，但转念一想，我这样的人或许还是步行的好，因为那匹马虽然只要五千法郎，可是要养着这匹马每年又不知要几个五千法郎；那些人一看你骑上了五千法郎的马，就会以为你是个有钱人，就又都会想方设法地围到你的身边来，到时候你想不和他们混到一起去也难。我现在是知道了，虚荣是最害人的。"

"好极了，马克斯，可是要怎么样才能坚持下去你想过吗？那就由我来告诉你吧！结婚，再没有比结婚更好的办法了。"

"什么，要我结婚？和谁呢？我看得上的看不上我，看得上我的我看不上人家。我要娶人家正是人家拒绝我的理由，人家要嫁我正是我拒绝人家的原因。"

"怎么会是这样，你不觉得这话说得有点荒唐，是自己把自己夹在石头缝儿里了吗？"

德·比埃纳夫人嘴里这样说着，心理却在想着自己在这其间的角色，脸颊上立刻泛起了一抹红晕。马克斯并非没有看到，却又装作没有看到似的继续说道：

"莎士比亚的奥赛罗不是说过吗，这个女人一定趣味低下，所以才看上了我这个黑人。我也要说，能爱上我的人一定是个性格古怪的人。"

"马克斯,千万不要再这样谈论你自己吧,因为有些人也许会真的就这样来看待你了,也因此你就成了一个魔鬼,谁还敢来接近你,爱你呢?我确信,总有一天你会爱上一个人,你也就会是另一个样子了。"

"你是说我会因为爱上了她而使自己变得可爱吗?"

"对,那时你也许就变得不这么招人恨了。"

"只要爱人就会变得可爱,也就等于是说只要爱人就会被人爱,这是无论如何都说不通的。……算了吧,夫人,如果您能为我找到一个敢于和我结婚的,只要长得不是太丑,其他的一切就由您来决定好了。"

"好吧,你等着吧,但我也许会给你找到一个让你有勇气把她娶过来的人,到时候那一切也就用不着我来决定了。"

这时,德·比埃纳夫人回头看了看挂钟。马克斯立刻意识到德·比埃纳夫人要动身了,便不再往下说什么了。不过他也没有留下来,当然也并没有去找什么不三不四的朋友,而是在街边的小饭馆儿里随便吃了点东西,便回到自己的住所里睡觉去了。

对于约瑟芬的过度热情,他有些受不了,但他更受不了的是达尔斯内夫人的问题,更不要说她的那个高个子女儿了。他对自己最后对德·比埃纳夫人说的那句话有点后悔,如果她把约瑟芬或者那个高个子女孩儿介绍给我可就糟了。我为什么不能对她说要她给我找到一个像她那样的女人呢?于是,他的潜意识告诉他,这一觉一定要睡到夜里去,为的是不要再去回答达尔斯内夫人的问题,也就用不着再担心什么言语失当,更不要再被她的那个女儿吓得打哆嗦了。

第二天上午,他来向德·比埃纳夫人道歉,说是自己由于旅途劳顿而睡过了头,所以才没有按时赴约。等他说完了之后,德·比埃纳夫人并没有立刻否认他的话,只是把一只手伸到他的眼前去打了个响指。他也知道,自己的谎话是骗不了德·比埃纳夫人的。于是,他便又使出了自己的老招数。

"您难道不相信我说的话吗?好吧,我就招了吧,昨天一到家,就又被几个老朋友拉出去喝酒了。喝完了酒还一起赌钱,直到后半夜。"

"真是恶习难改,不用说,又输了!"

"不,我赢了!"

"那就更坏了,我巴不得你再变成个穷光蛋!"

这样说完了之后,德·比埃纳夫人装作很生气的样子不再开口,而是去收拾她教给约瑟芬所做的那些女红。

"达尔斯内夫人还是老样子吧?"马克斯问道。这自然是在主动地寻找话题。

"当然,她还能有什么变化?只是更爱提问题了而已。"德·比埃纳夫人等了好一会儿才答道。

"有没有昨天我们所说的那样的姑娘呢?"马克斯又问。

"没有!半个也没有!"德·比埃纳夫人的话仿佛是从牙缝儿里挤出来的。

"那怎么办呢?我可是全指望您了!"马克斯故意装作很可怜似的说。

"你可以去找你的那些狐朋狗友们帮忙啊!"德·比埃纳夫人说这话的时候连头也没抬起来。

在沉默了一会儿之后,马克斯终于沉不住气了。他主动走到德·比埃纳夫人的跟前去低声下气地说:"夫人,您是不高兴了吗?您为什么不能像我姑母那样恶狠狠地骂我一顿然后再安慰我一番呢？得了，我昨天其实真的哪里都没去，只是在家里睡觉来着。之所以没到达尔斯内夫人家里去，实在是怕您把她的那个高个子女儿介绍给我，我是会被她吓得尿裤子的。"

马克斯的话终于把德·比埃纳夫人逗笑了。"好吧，我就再信你一次吧！"于是一切就都又恢复了先前的状态。

这之后的第二天，德·比埃纳夫人按照惯例去看望她的被保护人阿尔塞娜·吉约小姐。她发现阿尔塞娜·吉约小姐虽然不像先前那样容易激动了，却还是闷闷不乐。她于是去街上为她买回一本书来，那本书是一个十九岁的少年写的，据说能使误入歧途的人改邪归正，但阿尔塞娜·吉约小姐只看了三页就将那书丢在一边睡着了。但德·比埃纳夫人却反而以为这本书对阿尔塞娜·吉约小姐有治疗作用，能让一个人看上三页就睡着的书，岂不是比任何镇静剂都更有效吗？

但就在德·比埃纳夫人为自己的发现而沾沾自喜的时候，一个人却突然闯了进来。德·比埃纳夫人一眼就看出了那是马克斯，但马克斯似乎并没有看到她也在这里。只听见马克斯这样喊道：

"好你个阿尔塞娜，我终于找到你了！"

说着就朝阿尔塞娜·吉约小姐冲过去并把她抱在了怀里。

阿尔塞娜·吉约小姐醒了，自然是被吓了一跳。

"怎么，是你吗，马克斯？"这样说着，吉约小姐便扑到马克斯怀里放声大哭起来。

"怎么，亲爱的，难道你真的从楼上跳下去了吗？你怎么那么傻呢？"马克斯一边吻着她的额头一边说。

"你不要我了，那个俄国佬儿又骗走了我的钱，母亲也走了，我活着还有什么意呢？"阿尔塞娜·吉约小姐一边哭着一边说。

"怎么会？我是去了罗马，照看我生病的姑母去了。你知道，我让那个俄国佬带给你的信是在匆忙中写的,所以没有说得很明白,只是说我要离开一段时间,但是我不是说了吗,只要你等着我我一定会回来的,但我又怕会耽误你,才对你说让你也可以不等我的。其后我又给你写过信,是你不愿意把地址告诉我的,我只好让那个俄国佬转交,可谁想到那个俄国佬是那样一个人呢!但你怎么会就真的跳楼呢?你真是傻透了!"

"马克斯,你知道我差点儿就死了,多亏了德·比埃纳夫人的帮助,我们才能重新见面。"

"什么,你是说德·比埃纳夫人吗?"

"是啊,刚才她还坐在我身边呢!"

这时他们才松开各自的双臂,发现这时的德·比埃纳夫人就站在他们的身后。

"夫人!"他们两个齐声叫了出来。

德·比埃纳夫人很是严肃地说:

"马克斯,你可是让这位小姐受苦了。这样吧,你先离开一下,到我那里去等着我,我要和她谈一谈,然后我再回去和你谈。"

马克斯现在当然只有服从命令听指挥了。但他那边刚出了门,这边的阿尔塞娜·吉约小姐就昏了过去。她突然意识到马克斯要么是德·比埃纳夫人的丈夫,要么就是他和自己说过的那个发小儿,不管是哪一种情况,都可能意味着自己和马克斯是不可能的事了。

"他是您的丈夫吗?"当被护理折腾了半天又苏醒过来之后,还没等德·比埃纳夫人开口,阿尔塞娜·吉约小姐便问道。

"你想错了,小姐,"德·比埃纳夫人柔声地回答道,"马克斯·德·萨利尼先生只是我的一个朋友。"

"这么说来,您就是他的那个发小儿爱丽丝了。他对我说过,他是因为得不到您才和我在一起的。而且我看得出,您也是爱着他的，所以，我想您不会再让我们见面了。"

这样说着，阿尔塞娜·吉约小姐的眼睛始终凝视着德·比埃纳夫人的眼睛，让德·比埃纳夫人的眼睛不得不闪到一边去。她没想到一个被她隐藏了那么深的秘密竟然被这个女人一语道破，她最害怕发生的事情终于还是发生了。

马克斯爱着那个爱丽丝，这是谁都知道的。她也爱着马克斯，却只有她自己知道。现在看来，当初人们传说马克斯养情妇所养的就是阿尔塞娜·吉约小姐了。如果如阿尔塞娜·吉约小姐所说马克斯是因为不能和自己在一起才去和她在一起的，那他们双双变成今天这个样子岂不就都成了她的责任了吗？这对于她来说似乎是一件很可怕的事。

但更可怕的还是被她不得不隐藏的对于马克斯的爱。先前，这爱是被她深深地隐藏在心底的，她总往教堂跑也不过是为了把这爱隐藏得更深和弥补自己对于丈夫的愧疚。正所谓男人不坏女人不爱，但事情已经如此了又有什么办法呢？她也只有忍耐而已了。她每次去教堂都会坐在圣堂里把这件事苦思良久，但从来都想不出能让自己从中解脱出来的办法，生活也就一天一天地被她这样忍耐下来了。她本以为被她深埋进心底的这段情感就可以这样不了了之了，谁知却又像是一条蛇一样因为阿尔塞娜·吉约小姐的出现和马克斯的再出现而从冬眠中苏醒过来，但她又明确地知道这是无论如何都不可能有什么结果的事。她因此痛苦极了。

于是一种最不好的东西像是什么植物一样从她的心底里生长出来了。这种植物如果还是草本的时候叫嫉妒，一旦成为木本时就要成为仇恨了。这是一种本能，不是理性所能控制的。她此时心中的想法是我得不到的别人也别想得到，尤其还是这样一个女人。于是此时她对阿尔塞娜·吉约小姐的那一点点怜悯和对马克斯的那一点点温情都已经没有了。

因此过了一会儿，德·比埃纳夫人才又说道：

"你误会了，我可怜的吉约小姐。马克斯先生本不该勾起你对过去的回忆，尤其是在你好不容易已经将他忘记了的时候。死了的就让它死去吧！就像我已经让那个爱丽丝死去了一样。"

"忘记，死了，怎么会呢？"阿尔塞娜·吉约小姐几乎是在抗议了。

"怎么不会呢？想想吧，孩子，这一切的不幸不都是因为我们太贪图那世俗之爱造成的吗？现在，是你该把自己当爱奉献给上帝的时候了。"

"不，他是因为爱上了你才爱不上我的，这世界上如果没有了你该多好啊！可我现在已经变成这个样子了，我又让他怎么来爱上我呢？死了吧，死了吧，还是让我赶紧死了吧！……"

这样说着，吉约小姐又开始歇斯底里地叫嚷起来，整个身体和被子拧成了一团。紧接着她又开始剧烈地咳嗽起来，最后竟然咳出一口血来，让德·比埃纳夫人也差点晕过去。幸好这时候医生到了，他给吉约小姐打了一针镇静剂之后，又将德·比埃纳夫人送回家去了。医生在路上对德·比埃纳夫人说，如果再这样下去，吉约小姐是活不了多久的，这倒让德·比埃纳夫人的心情舒畅了许多。

见马克斯在，医生便在寒暄了几句之后借口有事离开了。

"马克斯，"医生刚一出门，德比埃纳夫人便对马克斯开始了她的道德说教，"我也不想责备你什么，这是上天给你的一个教训，我希望你应该吸取这个教训，立刻与你所有的过去告别。也就是说，你最好不要再去打扰阿尔塞娜·吉约小姐了，你给她带来的痛苦已经够多了。而且……"

"夫人，"马克斯打断了德·比埃纳夫人的话说，"要知道，她从楼上跳下去并不是我的错。我从一开始就告诉过她，我们只是玩玩儿而已，是没必要那么认真的。而且我临走不仅给了她一笔钱，而且还把一个俄国佬介绍给了她，可谁想得到她会做出这样的傻事来呢？"

"你是说，当你做那种坏事的时候并没有预料到会产生这样恶劣的后果，当你去玩弄那位姑娘时没有想到她会真的爱上你吗？得了，要知道你们都已经不是小孩子了。"

"夫人，您说得对，我的确没有想到事情会是这样的结果，尤其没有想到她会真的爱上我。我认识她的时候，她早已经和许多男人有过那样的关系。我要她做我的情妇也是因为我那个时候太空虚了。我爱上的人不爱我，我也就只好去"花钱买笑"了。但现在已经这样了，我难道不应该负起一点责任，为她做点儿什么吗？"

"不对，如果你是真的爱她，我是不会阻拦你的。既然你不爱她，又有什么责任可言呢？而且我也该让你知道，医生说她的病是治不好的，甚至也活不了多久了。你负不负责任又有什么意义呢？你又能为她做什么呢？恐怕还会让她死得更快一些也说不定呢！"

"但无轮如何我还是要再去看望她，否则我会愧疚一生的。"

"那好吧，明天你还可以去看她，只是不要再和她那样搂搂抱抱的了。因为那样，我先前为拯救她的灵魂所作出的努力就要白费了。"

他们的谈话就这样结束了。第二天，德·比埃纳夫人怎么等也没把马克斯等来，于是只好独自来到路易大帝街。在路上她已经想好了，要尽快把阿尔塞娜·吉约小姐送到一个让马克斯找不到的地方去，以免马克斯真的会对这个女人负起什么责任来。但当她推开那个房间的门时却发现，那张床上已经没有那个阿尔塞娜·吉约了。

护理把一封信交给了她,那是马克斯写给她的。

亲爱的爱丽丝:

请原谅我将我的阿尔塞娜就这样带走了。因为我已经因为她爱上我而爱上她了。如果这是一种堕落那就让我们这样堕落下去吧,但我的灵魂却要因此而得救了。

永远爱着你的却不能为你所爱的

马克斯·德·萨利尼

三

德·比埃纳夫人终于又恢复了她先前那样的生活。关于阿尔塞娜·吉约和马克斯这件事她只是偶尔会和 K 医生聊上几句,但和她的丈夫德·比埃纳先生却从来都没有提起过。她自然还是要到教堂里去,但更多的时候是光着身子独坐在那间被她称为"圣堂"的洗漱室里对着镜子苦想,想自己要是那个阿尔塞娜·吉约该多好啊!

希　望

　　勒杜船长的航海经验算得上是很丰富的了。特拉法加战役时他在一艘法国战舰上做副舵手，结果左臂被一块炸飞后又落下来的船板砸断，最终被截肢，然后退役。但他又是个闲不住的人，尤其是总想干点儿与船和海有关的营生，最后终于在一条海盗船上当了名大副，且帮助船主做起了贩卖黑奴的生意。战争结束后，贩卖黑奴成为了非法的行当，不仅要躲过法国海关人员的检查，还要逃避英国巡洋舰的追逐。但贩卖黑奴的利润实在是太大了，为此，他亲自设计制造了一条专门用来贩运黑奴的双桅船并自己来担任船长。他决定去一趟塞内加尔，在把制造这条船的本钱挣回来之后就金盆洗手，去做正经的营生了。

　　这条双桅船制作精巧，像是战舰一样又窄又长，船舱的高度比通常的矮，因此又能比通常多出一层，也就能装载更多的黑奴。他给这条船取名"希望号"，说是会给乘船的人带来希望，但其实是希望能通过这条船来给自己带来更多的财富而已。

　　"希望号"从南特港出发了，那是个星期五。也许是勒杜船长太自信了，他并没有想到在这一天出发是不很吉利的。出发前，海关的检察人员对这条船进行了例行检查，竟然没有发现什么不合规定的东西，那自然是因为得了勒杜船长的贿赂。他们对装在一个大箱子里的手铐和脚镣以及被称之为"正义之棒"的铁棍视而不见，虽然按照出关手续上写的，这条船只是去塞内加尔做木材和象牙生意的。

一路上很是顺利，船很快就到达了非洲，停靠在了达卡南面的若阿尔河边。当地的掮客闻风而至，人贩子塔曼戈更是把一大批黑奴带到岸边来直接出售。

勒杜船长来拜访塔曼戈。塔曼戈住在一个临时搭建的窝棚里，身边陪着他的有他的妻子和几个押送黑奴的人。为了接待勒杜船长，塔曼戈似乎还特意地把自己打扮了一下。他上身穿着一件蓝色的下士军服，不仅肩膀上扛着肩章，袖口处还绣着黄色的条纹，只是没有穿衬衣，衣服又有点短，让人觉得不伦不类且有一点滑稽。他的腰间斜挎着一把军刀，手持一支英国造双筒步枪，活像是一个从山里窜出的土匪，但自己却以为这就是所谓的威风凛凛。

勒杜船长面带微笑地把这位塔曼戈先生端详了好一会儿，塔曼戈则更是挺直了身子站在那里，仿佛是在接受国王的检阅。勒杜先生终于回过头来用法语对与他同来的大副说："如果我们能把这个家伙弄到马提尼克去，至少可以卖上一千埃居。"那个略通沃洛夫语的水手自然没有把这句话翻译给塔曼戈。

终于，买卖双方都坐了下来。相互寒暄过后，便一起喝起烧酒来。这烧酒是勒杜船长带来的，对于那些黑人来说无异于玉液琼浆。勒杜船长还拿出一个上面刻有拿破仑像的铜制火药壶作为礼物送给了塔曼戈，只不过是为了让他高兴，好在谈判的时候，能把黑奴的价格压得更低而已。像火药壶这样的铜器在欧洲虽然不算什么，但在这里却成了稀罕物，这些黑人实在弄不懂那壶是用什么制成以及是怎么制成的，更弄不懂那人像是怎么刻上去的，而且还刻得那么惟妙惟肖，更不要说他们所驾驶的那条大船了。如果这时勒杜船长让翻译对他们说自己是来自于天上,是来接他们到天上去的神仙,他们也一定不会怀疑的。

几杯酒下肚之后,塔曼戈叫人把要出售给勒杜船长的黑奴带来了。黑奴们排着长队,每个黑奴的的脖子上都套着一个长约六尺的木叉,木叉的柄在身前垂着,叉齿在颈后用绳子捆起来,脖子便被两个叉齿夹住动弹不得了。动身时,押送的人把套在第一个黑奴脖子上的木叉的柄拿在手里,每一个黑奴都将套在自己脖子上的木叉的柄交给前一个黑奴拿着,有时押送的人会把那木叉的柄拿得高一点或扛在肩上,黑奴们还可以直起腰来,但有时押送的人也会故意把拿木叉的柄的手垂下来,黑奴们就只好连腰也直不起来了。所有的这些措施,不过是为了让他们无法逃脱,这和给他们都带上手铐和脚镣比起来实在是太落后了,勒杜船长想。

黑奴中有男有女,有的还较为年轻,也有的较为年老。他们一个一个从勒杜船长的面前走过去,勒杜船长不是说这一个太瘦弱了,就是说那一个太矮小了,没有几个令他满意的。但最终,他还是从中选出了一些,有二三十个,占了那些黑奴的三分之一。他只答应这些黑奴可以以市场价买下,至于其余的,如果塔曼戈还要卖给他,就只好大幅度降价了。塔曼戈对于勒杜船长只从其中选出三分之一来很不以为意,他先是夸自己带来的黑奴都怎么怎么好,再说黑奴现在是如何如何难找,最后才为勒杜船长开出了一个价格,让勒杜船长差点晕过去,那当然只是勒杜船长在演戏。

勒杜船长不干不净地骂了几句之后便站起来要走,这下子可把塔曼戈唬住了。他赶紧走上去将勒杜船长拦住,于是双方又开始喝酒,谈判也就继续进行。这回是由勒杜船长开出了一个价格,让塔曼戈几乎要掏出枪来。但这样几个回合过后,还是勒杜船长渐渐占了上风,这其实是烧酒在其间起了作用。那些黑人哪里知道,这些烧酒和迷魂药有着同样的功效，不过是比迷魂药的效果来得慢一些而已，只要喝到一定程度，是连老婆也会白白送给别人的。但此时当然还没有那么严重，只是勒杜船长把价压得越来越低，而塔曼戈已经开始大幅度让步了而已。等到那一箱子烧酒都喝完了，双方也就在买卖价格上达成了一致：勒杜船长这边是三十支在欧洲已经被淘汰的步枪，三箱烧酒，一些火药和棉织品；塔曼戈这边是六十名由勒杜船长自己挑选出来的黑奴：一手交钱，一手交货。那些货物一被勒杜船长手下的人交到了塔曼戈手里，那些黑奴立刻被塔曼戈手下的人交到了勒杜船长手里。塔曼戈就又去喝酒了，勒杜船长则立刻命令手下人将那些黑奴带到船上，为他们去掉木叉换上了手铐脚镣，赶到船舱里锁了起来。看来那些手铐和脚镣的确是比那些木叉先进得多，也人道得多了，那些黑奴没有任何反抗，或许一是因为那手铐和脚镣的确比那些木叉给他们带来的痛苦轻一些，一是因为他们以为那条大船真的给他们带来了什么希望吧。

但没过多一会儿，塔曼戈又来找勒杜船长了。他说还剩下三十个黑奴，虽然不中勒杜船长的意，但他还是想以每个一瓶烧酒的价格出售。其实六十个黑奴已经把船舱装满了，但勒杜船长看过法国著名诗人德拉维尼的诗剧《西西里晚祷》，知道人体的收缩性是很强的，于是他便又从那三十名黑奴中选了二十名成人和三个孩子，并将他们硬塞进了船舱。这二十三个黑奴的价格是二十一瓶烧酒，因为那三个孩子是以每个一杯烧酒来成交的，一瓶烧酒合四五杯，当时的塔曼戈还以为自己是赚了呢。

还有七个黑奴，勒杜船长说什么也不要了。塔曼戈竟然掏出枪并拉过来一个女人——那三个孩子的母亲说："你要是不要，我就把他们都枪崩了，每个只要半杯烧酒。"

"可这么丑的女人，我要她有什么用呢？"勒杜船长坚持说。

"砰——"的一声枪响，那女人立刻倒在了地上，死去了。

紧接着，塔曼戈又拉过来一个老头儿说："怎么样，还是半杯烧酒！"

勒杜船长把头扭到一边去了。

"砰——"的又是一声枪响，但这一枪却打偏了，因为他的那个叫艾依谢的妻子拉了他的胳膊一下。她说那个老头儿名叫基里奥，是个魔法师，曾经预言她终有一天要做王后。

可塔曼戈却不管那一套，他先是用枪托狠狠地打了他妻子几下，然后便转身对勒杜船长说："这个女人怎么样？一瓶烧酒！"

勒杜船长这回没有拒绝，因为艾依谢长得实在是很有一些姿色的。

那个做翻译的水手是个厚道人，他送给了塔曼戈一个小鼻烟壶，换取了剩下的那六个黑奴。勒杜船长问他怎么来安置这六个黑奴，他也没说什么，而是让押送黑奴的人拿掉了他们脖子上的木叉，将他们释放了。但据说他们的家乡离这里有几百里，他们能否回得去就无人能够知晓了。

勒杜船长向塔曼戈告了别，说是第二天一早就要起程，现在要去准备一下。塔曼戈呢，在河边上随便找个地方就睡上了，也没有谁敢来将他唤醒，那是很有可能被他枪崩了的，而等到第二天上午他醒来的时候，勒杜船长的"希望号"早已经没影儿了。他喊艾依谢，手下人说已经被勒杜船长带走了，是他昨天以一瓶烧酒的价格卖给勒杜船长的。他于是也想起了发生在前一天晚上的事，便立刻拿起枪叫了几个手下人和他一起乘上一条小船去追。因为从这里到河口还有一段距离，而且那若阿尔河在这一段还要拐上几道弯，大船走起来还不如小船快，所以他们竟然在"希望号"驶出河口之前追上了它。

塔曼戈和他的手下登上了"希望号"并对勒杜船长说明了来意。

"既然已经把东西卖给了人家，怎么可以再要回去呢？"勒杜船长故作诧异地说，说完便转过身装作和别人去谈别的事了。塔曼戈只好跪下来央求勒杜船长，先说是要用他所得货物的一半，然后又说是要用所得货物的全部来换回艾依谢，但勒杜船长还是不为所动。勒杜船长命令手下把塔曼戈轰走，但塔曼戈竟然躺在了甲板上，说是带不走艾依谢他就不离开这条船。这时，大副把勒杜船长拉到一边说："既然他不愿意走，我们又何必非让他走不可呢？到了马提尼克，说不定这一个卖出的价钱能抵得上三个呢！"这话正中勒杜船长的下怀，而且勒杜船长也立刻就想好了制服塔曼戈的方法。于是勒杜船长先是和那个大副嘀咕了几句，然后便转过身来走到躺在地上的塔曼戈身边对他说："你刚才说什么，说是要用我给你的所有货物来换回你的妻子吗？这该是多么伟大的爱情啊！我真的要被你的行为感动了。但既然我们之间做的是买卖，我怎么可以把给了你的货物又拿回来呢？我其实倒是很喜欢你这英国造的双筒步枪的，如果可以的话……"

还没等勒杜船长把话说完，塔曼戈便坐起来说："这当然是一支很好的步枪，还有这把刀也不错，如果您喜欢就都拿去吧，只要您能把艾依谢给我留下。"说着就把那枪和刀都递给了勒杜船长。

但就在这时，大副和几个水手却立刻冲上去将塔曼戈按倒在地上，塔曼戈的身体立刻被他们用绳子五花大绑起来，他的那几个手下也即刻遭遇到了同样的命运。他们当然还会叫嚷、咒骂、挣巴、反抗，但一顿皮鞭和棍棒过后，便只好蜷缩在那里喘粗气了。这之后没多久，捆在他们身上的绳子也就变成了手铐和脚镣，他们和其他的黑奴也就没有了区别，只不过是让那船舱变得更为拥挤了一些而已。

"太绝妙了！如果不是这样对他们用上一点小小的计谋，我们还真是拿这只'黑熊'没有什么办法呢。那些被他们卖给我们的黑奴看到他成了这个样子，一定会非常开心的。"勒杜船长时不时就把这样的话对他的大副说上一遍，脸上满是得意的神情。不过勒杜船长的话似乎只说对了一半，那些黑奴见到塔曼戈并没有"非常开心"，而只是感到诧异。他们怕塔曼戈，因此谁也不敢说上一句幸灾乐祸的话。

"希望号"迅速离开了非洲海岸。勒杜船长的心中满是欢喜，一心想着马提尼克，那里正有巨大的利润在等着他。对于他来说，现在最重要的是要保证完好无损地把这些"乌木"送到马提尼克，使他们个个都能卖上一个好价钱。他每天都要让这些黑奴们分批、轮流到甲板上去呼吸一两个小时新鲜空气。他还要注意让他们吃饱喝足，每天晚上吃饱喝足了之后呢，他还要让他们跳上一两个小时舞，并让一个能拉小提琴的水手为他们伴奏，他们的脚踏在甲板上发出"咚咚"的声音，他们的脚镣随着他们的舞步发出"哗啦、哗啦"的声音，这些声音合在一起竟然让勒杜船长感到很是悦耳。"尽情地跳吧，跳吧！"有时勒杜船长还会一边喊着一边把手中的皮鞭在甲板上抽出几声脆响，让那些黑奴们的心为之战栗，随后便跳得更起劲了。

"上帝保佑，但愿这一次不会像上一次死掉那么多。"勒杜船长时时在默默地祈祷着上帝，但上帝真的能保佑他吗？这或许连他自己也不敢相信。

几天之后的一个晚上，塔曼戈终于也出现在甲板上了。只不过他并没有去跳舞，而是坐在甲板上呆呆地看着大海和天空，那些看守们也不去管他，这自然是勒杜船长的特批：只要他不闹事，一切就都由着他去吧！

这时，勒杜船长往往会坐在舱顶的平台上悠闲地抽着他的烟斗，艾依谢则站在他的旁边，身穿着一件蓝色的长袍，手里拿着一个很精致的玻璃容器，随时准备着把里面的红酒倒入勒杜船长面前的杯子里。因为每次只倒一点点，而且那杯子是放在一个固定的杯槽里的，因此无论那船体如何摇晃，酒也不会从杯子里洒出来。这又是勒杜船长的一个发明，他很为自己的这一发明感到骄傲。很显然，艾依谢既没有被戴上手铐，也没有被戴上脚镣，这或许是美丽的女人应该受到的优待，即便是个黑女人也是一样。

这场景不知怎么竟然被塔曼戈看见了，他立刻站起来冲了过去，对着舱顶上的妻子喊道："艾依谢！犸犸任伯！艾依谢！犸犸任伯！……"看守们赶过来就是一顿棍棒，塔曼戈立刻被押回到舱房里去了。艾依谢竟然瘫倒了，像是被塔曼戈的喊声吓得连魂儿都没有了一样。

那个略通沃洛夫语的水手说："这个'犸犸任伯'是当地的男人们专门用来吓唬女人的怪物。如果哪个男人担心自己的女人出轨，就会花钱请来'犸犸任伯'来吓唬一下她。这当然是个骗人的把戏，但那些女人却会信以为真。有时赶上节日，这'犸犸任伯'也会被请出来闹腾闹腾，目的当然是为了防患于未然。往往是在晚上，当大家都在唱歌跳舞的时候，忽然一种奇怪的音乐声会从密林深处传来，然后忽然间就跳出一个怪物来。这怪物当然是由人装扮的，因为穿了高底靴而显得人高马大；浑身白花花的是因为披了一块白布；头大如斗是套上了一个大南瓜；眼大如锚是因为在南瓜上面掏了两个碗大的洞；一张这个血盆大口，里面还不时地向外喷火，自然是用了一点魔术师的手段；又是在晚上，所以那些女人自然是会被吓得魂儿都没了。这时那些男人往往会问他们的女人说：'你最近做没做对不起我的事情，赶快如实招来，否则犸犸任伯就会将你带走吃掉。'有的女人胆小，便把某些不该说的都说了出来，结果反而会挨上一顿毒打，甚至还会被当成奴隶卖掉。这样的做法很有效，即便是那些生性淫荡的女人在这之后也会因此而收敛许多，而那些生性懦弱的女人也就只好老老实实地去侍候自己的丈夫了。"

勒杜船长听了这解释之后说："这帮黑奴，真是太愚昧了！你们去告诉那个'黑狗熊'，别再用那个'犸犸任伯'来吓唬人，否则就把他扔到海里去。"他见艾依谢还是在哭，先是试图去哄，不管用，便改成用鞭子抽，但还是不管用，最后只好不再去管她。但到了夜里，却又从勒杜船长的舱房里传来了艾依谢的尖叫声。

第二天，艾依谢却又变得和前一天一样，站在勒杜船长的旁边为他斟酒了。当塔曼戈来到甲板上的时候，勒杜船长对艾依谢点了点头，艾依谢便从舱顶走下来，来到塔曼戈面前跪下来对他说："原谅我吧，塔曼戈，我是实在受不了他的皮鞭了。"但这时塔曼戈却轻声地对她说："如果你真的要我原谅你，就给我弄一把锉刀来。"说完，便又呆呆地去看那海和天了。又过了没几天，一块饼子从舱顶上落下来砸在了塔曼戈的头上，塔曼戈抓住之后捏了捏发现里面有个硬硬的条状的东西，便一边装作吃饼，一边将那东西藏起来。

这以后，塔曼戈便开始在心里策划起暴动来了。他先是把自己的计划告诉了他的那几名手下，再由那几名手下告诉了所有的黑奴。他说自己是精通法术的，可以将他们一个不剩地都带回到家乡去，但如果谁把这件事泄露出去，他一定会让他和他的家人都遭难。有时，他会在夜里喃喃自语，让身边的黑奴们以为他是在与魔鬼对话。有时他还会在让他们看一看，或者让他们把手伸到他的背后去摸一摸那把锉刀之后说："魔鬼已经把这个锉刀赐予给我了，它是可以将手铐和脚镣都锉断的。现在，你们只需听从我的安排，很快就可以得到自由了。"他自然是要比那些黑奴们聪明多了，所以那些黑奴便会把他的话信以为真。他们之间说话用的是沃洛夫地区的方言，因此连那个略通沃洛夫语的水手也一句都听不懂。

这之后，那把锉刀便开始在黑奴们手中传递，经过一段时间的努力之后，那些身强力壮的人把手铐和脚镣都锉到了只要稍一用力就可以将其挣断的程度，于是暴动的日子也就来临了。暴动计划即将在晚上跳舞的时候进行。塔曼戈将这些人分成了几个组，分别由塔曼戈和他的那几个手下做头目。塔曼戈带着几个人去舱顶对付勒杜船长，其余有的去对付那几个看守，自然是先要夺下他们手里的枪，有的去到驾驶舱制服大副和他的几个手下。塔曼戈还特意交代，大副和他的那几个手下一定不能杀害。

那一天，勒杜船长的心情不错，艾依谢总是跟随在他的身边，似乎是比先前更加美丽了。早晨对船员训话时，勒杜船长首先宣布说第二天的早晨他们就可以到达目的地马提尼克了，那些船员都欢呼起来。他表扬了所有的船员，并对他们许诺说到了马提尼克，每个人得到的酬劳都会比他预先答应给他们的更多。所有的人都很高兴，有的人已经在筹划自己到了马提尼克该怎么使用自己的那笔钱了，其中自然是少不了烧酒和女人。到了晚饭结束之后，勒杜船长的心情仍然很好，他一声令下，黑奴们跳起来了。

所有的黑奴围成一个大圆圈，他们的舞步跳得似乎比任何一天都更给力。塔曼戈唱起了专属于自己家族的战歌：

  塔曼戈，塔曼戈
  你是勇敢的战士
  不是家禽和牲畜

任人折磨

任人宰割

塔曼戈，塔曼戈

你是真正的猛士

为了家族的荣誉

冲锋陷阵

永不退缩

前进，前进

塔曼戈，塔曼戈

前进，前进

塔曼戈，塔曼戈

  他用的是方言，其中的意思当然也只有他们自己懂得。

  塔曼戈将那首战歌唱了一遍又一遍，黑人们一口气跳了有三十分钟，然后是一个小小的间歇。就在这间断即将结束、第二个三十分钟又要开始的时候，只听到塔曼戈大喊了一声："兄弟们，开始吧！"那些身强力壮的黑奴几乎是在同一时间挣断了手铐和脚镣，按照计划开始了各自的行动。塔曼戈在冲到舱顶上去的时候手里已经有了一支步枪，但勒杜船长已经不在那里了，因为那一天他竟然鬼使神差地将手枪忘在舱室里了。正在塔曼戈因找不到勒杜船长而焦急万分的时候艾侬谢出现了，她指了指通往后舱的过道，塔曼戈便立刻追了过去。塔曼戈看见了勒杜船长，他正准备打开后舱的门，便毫不迟疑地朝勒杜船长扑了过去。勒杜船长看见塔曼戈已经扑了上来，便只好举起从塔曼戈那里得到的那把军刀迎上去。塔曼戈看到勒杜船长手里没有枪，便也把手中的步枪当成了棍棒抢了过去，没想到勒杜船长的身子往旁边一闪竟然躲开了。由于用力过猛，塔曼戈手中的步枪竟然被甩了出去，这样他变成赤手空拳了。勒杜船长的脸上露出了阴险的笑，他也许以为这是上帝在帮助他吧。但没想到塔曼戈的动作要比他敏捷，当他刚刚把军刀举起来向塔曼戈劈过来时，塔曼戈竟然已经窜到了他的胸前，让他手里的军刀失去了作用，而且也就是在同时他的喉头感到了疼痛，再接下来他的口鼻就既吸不进气也呼不出气了，因为他的喉管已经被塔曼戈生生给咬断了。那军刀自然又被握在了塔曼戈手里，并被一次又一次地刺入了勒杜船长的心窝。

一切都是按照计划进行的，只是连一个水手也没有剩下。那个大副带着几名水手死不投降，用他们控制的一门可以发射霰弹的小炮来负隅顽抗，等到炮弹打完了之后，他们又都拿着随手找到的武器来与黑人肉搏，结果竟然都被涌上来的黑人扔到海里去了。所有的白人都被杀死了，连那个翻译也没能幸免。但船似乎还在向着既定的方向行驶着，仿佛是硬要将他们运送到所谓的马提尼克去。谁也无法将那船停下来。大家拥到了驾驶舱里，有人试图去转动那舵盘，但无论如何也转不动。这船是勒杜船长设计的，他在设计时给这舵盘安装了一个特殊的装置，可以在需要的时候将其锁上，而一旦被锁上了，除了他和大副之外谁也不能将其打开，而那个大副在发现出事之后所做的第一件事就是将那舵盘锁上了。现在，大家只好等着塔曼戈来了。

塔曼戈终于来了，他的身后跟着艾依谢。他并没有埋怨谁，因为他知道埋怨也是无用的。他走到舵盘前，摆出了无论什么事情都难不住他的架势，然后使足了劲将那舵盘往左一搬，只听咔嚓一声，那舵盘竟然被他拧了下来，那船也随之向左倾斜了将近三十度，所有的人也都向船的左侧倒去，如果没有船舷拦着，一些人就要掉到海里去了。幸亏那船立刻又恢复到原来的状态，但谁都没有想到的是，几十天都是较为平静的海上此时竟然起风了，而且那风还带着雨，而且还越来越大，最终连那两根粗粗的桅杆也折断了。

塔曼戈坐在驾驶室里一言不发。有些人开始说三道四了，他们要塔曼戈说清楚这到底是怎么回事，他是不是真的会什么法术，他是不是真的可以与魔鬼对话。有些人开始埋怨他了，说如果不是他鼓动造反，他们怎么也不会落到这步田地。有些人开始骂骂咧咧的了，他们骂他是骗子，是混蛋。

终于，有人说他发现了一些烧酒，许多人便跟着他去了，结果几乎所有的人就都喝起酒来，很快他们就都喝醉了，喝醉了之后当然是睡，谁也不去管那船会把他们带到哪里去。

第二天早晨，当大家都醒过来的时候，塔曼戈又站在了大家面前。他对大家说："兄弟们，姐妹们，昨天夜里，神灵又托了个梦给我，告诉了我带领你们回到家乡去的办法。要驾驶这大船需要一些特殊的咒语，这咒语只有用在白人身上才灵验，可所有的白人都被杀死了，谁还能有什么办法呢？但这大船上还有一些小艇，却是我们可以驾驭的。我们可以把食物和水带上，驾驭着这些小艇回家，谁又能拿我们怎么样呢？"其实塔曼戈用了一宿的时间想出的这个办法很荒唐，他不懂得使用罗盘，自然是连自己所在方位都不知道，又怎么能回到自己原来的地方去呢？但那些人比他更愚蠢，自然也就更想不到这些了。

他的话音刚落，人们便奔向了那些小艇。一检查才发现，只有一条小艇和一个小舢板可以使用，最多只能装下六十人，也就是说还要有二十几个人要被留在"希望号"上。没办法，留下的当然是老弱病残，有些人一听说自己要被留下来立刻就晕过去了。

那六十个人中有四十人上了那个小艇，二十人上了那个小舢板，塔曼戈和艾依谢自然是在那个小艇上。但令他们没想到的是，那小艇竟然在下水之后没多久就翻了，所有人都落入了水里。很多人都扑腾着去追那小舢板，那小舢板却唯恐再有人追上来而使劲往更远处划，结果那些人很快就没了踪影。还是塔曼戈比他们更聪明些，他带着艾依谢又游回了大船才没有立刻被淹死在海里。不用说，那个小舢板没过多久就沉没了，上面的人也自然都去喂了鲨鱼。

"希望号"上，还有二十几个人困守在船舱里，食物和水就成了他们首先要争夺的东西。塔曼戈自然具备着绝对的优势，所以没过多久，那船上也就只剩下他和艾依谢两个人了。

那天夜里，海上依旧是波涛汹涌。艾依谢躺在那里已经是奄奄一息了。塔曼戈坐在艾依谢的身边，沉默不语。

还是艾依谢用断断续续的话语打破了那寂静。她说："塔曼戈，我对不起你，如果压根儿就没有我该多好啊！"说着她将攥在手里的只有半个手掌大的一块饼干放在了塔曼戈手里，那是塔曼戈昨天放在她手里的，那是整条船上仅剩下的一块饼干了。

但塔曼戈还是再一次将那块饼干放回到艾依谢手里说："你吃了吧。说不定明天早晨就会有一条大船来把我们接走呢。"说完他就走出了船舱。

海面上虽然波涛汹涌，但天上却悬挂着一弯新月。塔曼戈轻声哼起了一首家乡的童谣：

月亮是一张弓
使用它的
是天上的勇士

把蓝色的天屏

射出一个个窟窿

用他的金色箭——

月亮是一把镰

使用它的

是天上的仙女

满天的星星

是遗落的金谷粒

在她的收获时……

　　没过多久,一艘英军的巡洋舰发现了"希望号",他们喊话无人应答,便派了一艘小艇上去,发现了一对黑人男女躺在船舱里。女的已经死了,男的也已经奄奄一息,他们两个的手里各放着半块饼干。

古　瓶

圣克莱尔性格内向，在他所处的那个被称之为上流社会的圈子里并不讨人喜欢。他给周围的人留下的印象有时只是傲慢无礼或自以为是，有时还会是举止不雅甚至言语粗野。但其实他只是一个对什么都持怀疑，既缺少自信也缺少他信的人。他最怕别人看到他的这一弱点，所以想把这一弱点隐藏得越深越好，但有时稍不注意又会暴露出来，他便会用所谓的"傲慢无礼或自以为是"和"举止不雅甚至言语粗野"来补救，最终的结果是使自己变成了个仿佛一碰就碎的瓶子，圣克莱尔只好把一切都交给命运去安排了。

一说到上流社会，也就离不开那些伯爵夫人或侯爵夫人，她们的丈夫也总是不在家，或许是去找别的什么伯爵夫人或侯爵夫人去了吧，于是她们也就今天是这个伯爵的情妇，明天是那个侯爵的情妇了。当然其中还会插入几个像圣克莱尔这样的年轻人，他们的生活往往是靠着祖上的遗产，因此才会有足够的时间去与这些女人周旋。但圣克莱尔因为上面说到的原因也并不被那些女人喜欢，只有刚刚死去了丈夫还不到一年的马蒂尔德·库尔西伯爵夫人除外，那实在是很难得的一个人了。

那天天还没亮，一幢乡村别墅的院门被打开了，先是一个男人从里面走了出来，这个男人正是圣克莱尔。他走了几步之后又回过头来，发现马蒂尔德·库尔西伯爵夫人正从门缝中探出头来朝他看着，便又转身快步走了回去。这时，穿着睡袍的马蒂尔德·库尔西伯爵夫人也走到门外面来了，两个人又抱在了一起。他们就这样在门口处相互抱着，亲吻着，交谈着。大约过了十分钟后，当他们听到旁边农户的院子里有了什么动静之后才同时将对方松开。于是告别，马蒂尔德·库尔西伯爵夫人走进院门，圣克莱尔则沿着篱墙外的小径走了。当圣克莱尔渐渐走远了的时候，马蒂尔德·库尔西伯爵夫人还从楼上的窗子里探出头来向他走去的方向望着，但她的视线似乎被园子里的一棵树挡住了，因此只好摇了摇头，把探出在窗外的头缩回到窗内去了。

圣克莱尔对那条小路似乎很熟悉。他几乎是像小孩子一样蹦蹦跳跳地走着，还时不时用手杖抽打一下路边的灌木，打得它们枝叶乱晃。山脚下那座孤零零的小房子是他租来度夏的，进门以后他躺在沙发上看着天花板，想着从前一天晚上到这一天早晨与马蒂尔德·库尔西伯爵夫人之间发生的一切，脸上时不时会露出一抹红晕。与一个这样的女人这样幽会，这在他还是平生第一次。

我是多么幸福啊！她是那么爱我，那么理解我，又是那么漂亮，既是我的朋友，又是我的情人，她说在爱上我之前从没有爱过别人，甚至也包括她的丈夫，她也没有像爱我这样爱过他。她说有很多男人都追求过她，比如那个英俊潇洒的骑兵上校，那个水彩画画得非常好、格言剧也演得非常好的作家，那个去过巴尔干、在狄埃比什元帅手下服过役的俄国诗人，还有额头上有一道伤疤，说起话来非常风趣的卡米耶，都被她拒绝了。但她却接受了我。我是多么幸福啊！他这样想着，一会儿睡着了，一会儿又醒来，一看表，已经十点了，于是立刻出门骑上马直奔巴黎，因为有人约他去吃饭，他也很想借此机会去炫耀一下自己喜悦的心情。

大巴黎每天都有许多这样的饭局，那是要从中午一直延续到晚上的。香槟酒开了一瓶又一瓶，究竟开了多少瓶，谁也说不清。总之是几个年轻人已经喝到了大家都想说话的程度。

"我希望，"一有机会便要谈论一下英国的英国籍青年泰米纳说，"我们巴黎人也应该像英国人一样，每次喝酒时把为自己的情妇干一杯当成是一种时尚，而把介绍一下自己的情妇当成是对在座者的一种义务，那样我们就可以知道圣克莱尔先生今天是在为谁而脸红了。"

这似乎正中圣克莱尔之下怀，他刚想站起来说两句，不料那个名叫朗贝尔的讨厌鬼却站起来说道："我来抢个先，让我们为我的情妇，全巴黎所有的女人干杯，因为她们有的已经是我的情妇，有的将来会成为我的情妇；当然，那些年过三十、独眼儿的、瘸腿儿的除外。"

"不算，不算，要说出一个具体的人来才行。"泰米纳嚷道。

于是，便从朗贝尔开始说，不论真假，也不论是过去的还是现在的，甚至还可以是想到过、梦到过的，只要说出一个来就算过关，说上来了大家就共饮一杯，说不上来就自罚一杯，好不热闹。

轮到圣克莱尔的时候，他站起来说："先生们，既然轮到我了，那就来为我梦中的情妇，意大利著名的女演员帕斯塔来干杯吧！"

"不对，不对，那太遥远了，说说近的，最近是哪个伯爵夫人……"泰米纳刚提出异议，却被两个新朋友的加入打断了。于是谈话也就转到一个新话题上面去了。

新的话题是到底什么样的男人最能讨女人喜欢。

最后又是朗贝尔提议，要圣克莱尔谈一谈他的看法。如果是在往常，圣克莱尔是会婉言谢绝的，但今天他却显得很健谈。

"要讨女人喜欢，首要条件是特殊，即与众不同。"他说。

"瘸子和驼背都很与众不同,他们都能讨得女人喜欢吗?"泰米纳插话说。

"你这话说得太远,我说的与众不同是建立在一个基础之上的,就如同刚才朗贝尔先生要将某些情况除外一样,虽然他说的那个'三十岁'似乎是太苛刻了一些,应该放宽到四十岁更合适。但即便是个瘸子、驼背,也可以拿来作比,正因为身体有了这样那样的缺陷,他去征服女人的欲望反而就会更加强烈。尤其是那些情感丰富或性格古怪的女人,这些身体有缺陷的人或许更能引起她们的关注。对于那些感情丰富的女人,你只要引起她们的怜悯之心就可以了,因为她们一旦起了怜悯之心其戒备之心也就要大打折扣了;而对于那些性情古怪的女人,你只要让她们知道大家对残疾人具有的普遍看法就行了,因为她们最喜欢做的事就是大家都不喜欢做的事。"

"我非常同意圣克莱尔先生的观点。"一个身高不到三尺的矮子站到椅子上去说,"的确每天都有一些最时髦、最漂亮的女人投入到这些人的怀抱里去……"

"先生们,我们还是赶快把自己的腿打断,或刺瞎自己的眼睛好了……服务员,再打开一瓶酒!"博热少校喊道。

这时泰米纳又站起来说:"圣克莱尔先生说的不错,也不是有了漂亮的脸蛋和金钱就可以讨到女人喜欢的。还有一些其他的东西,比如与众不同。但要怎样才是与众不同却是要因人而异的。有的是肉体上的,有的是精神上的,有时候肉体和精神又会混在一起让人弄不清楚。这就是奇妙,所创造出的就是生活的奇迹。"

他的这几句话说得真是漂亮,让本来有点讨厌他的圣克莱尔也有点要对他转变态度了。但他接下来的话却让他与圣克莱尔结下了梁子,最终酿成了圣克莱尔的悲剧。

他接着说:"你们大家都认识专门喜欢从意大利弄回一些古不古今不今的瓶瓶罐罐来送人,最近在丰迪被强盗杀死的那个马西尼先生吧。你们也一定知道他是怎样一个人吧。举止像个马夫,说话也像马一样,动不动就打一个响鼻,吓你一跳。总的来说,那是一个非常让人讨厌的人。你们是否也知道马蒂尔德·库尔西伯爵夫人呢?我想你们是知道的,因为她也算得上是全巴黎最美丽的女人了。三年前,当她嫁给库尔西伯爵的时候,你简直无法想象她有多么光彩照人。当时一下子就崇拜上她的人太多了,但最终是谁得到了她的青睐呢?竟然是马西尼,这个全巴黎最愚蠢的男人。一个全巴黎最愚蠢的男人竟然把一个全巴黎最美丽的女人弄到了手,这和白雪公主嫁给了一个小矮人有什么区别呢?算了吧,你们这些脸蛋长得漂亮、口袋里又有几个钱的先生们还是找个小裁缝去结婚过日子算了。"说完这话之后,泰米纳还特意转过身来看了看圣克莱尔。

圣克莱尔低着头,表情很是尴尬。

"什么,有这样的事?"朗贝尔说。

"女人啊,你的名字是弱者。"博热上校说。

圣克莱尔想为马蒂尔德辩解几句,但因为想起在她的别墅里也的确看见过一个意大利的仿古花瓶,马蒂尔德每天都会把一束从花园里修剪过的花插在那被她称之为"古瓶"的花瓶里;因此却又怕是自取其辱;他想和泰米纳干一架,因为他说的最后那句话明明是在说自己,自己的初恋就是一个女裁缝,但他又不能确定泰米纳所指的就是自己,因为那一段历史他和谁都没有说过,所以只好忍住了。

幸好这时门开了,进来的是内维尔,他说自己刚从埃及回来,话题就转到内维尔和埃及上面去了。

先是很多人发问。有人问他是否看见了金字塔。有的问他为什么这么快就回来了,是否带回来一套土耳其的服装。有的问他埃及总督帕夏是怎样一个人,什么时候埃及才会宣布独立。有的问他开罗的女人是否漂亮,等等。内维尔先是喝酒,等大家问到没什么可问的时候他才说起来。

"金字塔,我敢保证那是个骗人的东西,并没有我们想象得那么宏伟,比斯特拉斯堡的大教堂也高不了几英尺。还有那些所谓的文物我也看腻了,现在只要看见那些象形文字我就头晕。我这次去的目的是想研究一下那里的民俗,那些拥挤在亚历山大港和开罗的大街小巷里的居民很是古怪。那里有土耳其人、贝都因人、费拉赫人、科普特人、马格列布人等,各色人种的人混居在一起,不流行鼠疫才怪。我还去检疫站里做了几天义工,每天在三百多名鼠疫患者之间跑来跑去,或者坐在一边抽烟斗,没被传染上也算是一个奇迹了。

"在埃及,我觉得他们的骑兵队很漂亮。有时间我要给你们看看我这次带回来的一些兵器。有长矛、弯刀和短剑,还有我带回来的风衣、斗篷和头巾,也都漂亮极了。我不仅见到了帕夏,而且还和他交谈了好几次。他是个聪明绝顶的人,对我们法国人毫无偏见。他对法国的事甚至比我们还清楚,在和他的交谈中我甚至知道了许多以前不知道的关于我们法国的事。他竟然还是个狂热的波拿巴分子,张口闭口的都是波拿巴,让我这个法国人都忘记自己是法国人了。

"最初帕夏对我还有戒心,怕我是个间谍,甚至把我当成是我所讨厌的耶稣会教士。后来,当他知道我其实只是个好奇的旅行者之后,才对我敞开了心扉且无所不谈了。最后那一次我壮着胆子问他为什么不脱离奥斯曼宣布独立时,他回答说:'我倒是想,但如果我那样做了,还能得到你们国家那些自由派报纸的支持吗?'这老人留着长长的胡子,表情总是很严肃。他送给我一整套皇家禁卫军的制服，我都带回来了。"

"这位总督是个浪漫派还是现实派呢？"后来的那两个人中的一位问道。

"你说的是文学吗？帕夏不关心文学，所以也就说不上是什么派。但阿拉伯文学的确是充满了浪漫主义色彩的。他们有一位叫作埃斯拉夫的诗人最近在开罗印行了一部《沉思录》，与之相比，我们国家拉马丁的《沉思录》倒成了古典主义的散文了。在开罗，我聘请了一位教阿拉伯语的教师，一边学习阿拉伯语一边阅读原文的《古兰经》，感觉到真是文采飞扬，我们平时看到的法文译本实在是把人家给糟蹋了。我这次回来以后要做的一件大事就是将这《古兰经》重新翻译一下。"

说着，内维尔从一个用真丝织成的包里拿出一部书来说："你们看，这就是阿拉伯语的《古兰经》，他们管上帝叫真主，'古兰'是反复诵读的意思。那些伊斯兰教徒是天天都要诵读这《古兰经》的。"

"说到女人，"内维尔继续说，"那里的女人很多，也很漂亮，所以那里的男人每人可以娶四个老婆，但在此之外再去弄情妇是不允许的，一旦被发现那麻烦可就大了。由此来看还是我们法国更好一些。如果我想带几个那里的女人回来是没有什么问题的，也根本用不着花很多的钱，尤其是在帕夏给我们送过来了那么多埃及女人之后。"

有些人还在问，内维尔还在继续谈，圣克莱尔却趁人不注意的时候从酒店里溜了出来，回到了他在山脚下的那座小屋。回来的路上，他隐隐感到，自己刚刚得到的幸福感正在渐渐离他远去，代替那幸福感渐渐将他包围起来的则是伤痛。

像前一天一样，他一进门就倒在了沙发上，但前一天他感受到的全是幸福的滋味，她，那个全巴黎最美丽的女人，爱他，而且除了他之外没爱过任何人，连爱她的丈夫也没像爱他这样爱过，更不要说什么马西尼了。现在可不一样了，他的心里充满了悲伤，有一种被欺骗了的感觉。她竟然也爱过马西尼，一定也和马西尼说过同样的话，她爱我，顶多和爱马西尼一样，甚至还不如，不然她为什么还要保留着那个花瓶，并把那明明是新东西的花瓶称之为"古瓶"供在自己的梳妆台上呢？我还以为她是我的知音，我们两个的灵魂都联结在一起了呢！看来这一切都可能是我的自作多情，人家只是在逢场作戏也说不定。既然那一位已经死了，就用这新的一位来填补那空缺好了，她说不定还是这样想的呢！这些想法像是一条小河从他的头脑中流过。

他还想起了莫里哀喜剧《昂分垂永》中的台词：

继人之后的爱情
如同吃剩菜残羹

他翻身坐起，环顾四周，如果这个时候有什么人出现在他的面前，他也许会将其撕碎。

钟敲响了八点，马蒂尔德昨天与他约好了八点半见面的。但现在不同了，他为什么还要去与这样一个女人幽会呢？于是他又躺回到沙发上。他一动不动地躺在那里，脑子里忽然又变得空空如也，整个身体也失去了感觉，仿佛已经不属于自己了似的。或许他的魂魄都已经被站在他旁边的魔鬼给拿走了吧。魔鬼，那人类的敌人，他一定会以为这一切都是很有趣的。

这样的状态大约只持续了半分钟，但圣克莱尔却感觉仿佛是持续了一个世纪一样。他起来走近了去看那钟表，确定那钟表的确是在走着的。他先是在房间里踱步,然后又坐在书柜前的椅子上。他拿起一本书,可一个字也读不下去。他又坐到钢琴面前,但似乎连把钢琴盖子打开的力气也没有。他又走到窗前,看天上的白云,数路边上的白杨树,但也还是没有用去一分钟。终于,他还是拿起帽子走出房门,快步朝那别墅所在的方向走去。"得了!既然已经身不由己,那就服从了魔鬼的安排吧。"他自言自语地说。

进了院门,先要经过一个花园,在玫瑰花丛中,他看见了一个白色的身影,是马蒂尔德朝他挥动着手帕,他的心激烈地跳动起来,他自己似乎都听到了那"怦怦"的声音。他跑过去把马蒂尔德抱在怀里,吻她的前额,她的脸颊,她的嘴唇……。不错,我是一个弱者,但只要我愿意……他想。

进了房间之后,马蒂尔德做的第一件事是把修剪后的一束玫瑰插在了那个所谓的"古瓶"里,这让圣克莱尔的眼前似乎飞过了一团阴影。但马蒂尔德做的第二件事是把一朵玫瑰花插在了鬓边,这便立刻又让他觉得阳光灿烂了。这是因为昨天他来的时候带给了马蒂尔德一幅英国版画,画面上的那个女人就是在鬓边带着一朵玫瑰花。当时他还特意对马蒂尔德说:"美丽的女人并不需要戴太多的首饰,有时只是带上一朵什么花在鬓边就足够了。看来他的这句话是没有白说的。

她是爱我的,圣克莱尔这样想着,不由自主地为自己先前的一些想法感到有一些愧疚。他既恼火又高兴,恼火的是自己还不能把心中的阴影完全抹去,因为至少那个"古瓶"还摆在那里;高兴的是马蒂尔德会在一些小事情上也注意到他的感受来讨他欢心,这对于他这个感觉很是细腻或者说是有点神经质的人来说是非常必要的。

马蒂尔德容光焕发,在圣克莱尔眼里,似乎比先前更加美丽了。

她从一个漆盒里拿出件东西,那是一块表,是前一天圣克莱尔在她这里的时候不小心摔坏了的,她把表交给圣克莱尔:"这是被我摔坏了的你的表,现在修好了。"说着,她的脸上露出了像是蒙娜丽莎那样神秘的微笑,她使劲抿着嘴,但最终还是露出了一排洁白的牙齿。她的牙齿真美!

"明明是我摔坏的,怎么成了你摔坏的呢?"圣克莱尔有些不解地说。

"因为是在我这里摔坏的,所以即便是你自己摔坏的,也就是我摔坏的了,我这样说有什么错误吗?"这样说着,马蒂尔德终于笑出声来了。她的笑声真好听!

圣克莱尔要把表装进衣兜,却被马蒂尔德拦住说:"亲爱的,你该把那表打开看一看修得如何?"

圣克莱尔漫不经心地打开表盖,发现在表盖的内里竟然刻上了马蒂尔德的小像。还用得着为了一个死去了的人生马蒂尔德的气吗?还至于为了一个花瓶而抑郁吗?她是爱我的,这就足够了,圣克莱尔想。

云雀的叫声把他们从睡梦中唤醒,太阳就要从对面的山顶上探出头来了。

马蒂尔德在梳妆打扮,圣克莱尔站在一边,他用院门的钥匙轻轻敲击着那个"古瓶",那抑郁似乎又在慢慢侵蚀他的心灵。

"啊,上帝!你小心点,你要把这'古瓶'打碎了。"马蒂尔德一把从他的手中把那院门的钥匙夺过去了。

圣克莱尔有些恼火,但他还是忍住了。他转过身去背对着梳妆台,为的是怕忍不住会将那花瓶举起来摔碎在地上。为了化解一下心中的抑郁,他从口袋里掏出了那块表,打开表盖,端详着那里面马蒂尔德的小像。

"这是谁刻上去的呢？"圣克莱尔问。

"是 R 先生，他是个雕刻家，是送给我'古瓶'的马西尼先生介绍我认识的。马西尼先生是个古董商，以青年艺术家的保护神自诩，介绍我认识了许多很好的、年轻的、有潜力的艺术家。这幅肖像刻得……"

还没等马蒂尔德把话说完，圣克莱尔便将那块表狠狠地摔在了地上，表盖和表体立刻分了家。圣克莱尔一边用脚在那表盖上狠狠地踩了两脚一边说："又是马西尼！又是马西尼！我什么时候才能听不到他的名字呢？"说着他连头也没回，抓起刚才被马蒂尔德从他手中夺过去的钥匙，就径直走出房间，穿过花园，打开院门之后把那钥匙摔在地上，出了院门跑到距离这里不远的一片荒野上去了。

马西尼！马西尼！我为什么总要听到他的名字呢？那个雕刻家，还有那些画家，一定也都刻了或画了她的像给马西尼吧，那个马夫，那个说不上几句话就要打一个响鼻的马夫，她怎么会爱上他，我怎么又会爱上她呢？只是因为她为我戴上了一朵玫瑰花吗？唉，我真愿意她是个妓女，那样她接纳过的男人就不仅仅是马西尼一个，那样我的心里也似乎可以得到些许的平衡，哪怕是让我把所有的钱都拿出来给她也好。再过几天她的守丧期就要满了。她还说丧期一过就要嫁给我呢。我要怎么来回答她呢？这的确是一个问题。圣克莱尔一边在那片荒野上转悠一边翻来覆去地这样想着。

在那片荒野上转悠累了，他又回去骑上马来到更远处的一片树林里。在一条小路上他竟然遇到了泰米纳。泰米纳老远就喊他的名字并很快就来到了他的身旁。与泰米纳的不期而遇使圣克莱尔的抑郁变成了愤怒，他立刻向一条更狭窄的小路上走去。那条小路明明只能走一匹马,但泰米纳却非要与圣克莱尔并行,因此他的脚就自然时不时要与圣克莱尔碰在一起。圣克莱尔再也按捺不住了,他举起鞭子恨恨地朝泰米纳坐骑的头上抽去,抽得那马跳了起来,险些把泰米纳扔出去。

"圣克莱尔,你混蛋!"泰米纳喊道。

"我是要你离我远一点!"圣克莱尔喊道。

"你要知道自己是在与谁说话。"泰米纳真的火了。

"谁呢?一个自命不凡的家伙!"圣克莱尔用略带蔑视的口吻说。

"圣克莱尔,你听着,你要向我道歉,否则明天会有你的好看!"泰米纳的话里有话。

"好吧,明天见!"圣克莱尔竟然脱下手套甩在了已经跑到前面去的泰米纳的后背上。

他本该回到城里的家里去,但左思右想之后,还是回到了山脚下的那间小屋里。他预感到明天泰米纳一定会来与自己决斗,而自己一定会被打死,但这对自己倒是一个解脱,也就再不会被那个问题困扰了。他写了张便条让仆人给博热上校送去,上面写的内容是如果明天泰米纳要与自己决斗就让他来做证人。再然后是美美地吃了一顿之后又美美地睡了一觉,到了晚上八点半的时候,又鬼使神差地来到了马蒂尔德的房间里。

"亲爱的,你今天怎么了?为什么那么高兴,昨天你走的时候是那个样子,我还以为你不会再来了呢?"马蒂尔德抱着他问。

"亲爱的,我昨天的举动一定很让你讨厌。但今天好了,我已经想开了,出去走了走,吃了顿饭,睡了一觉,感觉好极了。"圣克莱尔说着,把梳妆台上的那个"古瓶"往里挪了挪,像是怕被碰掉摔碎一样,而且他还发现那里面的花还是前一天的,没有换。

"昨天夜里我做了许多梦,很累人。"马蒂尔德说。

"是不是梦到了什么可怕的事?"圣克莱尔问。

"那倒不是,许多都忘了,只是又见到了那个可怜的家伙。"马蒂尔德说。

"是马西尼吗?一定是他。可怜的马蒂尔德!"圣克莱尔说着,又扭过头去看了看那个"古瓶"。

"圣克莱尔,求求你了,别再想那些不愉快的事了好吗?今天我觉得你和先前有些不一样,好像变了一个人,说话像是言不由衷,好话里也带着恶意。"马蒂尔德说。

"那是因为你对我太好了,其实我并不值得你对我这么好的。甚至可以说,我是一个坏人。"圣克莱尔这样说完了,自己都不知道自己说的这话是什么意思。

"你说的是什么话?你是怎么了?难道你不爱我了吗?"马蒂尔德说着,眼睛里已经涌出了泪花。

圣克莱尔把她的手拿到嘴边吻了一下,然后说:"不,你听我说,亲爱的。今天上午,我收拾东西时发现一封十几年前的信,一个女孩儿写给我的,话说得前言不搭后语,字写得更是一塌糊涂。我那时是个很自命不凡的人,觉得一个人要是连一封信都写成这个样子那与我是不般配的,于是我便和她分手了。今天我把这封信又读了一遍,发现是我错了,其实她对我算得上是真心真意,而这和信写得怎么样是没有关系的。"

"那一定是被你资助过的一个女孩子吧!我听说你曾经资助过好几个住在济贫院里的孩子。"马蒂尔德说。

"是啊,每个月十五法郎。但那时她已经十五六岁了,正在学习做裁缝,只是还住在济贫院里而已。"圣克莱尔说。

"那个女孩儿后来怎么样了?"马蒂尔德问。

"谁知道？大概是做了裁缝，但也许是死了也说不定。"圣克莱尔说，又像是说着一件和自己没有关系的事了。

"不可能，如果真是那样，你是不会像现在这样坦然的。"马蒂尔德说。

犹豫了一下，圣克莱尔又说："你们女人真是精明得很，什么事也瞒不过你们。后来我给了她一笔钱，她后来结了婚，嫁给了一个同行，两个人一起开了个裁缝铺，但我觉得还是亏欠了她许多。"

"你真是个好人，圣克莱尔，自命不凡的家伙！"马蒂尔德用手轻轻地拍了拍圣克莱尔的脸颊。

"可你们女人往往最容易被一些自命不凡的男人俘虏。"说着圣克莱尔又瞥了一下那所谓的"古瓶"。

"才不是呢，你们都以为自己是爱情专家，其实和我们女人相比也许只是个小学生，你们总以为是你们俘虏了我们，其实在大多数的时候还不知道是谁俘虏了谁呢！"马蒂尔德说，她并没有看见圣克莱尔又往那"古瓶"上瞥了一眼。

"是的，亲爱的。我毫不怀疑，是马西尼先生做了你的俘虏，而不是你做了马西尼的俘虏，那个马西尼先生一定是个比我还要自命不凡的家伙。也许正因为他死了，你才能像现在这样坦然吧。"圣克莱尔自己也觉出把这样两件事连在一起有点牵强，但又为自己能用前一件事把后一件事引出来而感到很是兴奋，甚至还有一点得意。"对不起，是我又提起了这个人的名字。"因为他看见马蒂尔德的脸上出现了一种诧异的神情，便又补充说。

马蒂尔德沉默了一会儿，然后说："圣克莱尔，既然你又提起马西尼，那我就来和你谈一谈马西尼吧。马西尼的确是个自命不凡的家伙，但也并不像有些人说的是个蠢货。他是我丈夫库尔西的朋友，据我丈夫说他是个很有才华的人，我自然是通过我丈夫才认识他的。今年年初他从意大利回来，对我很是殷勤，他把据说是从意大利弄来的一些古董送给我，其实都是从地摊儿上买来的赝品，比如那个被我称之为'古瓶'的花瓶，我之所以还留着只是因为我喜欢上面的图案。他甚至还从施罗特画廊买了几张水彩画送给我，说那是出自于他之手，我一看就明白是怎么回事。有一天，他叫人给我送来一封信，信中说我是全巴黎最守妇道的人，因此要做我的情人，真是可笑至极。我把那封信给我的表妹朱莉看过，让她笑得连腰都直不起来了。一天，我们决定开一个玩笑，在和几个朋友聚会的时候，我的表妹朱莉突然站起来把那封信念了一遍，弄得那个马西尼恨不得找个地缝儿钻进去。没过几天，他就被几个土匪给杀了。这个可怜的家伙，总爱吹大牛，结果被人家盯上了，还以为他有多少钱呢！可怜的马西尼，我还真觉得对他有点歉疚呢。"

马蒂尔德说完之后，圣克莱尔也沉默了一会儿，然后突然跪在了马蒂尔德面前，抓住马蒂尔德的手亲了又亲，然后竟然"呜呜"地哭了起来。

"怎么了，怎么了？圣克莱尔，你是怎么了？"

"原谅我吧，亲爱的马蒂尔德！我是全巴黎最愚蠢的男人！我怀疑你对我的爱，怀疑你……"

"圣克莱尔，你怀疑我什么呢？怀疑我对你的爱……？"

"有人对我说，你爱过马西尼……"

"我爱过马西尼，怎么可能？"

"我真是个蠢货，真是个小人！真是个……"

"你这样想，为什么不和我说？为什么……"

"我求求你，原谅我吧，马蒂尔德！"

"我怎么会不原谅你呢，我亲爱的圣克莱尔！"

这样说着，两个人哭着拥抱在了一起。

"圣克莱尔,是什么使你听人家说什么就信了什么的呢?"

"没有什么,是我太愚蠢了,还有那个所谓的'古瓶',我觉得你是因为忘不了马西尼才珍爱着它的。"

"我的上帝啊!"马蒂尔德先是双手合十,像是在祈祷,然后突然推开圣克莱尔,去到梳妆台前,拿起那个所谓的"古瓶"并高高地举起来狠狠地摔在了地板上。

第二天晚上,朗贝尔在咖啡厅里遇到了博热上校。

"是真的吗?我听说……"朗贝尔问。

"自然是真的,我做的证人。我本来是要给他们调节一下的,什么大不了的事呢?但泰米纳不干,圣克莱尔又拒不道歉,于是只好那样了。圣克莱尔还坚持要泰米纳先开枪,结果一枪毙命,连还击的机会也没有。"

马蒂尔德·库尔西伯爵夫人足足有三年闭门谢客谁也不见,无论春夏秋冬都住在她乡间的别墅里。一个黑白混血儿的女仆伺候她,但她一天也和那女仆说不上三句话。后来她的表妹朱莉把她接到瓦尔省的海边上住了几个月,但最终还是患了肺病死掉了。医生说她的肺病完全是因为心情抑郁所致。

罗马惊魂

二十三岁那年，我大学毕业。我在大学里学的是文学，可从小喜欢的是绘画，教书我不愿意干，画画又画不出自己的风格，所以很是苦恼，于是便想到国外去长点见识。听从父亲的建议，我准备先去意大利的罗马。临行前，父亲交给我一封信，收信人是阿尔多·布兰德侯爵夫人，地址是圣马克广场街6号。

从记事的时候开始，我就注意到我家客厅壁炉上方的墙壁上挂着一幅肖像，是一位非常漂亮的女人，头上戴着用常春藤编制的花冠，身上披着虎皮围巾。肖像的右下角写着的一行小字是：阿尔多·布兰德侯爵夫人一八××年于罗马。我曾不止一次地问过母亲那个女人是谁，母亲都把这个问题推给了父亲。我去问父亲，父亲又把问题推给了母亲。直到我稍大一些，才终于从父亲的嘴里得到答案："一个无耻的荡妇！"父亲说这话时母亲也在场，两个人都是一副很严肃的表情，让我觉得很是奇怪。说实在的，我当时还真不知道"荡妇"一词确切的含义，只知道是个不好的词而已。但这一回，父亲却要把我托付给这样一个"荡妇"来照顾，我倒觉得很是兴奋，因为至少有十年的时间，她都算得上是我梦中的情人，虽然她要比我大很多，虽然我也早已经知道那"荡妇"一词的确切含义了。

到了罗马,我把行李放在了下榻的酒店,立刻就来到了圣马克广场街6号,那是一所很漂亮的房子。我把名片和那封信交给了一个身穿黄色制服的听差,他领我走进了一间很宽敞的客厅,墙壁上挂满了绘画,不用说它们大都出自名家之手,但我却被放在墙角处的一幅不大的肖像画吸引住了。那是一个女人的肖像,嘴唇稍厚,眉毛很长,目光既高傲又温柔,很有个性,这样的相貌一定不是杜撰出来的。我把画拿到窗前去仔细审视了一下,达·芬奇的名字竟然情不自禁地从我的嘴里蹦了出来。

但就在这时,我的身后传来了一个女人的话音:

"说得对,这的确是达·芬奇的作品,而且画的是吕克莱斯夫人,你也是一进门就相中了它,这真是有其父必有其子啊!"

我转过身来,立刻意识到是阿尔多·布兰德侯爵夫人站在了我的面前。她自然不是画上的装束,而是一身黑衣,像个老修女,但我还是一眼就认出了她就是那个所谓的"荡妇",美丽得让人无法抗拒。我连忙道歉,并立刻将那幅达·芬奇的吕克莱斯夫人肖像小心翼翼地放回了原处。

"在我所有的藏画中,你父亲最喜欢的也是这一幅。而且你的长相和言谈举止都和你父亲一样,这真是让人不可思议。他真应该和你一起来,不知道他现在是否还是先前的样子,我可是很喜欢他先前那副样子,也就是你现在这副样子的。好了,现在我见到了你,也就等于是见到他了。来吧,到我的小客厅来坐坐吧!"说着,侯爵夫人拉住了我的手,她的手软软的,我浑身像触了电一样哆嗦了一下。于是我跟着她来到了她所说的小客厅里坐下来。

我当时窘得几乎说不出话来,她倒是也不等着我发问,便滔滔不绝地说起来,但讲的大都是对我的劝诫,比如我这个年龄的男人应该怎样交友、怎样远离诱惑之类的话,不用说,这令我很是失望，也一下子拉远了我同她的距离。当我假托有事而起身告辞时她对我说：

"在罗马，你就将我当作你的母亲好了。我刚才嘱咐你的那些话你一定要记住，不要随便去和什么人交往，尤其是那些放荡的女人和新派艺术家，他们是会把你带到烂泥塘里去的。我的长子在乡下管理着我的农庄，次子唐奥塔维奥是个教士，而且很快就要做神甫了，你倒是可以和他成为好朋友的。"说着，她便吩咐把这个唐奥塔维奥从楼上叫了下来。

唐奥塔维奥年龄和个头都与我差不多，只是脸色苍白，神情忧郁，少有言语。侯爵夫人把我介绍给他，要他与我成为朋友，约好第二天下午由他陪着我去街上逛一逛，晚上再回到府上吃饭，说是要专门为我举办一次家宴。他只是点头称是，然后与我握了握手，便转身上楼了。

从侯爵夫人的府邸出来还没走出几步，就听见身后有人在喊："唐奥塔维奥先生，这么晚了您是要到哪里去呢？"我回过头，看到是个胖墩墩的一副神甫打扮的人面朝着我站在那里，而周围也并没有别的人。

"您是在喊我吗？我可不是唐奥塔维奥，唐奥塔维奥先生不是上楼去了吗？"

那个人立刻道歉，说他认错人了，然后便转身走进了侯爵夫人的府邸。后来我才知道，那个胖墩墩的家伙是内格罗尼神甫，是侯爵夫人指定来看管唐奥塔维奥的。

我没有理会侯爵夫人的告诫，甚至像是故意要做违背其告诫的事似的，我叫了一辆马车径直来到一位曾经与我有过书信来往的新派画家的所谓工作室，听他给我谈了罗马画界的一些事之后，又谈了一些乱七八糟的事情，最后还谈到了阿尔多·布兰德侯爵夫人，说她过去的确算得上全罗马最漂亮也是最放荡的女人，后来因为人老珠黄才摇身一变成了现在的样子，还说到她的长子如何游手好闲，她的次子如何被她逼着去做了教士等等。当然，侯爵夫人对我的告诫也还是起了一点作用。当我们一起喝了些酒，他要拉着我去一个地下俱乐部找乐子的时候，我还是以有些累了为理由拒绝了他。其实也不用侯爵夫人来告诫，我对于这些新派画家的现代派并不感兴趣，相比较之下我还是更喜欢达·芬奇那样的古典，更不要说他们在生活上的乱七八糟了。

第二天我起床的时候，酒店老板已经把午餐给我送到房间里来了。中午刚过，唐奥塔维奥来了，当然还有内格罗尼神甫跟在他后面，于是我们一起上了街，在随便逛了一阵子之后又走进了一座古老的教堂。唐奥塔维奥和内格罗尼神甫都跪在那里祈祷了一阵子，我只好站在一边等着。然后唐奥塔维奥便像是完成了一项什么任务似的开始变得兴奋起来，他指给我看那些雕刻和壁画，说得条条是道。然后在他的提议下，我们开始用法语聊天，因为内格罗尼神甫对于法语一窍不通，这样一来，他简直就像是换了个人，让我感觉到已经仿佛是在和一个法国的自由派人士在对话，而这时的内格罗尼神甫站在一边，简直就像个傻子一样了。

这时有个穿着紫色长袜的年轻神甫从我们面前走了过去，唐奥塔维奥斜着眼睛看了那家伙一眼之后对我说：

"看见了吗，也许几个月之后我也要变成那个样子了，想起来我浑身上下都会战栗起来，那对我来说简直是一种耻辱。能生活在法国该多好啊，说不定哪一天我还能去竞选总统呢！"

说完我们相视大笑起来。内格罗尼神甫问我们大笑什么，唐奥塔维奥对他解释说我们正在谈论一个考古学家，他错把一件现代派的绘画作品当成是古典派的绘画作品了。我觉得自己已经喜欢上唐奥塔维奥了。侯爵夫人说得不错,我一定会和她的这个儿子成为好朋友的。

从教堂里出来,我们便径直回到了圣马克街。因为是家宴,所以只有侯爵夫人、内格罗尼神甫、唐奥塔维奥和我四个人。菜做得很讲究,大家似乎都吃了不少;酒也不错,就数内格罗尼神甫喝得多,我自然只是点到为止,侯爵夫人和唐奥塔维奥都是滴酒不沾。咖啡刚一喝完,侯爵夫人就让唐奥塔维奥回房祷告去了。然后,侯爵夫人便和我聊起天儿来,她问了我过去的一些经历和未来的打算,对我的喜欢古典派大加赞赏,对我要成为一个画家的想法也不反对,但却建议我先去教书,然后利用业余时间来画画,等到真正在绘画上找到自我之后再来做一个专业的画家也不迟,而去一个中学教语文对于一个喜爱文学的人来说是最好不过的职业了,一个人的文笔是要经过千锤百炼才能成熟起来,而历史上许多大作家都是从教书匠里走出来的。这的确是个很好的建议,尤其是在后来发现自己在绘画方面的确并没有多大才能之后,每每想到侯爵夫人的这一建议便在内心里对她充满了感激。

这之后,几乎每天我都是在唐奥塔维奥的陪同和内格罗尼神甫的监护下到各处去游览,每天同唐奥塔维奥都有说不完的话题,晚上便回到圣马克广场街去与侯爵夫人共进晚餐。侯爵夫人每天接待的客人不多,大多又都是一些宗教人士,所以晚饭后的聊天我一般都很少发言。往往听他们聊天,像是在上一堂意大利语言课。从那以后,我意大利语的水平一下子就提高了很多。

一天,侯爵夫人的家里来了位名叫斯特拉的德国女人,那真是美丽到了极点。当她们谈论起绘画,尤其是谈论起达·芬奇的那幅肖像画的时候,我才终于得到了发言的机会。

"噢,瞧那双眼睛,简直是在不停地眨动着一样!"当侯爵夫人要我来谈论一下对那幅画的感受时我立刻说道。

我其实只是随意一说，可那个女人却突然大叫一声晕了过去，弄得在场的人无不惊慌失措起来。幸亏内格罗尼神甫也在，他把拇指狠狠地按在了那女人的人中上，过了一会儿那女人才醒过来。

"您这是怎么了？"侯爵夫人问道。

"没什么，没什么的。"见那女人不想说，侯爵夫人也没有再追问。于是吃饭。晚饭过后也没等谁再追问，那女人却自己讲起来了。

大致的意思是这样的：她有一个小姑叫维莱海尔，其未婚夫朱利乌斯是普鲁士的一名志愿兵。部队出征莱比锡之前朱利乌斯送给维莱海尔一幅自己的肖像，维莱海尔没事就端详那肖像，心理想着朱利乌斯能完好无损地回来与自己结婚。一天，维莱海尔一边和母亲坐在客厅里织毛线，一边时不时地看一眼挂在壁炉上方的朱利乌斯的肖像。突然她大叫了一声便晕倒在地上，周围的人都被惊动了。她当然很快便醒了过来，之后便开始大哭，说是她的朱利乌斯死了，因为她看见那肖像上的朱利乌斯闭上了眼睛。人们只好把那肖像拿到她的面前让她看，可她仍然说那朱利乌斯的眼睛是闭着的。人们对她说那是因为她想朱利乌斯想得过了头而出现的幻觉，可她就是不信。她不仅没完没了地哭，而且还在第二天穿上了一身丧服，就如同那一切都是真的一样。两天以后，莱比锡战役结束了，维莱海尔也得到了朱利乌斯的消息，说他不仅没有牺牲而且也没有负伤，由于在战斗中表现出色还得了勋章，几天之后就会回来了。但维莱海尔还是不信。果然，很快就又传来了不幸的消息，说是朱利乌斯在战役结束之后去执行一次非战斗性的任务，结果被躲藏在壕沟里的一个已经奄奄一息的敌兵开枪打死了。

"这一切都是魔鬼在作祟。"内格罗尼神甫在那个女人讲她的故事时一直都是闭着眼睛的，当那个女人讲完了她的故事之后却立刻睁开了眼睛说道,"十二年前,在蒂沃利城,有一个英国人就曾被一座雕像掐死过。"

"快说说,到底是怎么回事。"侯爵夫人大声说,她似乎对这样的事情很感兴趣。于是内格罗尼神甫便讲了下面的事:

那是一个单身的英国绅士,他在蒂沃利发掘古物,竟然挖出了一个名叫梅萨莲娜的女人雕像。也许是因为那雕像太美了,他便叫人把那雕像放在了自己的卧室里,结果没过多久他便把那雕像当作了真人。他称那雕像为他的妻子,并且请来了亲戚朋友与那雕像举行了婚礼。终于有一天早晨,人们发现他死在了床上,而那雕像是和他躺在一起的,而他的脖子上很明显地留着一道掐痕。

那一天,我步行返回酒店。为了抄近路,我走进了一条弯弯曲曲的小巷,路上一个人也没有,一边是高高的围墙,另一边是一些高高低低的房子。已是午夜,所以所有的窗子都是黑的,想起刚刚听到的故事,我不由自主地加快了脚步。但忽然,我听见一扇窗子似乎是被打开了,同时还有一件什么东西落在了我的头上,之后又落到地上去了。我弯下身子捡起来一看,竟然是一枝玫瑰花。我抬起头往上看,发现那是一座二层小楼,在二层的窗子上有一个身穿白色衣衫的女子在向我招手。

"请问,这玫瑰花是你扔下来的吗?"我问道。

可那女子听到我的问话之后不仅没有回答,还立刻就将那窗子关上了。我突然觉得自己很傻,这样的话还用问吗?这女子一定看出我是个法国男人来了。据那位新派画家说,法国男人对于意大利女人来说历来是最有吸引力的,既然如此我还怕什么呢?顶多是多花上几个法郎罢了。于是我找到了那所房子的门,等着那女子来给我开门。可我大约等了有五分钟,却是一点动静也没有。我咳嗽了一声,然后又敲了两下门,但还是没有回应。我又推了推门,发现那门是从外面锁着的。难道那女子是被囚禁在那小楼里的吗?于是我又回到了那窗子的下面,如果真是那样的话,我一定要想办法把她救出来。于是我便朝着那窗子喊了起来:

"喂,楼上的女子,请你把窗子打开,我们说几句话好吗?"

但我把这句话喊了好几遍也还是得不到回应。真是见了鬼了,难道罗马女人会以为我们法国男人的口袋里装着梯子不成?我一边这样想着,一边捡起一块石头朝那窗子扔去。这办法倒是有效,那窗子上的挡风板似乎动了一下,然后就又恢复了原状。我没了办法,只好记下那座小楼的确切位置,便一步一回头地离开了。

回到酒店,躺在床上睡不着,便把这件事前前后后地琢磨了几遍,但怎么也琢磨不出个所以然来。只好想着第二天一定要在白天到那里去看个究竟,这才睡着了。

第二天一早,我把自己梳洗打扮了一番之后,便拿着那枝玫瑰花出发了。那条街倒是很容易就找到了,但街道的名字却把我吓了一跳,在街边的那块牌子上写着的街名竟然是"吕克莱斯夫人街"。这让我立刻把这件事与那幅达·芬奇的画以及那个叫斯特拉的女人和内格罗尼神甫所讲的故事联系起来,心里不免有些忐忑不安,但脚步却还是朝着那所房子走去了。

房子的门牌是13号,这让我更有了一些不祥的预感。我先是站在不远处把这所房子仔细观察了一番,发现那其实是一所很普通的房子,一所两层小楼加上一个院子。小楼临街有一高一低两扇窗子,都被挡风板遮蔽住了。楼门上着锁,门板上写着出售和出租的字样,但联系方式却仿佛是被什么人有意涂掉了。在离院楼门不是很远的地方院墙塌了一个缺口，这是我昨天夜里没有发现的。如果是在巴黎，我准会翻墙而入了。但这是在罗马，又是白天，我可不敢贸然行动，于是便依次去向住在与这所房子相邻的另外几所房子里的人打听，最后终于在这条街的拐角处找到了这所房子的看守者——一个长得像个巫婆似的老妇人，此时正坐在房门前用一口铁锅在熬着什么。

"您是想看13号那所房子吗？"

"是的。"

"您是想租还是想买呢？"

"租也行，买也行，只要合适。"

"不会合适的，但只要您想看，就要付给我一个保罗。"

"好吧！"

说着，我从口袋里掏出了两个保罗的硬币放在了老妇人伸出的手里。老妇人立刻把那两枚硬币塞进了她的口袋，然后才站起来，先是把那口铁锅从灶台上端下来，然后回到屋里拿出一串锈迹斑斑的钥匙。

"走吧，我们去看看吕克莱斯夫人的那所房子吧。"

"那所房子的主人是吕克莱斯夫人吗？"

"当然啦。"

"那这条街是以这所房子主人的名字来命名的喽。"

"那也是当然喽，想当年，吕克莱斯夫人在罗马城可是个非常出名的美人儿呢，不过她的这所房子却是既没人租也卖不出去许多年了。但愿您能看上它。"

这样说着，我们已经来到了那小楼的门前。老妇人因为视力不好，所以鼓弄了半天也没能把钥匙插到锁孔里去，最后只好把钥匙交给了我。我虽然是一下子便将钥匙插进了锁孔，但还是费了很大的劲才将那钥匙拧动并使劲转了几转才将那把锁打开了。我们先是走过一个阴暗的小过道,地面仿佛被打扫过,并没有太多尘土,但顶棚上却挂满了蛛网。两边是几个小房间,里面都是空空的,散发着一股霉味儿。从壁炉的形状和梁柱上的雕刻可以看出这是15世纪的建筑,当初一定是很豪华的。透过一扇没有挡风板的窗子,我看见了院子里的景象,最扎眼的是那开得正旺的几株玫瑰,其次是一些果树,尤其是那几棵苹果树上还结了不少的果子。除此之外还有几畦花椰菜,长得也还不错。一定是有人来拾掇的结果,而他们进出这院子时走的一定就是院墙塌出来的那个缺口,我想。

看完了一层的房间之后,我们又来到了二楼。老妇人要我把所有的房间都看一遍,我却在临街的那间房子里站住了。那间房子似乎比其他的房间更为宽敞一些,而且也仿佛有一些人气,尤其是放在房间正中的那一把黑色的扶手椅,竟然仿佛是刚刚被什么人坐过一样。对这些,那老妇人不只是因为大意而且看不见,所以一点感觉也没有,但我也还是装模作样地用手拂了几下之后才坐了上去。

"好了,老人家,现在该给我讲讲吕克莱斯夫人的故事了吧!"说着我又把两个保罗的硬币塞给了那个老妇人,于是那老妇人便给我讲起来吕克莱斯夫人的故事:

> 吕克莱斯夫人的全名是吕克莱斯·波尔吉,她的父亲是十五世纪教皇亚历山大六世,名叫罗德里格·波尔吉。吕克莱斯夫人虽然人长得漂亮,却称得上是天底下最放荡且最狠毒的女人。当时这条街上都是妓院,因此她便背着家里人在这里盖起了这所房子。几乎每天晚上都会从吉利纳尔宫溜出来,到这里来寻欢作乐。她有时会站在窗前,看到有中意的男人便向其扔上一朵玫瑰花或苹果、手帕。

她自然是不会要钱的,但她要的却往往是那些男人的命,几乎没有哪个男人进来了还能活着出去的。她的一声"再见"就仿佛是一道命令,侍卫们就会为她把所有的事都处理好,谁也不知道到底有多少个男人的尸体被埋在了这个院子里。但是有一天她自己喝醉了,又把同样喝醉了并从她窗前经过的哥哥西斯托叫了进来,等一切的事情都做完了之后,才在她哥哥落下的一块手帕上发现了西斯托的名字和家徽,可一切都已经晚了。结果是她在这所房子里悬梁自尽了了事。

这一段文字是我根据老太婆的讲述整理出来的,其可信的程度有多少实在很难说,尤其是最后那件事,简直太不可思议了,但这所房子的存在却是不争的事实。老太婆在讲这段故事的时候,我又仔细观察了一下我正坐在里面的那间房子,不仅发现那扇临街的窗子的确有被人打开过的痕迹,而且还在窗台儿上发现了两片玫瑰花的花瓣,于是我的注意力便立刻又从吕克莱斯夫人那里转到昨天夜里那个白衣女子的身上来了。

"这个院子里的花椰菜是你种的吗?"

"不,那是我儿子种的。"

"您的儿子会经常到这里来吗?"

"不,他总是到处乱跑,平时就由邻居帮助拾掇拾掇,所以很不像样子。"

"你的儿子有女朋友吗?"

"女朋友?谁知道呢?他总是和社会上不三不四的人交往,我正担心他会去与什么女人胡搞乱搞呢?"

"没错,有个女人到这里来过,昨天夜里我从这里经过,她就站在那扇窗前,穿着白色的衣服,还把这枝玫瑰花扔给了我。"

"什么,白衣女人,玫瑰花,坏了,那一定是吕克莱斯夫人的鬼魂!走吧,走吧,我可不敢再到这所房子里来了。"

说着,那老妇人便也不管我怎么样,便自己先下了楼跑到街上去了。我自然也到了街上,心想,哪里有什么鬼魂,一定是她儿子把什么女人带到这里来了。

那老妇人一边锁门还一边叨唠着:

"我听人家说过的,她的鬼魂经常会在午夜的时候出现在这里,我还不信,现在看来竟是真的了。真该死,我刚才说了那么多不该说的话,只好赶紧去教堂里点上根蜡烛去向她赔个不是了。"

离开那里之后,我径直去了那个新派画家的工作室,把这件事情的前前后后都讲给了他。

"我认为那的确是吕克莱斯夫人的鬼魂,"听完了我所讲的事情之后他说,"你千万不要再到那条街上去了,前些日子,我的一个好朋友经过那里,被不知从哪里飞来的一个石子打到了眼睛,险些让他变成了独眼龙呢。"

"得了,我才不相信有什么鬼魂呢!或许是那个老太婆的儿子搞的鬼,要以此来敲诈路过的人倒还差不多。也还有可能是那个老婆子和她的儿子狼狈为奸也说不定,最后是看到我不那么容易上钩才罢了手。"但我嘴里虽然这样说着,心里也还是对这件事充满了不解,所以也就下决心一定要去弄个明白。

于是,接下来的好几天晚上,我还是要走到那条街上去,并站在那座小楼的下面把那扇窗子端详一番。终于有一天,我因为喝多了酒而有一点迷糊。当我走到那条街上的时候,先是看到了一支送葬的队伍从我身边走过去,当我又走到那座小楼的下面朝那扇窗子望着的时候,竟然听见似乎是从那扇窗子里传出来的女人的笑声,把我吓得汗毛都立起来了。我本来应该赶紧离开才对,可好奇心还是让我站住了。我又往那扇窗子上投了几粒石子,结果那石子从窗板上反弹回来竟然打在了我的头上,我只好又一次赶紧离开了。

我终于忍不住了,随后的一天,我不仅把自己在吕克莱斯夫人街遇到的事告诉了唐奥塔维奥和内格罗尼神甫,而且还把他们拽到了那座小楼的下面。

"你们看,据说这就是当年吕克莱斯夫人的房子,我就是从那扇窗子见到了她的'鬼魂'。"我指着那小楼和那扇窗子说。

这时,我发现唐奥塔维奥脸上的表情出现了一次带有戏剧性的变化。他先是很惊慌,脸色白得像是一张纸,过了两三分钟之后才又恢复了正常,再然后又突然变得非常庄重起来,并开始给我们做起了演讲:

"不错,在民间的确有过这样的传说,吕克莱斯·波尔吉,历史上也的确有那么个人,但那个吕克莱斯是否就是这个吕克莱斯就很难说了,更不要说还会有这样一所房子留下来了。但我们也不妨把这当成是真的,更不妨把那个时代和我们所处的时代进行一番比较。亚历山大六世在位的时候我们这里还有许多异教徒,到了凯撒·波尔吉在位的时候,这些异教徒就几乎都被赶出了意大利。可现在怎么样呢,大量的异教徒又都回来了,把整个意大利弄得乌烟瘴气,几乎要不成样子了。但愿老天再赐给我们一个像凯撒那样的暴君,把我们这些虔诚的教民从专制君主的手里解放出来吧!"

他这样慷慨激昂地说着,但我知道那其中连一句他的心里话都没有。但他为什么还要那么说呢?后来我才知道他是在转移话题,以此来隐藏住一个与他直接相关的秘密。

那天晚上,我照例去圣马克街6号去吃饭。吃饭时,唐奥塔维奥显得心事重重,饭刚刚吃到一半,便说自己有点不舒服,起身上楼了。饭后我去楼上看他，发现他正在看我偷着带给他的法国报纸。之所以还要偷着带给他，是因为侯爵夫人有规定，在他晋升为神甫的这一段时间内，除了《圣徒传》他不能看别的东西，更不要说那些充满了自由思想的法国报纸了。

我问他身体怎么不舒服了，他说也没什么，于是我们便随便地聊了几句。他借此机会向我询问了一些与法国有关的政治问题，但因为我对政治是不大关心的，也回答不出什么，所以谈话便只能停留在较为肤浅的层面上，很快也就谈不下去了。于是，我督促他脱下衣服，盖上被子，好好休息。他说外面冷，要我把他的那件呢子大衣穿上，而且还对我说不要为了抄近路再去走吕克莱斯夫人街了。我嘴上答应了他，但腿却不听使唤，不一会儿，我就又来到了那条街上。本来是做好了再一次一无所获的准备了，但远远地却看到那扇窗子不仅打开了，而且还从里面透出了光亮来，甚至我还感觉到似乎有人影在里面晃动着。我兴奋极了，甚至忘记了害怕，立刻朝那座小楼跑了过去。可就在这时，那窗子里的光亮竟然又消失了，当我来到那座小楼的下面刚刚站稳，竟然听到一个男人说：

"小子，你记住了，这是吕克莱斯夫人送给你的礼物！"

接下来是"砰——"的一声枪响，我感觉到自己的肚子像是被子弹射中了，用手去摸了摸，还好，只是呢子大衣的下摆被打穿了几个不大的小洞，除了肚皮上感到有一种火辣辣的疼痛之外也似乎并没有什么东西被打到肚子里面去，但即便如此，这也已经足够让我害怕了。我立刻哈着腰往街的另一头跑去，我敢说，从小到大我还从来没有那么惊慌过。

我一直跑到街口才停下来，这时却又有一个人从我的身后抓住了我的胳膊。我回过头一看，竟然是唐奥塔维奥。

"你怎么会在这里？"我惊奇地问。

唐奥塔维奥并没有回答我，而是又拉着我向前跑了几步后来到了一个舞厅门口，那里有许多等着拉活儿的马车。唐奥塔维奥不由分说地把我推上了一辆马车，不一会儿，我们就回到了我住的那家酒店。唐奥塔维奥先是查看了一下我的肚子，发现并没有铅弹打进去便放了心。

"真是万幸，如果不是这件大衣，你的肚子可就要受苦了。"他一边给我倒水一边说。

"你不是已经……"定下神儿来之后，我又要问唐奥塔维奥那个同样的问题，但却被他拦住了。

他先是拿出了一张纸条给我看，说是在那天下午收到的。我看到那纸条上写的是：

> 亲爱的！今晚不要来了，我的哥哥知道了我们的事，我不知道他们会做出怎样的事来。
>
> 永远爱你的吕克莱斯

然后，他便为我讲起了他与吕克莱斯的事：

> 吕克莱斯是唐奥塔维奥女朋友的名字，也因此，他们才把那座小楼作为他们幽会的地点。吕克莱斯的家离那座小楼不远，每次他们幽会都是吕克莱斯先到后走，为的是不让她的家里人看到。有时吕克莱斯会在窗口处目送唐奥塔维奥离开，那次是错把我当成了唐奥塔维奥才把玫瑰花扔在了我的头上，没想到竟险些让我把她当成了吕克莱斯夫人的鬼魂。这次她的哥哥是准备好了要来教训一下唐奥塔维奥的，因为和一个教士搅和在一起是不会有什么好结

果的,结果却又是我去挨了一枪。那天虽然唐奥塔维奥嘱咐了我不要再走到那条街上去了,但他还是不放心,尤其是我又把他的大衣穿在了身上,于是他只好也跑了来,结果还是晚了一步。幸亏那一枪没有打中要害,也幸亏有那件大衣的保护,更幸亏那枪也许只是打鸟用的老式火枪,否则后果就不堪设想了。

唐奥塔维奥讲完了之后叮嘱我不要把这件事告诉任何人,然后便急急忙忙地走了。

其后的几天,我几乎再没有机会和唐奥塔维奥说什么话。他受任圣职的日子越来越近了,但他也比先前变得更加忧郁了。我也决定不参加他受任圣职的典礼,要离开罗马到佛罗伦萨去。

那天晚饭后,我把这个决定宣布了出来,还没等侯爵夫人说什么,唐奥塔维奥就立刻把我拉到他楼上的房间里去了。他紧紧地握住我的手对我说:

"我亲爱的朋友,我要求你一件事,你一定要把我从这里带走。我已经下定决心不做什么神甫了。"

我自然先是拒绝,对他说那是会让他母亲伤心的,但看到他几乎是在哀求我了,便只好答应了他。

"可你要以什么名义出去呢?海关是要检查的。"

"你就说我是你的仆役好了。"

于是,事情就这样决定了。

临行的那一天上午,我先是去与那个新派画家道了别,然后又去与侯爵夫人道别。侯爵夫人交给我一封写给她佛罗伦萨朋友的信,要她的朋友给我以照顾,我感动得几乎要流出眼泪了。然后我装作上楼去唐奥塔维奥告别,但却是去与他约好,下午三点从我住的酒店出发去佛罗伦萨。走出院门的时候，我的心里充满了对侯爵夫人的愧疚。

我最后一次来到吕克莱斯夫人街，只是走过那座小楼时，我几乎连那扇窗子看都没看一眼。但当我再一次看到那块街牌时，倒是停下来向它行了个注目礼。

"再见，吕克莱斯夫人！"我在心里说。

可没想到一走进酒店大门，值班的服务员就对我说，吕克莱斯夫人已经在您房间里等候您很久了。我当然立刻想到那一定是唐奥塔维奥的女朋友，对于她的到来我并不感到惊讶。

果不其然，那是个年轻的女子，正是那个与我已经有过一面之缘的吕克莱斯小姐。

"您是不是要和唐奥塔维奥先生一起离开罗马呀？"

"是的，您知道，我是真心爱他的。"

"好吧，既然如此，我就好事做到底了。不过唐奥塔维奥已经做了我的仆人，您就只好来做我的女伴了。否则我们可是出不去的。"

"只要能出去，只要能和他在一起，怎么样都是可以的。"

说实在的，我已经有一点嫉妒唐奥塔维奥了。

没多一会儿，唐奥塔维奥也来了，他把自己装扮了一番，还粘上了一撇小胡子。我们一起在酒店里吃了午饭，又随意聊了一会儿，然后便出发去了佛罗伦萨……

其后的事情就简单了。到了佛罗伦萨，唐奥塔维奥和吕克莱斯立刻就结了婚，然后便跟我一起到了巴黎。我父亲照顾他们就像侯爵夫人照顾我一样，而且，在我父亲的努力下，侯爵夫人不仅接受了儿子的选择，而且也接受了这一个吕克莱斯来做她的儿媳，尽管她只是出身于一个很普通的家庭，与阿尔多·布兰德家族算得上门不当户不对。唐奥塔维奥先是在一家报社做记者，靠写政治评论出了名，最后竟然还真的竞选成功，成了市议会的议员。

  我呢，那之后虽然又去了几个国家，但只是游览而已，不久也就安下心来去教书了。先是一边教书一边写作，偶尔也画画，后来因为写出了一点名堂，便把画画的事放在了一边，很快又连教书的工作也辞掉，只是一心一意地写作了。

伊尔的维纳斯

愿她既博爱又仁慈

因为拥有太大权力

愿她不要嫉妒成恨

因为也有七情六欲

——【古希腊】吕锡安《爱说谎的人》

伊尔,法国东部、比利牛斯山下的一座小城。据说那里有着许多中世纪或比中世纪更早一些的古建筑遗存,我很想去看看。

尼古山是比利牛斯山脉的一部分,海拔2786米。当我们终于翻过了这座山时已近黄昏时分,转过一个山脚,山下的伊尔小城立刻呈现在我们眼前。那鳞次栉比的石板屋顶都像是被贴上了一层金箔,比起城市里的高楼大厦更多了几分梦幻般的色彩。

路上,我和来接我的那个卡塔卢尼亚人约翰聊起天来。

"您知道佩莱赫拉德先生居住在哪一所房子里吗?"

"当然,他是这里的富人,现在又成了这里的名人了。他的房子是这小城里最好的。这几天,他正忙着娶儿媳妇,据说他的亲家是佩皮尼昂的有钱人,女孩儿长得很漂亮,不知怎么会嫁到这里来。"

"呀,那我来的可不是时候了,还要您来接我,真是不好意思!

我的朋友把我介绍给佩莱赫拉德先生，是因为他是个当地的考古学家，会领着我去看一看周边的古代遗迹的。"

"哪里，您在这个时候，佩莱赫拉德先生不定多高兴呢，因为对于他来说有一件事情似乎要比他儿子的婚事更重要呢！"

"怎么呢？"

"因为你是个考古学家，或者像您自己说的是一个对这方面的事情感兴趣的人，佩莱赫拉德先生最近得了一件宝贝难道您不知道吗？"

"宝贝？那我可不知道啊！"

"是从地下挖出来的，一个铜像。"

"这个我倒是感兴趣，说来听听！"

"那是半个月以前，佩莱赫拉德先生叫我和科尔把去年冬天被冻死了的一棵老橄榄树刨掉。在把那树刨掉之后，我鬼使神差地又多刨了一镐下去，只听到'砰'的一声，像是碰到了金属。'这下面不是有什么宝贝吧！'我说。科尔赶紧用铁锹去挖，没挖几下，结果竟然从地下伸出一只手来。我们赶紧去叫佩莱赫拉德先生。'东家，快去看看吧，我们挖出鬼来了！'我说。'别胡说，我去看看。'佩莱赫拉德先生说。佩莱赫拉德先生来到现场之后去摸了摸那只手，然后立刻转过头来说：'这是一件古物，说不定是件宝贝！去把我的小铲子拿来！'我立刻就去把他的小铲子拿来交给他，其后他和我们一起手铲并用地挖了起来，嘴里一会儿说'约翰，你慢点'，一会儿又说'科尔，你能不能轻点'，最后干脆把我们推开，他自己一个人干起来。挖了大半天的时间那东西终于被挖出来了，是个女人像，上半身赤裸着，佩莱赫拉德先生说那或许是属于查理曼大帝时代的东西，但也不能确定。所以他欢迎您来，还要和您一起讨论呢！"

"那或许是那个修道院里的圣母像吧!"

"绝对不是,是个铜像,但那双眼睛却和真人的眼睛一样,闪着光,不论从哪个角度,当你看着它时,它也像是在看着你。如果你和它对视,就会有一种恐惧感油然而生,不得不赶紧把视线移开。"

"也许是尊古罗马时代的雕像,那眼睛该是镶嵌上去的宝石。"

"古罗马雕像,您说得太对了,佩莱赫拉德先生也这么说过的。"

"保存得完好吗?"

"完好无缺,连一个手指头都不少。绝不是什么断臂维纳斯。"

"有多大?"

"和真人一样大,因此重得很。我们费了很大的劲才把它弄出来,但在把它立起来时还出了事。"

"怎么了?"

"第一次立起来后我发现不是很正,便想用什么东西垫一垫,结果把它弄倒了,科尔没来得及躲开,腿被它砸断了。我当时举起镐头就朝着那雕像砸过去,佩莱赫拉德先生却把我拦住了,他说就是把科尔的两条腿都砸断了也不能去伤害那雕像一个手指头。他把科尔送到医院去治疗,但医生却说科尔那条腿怕是永远也走不了道儿了。可惜科尔那条腿了,他先前是我们这些人中跑最快的,而且除了少东家,他的网球打得最好,这回只能坐在一边看着了。佩莱赫拉德先生说了,为了这雕像,他要养科尔一辈子呢!"

这样说着,我们已经进了伊尔城,也很快便来到了佩莱赫拉德先生的家并见到了佩莱赫拉德先生。

佩莱赫拉德虽然上了点年纪,但看上去精力还很旺盛。他个头不高,白面皮,红鼻头,脸上总带着略含诡秘的微笑。很快,饭菜上桌人入席,晚宴开始了。他向他的老婆和儿子介绍我是一位出色的考古学家,是位水平比他高得多的同行,还说我的到来可以让他的家里蓬荜生辉,让被世界遗忘的伊尔城重放光明等等。我只好打断了他的话说自己只是对过去的事情更感兴趣而已,但并没有他说的那种几近于能起死回生或化腐朽为神奇的能力。

"谁说这伊尔城已经被世界遗忘了呢?我可是天天都惦记着这里呢!"我最后说。

"哈哈,好好好,我一定会让你在这几天内把你所要看到的都看到,说不定还会有出乎意料的收获呢!"佩莱赫拉德说着,脸上露出了一种神秘的表情。

我知道他所说的那个出乎意料指的是什么,却又装作是什么都不知道似的说:

"我们还是吃饭吧,现在我最需要的是这酒会出乎我意料的好喝,这饭菜是出乎我意料的好吃,别的一切出乎意料都等我吃饱喝足之后再说吧!"

我的话自然没有什么人反对,于是大家便开始吃喝起来。这山里清新的空气让我胃口大开,我吃了很多也喝了不少。佩莱赫拉德则一会儿给我夹菜,一会儿给我倒酒,唯恐我吃不好喝不好,还时不时跑到书房里给我拿一些东西来看。佩莱赫拉德夫人像所有四十来岁的卡塔卢西亚妇女一样,年轻的时候长得一定挺漂亮,可现在已经发起胖来,显得有一些蠢笨了。她一会儿到厨房里去一趟,每一次都会端上一盘子新炒出的菜来放在我的面前,并坚持要让我吃第一口。如果不是我拦着,她也许会一直这样做下去。这夫妻二人实在是让我觉得有一点热情得过分了。

只有他们的儿子阿尔冯斯还安静一些。那是个二十几岁的年轻人,生得眉清目秀,身材也好。那天晚上,他几乎一句话也没说。

晚宴后,佩莱赫拉德和我坐在客厅里喝茶。

"好极了,您是到我这里来过的最受欢迎的客人,这几天我一定要把我们这里的好东西都让您看遍了,否则您就别想走。您要了解伊尔,为它说句公道话。这里有腓尼基、柯尔特、阿拉伯、拜占庭等许多时期的古建筑,就像是一个博物馆,这是在任何地方都没有的。"

"但听说你要为儿子办喜事呢,或者,您只要为我介绍一下,然后派一个人,比如约翰,陪着我去转一转就可以了。"我说。

"那是小事一桩。正好,了解我们这个地方的民俗,那对于您这样一个考古学家来说也是件好事。很可惜,因为新娘子的姑妈前些日子死了,所以不准备大张旗鼓地搞,尤其是舞会也取消了。您该知道,卡塔卢西亚姑娘们的舞蹈太美了。美丽的姑娘还会不少,但是,我会让您看到一件更美的东西呢!那东西会让您大吃一惊,那也就是刚才我说过的,一定会出乎你的意料之外。"

"我想,那一定是路上约翰对我说过的那个铜像,我早已经在期盼着了。"

"噢,您已经知道了吗?啊,那才叫美之极致……得了,还是明天您自己看吧!看了之后,您要给我做出一个判断,那到底是什么时代的东西?她是谁?还有那铭文,到底是什么意思?我试着解释了,但我不能确定。我还写了篇论文,也还没有寄出去,您来看一看,或许有不对的地方。但今天您一定累了,明天再说吧!"

这时,佩莱赫拉德夫人走进来说:"佩莱赫拉德,你是不是又在谈你的铜像呢,那一类的东西在巴黎的博物馆里不知有多少呢!"

佩莱赫拉德非常生气地说:"你这样说,只能证明你的无知。杜伊勒里宫的那些东西和这铜像比起来顶多只是些装饰品而已。"

说罢,佩莱赫拉德又转过头来对我说:"她竟然还想把它熔掉来铸一口钟送给教堂呢,那真是要犯罪了。"

"那铜像才是犯罪呢,把科尔的腿都砸断了,这和砸死了他是没有什么不同的,他可是……"佩莱赫拉德夫人又说,但佩莱赫拉德却打断了他老婆的话,"我不是说过了么,即便是把我的两条腿都砸断了,我也不会抱怨!"

晚上,我被安排在一间客房里。窗子正对着加尼古山。也许是佩莱赫拉德有意安排,当我打开窗子想欣赏一下那皎洁的月色时却一眼就看到了那铜像。那铜像伫立在一个小花园里,下面有一个基座,因为离我有四五十公尺远,所以只能看出一个大概的姿态,很像是那个断臂维纳斯被装上了双臂。这也许真的是一个完整的维纳斯,她的手臂应该是怎样的,这个困扰了人们许多年的问题也许会在这里找到答案呢,我想。

花园的外面是一个网球场。这时正有两个小孩子穿过网球场向着那铜像走过去,他们先是站在那里看了看那铜像,然后每个人都把拿在手里的什么东西用力朝着那铜像掷去,只听到"当——啷——"两声脆响。"哎呀!"我听那两个孩子同时叫出声,又看见他们抱着头跑开了。一定是他们把石子打在了那铜像上,但那石子却被那铜像反弹回来又打在了他们的头上;他们是科尔的什么人吧,不然怎么会对这铜像有那么大的仇恨呢?我想。

一觉醒来,天已经亮了。我忙着穿衣服,佩莱赫拉德进来了,手里端着一杯巧克力,香气扑鼻。

"你们这些巴黎人太喜欢睡觉了。我都上来三次了,您都还在呼呼地睡着。岁数这么大的人,觉睡多了可没什么好处。来,把这杯巧克力喝了,然后,我们去看维纳斯,伊尔的维纳斯。"

"怎么,您也认为她是维纳斯吗?"

"当然,此维纳斯非彼维纳斯也,这个,您去看一看就明白了。"

"好吧,我们走!"

我把那杯巧克力一饮而尽,然后跟佩莱赫拉德一起来到了那尊铜像面前。

"不错，果然是一尊维纳斯像，但也正如你所说，这个维纳斯并不是那个维纳斯。首先，正如我昨天晚上所看到的，她虽然姿态与那个一样，但手臂却是完好的，一只手放在胸前，挡在乳房前面，另一只手伸到下面去像是要把从腰间脱落下去的裙子提起来。这个铜像的作者要么是看到过那个完整的古希腊雕像，要么是通过想象把那个残缺的古希腊雕像复原了。这真称得上是一个天才的艺术家，他的想象实在是太神奇了。其次是她的面部虽然和那个维纳斯一样美丽，但面部的肌肉却不像那一个那样松弛而是稍显紧张，尤其是嘴部的肌肉绷得更紧，嘴唇紧闭着，想必那牙齿也是紧紧咬合着的。再次，也是最重要的，就是那双眼睛也的确如约翰说的，像是在紧盯着站在她面前的人，让人不敢与其对视，因为那透露出的似乎不是爱而是与爱相反的恨。或许是因为作者在运用自己的想象力复原了那残缺之后，发现那样的姿态很像是刚刚遭遇了强暴，所以才又把她的面部弄成这个样子的吧？也或许作者就是要塑造出一个蛇蝎美人儿，提醒那些贪恋女色的人注意，在那爱字下面还隐藏着一个恨字，什么事情一旦走向它的反面，再好的好也就变成不好了吧？但能不能说她就是恨神维纳斯呢？我不能确定，因为据我了解，在古希腊的神话中虽然有仇恨之神厄瑞斯努，但那是一个男神。无论如何，这的确出乎我的意料之外，也的确是太美了。但谁要是娶了她那才是不幸呢！她会让他每天都睡不着觉的。"我一边审视着那铜像一边说。

"哈哈，她现在就已经让我每天都睡不着觉了！不过您的分析实在是太好了，真不愧是来自巴黎的学者。现在请您再来看看这铭文吧！"佩莱赫拉德指着基座上的一行字母CAVE AMAN TEM说。

"可是,"我思考了一下说,"这句话可以译作'不要相信爱你的人',但也可以译作'如她爱上你,你可要当心',这也正是我刚才说过的那个意思。"

"但维纳斯为什么恨男人呢?是不是因为她的丈夫武尔坎努斯只是个铁匠呢?"佩莱赫拉德也许是在告诉我他并非什么也不懂,至少知道还有个武尔坎努斯,但他却忘了或者根本就不知道,在希腊神话中,武尔坎努斯只是维纳斯的情人。

"不,在这里,这个维纳斯也已经不再是那个维纳斯了,她只是一个象征物,象征的是天底下所有的女性。不过这拉丁文也真是费解,因为太简练了。"我故意把话题岔开,免得佩莱赫拉德觉得尴尬。

"您来看,这里还有一行字呢!"佩莱赫拉德把我拉上基座,指着铜像胳膊上的一行小字说。

我仔细辨认了一下是:

VENERI TVRBVL……
EVTYCHES MYRO
IMPERIO FECIT

我思考了一会儿,佩莱赫拉德看着我,脸上现出了一种很怪异的表情:眼睛睁得很大,眉头却聚在一起;嘴唇紧抿着,嘴角使劲向两边撇开。意思是这回可要把我难住了。

"的确,这的确有点难度。因为那第一行的末尾有几个字母不太清晰了。如果不考虑那几个字母,意思该是:'爱奥迪切丝·米隆承命铸此铜像献给维纳斯。'失去的那几个字母应该是一个修饰词,告诉我们那是一个怎样的维纳斯。您看,如果那几个字母是'E

NTV'会怎么样？那就成了'使人困惑不安的维纳斯'了。对于这样一个满脸凶相的维纳斯来说，这样的形容并不算过分。"我说。

"不，绝对不是，先生，您还是听听我的解释吧！不过您要事先声明，绝对不要把我的发现透露给别人，至少是在我把论文发表出来以前。"佩莱赫拉德表情很是得意地说。

"好，我可以保证，您说吧！"我从那基座上跳下来之后说。

于是佩莱赫拉德便滔滔不绝地讲了起来。他先说离这里四公里的地方有一个村庄名叫布尔特耐尔，正是拉丁文'TVRBVLNERA'的错读，而布尔特耐尔又是一个古罗马城市的名字，因此这个铜像一定是这个城市所供奉的神明；又因为布尔特耐尔这个词是腓尼基语，说明这个城市在更早的时候是一个腓尼基城市。然后他又从腓尼基语说到希腊语，又从希腊语绕回来，在把我几乎要弄晕了之后才又回到铜像上来，说那铭文的意思是：尊维纳斯之命，米隆将此物献给布尔特耐尔城的维纳斯。

"我不得不承认您最后的这个结论比我刚才的判断更接近于正确，但如果您这样来理解是正确的话，米隆所送的就不应该是这铜像而是另有其物了。"我说。

"难道米隆不是古希腊著名的雕刻家吗？这铜像一定出自他的后人之手，这难道还会有什么疑义吗？"佩莱赫拉德坚持说。

"可是既然是献给布尔特耐尔城的维纳斯，也就说明在他献那个所谓'此物'之前这个维纳斯已经存在了呀！再说，这个维纳斯的手指上是有一个小洞的，那是为了固定一个什么东西用的，一定是枚戒指。也就是说米隆献给这个维纳斯的是一枚戒指，并在她的胳膊上刻下了这句话，要知道这些字是刻上去的而不是铸上去的。但这枚戒指后来一定是被人弄走了。"我继续反驳说。但没想到佩莱赫拉德还是摇头。

"您应该去写小说,先生。这明显是一件米隆派的作品,只要看看这做工就知道了。"他说。

我知道自己又犯了个错误,就是去和像佩莱赫拉德这样的考古学家争论问题,因为他们也许连最起码的语言逻辑也不懂,甚至可以说是没有文化的人。

"是的,这一点毋庸置疑,这的确是一件很完美的艺术品。"我说。

"妈妈的!这是谁干的?"佩莱赫拉德惊叫起来,"有人向我的铜像上扔石头了!您看,这胸部有一道伤痕,手上也有,幸亏没有把这根手指打掉。"

我凑过去看了看,便把前一天晚上我看见的那一幕说了。

"那是我的维纳斯显灵了,应该立刻就把这两个小混蛋变成爬虫!"佩莱赫拉德愤愤地说着,一边用涂上了一口唾液的衣袖用力擦着,直到那白色的印痕变得不太明显了为止。无论如何,我倒是为他对古物的这种热爱感动了。

午饭的铃声响了,这一定是佩莱赫拉德从哪里模仿来的,因为在他这样的家庭里,这样呼叫吃饭的方式实在只是一种形式。由于主妇的过于热情,我不得不又吃了很多。接着,佃户们来找主人请示一些什么事,我便被少东家阿尔冯斯邀请去欣赏他从图卢茨新购置来的一辆四轮马车。我当然说好,但其中也有许多违心的成分,因为我对所有仿古的东西都不感兴趣。之后,他又拉着我去马厩里看他的马,足足用了半个小时的时间对我介绍那几匹马的世系和品性,以及它们如何在各种级别的比赛中获奖的情况。最后终于从那匹准备送给新娘子的马转而谈到了他的新娘子。

"今天您就能见到我的新娘子,希望您以一个城里人的标准来给她做一个评价,虽然这里的人都觉得她很好,但我觉得她的好也许就是她很富有。她的姑妈最近死了,留给她一大笔遗产,就因为这个,婚事就不能大办,连舞会都取消了,这让我很不愉快。另外,您该是个行家,您觉得这个东西怎么样?这是准备送给她的。"说着,阿尔冯斯拿出一枚戒指给我看。

我看了看说:"这是个古物,但被人动过手脚,以前上面镶嵌的也许是别的什么宝石,然后才换成了这颗钻石,否则会更好。还有内壁上的那行字刻得也不好,而且也是后来才刻上去的。"

"您是说因为镶嵌了钻石之后反而不值钱了吗?你要知道这东西是家母传给我的,尤其是这颗钻石要值一千多法郎呢!不过您的判断没错,这东西也的的确确是一件古物,也不知在我们的家族里传了多少代,至少是骑士时代的东西。"阿尔冯斯说。

"依我们巴黎人的习惯,给新娘子的东西没有必要这样珍贵,最多也就是弄个白金的就足以了。尤其是一个女孩子,把那样一个戒指戴在手上并不好看。"我说。

"可这是我们一家人的决定,以使相互之间能门当户对起来,不然我们就显得太寒酸了。至于给了她之后,她是戴着还是锁在柜子里收着就由她去决定吧。反正结婚对于我来说就是那么回事,如果不是父母逼着,我才不这么早结婚呢!看见我手上的这枚戒指了吗?这是我去年在巴黎参加狂欢节时一个时装店的老板娘送给我的,那才叫好玩呢!"阿尔冯斯说着,脸上露出了几分得意的神色。

说实在的,我觉得这个少东家实在是有点太不成熟,如果那个女孩儿真像他们所说的那样好,那嫁给他真的是一个错误。

那天,他们一家人要到新娘子的家里去吃晚饭,我也被邀请一起去。我作为男方家的朋友被介绍给女方家,听说我是从巴黎来的,自然是被当成了贵宾。新娘子普伊加里小姐既美丽又迷人,阿尔冯斯坐在新娘子身边显得既庸俗又粗鲁,与人家很不般配。阿尔冯斯总是凑到她的耳边去和她说话，弄得她的脸色一阵红一阵白的。她几乎没有正眼看过阿尔冯斯，也没有与阿尔冯斯说过一句话；当佩莱赫拉德夫妇问到什么需要她来回答的问题时，她又回答得十分得体。我坐在那里什么也不说，只是和普伊加里小姐有过一次对视，但仅是这一次对视就给我留下了极深刻的印象，因为从她的眼睛里所闪射出的光辉竟然同那铜像的眼睛里闪射出的光辉有几分近似，在那一瞬之间，我浑身上下又一次为之战栗了。

在回伊尔的路上，我真不知与佩莱赫拉德夫妇说些什么好。想了半天才想到一个后来才觉得并不很合适的话题。

"你们鲁西戎人的思想也是够开通的了，结婚这样的事竟然会选在星期五。在巴黎，这是一个很大的忌讳。"我说。

"嗨，别提了，"佩莱赫拉德夫人说，"如果以我，无论如何也不会选择这一天，可我们这位伟大的无神论者却非要较这个劲。"

"星期五怎么了？"佩莱赫拉德先生接过来说，"那虽然是耶稣受难的日子，但也是维纳斯诞生的日子。所以明天我们在婚礼上还要加进一个小小的仪式来祭拜一下这位爱神，祭品是两只斑鸠，一炷香……"

"这绝对不行，"佩莱赫拉德夫人愤怒地说，"烧香，祭拜，在婚礼上，这绝对不行。外人看了，还以为是丧礼……"她也觉得自己所说的话不吉利，所以立刻打住了。

"那我就给她戴上一顶花冠，百合花冠。哈哈，把你们手中的百合花瓣全都撒在我的身体上吧，我是为了爱而生，也将为爱而死！……先生你看，我们的信仰并不自由，虽然宪法上说那是我们的权利。"

临睡觉前，我被告知第二天的婚礼是这样安排的。上午十点集合出发到佩皮尼昂吃午饭，然后把新娘子接到伊尔来。下午新郎新娘去民政局登记，在小教堂举行宗教仪式，然后稍作休息直到晚宴。晚宴可以喝酒但不能唱歌跳舞，最后将新郎新娘送入洞房后其他人可以自由活动。

这一天我起得很早，因为没有什么事可做，便拿了画夹去到那铜像面前，想把那铜像的头部画下来以备将来之用。如果是在先前，只要我想画什么，只需一次就能成功，可这回我画了十几次都失败了，那铜像面部的表情实在是太难把握了。只是当我把这铜像的面部表情和我前一天看到的普伊加里小姐的面部特征叠加在一起来表现时才算是找到了一点感觉。这实在令我感到震惊。难道在她们两个身上真的有着什么共同的东西吗？我想。

佩莱赫拉德先生来了，他弄来了许多玫瑰花撒在了那铜像的基座上。

"要是有百合花就好了，但玫瑰花也行了。嘿，画得真好！不过，怎么画得有点像我儿媳妇啊？"他不知道，我也在为此而不解呢！佩莱赫拉德先生走了之后，穿好了礼服的阿尔冯斯又来了。他先问我新娘子怎么样，我当然说好。看到了我的画，他先是审视了一会儿，然后说：

"嘿，这幅像画完了之后送给我吧，我会把它挂在新房里，因为她和我的内人实在是太像了，尤其是那眼神。"

他还不知道，我现在已经有点讨厌他了。

这时，网球场上正在举行一场比赛，打球的是几个外地人和一个西班牙骡夫，那个西班牙骡夫尤其身手不凡，几个法国人一一败下阵来。阿尔冯斯看了看表，才九点，便脱下礼服去向那个西班牙骡夫挑战。"为了国家的荣誉！"他喊了一声。这时我倒觉得他也有一点可爱了。我看见他穿上了一件运动服，换上了一双球鞋，立刻就变了一个样子。他与那个西班牙骡夫的比赛开始了，我也放下画夹在一边坐下来当了观众。

与大家的期待相反,阿尔冯斯第一个球就没有接到。阿尔冯斯把球拍往地上一扔,嘴里还似乎是骂了一句:"该死的……!"然后便朝着那铜像跑去,很快就又跑了回来,谁也不知道他去铜像那里做了什么。等他回来再拿起球拍之后就不同了,那个西班牙骡夫几乎被他打得只有招架之功而无还手之力了,不一会儿就败下阵去。在场的人都欢呼起来,有的打口哨,有的还把帽子扔向了空中,像是自己的国家把别的国家打败了一样。

"老兄,如果不是我今天有点小事情要处理,咱们可以再打几局,我还可以先让你几分呢!"阿尔冯斯对那个西班牙骡夫说。

这话说得的确是太狂傲了,于是那个西班牙骡夫说:"咱们后会有期!"眼里闪耀着因为屈辱而燃起的怒火。

这时从前院传来了佩莱赫拉德先生的喊声:

"阿尔冯斯,快来套车!"

阿尔冯斯赶紧脱掉运动服和球鞋,再穿上皮鞋和礼服,也顾不上擦擦脸上的汗,便跑到前院去了。我当然也跟了过去,走过那铜像的时候我瞥了一眼,也没有发现什么异样,便跟着去了前院儿,上了车。

到了佩皮尼昂,先是吃饭,然后是把新娘子接回来,然后直接就去民政局的婚姻管理处登记,再就是去小教堂举行仪式了。在教堂门口,阿尔冯斯走近我身边对我说,他只能把手上这枚金戒指送给新娘子了,因为他在打球的时候因为那个镶嵌了钻石的戒指碍事而把它戴在那铜像的手指上了,本来想着打完球就去拿下来的,可一着急走就忘记了。他担心会被别人看到拿走,因为那颗钻石……这时又是佩莱赫拉德先生叫他,他便急忙走到教堂里去了。

仪式举行过了,普伊加里小姐收下的是巴黎某个时装店老板娘送给阿尔冯斯先生的定情物。从教堂回来之后,晚宴又开始了。喝酒,是上好的葡萄酒。吃肉,鸡鸭鱼,应有尽有。谈笑,荤的素的一齐来。甚至还唱起歌、跳起舞来,好在娘家人先走了。阿尔冯斯先是出去了一趟,回来的时候脸色很不好看。他不停地喝起烈性的科利乌尔酒来。我让他小心别喝醉了,因为晚上还有任务,他却还是不管不顾地猛喝,对坐在一边的新娘子理也不理。也许出事了,我想。

这时一个小孩子从桌子底下钻了出来,手里拿着的竟然是新娘子系在腰间的一条丝带,新娘子要去抢,却被作为老公公的佩莱赫拉德先生拿过去了。他叫人把那条丝带剪成了数段,每个人都发了一段,每个人又都按照当地人的习惯把那一段丝带系在了衣服的扣子上,把新娘子羞得满脸通红。紧接着,佩莱赫拉德先生还即兴赋起诗来。诗云:

> 啊,这里有两种酒
> 你要喝哪一种
> 啊,这里有两个维纳斯
> 你更爱哪一个
> 一个来自地底下
> 一个来自天之外
> 一个砸断了科尔的腿
> 一个刚刚把丝带分给了我
> 啊,维纳斯,我的爱神
> 我想把你们两个都留下
> 可惜我已经有老婆

他的诗还没朗诵完,有的人已经笑得喘不过气来了。新娘子用双手捂住脸,等再把手拿开时,我看到了她脸上的泪痕。

"老不正经的,你想死啊!"佩莱赫拉德夫人说着用筷子狠狠地打了丈夫的头一下,所有的人又都哄笑起来,新娘子也破涕为笑了。

那些人一直闹腾得快到午夜才散,新娘子入了洞房,阿尔冯斯却在客厅里把我叫住了。他悄悄地对我说:

"不好了,也不知是我中邪了,还是闹鬼了。您知道那枚戒指吧,它被我套在了那铜像的手指上,现在却拿不下来了。"

"怎么会!使点力气,要么用什么工具,总是可以拿下来的。"我说。

"不行,因为那铜像把整个手都攥成了拳头,而且那钻石还被它握在手掌里面了。"阿尔冯斯接着说。

"这不可能,你是不是喝晕了,在做梦吧!"我的嘴里这么说着,身上却起了鸡皮疙瘩。

"先生,你是城里人,又是古物鉴定家,见识广,应该去看看那东西,也许是有什么机关,被什么人碰触到了也说不定。"阿尔冯斯又说。

"好吧,我们一起去看看。"我说。

"不,先生,您自己去看看吧,我已经困得不行,要去睡了。"说着他便上楼了。

我本来还真想去看看,可外面竟然下起雨来,于是便回了自己的房间。别是他喝醉了说的醉话吧,我若真的在这样的时候去摸那铜像的手,岂不成了傻瓜在闹笑话吗,我想。

躺在床上,想着白天的事,我竟然好半天都睡不着。那样一个貌美如花的女孩儿竟然要嫁给这样一个粗俗不堪的家伙,这真让我有点愤愤不平。此时,两个这么不般配的新人在说什么、做什么呢?

一个醉成这个样子的男人，那个女子还能接受他吗？

这期间，门外时不时传来开门关门的声音，自然也还伴随着或轻或重的脚步声，有时轻得像猫，有时重得像是要把楼梯踩塌。我顺手拿起床头柜上的一本介绍伊尔地区古迹的书，发现其中还有佩莱赫拉德先生的文章，题目是《普莱德地区德罗伊教的建筑特点分析》。我看到第三页便睡着了。

一大早，我就又被一阵脚步声惊醒了，紧接着是一声撕心裂肺的女人的叫喊，那是普伊加里的叫喊。我立刻穿上衣服，来到了新房的门口，那里挤着好几个人，里面又传出了佩莱赫拉德夫人"我的儿啊——我的儿啊——"的哭喊声。

阿尔冯斯出事了，我一边想着，一边往屋里望去，那景象把我吓了一跳。只见阿尔冯斯半裸着躺在床上，脸色铁青，像是已经死了。佩莱赫拉德先生正在往阿尔冯斯的鼻子里塞鼻烟，但这似乎早已经无济于事了，于是他也终于趴在儿子的尸体上哭起来。普伊加里蜷缩在一边的沙发上啜泣着，整个身体都在不停地抽搐着。

我立刻分开挤在门口的人进到屋里。我先去仔细审视了一下阿尔冯斯的尸体，发现他脸色铁青，牙关紧闭，身上没有伤，衣服上和床上都没有血迹，说明是暴死。但胸脯上有几道青紫色的印痕一直延伸到后背，表明是被绳子捆绑过或被鞭子抽打过，又说明是他杀。我的脚忽然被地毯上的什么东西硌了一下，低头一看，竟是那枚钻石戒指。我把那戒指拾起来交给了佩莱赫拉德先生并对他说："赶紧去报案吧！"然后便从屋里走了出来。

这一定是那个西班牙骡夫干的。但因为一场球和一句话就把人杀了，这也有点太不合情理了。我回到新房里想再找到一些证据，却什么也没找到。于是我又走到房子的后面去看看会不会有人翻墙而入过，也没有。但当我朝着那铜像走过去时却发现有一些不寻常的痕迹——既有脚印也有车辙,虽然那场雨已经使之不是很清晰了。我再看那雕像,也仿佛被人移动过,难道……?我实在有点不敢想下去了。

上午,警官来了,他们先是勘查了现场,然后是单独询问情况。从佩莱赫拉德先生开始直到家里的佣人,最后是我这个"不速之客",听说我是个考古学家,警官非常客气。我对他们讲了这一两天发生的事情,特别讲了阿尔冯斯和那个西班牙骡夫的球赛,只是把阿尔冯斯昨天晚上临睡觉前和自己说的那几句胡话省略掉了。

在证词记录上签下了名字之后我问那警察:

"你们从阿尔冯斯夫人那里问出来什么没有呢?"

那警官只是说:"你是说那个女孩儿吗?她是疯了,完全彻底地疯了。她竟然说他的丈夫是被立在后院的那个铜像搂着睡了一宿;她的丈夫曾经试图挣脱,但那铜像就是不放手,而且还越搂越紧;她也曾试图去帮助她的丈夫挣脱,却被那铜像一巴掌打得晕了过去。您说这怎么可能呢?真是疯了!"那警官这样说着,我却觉得后背一阵阵地发凉,头顶上也渗出了冷汗。

那个西班牙骡夫立刻被抓了来。他很镇定地说:

"我说的'后会有期'只是要找个机会再和阿尔冯斯先生打几局,因为他的球打得实在是太好了。我们阿拉贡人是睚眦必报的,而且绝不等到第二天。如果我要是觉得阿尔冯斯先生的那句话是对我的侮辱,我当时就会和他动刀子了,还会等到夜里吗?而且趁着人家睡觉的时候去偷袭,也绝不是我们阿拉贡人做事的风格。"

而且,旅店的老板和一个生病的骡夫也证明,这个西班牙人几乎一整夜都守候在病者的身旁。

阿尔冯斯的葬礼结束之后,我让约翰陪着我去把伊尔城周边的古迹简单地看了看,然后便去向佩莱赫拉德先生告别,说自己要返回巴黎了。第二天一早,佩莱赫拉德先生虽然身体非常虚弱,但还是出来送我。

"还是把那铜像送到博物馆去吧!"临别的时候我对他说,他却什么也没说。

几个月之后,约翰又到我在巴黎的住所来了,他把一个包裹交给了我,说佩莱赫拉德先生已经去世了。

"那个铜像怎么样了?"我问。

"您走后没几天,佩莱赫拉德夫人就叫人把它拉去改铸成了一口钟送到教堂里去了。"

约翰走之后,我打开了那个包裹,里面是佩莱赫拉德先生的手稿,但我在那里面并没有发现关于那个铜像的文字。而且那里面也没有对我说什么话,或许他是认为我很理解他,正所谓一切都在不言中了吧。

三封西班牙来信

一

先生：

你来信说要我讲一点在西班牙的见闻，我便从西班牙的斗牛讲起吧。

在西班牙，斗牛仍然是最盛行的一项娱乐活动。那场面的确是有点残忍，因此在他们上流社会谈起这项活动时，很少有人不为之感到惭愧的。

于是有些人便想方设法地寻找理由来为之辩解，有的说这是文化，有的说这是艺术，有的说这只是一种风俗，有的却又说这里面蕴含着一种民族精神。其实只要一与"民族"拉上关系，一切的问题就都解决了，因为民族又往往和祖国是连在一起的，而且在西班牙和在法国都是一样，人们的思想和情感依然是被狭隘的民族主义和爱国主义统治着的。有的经济学家竟然说这种活动可以促进畜牧业进而推动农业的发展，因为用于斗牛的公牛价格很高所以牧人们就会不断扩大养殖规模，通常每二十只公牛中可以选出一头用于斗牛，这一头牛的价格会很高，甚至高过其余十九头牛的总和，那其余的十九头牛不就可以廉价卖给农民用于耕作之用了吗？这完全是不了解实际情况的那些学究们坐在家里的胡诌,其实这些牛都是散养的,剩下的十九头牛除了杀了吃肉之外是什么用都没有的。其实有一个很好的理由就在眼前,但谁都不好意思说出来,那就是一种娱乐。不论是西班牙人还是来到西班牙的什么人,他们都需要这种娱乐。自己处于安全的地带,看着别人打打杀杀,对于许多人来说的确是一件乐事。斗牛比起拳击,尤其是比起那所谓的自由搏击来,似乎还是要更文明一些呢!这真是人类的耻辱,但有些人却以此为荣,组织者却又因此而大发其财。

公元5世纪的罗马主教圣奥古斯丁说过这样的话:"我年轻时对斗牛这种活动可谓深恶痛绝,所以从不去看。后来一个朋友非要拉着我去看,我便发誓到了那里一定从始至终都闭着眼睛。一开始的时候我还可以通过去想一些别的事来做到,但当在场的所有人都不约而同地发出了欢呼之声的时候我还是睁开了眼睛,但这一睁开就再也合不上了,因为我看到一个斗牛士被一头公牛用角挑起来又狠狠地摔在地上然后就再也站不起来了,而那头公牛却又挺着双角向他冲过来了,最终那角像是被插进了他的身体,斗牛士只好被几个人抬了下去,而那头公牛因为也已经中剑,最终也倒在了地上。看到这样的情景的确可以使人感到非常愉悦,因此从那一次开始我便成了那里最热情的观众,直到后来成了一名基督徒,几乎每一场都没有落过空。"其实,即便当初没有这个朋友拉着他去看也会有另外一个朋友拉着他去看,因为他本来就是想去看一看的,这和没有看过一刀将人的头砍下来的人一旦有机会就要去看一下是一样的。有的人还会更进一步,要去亲自体验一下杀人的感觉,最好的借口还是那该死的民族主义和爱国主义。这真是人类的耻辱,但有些人却以此为荣,政治家们更要以此来改朝换代。

第一次进入马德里的斗牛场,我真担心看到那血淋淋的情景时自己会受不了，因为我自幼就胆小如鼠，甚至一见到红色的东西就头晕，很怕自己弄出一些笑话来而让带我去的朋友们感到难为情。结果却是出乎我的意料之外，当看到第一个出场的那头牛被杀死之后，我便不仅再也不想离开那个地方而且连眼睛也不想闭上了。两个小时，我既不觉得疲惫也没感到厌烦，比在剧院里看歌剧带劲多了，尤其是那些烂到不能再烂的剧目，坐在那里看着还要因为这样那样的原因而违心去鼓掌叫好，那对人真无异于是一种折磨。还有那牛角尖被套上皮球儿的斗牛和长矛头或剑尖上有套环的比武，和这种斗牛比起来就都像是小孩子的游戏了。

举行斗牛的前一天，所有要在第二天上场的公牛都被弄到离马德里不远的一个牧场散放，很多人在这个时候先去一睹它们的风采，所以一大清早就有许多人乘车、骑马或步行着往牧场聚集。一些年轻人还会像过节一样穿上安达卢西亚人的传统服装，颜色鲜艳，式样别致，那是只有在这个时候的马德里才能看见的景象。这样近距离地去与这些公牛接触并非没有危险，虽然也会有人将观赏者与公牛控制在一定的距离之外，但那些公牛个个野性十足，尤其是当它们看到了那些鲜艳的颜色之后，说不定什么时候就会兴奋起来而朝着人群飞奔过去，于是那些人便只能轰地散开，但跑不及的也就有可能被牛顶到或踩到，因此而受伤的很多，因此而送命的事也时有发生，但或许正因为如此，想来看一看的人也就愈加多了。

据说几乎西班牙所有的城市都有斗牛场。斗牛场都修建得很简陋，一般都是木质结构，只有隆达斗牛场是用石头建造的，如同土恩德尔登·特隆迪古堡是威斯特伐利亚最漂亮的古堡一样，算得上是西班牙最漂亮的斗牛场。马德里斗牛场虽然也是木质结构却并不简陋，而且大到可以容纳七千名观众。它有许多道门供观众出入，也因此不会出现混乱造成在别的地方经常出现的踩踏事件。看台上有几十层梯级，正面的看台——即正对着公牛和斗牛士出场那两道门且上面还有遮顶的那一面看台上还有若干个包厢。其中还有专门为国王准备的，装饰得也只是相对豪华一些，因为国王是天主教徒，提倡朴素。

场子与观众席之间是一道坚固的护栏，护栏有五尺多高。护栏下面有一圈两尺高的踢脚，是为了能使被牛追赶的斗牛士很容易从里面翻越到外面来。在围栏与观众席之间还有一条狭窄的过道，供那些工作人员和维持秩序的人员走动，也使观众不至于一激动掉到场子里面去，因为观众席的高度和那护栏的高度几乎是一样的。即便这样，据说是在几年前，也还是有观众越过栏杆跳到场子里面去和公牛越过栏杆跑到看台上去的事情发生。因此，现在在场子与观众席之间还拦上了几道绳索，以防再有此类事情发生。

有四道门与场子相通，一道供公牛进入，一道通向屠宰房，斗完了的公牛便直接被运到屠宰房屠宰掉，然后也就立刻高于市场价被卖掉，成了马德里人餐桌上的一道菜。马德里人烤起牛排来也是很在行的。还有两道门是供斗牛士们出入的。斗牛士们先是聚集在一个连着马厩的房间里，房间里有一个彩色的圣母像。每个斗牛士走进这个房间后的第一件事都是到圣母像前去祈祷，然后再点上一根雪茄去和同行们问候并聊上几句，再之后就是默默地等待着上场了。这间房子还与一间急救室相连，那房间里有一名外科医生和一个神甫，时刻准备着开场之后的救死扶伤。

当徒步斗牛士们进入那房间做准备的时候，骑马斗牛士们便开始在场子上做准备了。他们骑着马在场子上绕着圈子，尽量让马身紧贴着四周的护栏。那些马都是用最低廉的价格买来的驽马，为了防止它们受惊，它们的眼睛被黑布蒙了起来，耳朵也被棉球塞住了。

据说是由于气候的原因，每年的三月中旬到十月中旬是西班牙人斗牛的季节，有时候每天都斗，有时候只在星期日和星期四举行。斗牛的时间一般是在下午，人们大都一吃完午饭便来到斗牛场等候了，自然是什么阶层的人都有，在普通看台上男人的数量明显多于女人，但那些包厢却也时常会出现一些衣着华丽的贵妇。教会并没有不允许僧侣来观看斗牛的规定，但有许多僧侣来观看的时候大多还是换了便装。

正面看台的中央是主席台，有个主持人站在那里。他发出指令，先是有一个似警官的人带着两个警员似的人绕场一周，检查一下护栏及其他保护措施是否安全。其后是由一名公证人来宣读通告，即一些注意事项，如不能将任何东西扔进场内，不能以任何方式干扰斗牛士的表演等。最后由主持人来宣布斗牛表演开始。全场顿时发出一阵欢呼声，其中还夹杂着嘘声和口哨声。这时又有一位警员似的人会出现，他骑着马来到主席台前，用帽子接住主持人扔给他的一把钥匙，当这位警员把钥匙交到把守牛栏的另一位似警员的人手里时，牛栏的门便被打开，一头牛便从牛栏里冲出来了。

据说斗牛士分为骑马斗牛士和徒步斗牛士，后者又分为投枪和刺剑两种。所有的斗牛士都穿着安达卢西亚民族服装，打扮得很像是《塞维利亚的理发师》中的费加罗。骑马斗牛士下身穿的是厚厚的皮裤，上面还包着铁皮，因此步行时要像圆规那样叉巴着腿，一旦倒地，没有别人的帮助连站也站不起来。他们的马鞍很高，马镫是铁的，马镫把整只脚都包起来，都是为了保护自己不受到伤害。他们马刺上的铁钉有两寸多长，为的是让那些马听话。他们手中长矛的矛头很尖，之所以要在矛头上套上一个箍，是为了不要刺得过深，而使欢乐持续的时间更长一些。

这时，两位骑马的斗牛士已经来到了场上，另外有三名骑马斗牛士在场外准备着，十二名徒步斗牛士分立在场上不同的位置，相互之间的距离并不很远，据说是为了可以彼此援手。那牛先来到场子中央然后突然停住，仿佛是被眼前的景象和耳边的声音惊呆了。几个徒步斗牛士过来了，他们抖动着色彩鲜艳的披风，将牛引逗得全场乱跑。据说这一方面是为了消耗牛的体力，一方面是在给骑马斗牛士创造机会。终于骑马斗牛士抓住那牛用角去顶徒步斗牛士的机会，将手中的长矛向牛的脖颈处狠狠地刺了一下，那牛被进一步激怒了。虽然那骑马斗牛士已经迅速躲闪到一边去了，但那牛似乎能记住伤害他的人，它不再搭理徒步斗牛士而是一转身朝着骑马斗牛士追过来，那牛的角径直插入了马的肚子，把那马和马上的人都掀翻在地上。徒步斗牛士赶紧跑过来相救，有的把骑手扶起来，有的负责将牛引开。负责将牛引开的徒步斗牛士将自己的披风扔向那牛，那牛便向他追过来，牛奔跑的速度很快，眼看就要追上他了，他却一个健步踏上了那围栏的踢脚，又一个翻身越过那围栏，跑到围栏与看台之间的过道上去了。

那骑马斗牛士并没有负伤，那匹马虽然肠子都流了出来但也还能继续走动，于是那骑马斗牛士重新上马继续表演。这样的表演反复了四五次，有的时候是人不行了，有的时候是马不行了，于是便有新的人和马被换上来。终于，主席台上发出了用投枪的信号，于是表演进入了第二阶段。

投枪大约有两尺半长，枪尖上一定有倒钩，所以插入牛身之后还会倒钩在伤口上。一个徒步斗牛士双手各拿一根投枪，相互敲击着发出"咔咔"的声音。那牛朝他冲过来，就在它的角就要刺到那斗牛士身上的时候，那斗牛士的身子往边上一闪，两根投枪便都插进了那牛的脖子里了。那牛紧贴着他的身边冲过去了，等那牛再把身子转过来的时候，那斗牛士已经跑到围栏的外面去了。据说，这是在给那牛放血，果不其然，那血正从牛的脖子上不停地流下来。

当公牛脖子上插了三四对投枪后，不知从哪里响起了一阵鼓声，这时一个持剑斗牛士出现了，据说这才是主斗牛士。他衣着华丽，手持一柄长剑和一块红布，先是走到主席台前，对主持人深鞠一躬，据说是在申请将牛杀死。当主持人点头之后，他便先是发出一声欢呼，随即所有的人也都跟着欢呼起来。其后，这斗牛士便转过身，大步迎着那牛走过去。

持剑斗牛士先是朝那牛挥动着那红布来挑逗它，据说那牛一看见这红布情绪就会愈加亢奋起来，但那牛却似乎不为所动，它先是摇晃着头仿佛是疲惫了似的向后退去，等到斗牛士不得不跟着它来到场子中心时才突然向斗牛士冲过来。据说这是人与牛在斗法，只有经验丰富的斗牛士才知道牛会在什么时候朝人冲过来。这时，那斗牛士已经将那块红布裹在了自己身上，让那牛径直朝着他的身体冲过来，但就在那牛将要撞到那斗牛士的时候，那斗牛士的身子却奇迹般闪开了，让那牛扑了个空。那牛把两条前腿绷直使自己停下来，然后又转过身来朝斗牛士冲去。据说这一冲一停有时就可以要了那牛的命，有的牛并不是被杀死的而是被气死的。几个这样的回合之后，那斗牛士又一次站在了牛的对面。他右手持剑，那剑有三尺多长；左臂前伸，手里抖动着那块红布，那红布一直低垂到地上。于是那牛低下头朝着那块红布冲过来，正好将脖子与后背的连接处暴露给了斗牛士。那斗牛士毫不犹豫地将那剑刺进了牛身体内的三分之二深，转过身来还又将那球形的剑柄向下拍了一下，使那剑身全部刺入牛的身体。据说那剑刺入的地方正是牛的心脏，所以那牛立刻站住不动了，但四条腿却开始抖动起来，然后便倒下了。观众席上立刻爆发出震耳欲聋的欢呼声，女人们挥动着手帕，男人们挥动着帽子，斗牛士一次又一次向观众鞠躬并送上飞吻。再然后是乐队演奏斗牛进行曲，死去的牛被骡车直接拉进了屠宰房。

这样的过程大约用了二十分钟，稍作休息后又重新开始。一个下午会有八头牛被杀死，虽然程序是一样的，但细节却大不相同。坐在那里的你绝不会感到厌烦，那种和牛一样亢奋的情绪会一直保持到最后，甚至也许还会一直保持到第二天，如果第二天还有，你便又赶到那里去了。

二

先生：

讲完斗牛，我再来给您讲我亲眼见到的一次对犯人执行绞刑的过程。而我之所以要亲眼去看这次行刑的过程，是因为在这之前我听说了许多有关这个犯人的事。

他本是一个瓦伦西亚郊区的农民，性格坚定而又果敢，唱歌、跳舞样样灵，颇得当地人的喜爱。他尊老爱幼，也从不恃强凌弱；但谁一旦要是惹到了他，就绝对没有好果子吃了。他不把这个人弄死也要让他半残，所以很多人又都怕他。他有时为人当保镖，只要有他扛着火枪筒走在身后，便什么事都不会发生，哪怕是箱子里装满了金币。当地人给他起了个外号叫花花太岁。

"在瓦伦西亚，肉是草，草是水，男人是女人，女人什么都不是。"这是和瓦伦西亚人比邻而居的卡斯蒂里人挂在嘴边上的话。前两句的意思据说是在说瓦伦西亚人不会做饭菜，后两句的意思一听就明白，是在说瓦伦西亚的男人软弱，女人丑陋。但我看到的事实却不是这样的。我觉得他们的饭菜做得很好，女人也很漂亮，男人呢，有了这个花花太岁在，也自然就谈不上软弱了。

要斗牛了，正赶上花花太岁囊中羞涩，把门的是一位保王党，他想让这位保王党通融一下，但这位保王党不长眼，不仅拦住了他还用枪托戳了他一下。花花太岁没说什么便扭头走了，但有人看见他脸色煞白。"要出事了！"有人说。

但事情并没有很快就发生。半个月后，那个保王党志愿跟随着一个缉私小分队去他的家乡——瓦伦西亚与卡斯蒂里接壤的地方缉拿走私犯，因为当天无法返回便住进了一个小客栈。夜里，突然有人喊这个保王党的名字，说是他爷爷来看他来了，他走下楼来刚一开门，火枪就响了，他便倒在了地上。是谁干的，没有人知道。准是花花太岁，有人私下里说。

等到人们几乎将这件事忘记了，却有一个警官——有的说是因为那个保王党是他的表弟，也有的说是他的老婆暗恋上了这个花花太岁——要追查这件事，而且认定了这件事是花花太岁干的而要将他抓捕归案。花花太岁也不躲避，依旧大摇大摆地走在大街上。当那个警官出现在他面前并揪住了他的脖领的时候，他立刻便让这个警官"吞了一条牛舌"，即把匕首捅进了那警官的肚子。

在西班牙，警官的社会地位和英国一样是很高的。于是花花太岁等于是犯了大罪。他立刻被抓了起来关进了牢房。接着是审讯，审判，等待行刑。

一天晚上，我偶尔经过市中心的广场，那里正有一个木架被立起来，有一些士兵围成一个圆圈不允许人们靠近。我向身边的人打听，身边的一个岁数稍大一些的人对我说这是在立绞刑架，要绞死的是花花太岁，那些立绞架的人都是由警方找来的义工，他们不愿意让人们知道这绞架是自己立起来的，因为在这里做这样的事情被人们认为是很不光彩的。接着他还对我讲述了上面我所说的那些有关花花太岁的事，我问他那花花太岁原名叫什么，他竟然也不知道。

瓦伦西亚监狱是两座古老的哥特式塔楼，造型很美。如果不说，谁也想象不到它是做这个用的。两座塔楼之间是一个门洞，号称"山民门"，谁也不知道它为什么会有这样一个名字。门洞的上面是一个平台，平台上被铁丝网拦着。据说那是犯人们放风的地方。如果站在那平台上向城外望去，风景自然是很好的，瓜达拉维瓦河、河上的王道桥以及两岸上如画的原野和远处的青山都会尽收眼底。我觉得以此作为犯人们的放风之处实在是太人道了。死囚犯们在被行刑之前也许会被允许再一次登上那平台远眺一回，然后再乘着毛驴被押到市中心的广场上去，他们的心情也许会因此有所改变，想起来这似乎真有一点诗情画意呢。

我和一位西班牙朋友一大清早就来到了"山民门"前。本以为会有许多人来看热闹的，但我到了这里才知道，人们对这样的事情并不感兴趣。一队龙骑兵站在监狱大门前把守着，也似乎并不是什么特别的事情。据说瓦伦西亚人是以吃苦耐劳而闻名的，所以对这种事情的漠不关心也就是自然而然的了。不像在我们法国，有很多人是无事可干的，所以一有这样的事，准会去看个热闹，如果因为什么事情错过了，还会感到非常之遗憾呢。

十一点，监狱的大门打开了。先走出的是一队方济各会的修士和僧侣，走在最前面的那个修士举着一个上面带有耶稣受难像的十字架，那十字架上的耶稣和真人一样大小，因此你可以清晰地看到他身上的带着脓血的伤痕。紧接着又出现了一队士兵，再接下来那犯人在一个神甫的陪同下才走出了监狱的大门。只见他环视了一下四周之后，深深地吸了一口气，仿佛是刚刚从地底下钻出来似的。这时在监狱的门前也渐渐围上来十几个看热闹的人，看上去似乎都不是本地人。

那犯人的样子给我留下的印象很深。他看上去三十岁上下，身材高瘦，额头宽阔，头发乌黑，眼睛深陷在眼窝里却又炯炯有神。他穿着一件黑色的长袍，胸部有一个红蓝两色的十字，据说那是死亡救助会的标志。他的身上捆绑着绳索，小臂和手却是自由的。他的一只手里拿着个十字架，一只手里拿着个圣母像，像是无时无刻不在做着祈祷。他或许有一些不安但绝无一丝一毫的恐惧，既不傲慢也不佯装勇敢，但那一些不安也没有了之后剩下的就只是听天由命的淡定了。不知为什么他们要让他光着脚，这又似乎是不太人道了。

这时，那个神甫要犯人在那个大十字架面前跪下，犯人服从了，并去亲吻了耶稣的两脚。接着那神甫便开始了他的演讲。据说他所使用的是地道的卡塔卢尼亚语，大概意思是说那犯人是罪有应得甚至死有余辜，其所受到的刑罚和救世主耶稣为了拯救人类所受到的苦难比起来是算不了什么的。他几乎叙述了耶稣受难的全过程，还指着耶稣身上的那些留着脓血的伤口给犯人看，目的无非是想让犯人不至于对自己的受刑有什么怨愤。但犯人对他的好意并不领情，也或许是一句也没听懂他说的话。所以等他稍作停顿时，那犯人便站起来对他说："神甫，请不要再说了，还是让我快一点去见上帝吧！"

神甫似乎对自己没有把所有该说的话都说完有一点不高兴，一扭头就走回监狱里去了。这时有两名方济各会的僧侣走上来占据了神甫的位置。

犯人的背后一直站着一个面色惨白的人。他身材纤弱，神情腼腆，褐色上衣，黑色短裤，头戴着一顶斗牛士样的大檐帽，帽子上有一个梯形的徽章。那个西班牙朋友对我说："那个人就是刽子手！"

这时那个刽子手便走到前面来，他先示意手下赶过来一头驴子，然后亲手把一块席子放在驴背上，然后把犯人扶到驴背上去，由他牵着驴子向市中心广场上走去。他的态度一点也不粗暴,所以那犯人也一点不满都没有。这走到市中心广场去的过程名义上是示众,是要让人们都知道不遵纪守法的下场,但实际上却相当于是送行。犯人的身边是修士,不断地安慰着他。其他的人都跟在后面,先是不停地念诵着祈祷文的僧侣,然后才是公证人、警官和那一队龙骑兵。队伍行进得很慢,僧侣们诵念经文的声音很是低沉,仿佛是从另一个世界飘过来的。几个身披斗篷的人——据说那正是死亡救助会的人——手托着托盘向街上的人募捐,所得到的款项据说是为了死去的人做弥撒。街上的人也纷纷解囊,往那盘子里放上生丁的钱币。

说真的,我虽然不信教,但我对天主教的这些仪式倒是并不反感。至少,这比起我们在处决犯人时的冷漠无情要强上很多。于是我终于知道那些修士和僧侣为什么会对下层民众有那么大的影响力了。尽管我的话会让那些自由派人士听了不高兴但我还是要说,他们实在是那些人整个人生过程中的精神支柱。让一个死囚犯在临刑的几天内不因此而感到恐惧那该是一件多么艰难的事啊!如果有朝一日我也因为什么事而被判了死刑,身边总有这样的几位修士陪伴着我,我是不会对他们有什么反感的。

队列所走的路线弯弯曲曲,是为了把时间拖延得更久。于是我们走了个近道,为的是看一下他们从我们对面走过来的情景。我发现犯人的身子已不像先前那样挺拔,头也低了下来,但我在他的脸上仍见不到恐惧的表情。他有时看着手中的十字架和圣母像,有时又把头转到这边或那边去听修士们说话,也有时还会与修士们交流几句。

我本来要到此为止了,因为我不愿和别人挤到一起去看这样的热闹。但陪我来的那个朋友说我们可以到他的一个朋友家里去,他的那个朋友的家就在广场边上，站在阳台上正可以看到行刑的现场，于是我便随着他去了。广场上，有一些人已经等候在那里了，但比起在马德里看斗牛时候的场面来不知要相差多少。卖水果和药草（这里的药草是很出名的）的摊贩并没有因此而挪动他们的位置。绞刑架立在死仇交易所前面，那是一座很豪华的摩尔式建筑，两侧的楼房下面是菜市场，上面是菜商居室的阳台，但许多阳台上并没有站着要看热闹的人。

我们来到的这个阳台离行刑现场真是很近，旁边的阳台上坐着两位年轻的姑娘，从她们的衣着上看一定是个富家小姐。在广场的一角离绞刑架并不很远的地方还搭起了一个祭台，一些警察已经将绞刑架和祭台围起来了。押送犯人的队列走过来了，警察们让看热闹的人们为走过来的那一队人让开一条路。

那一队人先来到祭台前，犯人被刽子手从驴背上搀扶下来，修士和僧侣们将他围住，他逐级亲吻那祭台的台阶，也不知那些修士和僧侣们又都和他说了些什么。这一边开始检查那绞架，无非是晃一晃那架子再拽一拽那绳子。然后刽子手便又来到犯人的身边，那犯人这时仍旧跪在祭台前，他走上去把一只手放在犯人的肩膀上似乎说了句什么。于是那犯人便站起来，转过身，跟着他向着那绞架走去，一直走到那台阶前。这时那刽子手把自己的大檐帽摘下来挡在犯人眼前，目的自然是不让犯人近距离看到那绞架，但犯人却甩了甩头，示意让他将那帽子拿开了。

钟楼敲响了十二点。所有的人都向后退了几步，只剩下了刽子手一人站在犯人身边。他牵着犯人的手走到了绞架下面，然后毫不迟疑地把绳索套在犯人的脖子上。这时，好像是一个僧侣喊道："让我们和这个可怜的罪人一起祈祷吧！"跟着几乎所有的人都跟着一起喊道："阿门！"我听见身后有一个女人的声音，便回过头看了一眼,发现是一个美人儿站在我的身后。等我再转过身来看那绞架时,发现那犯人的身子已经悬在了空中。

三

先生:

我又回到了马德里。几个月以来,我跑遍了安达卢西亚这个强盗出没的地方,却连一个强盗的影子也没见到。我真想被强盗打劫一回,然后和他们谈一谈,了解一下他们的生活方式,也因此能给你写出一点新鲜的东西来,但那些强盗像是知道我囊中羞涩而故意躲着我似的。这不能不让我有一点失落感。

因为没有亲身经历只好四处打听,结果倒是真听到了许多这方面的事,也只好以此来搪塞一下你了。

说起来也怪了。我听到的这些事似乎都发生在我所到之处的前一天,而且就在你即将经过的那段路上,因此你会怀疑那些人之所以这么说只是为了留你住下来赚你的钱,所以你便以赶路为理由而继续上路了。

在那里太阳落下去的速度比我们这里要快得多。一会儿,风又刮起来了,白天还是热烘烘的,此时却是冷飕飕的了。那些护卫们的行为更让你不能理解,他们的枪膛里是空的,而且也从不拿在手里。同行的旅客问他们为什么如此,那个坐在最高处的护卫队长说:"如果真遇上强盗,我们这几个人有什么用?只好以此证明我们从未打算反抗或许才能保住自己的性命。"

"那你们要这枪有什么用呢?"那个旅客又问。

"哈哈,这枪是用来对付那些业余强盗的。那些业余强盗一般只有两三个人,别说我们还有枪,就是赤手空拳也把他们收拾了。"那个队长又说。

如果那个旅客的口袋里带了很多钱,他一定会后悔没有留宿在那旅店里了。他掏出一块金表看了看时间又立刻将其揣回怀里。

"那些强盗会抢走旅客的衣服吗?"那位旅客又问。

"有时不要,但有时也要。上个月,塞维利亚的驿车在卡尔洛塔山谷里被劫了,所有的旅客到了艾思雅城时都光溜溜的像是小天使丘比特一样。"

"真可恶!"那位旅客一边系着上衣袋扣子一边说。当他看见对面的一个年轻的安达卢西亚女人一边亲吻着大拇指一边"耶稣基督、耶稣基督"的祷告着的时候才停止了自己的追问,而把自己躲到车角的阴影里去了。

天完全黑下来了,幸运的是月亮很快便升了起来。但护卫长说前面就是卡尔洛塔山谷了。

"是你刚才说的那个山谷吗?"又是那个旅客问。

"正是,"护卫长说,"昨天也出了事,有一个旅客被杀。老兄,别甩鞭子了,留神惊动了他们!"

"你说别惊动谁?"那旅客问。

"强盗呗!"护卫长说。

"天啊!"那个年轻的安达卢西亚女人叫道,"先生,你看那边,就在山谷的入口处,是不是有几个人?"

"不错,姑娘。我看见了,是六个骑马的人!"护卫长说着便从高处跳了下来。

"耶稣基督!耶稣基督!"那女人立刻又吻着大拇指祈祷起来。

"队长,你看见了吗,那边?"赶车的人对凑过来的队长说。

"是的,我看见了,六个人,骑着马,手里拿着的可能是枪。"

队长说。

"他们是强盗吗？"那个旅客也探出头来问。

"谁知道呢？"队长说。

"怎么办？冲过去吧！"赶车的人说。

之间那队长先是咬着赶车人的耳朵嘀咕了几句，然后才对赶车人大声说："好，我们冲过去吧！但如果他们喊我们停下，你就立刻让马车停下来；否则，我们就要挨枪子了。"

"天啊！愿上帝饶恕我们吧！"说着，那女人竟然把自己的头埋在了她旁边的一个男人怀里。那个男人想躲开却躲不开，便只好接受了，或许他还会觉得这样也很不错呢。

驿车疾驰。很快就到了那几个骑马人所在的地方，但他们并没有拦截这驿车，而是给这驿车让开了路。

"愿上帝保佑你们！"他们还挥着手喊着。

原来他们本来就不是强盗，而是一些去艾思雅城赶集回来晚了的庄稼人，他们那拿在手里的只是一些新买回来的农具。这是护卫队长说的，他说其实他早就看出了是怎么回事，之所以要驿车疾驰只是为了吓唬吓唬我们，而他给我们讲的那些事也同样是子虚乌有，这一带其实是很安全的，而他们之所以要这么说就是要让这些旅客们能住店就住店，旅店老板能赚到更多的钱，他们也就没必要总是来赶这夜路了。这赶夜路的活虽然能多赚几个钱，但到了他们手里是很有限的，付出的辛苦却又太多了。

果不其然，驿车进了山谷又出了山谷，什么事情都没发生。不过，这却不是我想要的结果。

我继续旅行，继续听人们讲述一些强盗的故事，其中属何赛·马里亚的故事最富有传奇性了。

何赛·马里亚外号"早起好汉"，是西班牙人谈论最多的强盗。

他相貌英俊潇洒，为人彬彬有礼。他从不在夜间做事，如果截下一辆驿车，他总会伸出手搀扶女人下车，让她们坐在阴凉舒适的地方，还要说上几句安慰的话，让她们不要担心，至少他不会侵犯和伤害她们的身体。若是从一位女人手上取下一枚戒指，他或许会说："噢，夫人，你的手指根本用不着这戒指来装饰。"他甚至还会轻轻地亲吻一下那女人的手，如果那女人不拒绝，那亲吻就会延续更长一些时间，让那个女人觉得这一个吻比那个戒指更有价值。他在完事之后总会给所有旅客都留下可以到达他们所要去的那个城镇的费用；如果有人要保留一件有纪念意义的什么东西，他从不会拒绝。

也有人是这样说的：何赛·马里亚是个身材高大的年轻人，二十几岁，脸上总带着开朗的笑容，牙齿洁白而又整齐，两只眼睛脉脉含情，穿着讲究，一尘不染，两只手伸出来细嫩得像是大姑娘的手，捏上去像是没有骨头一样。说他出生在一个富贵人家，父母要送他去格林纳达学神学然后回来到教堂里去做神甫，但他对此一点也不感兴趣，只爱和一些纨绔子弟一起吃喝玩乐。一次，他在夜里钻进了一个大户人家千金小姐的闺房，最终被人家以强奸的罪名告上了法庭，于是他只好在警察来抓他之前逃走，一直逃到了直布罗陀。在那里，他和一个英国商人一起做起了走私的买卖，结果被海关抓到了，要扣押他所有的货物，于是在他与几个海关人员之间发生了一次打斗，结果是海关人员有伤有死，他却毫发未损地逃走了。从此才开始做强盗，不过三五年的光景。但直到今天，他一直逍遥法外。官府悬赏八千里亚尔抓他，到处都是画着他头像的告示，可是没用。他活动的范围太大，从葡萄牙一直延伸到穆尔西亚。他手下人并不多，但都是他精心挑选并久经考验的人。据说有一次在加钦客栈，他带着十二个人对阵来抓捕他的七十个警察，七十个警察全被打死，他的十二个人还是十二个人。

还有关于何赛·马里亚是个神枪手的传闻，说他可以在骑马奔驰的时候击中一百五十步开外的目标。

上尉卡斯特罗是个追捕凶犯的高手。一次，他得知何赛·马里亚要去一个地方与情人幽会，便带着四个龙骑兵悄悄地去那里实施抓捕。但当他们刚走出一个山口的时候，斜刺里却蹿出一匹枣红马，不用说，马上坐着的那个威风凛凛的年轻人正是何赛·马里亚。何赛·马里亚站在一百步开外对他说道："卡斯特罗先生，不知我何赛·马里亚什么时候得罪了你，麻烦你到这么偏僻的地方来找我的麻烦。现在，像你这样勇敢的人实在是不多了，因此今天姑且饶你一命，但也还是要给你带个礼物回去。"说完只听见"砰——"的一声枪响，卡斯特罗高筒军帽正中央的前后便都被打出了一个洞来。卡斯特罗上尉只好立刻调转马头，带着他的人走了。

何赛·马里亚彬彬有礼的传闻很多，下面这一个最具传奇色彩。

在安杜亚尔，一个农户人家正在准备举行婚礼之后的宴会。筵席就摆在院子门口那棵巨大的无花果树下，一盘盘美味佳肴陆续摆上来了。这时，一个衣着讲究的年轻人出现了。他跳下马，像个老朋友那样和人们打招呼。在西班牙，当人们举行这样的活动时，只要有意愿，即便是过路的陌生人也会被邀请入席，更何况来的是这样一个彬彬有礼的人呢。于是，新郎立刻走过去把他迎进来并指给他马厩的位置让他将马牵到那里去。不用说，这个人又是何赛·马里亚。

"如果我没看错的话，来的那个人是何赛·马里亚！"一个从城里来的人走过去把新娘拉到一边去对她说。

"不可能吧！"新娘说。

"你去问问坐在你身边的公证人安杜亚尔好了。他是何赛·马里亚的仇人。何赛·马里亚一定是冲着他来的。"

"你怎么惹着何赛·马里亚了呢？"新娘回到座位上，当看到公证人安杜亚尔的脸色就知道那个人说的话是真的了，于是她问公证人安杜亚尔道。

"大概是两个月前，我遇到一个农人，他说，何赛·马里亚经常到他那里要葡萄酒喝，我便对他说，他再来时，你可以往那酒里加一些砒霜。结果那个农户真那么做了，可谁知道何赛·马里亚只喝了一口就感觉出来了，那农人在挨了几鞭子之后只好把我给抖露出来，说是我让他那样做的……前几天，那个农人托人告诉了我这件事，要我小心，谁知道今天，他会，找到这里来呢。"公证人安杜亚尔哆哆嗦嗦地说。

这时，何赛·马里亚走了过来，他自己拿了个凳子放在了新娘旁边。他似乎看了公证人安杜亚尔一眼，公证人安杜亚尔立刻给他让出一块地方来。他先是向新娘表示祝贺，然后又赞美新娘如何漂亮，新郎如何英俊，两个人如何般配等等，让人一点也不会想到他竟然就是那个何赛·马里亚。新娘举起一杯蒙迪亚葡萄酒用嘴唇碰了碰之后递给了何赛·马里亚，这是当地人的最高礼节，称之为"友好之杯"。这种礼节在很多地方都失传了，新娘这样做也许是要讨好一下何赛·马里亚，也或者是忘记了他是谁了。

何赛·马里亚接过酒杯一饮而尽，然后对新娘说："从今以后，我就是您的仆人，随时听候您的差遣。"

新娘一边给何赛·马里亚斟酒一边悄声对他说："如果真是这样的话，那我现在就对您有一个请求，也不知先生你是否能接受。"

"您说好了。"何赛·马里亚说。

"我求您，至少在今天，把一切不好的念头抛开，饶恕那些曾经得罪过您的人，不要在我的婚礼上弄出什么事情来，好吗？"新娘说着，用眼睛瞟了一下公证人安杜亚尔。

何赛·马里亚立刻转过身去对那个公证人安杜亚尔说:"你,还不赶紧谢谢新娘,否则,你今天吃下去的东西可就来不及消化了。今天你可要多喝几杯,因为这酒里绝没有砒霜!"说着他还为公证人安杜亚尔斟上一杯酒。然后他举着酒杯站起来大声说:"朋友们,让我们一起来为这对新人干杯吧!新娘万岁!新郎万岁!我们美好的生活万岁!"大家一起跟着他欢呼起来,然后都举起杯来一饮而尽,一些女人竟然泪流满面。

接着,令任何人都没想到的是何赛·马里亚还找来一把吉他弹唱了起来:

美丽的西班牙女郎

人人都热爱着她

她是那么美丽

又是那么善良

……

这是一首在西班牙人人都会唱的歌,不一会儿所有的人都跟着他一起唱起来,也自然还有人离开座位跳起舞来:

啊,每日每夜

我都愿在她身旁

啊,每时每刻

我都要为她歌唱

美丽的女郎啊

为她热烈地歌唱吧

为她热烈地歌唱吧

这样的时刻，谁还会想到他就是何赛·马里亚呢？难怪当他最终被绞死的时候，会有许多女人为他号啕大哭了。

那天，就在他唱完了那支歌之后，几个警察将他按倒在了地上，他没有反抗，而是在走出院门的时候回过头来对新娘和新郎说："谢谢你们，今天是我一生中度过的最美好的时光。"

卡尔曼

谁道女人命苦

当然也有欢愉

一在床笫之间

二在死亡之际

——【希腊】帕拉达斯

一些地理学家认为历史上著名的蒙达之战发生在巴斯土里人和迦太基人居住的地方，即今日的西班牙南部的城市马尔贝拉以北七八公里处的孟达。但根据我对无名氏所著的《西班牙战纪》一书和从奥斯纳公爵藏书楼中搜集到的材料进行的研究，那个让凯撒不得不破釜沉舟与罗马独裁者庞培拼死一战的地方，应该到同样属于西班牙南部的城市蒙迪亚附近去寻找。一八三〇年秋天，为了消除在这个问题上的疑问，我去那里做了一次长途旅行，希望我即将发表的一篇论文可以将那些地理学家的结论推翻，这也算得上是我对欧洲学术界的一大贡献了。但我现在要讲的这个故事，却绝不会对这个问题下任何断语。

我到了西班牙南部的安达卢西亚，在一个名叫哥尔多巴的地方租了两匹马并雇了一个名叫安东尼奥的向导，只带着几件衬衣和凯撒写的《高卢战纪》便上路了。一天，我们来到已经干涸了的卡尔切纳河沿岸的平原上，骄阳似火，人困马乏，但却连一片可以坐下来休息的树荫也找不到，而且我们带的水也早已经没有了。正在我想把凯撒和庞培都臭骂一顿的时候，向导安东尼奥却指着不远处的一个地方说：

"先生，我们往那边走，那里有水。"

果不其然，朝着他指的方向没走多远，就看到了一片沼泽，并且还发现了一条小溪，在朝着小溪流来的方向没走多远，我们便走进了加布拉山中的一道峡谷。那里有清澈的泉水和浓密的树荫，在这方圆几十公里之内，再也找不到这样好的歇息之处了。

但令我们没有想到的是，在我们到来之前已经有人在这里歇息了。那是一个三十岁上下的男子，我们走到那里之前他正躺在一块石头上睡觉。他的马在啃吃着地上的青草，见到有人来了，便打了个响鼻，他也便腾地坐了起来。我发现那家伙虽然个子不高，但身上的肌肉却很发达，肤色很黑，目光如炬。他一手牵起马缰绳，一手拿起放在身边的短筒火枪，像是随时都可以向你扑过来的一只老虎。在这里的乡下，全副武装去赶集的人有的是，所以我也就并没有在意他那副恶狠狠的样子，而是向他点了点头说：

"实在是抱歉得很，我们的到来打断了您的好梦。"

但他似乎并没有和我说话的意思，先是把我浑身上下打量了一番，然后又转过头去将安东尼奥打量了一番，安东尼奥被吓得脸儿都白了。我知道这时越是惊慌也就越危险，于是我装作什么事也没有似的下了马，又吩咐向导把马具都卸了下来，然后在泉水边跪下来，把头和手都泡进水里，像是几百辈子没喝过水一样咕咚咚咚地喝了一肚子，最后翻过身来躺在了地上。这时我再去观察那个男人，发现他已经又将拿在手中的短筒火枪放到一边去了。

于是我便更加显得满不在乎地拿出一支雪茄叼在嘴里,并从牙缝儿里挤出话来说:

"老兄,有火吗?"

那家伙竟然立刻拿出火石并走过来为我打火儿点烟,然后竟然还在我身边坐下来。我问他是否抽烟,他对我点了点头,我便拿出一支雪茄递给他,他也毫不推辞,只是说了声"谢谢",便立刻点燃了抽起来。但只是凭他这一声"谢谢",我便可以断定他和我一样并不是本地人了。

那一支雪茄抽完了,我又递给他另一支,并对他说:

"那一只是法国货,你再尝尝这一支哈瓦那,那才算得上是真正的雪茄!"

他接过去,先把我的这一支点燃了,又就着我的这一支把他的那一支点燃了。

"的确不一样,不过我已经很久没有抽烟了,这么好的雪茄就更是平生第一次抽到了。"

说完,他就更用力地抽起来,竟好像和我已经是老朋友了一样。于是我们开始随便聊了起来。他虽然自称是本地人,但对于该地区的情况却很不熟悉,甚至连我们所在的那条峡谷的名字也不知道,更不要说周边的那些村落了。我问他是否在这个地方见到过什么古迹,他几乎连什么是古迹也不知道。于是我只好问他是否见过什么断壁残垣或破碎的瓦片、雕花的石头等等;他也说自己从没有注意过那些东西。他最懂的是马。他说自己的那匹马来自著名的哥尔多巴养马场,一天可以很轻松地跑上一百二十公里,而且除了他谁也制服不了。他说他正要赶往哥尔多巴去,有一个案子要去求一求那里的法官高抬贵手,但具体时间和什么案子他却没有说,我自然也不会去问。正好向导已经把午餐准备好了，我便邀请他和我们一起来用午餐，他竟然连那声"谢谢"也省略掉了。

既有树荫，又有山泉，心情好食欲也就旺盛。我出来时朋友往我的褡裢里放了不少火腿，这时也就成了难得的美味。他像是很久都没有吃过东西那样吃起来，还没等我们吃上多少，就连面包的碎屑也被他打扫得一干二净了。于是我吩咐向导把马具套上，便准备向他告别了。他问我要到哪里去，晚上回到哪家客店投宿，我竟然没有管安东尼奥对我打出的手势，便将准备继续向南走和晚上也许要在库埃尔沃克住宿的计划说了出来。

"库埃尔沃克吗？那里只有一家客店，条件太差，对您这种人尤其不合适，不过既然已经选定了，那就去吧。如果你们不介意的话，我就陪着你们去，有我在，对你们来说一定不会是什么坏事。"他说着一个纵身，便骑到马背上去了，一拽缰绳，那马便几乎立了起来，伴随着的是一声长长的嘶鸣。

"棒极了！"我说着也上了马。安东尼奥又向我使起眼色来，我耸了耸肩膀对他说："放心吧，什么事都没有。"

他说自己也叫安东尼奥，我想这绝不会是他的真名。实际上我通过他的言谈举止已经判断出他是做什么的了。我现在是和一个走私犯或者是一个土匪在一起，但这与我有什么关系呢？我很了解西班牙人的性格，只要他接过你递给他的香烟就说明他不会与你为敌了，而如果他和你一起吃过饭那就已经把你看成是他的朋友了。和这样的人在一起你是最安全的，如果遇到什么人要来伤害你的时候，他会第一个站出来保护你。况且我平生还从没有遇到过土匪，有一回这样的经历对我来说也不是什么坏事，这也是我出来时并没有带上贵重东西的原因。我那几件衬衣和一本书是谁见了都不会生出歹意来的。

我很想让他自己说出自己的身份来,便不管向导怎么对我使眼色,还是一个劲儿地把话题往劫匪的身上扯。当时在安达卢西亚有个被官府通缉的大盗叫何塞·马里亚,我怀疑就是走在我身边的这个家伙。于是我就向他问起这个何塞·马里亚来,口气中还带着几分赞赏的意味。

"您知道何塞·马里亚吗,那可真是个了不起的家伙!"

"他呀,只是个很平常的人。"

"平常?那应该是一个英雄豪杰才对呢!"

"只可惜,他的脑袋就要保不住了。"

他回答的时候语气冷冷的,而且说完这句话之后,他用脚后跟轻轻地磕了一下马的肚皮,那马就跑到我的前面去了。不错,准是他,我愈加肯定了自己的判断。

他说的不错,那家客店的条件实在太差了。只有一间大屋子,既是厨房又是客厅,而且沿着墙根的地上铺上一层干草和几张畜皮,就算是客房了。说实在的,我还从没有住过如此简陋的客店。客店的主人是个豁牙烂齿老太婆,伺候我们的是个衣衫褴褛的小姑娘。难道这就是古罗马蒙达人的后裔吗?我真要为凯撒和庞培感到悲哀了。

"噢!何塞老爷,老婆子欢迎你大驾光临!"没想到那老婆子的第一句话就把那家伙的身份暴露了。

只见那家伙眉头一皱手一摆,老太婆立刻不言语了。我立刻转过头去,装作没有听见,并吩咐我的向导去给马多加些草料。晚饭倒是比我预料得要好,只是一概狠辣,让我只好喝了不少的葡萄酒。酒是我们自己带的,所以那家伙也没有客气。晚饭后令我没想到的是那个小姑娘不知从哪里拿出一把曼陀林放在了那家伙手里,那家伙竟然还立刻就弹唱起来。他的声音有些沙哑,但唱起那首巴斯克语的民歌来反而显得更有味道。现在我倒是可以来描述一下他的外表了：金发、碧眼、高鼻梁、小嘴巴、牙齿整齐而且很白、棉布衬衣、银制的扣子、羊皮护腿牛皮靴，如果不是黑黑的脸膛和结实的臂膀，谁会想得到他就是何塞·马里亚呢？尤其是他在唱歌的时候，月亮恰巧升起在他的身后，我敢说，那竟是我一生中看到的最美丽的画面。

唱了几首歌之后，那家伙便沉默了。我找了几个话题，但都没有聊出什么意思来，便想到不如干脆去睡觉。那个老婆子和小姑娘已经睡下了，我们睡觉的地方与她们睡觉的地方用挂起来的一个脏兮兮的布帘子隔开着。那家伙把他那把短筒火枪放在了枕头下面，不一会儿便睡着了。我虽然也睡着了，但很快就被臭虫咬醒了，于是只好起来，走到屋子的外面去。那里有一个条凳，我在上面躺了下来，也不知是睡着了还是没睡着。突然，我看见一个人影从我身边移动过去了。我定睛一看，竟是那个向导安东尼奥。只见他进了马厩，过了好一会儿才把一匹马牵出来，这时我立刻跑过去拦住了他说：

"你要去哪里？"

安东尼奥只好说："难道您还不知道那家伙是什么人么？他就是官府正在悬赏两百杜卡托捉拿的江洋大盗何塞·纳瓦罗。"

"怎么又来了一个纳瓦罗，……不过可这和我们有什么关系呢？"我说。

"我知道在离这里不远的地方驻扎着一个龙骑兵团，天亮之前我会带几个龙骑兵来。二百个杜卡托对于我来说可不是小数目，给您做十次向导也挣不出来。而且，我也算是为当地除了一个祸害。您只管去睡您的觉，只要有您在，他就不会有什么怀疑。"

说完，安东尼奥翻身上马，两腿一夹，那马便冲开我的阻拦，向前飞奔出去，消失在黑暗中了。当时我还奇怪那马蹄声为什么会很小，后来才知道是安东尼奥用羊皮将马蹄子包起来了。

我回到屋里，也不知是何塞·马里亚还是何塞·纳瓦罗的家伙还在呼呼地睡着，犹豫了片刻之后我终于还是把他摇醒了。

"怎么回事！"他腾地一下子坐起来，并立刻从枕头下边把枪抽了出来。

"快跑吧，也许用不了多一会儿，就会有人到这里来抓您了。"我立刻说。

"是谁去告密了？一定是那个安东尼奥，我饶不了他的！"

"只要情报可靠，您还一定要知道来源吗？"我对他的判断不置可否。

"一定是他，我早就看出那个家伙不地道。好了先生，谢谢你把我叫醒，但愿我将来能有机会报答您的救命之恩。"

这样说着他已经站起来向门外走去，我则追上去，把一盒雪茄塞给他。我站在门口，看见他骑上马飞驰而去，消失在茫茫的黑夜里。

我又躺在了那条长凳上，但睡意已经全无。我想着自己这样做的原因和结果。难道和一个强盗一起吃了两顿饭、喝了几杯酒，就可以把他当作是一个朋友了吗？我这样做会给安东尼奥带来什么样的灾难呢？安东尼奥如果真的被这家伙杀了，官府会不会追究我的责任呢？我是不是要为这家伙今后的犯罪负责呢？我矢口否认管用吗？如果将来这家伙被抓起来，他会不会把我供出来？帮助一个罪犯逃走会是怎样的一种罪过呢？正当我这样胡思乱想着又似乎有了一点睡意的时候，一队龙骑兵出现了，那不是几个而是十几个，他们各个都拿着长筒火枪，立刻将那所房子围了起来，安东尼奥随后也赶到了。我立刻走上前去对他们说，包围这所房子已经没用了，因为何塞在一个小时前已经离开了。既然我也不知道那家伙是马里亚还是纳瓦罗,便只好称他为何塞了。

于是,先是那个老婆子被叫起来盘问,得到的回答是她的确知道那个人就是被通缉的强盗何塞·纳瓦罗,但她却无论如何也不敢去告发他,还说何塞·纳瓦罗每次都是晚上来半夜就走,也从不会少给她一分钱。老婆子这句"晚上来半夜走"的供词对我很有利,于是我除了必须走上十几公里的路程当着一位法官的面签署了一张自己与何塞·纳瓦罗没有任何关系的声明之外,并没有受到任何追究,也便可以继续去进行我的考古旅行了。可安东尼奥却坚持说是我让何塞·纳瓦罗逃走的,使他已然到手的两百杜卡托不翼而飞不说,还要时刻面临可能遭到的报复。于是,我只好多付给了他十个杜卡托,并和他解除了雇佣合同。

这之后我在哥尔多巴又停留了几天,为的是缓和一下内心的不安。当我正准备再雇一个向导去继续我的考古旅行时,突然听说当地的多明我教会图书馆收藏的一份手稿可能对我研究的问题有帮助,便打算去碰一碰运气。那份手稿有好几百页,而且写得很潦草,于是我便因此被耽搁下来。

那些日子,白天在图书馆里研究那部手稿,晚上则在城里的街道上溜达,瓜达基维尔河岸自然是要去的了。在那里虽然会闻到从一个革制品厂散发出来的难闻气味,却也可以欣赏到在别的地方见不到的美景。每当晚祷的钟声被敲响之前,一大群妇女便已经在水边上准备好了。钟声一响,天也已经黑了,所有的人都开始脱衣服,钟声停下来的时候,她们就都已经把自己泡在河水里了。接下来的是一片欢声笑语在水面上回响,好一个热闹的场面!男人们则只能睁大了眼睛站在河岸上观看,却没有一个敢混到她们当中去,否则就会被她们抓起来送到官府去,那是要狠狠挨上一顿鞭子的。据说有一次，几个无赖竟然买通了教堂里的敲钟人，让他将钟早敲了半个小时，虽然天还没有黑，但那些妇女们却还是立刻脱了衣服跳入河中，结果让那天站在河岸上的男人们大饱了一回眼福。但我觉得即便是在白天，那些男人们也认不出她们谁是谁来，那些卖水果的老太婆和正在上学的小姑娘是没有太大区别的。

一天晚上，天色已经很晚了，我站在河堤上抽烟。忽然一个女人在我身边坐下。她衣着朴素，像是个女工，眼睛大大的，身材小巧玲珑。出于礼貌，我赶紧把手里的雪茄灭掉，她却说：

"用不着，先生！我就是为了你抽着的雪茄来的，那一定是很高级的雪茄，它的味道我在老远的地方就闻到了。"

"这是哈瓦那雪茄，您愿意也抽上一支吗？"我问道。

"怪不得，那可是太荣幸了，我还从没有抽过这么高级的雪茄呢！"

听她这么一说，我立刻拿出一支递给她，她也就毫不客气地接了过去，自己拿出火柴来点上抽起来了。我们坐在一起抽烟，谁也没再说什么，直到河里面的女人和河岸上的男人都走尽了，我们才几乎是同时站了起来。我请她去吃冰淇淋，她稍作犹豫便答应了。

于是我们在一个街边上的冷饮店坐下并聊了起来。

"您是英国人吗？"

"不，我是法国人。"

"您能猜出我是哪里人吗？"

"我猜您是耶稣国的人，距离天堂只有两步远。"

这是我从一个朋友那里听来的典故，意思是说她是个安达卢西亚人。

"得了吧，那天堂可不是为我这样的人准备的。"

"难道您是摩尔人，或者是犹……"

也许因为这里的人对犹太人是很忌讳的，所以还没等我把这个词说出来，她就打断我的话说：

"哎，算啦算啦，我告诉你吧，我是波西米亚人。我来给你算一卦吧，这可是我们的专长。您是否听人家提起过卡尔曼小姐？那个人就是我。今天也许是您的幸运日，但也许相反。"说着她竟然咯咯地笑了起来。她的笑容很美，但那声音却是怪怪的，让我觉得有一点瘆的慌。在这以前，我根本不相信什么鬼神，所以谁要对我说起鬼神的事，我总是说，你能把他们叫出来让我见见么？上中学的时候，我还专门研究了一番巫术，甚至尝试着去呼风唤雨，弄得周围的人都以为我是得了病。后来虽然不再相信那一套了，却对这些事还保留着几分好奇，并将其当成是一种见识去领略。今天好了，反正也没事，就让我领略一下波西米亚人的魔法吧。

但我还是怀疑这位卡尔曼小姐并不是纯正的波西米亚人，因为我觉得她比我从前遇到过的波西米亚女人要漂亮得多，几乎可以称得上是十全十美。她的皮肤光滑柔嫩，白里透出金黄。她的嘴唇稍厚线条却很清晰，开合之间露出一排整齐而又洁白的牙齿。头发略粗，却微微地卷曲着，黑中还隐约闪耀出一种蓝光。但她那张脸之所以能让你一见就难以忘怀，自然是得益于她的那双眼睛。倒也不是因为那双眼睛的又黑又亮和睫毛很长，而是因为那眼神。西班牙人称这种眼睛为狼眼，但在我看来那眼神与猫在捕捉老鼠和麻雀时的眼神也差不多。

我觉得在冷饮店里算命不太合适，便提议换一个地方。卡尔曼小姐提议到她的家里去；我又拿出表来看了一下时间，或许是要告诉她我是不会在她那里过夜的。

街上的店铺大多都已经关门，行人也几乎已经没有了。我们走过瓜达基维尔大桥,一直走到城根处,在一所普普通通的房子前停下来。开门的是个男孩儿,卡尔曼小姐用我听不懂的吉卜赛语对那个男孩儿说了几句什么,那男孩儿立刻走开了。于是我们来到了一个相当宽敞的房间内,房间中有一张小桌子、两把椅子和一个柜子。桌子上放着几个橘子,柜子上放着一个罐子和几个洋葱。卡尔曼小姐从柜子里拿出一副纸牌、一块磁石、一只干了的壁虎和另外几个我叫不出名字的法器,然后吩咐我用一枚硬币在左手上不停地画十字,接着便开始做起法来。从她的口中不时地会有一些话语像是珠子般一串串滚动出来,还似乎都是关乎未来的预言。我真不得不为她的才思敏捷而惊叹了。

可就在这时门砰的一声被踢开了,一个身穿棕色斗篷、脸被围巾包裹得只剩下两只眼睛的男人走了进来。他先是把卡尔曼狠狠地训斥了一顿,然后才又转过身来对我说:

"真想不到,原来是您,我的恩人!"说着他把围巾向下拉了拉,露出了大半个脸孔。

我也已经认出他是何塞·纳瓦罗。

"是你?卡尔曼小姐正在给我算命,却被你打断了。"我说。

"她总是爱瞎胡闹,怎么说都不行,我真是拿她没办法!"这样说着,又转过头去瞪了卡尔曼小姐一眼。

卡尔曼小姐继续用吉卜赛语言和他说话,而且越来越激动,像是逼着他去做什么事,而他却无论如何都不答应。到底是什么事,我似乎已经明白了,因为她时不时地用手在自己的脖子上抹来抹去,像是要让他去把谁的脑袋割下来。但是要将谁的脑袋割下来呢?别是我吧?我这样想着,脖子上仿佛吹过了一丝凉气,后背上的汗毛也都立了起来。

然而不管卡尔曼小姐怎么说,他都是有一个非常干脆的词语来回答，我想那个词语的意思一定是"不"。于是卡尔曼小姐只好坐到一边吃橘子去了。

何塞·纳瓦罗也终于挽起我的胳膊，把我送到了大街上，然后握住我的手对我说：

"您沿着这条路往前走不多远就是瓜达基维尔大桥了。"

我也只好怅然若失地回到所住的旅馆。当我脱下外套的时候，却发现衣袋里的那块金表不见了。肯定是她干的，但她是什么时候怎么把表拿走的呢？我却怎么也想不出，因为我记得自己是连碰也没有碰过她的。但出于各方面的考虑，我既没有回去找她，也没有向周围的人提起，虽然我只要去对市长说一声，市长甚至会让警察局立刻就把她抓起来，那样也许就连何塞·纳瓦罗也跑不掉了。

在这之后我又去了塞维利亚，返回马德里时又不得不经过哥尔多巴。实际上对这个地方我已经有点反感了，所以本来是想只住一宿就走人的，却因为又一次遇到了何塞·纳瓦罗而耽误了几天。

我刚一走进多明我教会图书馆，一个对我的研究工作很感兴趣的神甫就跑过来和我拥抱，然后大声说道：

"感谢上帝！欢迎你，亲爱的朋友，我们都以为你已经死了呢！为了超度你的亡灵，我还念了许多遍的《天主经》呢？这么说，你并没有被谋杀，那你的东西怎么会在那个人手里呢？"

"这是怎么回事？快和我说说！"我有点惊恐又非常好奇地问道。

"是您的那块金表，一定是被人抢去了，现在这块表已经找回来了，在警察局里放着，您随时都可以去取回来。是何塞·纳瓦罗，当警察把他抓住的时候从他的身上搜出了金表，他毫不讳言这是从你那里得到的。你怎么会同他扯上关系呢？那个人可是个杀人不眨眼的魔头啊！所以我们以为您一定是被他杀了，虽然他矢口否认。他一定是想杀您而未能，能从他的手里跑掉可太不容易了。"那神甫说。

"不过，事情也许并不像你们所想的那样。"我说。

"但无论您怎么说，那家伙都死定了。行刑就在后天上午十时，因为他原本是个贵族，所以要被绞死。"那神甫说。您应该去看一看，那是一件很有意思的事。行刑之前他在监狱的小圣堂中忏悔，如果您想和他聊聊的话马丁内斯神甫还可以领您去。"神甫说。

于是当天中午，我便被马丁内斯神甫带进了监狱。我见到何塞·纳瓦罗的时候他正在吃饭，我把一盒哈瓦那雪茄递给他，他向我点了点头表示感谢。

我问他想不想花点钱为自己免去死罪，他却耸了耸肩膀说：

"用不着了，什么对于我都没有意义了。"

但过了一会儿他又说道："如果可以，请你在教堂里为一个得罪过您的人做一场弥撒吧！"

"当然可以，我的朋友，"我对他说道，"但您所说的那个得罪过我的人指的是谁呢？"

"还不是那块金表的事，现在您只好到警察局去领回了。但既然您还能把我当成是朋友，"他沉默了一会儿又说道，"那就再替我做一件事吧！……您回国的时候也许会经过纳瓦拉或维多利亚吧？"

"是的，"我对他说，"我肯定会经过维多利亚，然后再从维多利亚绕道去一趟纳瓦拉也很方便，对我来说多去一个地方总比少去一个地方好，只是需要一个理由而已。"

"好极了，如果你能去到纳瓦拉省的首府班布罗纳，一定能看到许多您感兴趣的东西，那可是一个非常美丽的城市！"

说着，他把脖子上的一个银制的徽章摘下来放在我手里说："到了那里，请您按照我一会儿写给您的地址去交给一个老妈妈。……她若是问到我，您就对她说我死了。她若问我是怎么死的，您怎么说都可以，只要别说我是这么死的就行了。"

我答应说可以为他办这件事，但也要他答应为我做一件事，就是利用这一天下午和晚上的时间把自己这一生的经历好好回想一下，在我明天再来看他的时候讲给我听。他犹豫了一下之后说：

"好吧，如果您愿意听的话。"

第二天一大早，我就又来到何塞·纳瓦罗所在的那座监狱。他仿佛将一切都准备好了似的正在等着我的到来。一见面，他就开始讲起来了：

> 我出生在巴兹坦盆地的艾里狄多，全名为唐·何塞·里萨拉本戈亚。如果你了解西班牙，一听我的名字就会知道我是巴斯克人。我名字前面的那个"唐"很重要，说明我是一个贵族，我之所以不被吊死而是被处以绞刑也就是因为这个原因，因为在西班牙只有贵族才可以享受这种待遇。由于家里人上溯好几代人都是基督徒，所以父母很想让我成为一名神甫。可做神甫就要念书，我却似乎与书无缘。我喜欢打网球，不知您是否了解，我们纳瓦拉人打起网球来是不顾一切的。
>
> 有一次我赢了球，一个阿拉瓦省的小伙子出言不逊，于是打起架来，我一铁棍下去便将其打死了。于是我只好从纳瓦拉逃出来。路上遇上了一队龙骑兵，便加入了埃尔曼萨骑兵团，不久就成了下士，可就在我要被提为中士的时候倒霉事来了。那时候所有的工厂都实行军管制，我也

不知怎么得罪了上级，竟被派到塞维利亚卷烟厂做了警卫。西班牙人值班时除了打牌和喝酒之外还有一件事可做，就是看女工。厂子里的工人都是女工，有四五百名，都在一个大厅里卷雪茄，男人不经过特别的允许是不能进去的。天热的时候，女工们穿得很随便，当她们去到食堂吃饭或吃完饭回来的时候，总会从我们值班室的门前经过，于是他们便可以大饱眼福了。他们有的会对那些姑娘们说一些轻薄的话，那些姑娘们也不会生气；有的会为自己相中的姑娘送上一件小礼物，那些姑娘们也不会拒绝。那时我还年轻，感觉还是乡下人观念，甚至还总认为不穿着蓝裙子，不梳着两根长辫子的就不是好姑娘，所以当他们看得不亦乐乎的时候，我却总是坐在一边干点别的。

那天，他们在打牌，我坐在门口的台阶上用铜丝为我的步枪编一个链子。突然有人叫道："瞧，那个小吉卜赛就要走过来了！"我不知怎么就抬起头看了一眼。这一看不要紧，我的命运就一下子被改变了。这个小吉卜赛就是拿了您金表的那个卡尔曼小姐。我记得那一天是个星期五，她穿的裙子很短，长丝袜上有几个破洞，红皮鞋上系着根红丝带，之所以把头巾撩开一定是为了让人看见她长长的脖颈和溜圆的肩膀。她的嘴里还叼着一朵蔷薇，肯定是从路边的花丛中随意采摘的。她摆动着丰满的臀部从值班室门前走过，真像是哥尔多巴养马场里的一匹小马驹。在我的家乡，每逢见到这样的女子，人们都会在胸前画一个十字，唯恐她们把自己当魂儿勾走。但在塞维利亚，这样的女子却是大受欢迎的，尤其是当你和她们说起话来时，她们表现出的那股妩媚劲儿，几乎没有哪个男人抗拒得了。

那天,她竟然在我的面前站住了说:

"大哥,你编的这个链子真好看,让我用它来做我的钥匙链吧!"

我说:

"对不起,这是用在我的枪上的。"

"你的枪上,难道你的枪不用链子拴住会自己跑掉吗?"

她的这句话把在场的所有人都逗笑了,可我却红着脸在那里呆住了。这时只见她把那朵已经拿在手里的蔷薇轻轻一弹,那蔷薇便朝着我的两腿之间飞来,在我的小腹上撞了一下之后落在了地上。

"那就再给你的枪戴上一朵花吧!"她说完便一扬头、一转身走了。弄得围观的人又是一阵哄笑。我却把那朵蔷薇捡起来装进了上衣口袋。这算得上我平生做得最大的一件蠢事。

就在那天下午,忽然有人来报告说,车间里有人被杀了。中士让我带着两名士兵去看看。我走进车间,所有的女工都停下了手里的工作看着我。我看见一个女工躺在了地上,脸上有几道刀痕,到处都是血迹,几个女工正在努力将其扶起来。我过去看了看,知道只是脸被破了相,便立刻安排那两个警卫往医院送。另一边,我看见卡尔曼站在那里,如果不是被几个女工抓住,似乎还要冲上去再把人家怎么样似的。

"怎么回事?"我向一个工长样子的女工问道。

"能是怎么回事?几句话而已。那个说她能去市场上买头驴,这个说你买个扫帚就行了。那个就不依不饶了,

199

说是对方侮辱了她。谁知道这个比她更厉害,上去就用刀子在那个脸上画了个十字。这一个也确实下手太狠了,女孩子破了相,将来怎么找婆家呢?"

我立刻走上去对小吉卜赛说:

"看来你只能跟我走一趟了。"

小吉卜赛却是很潇洒地说:

"走就走吧,我的头巾呢?"

到了办公室,我把情况汇报给了中士。中士说问题很严重,要将卡尔曼押送到城里去,押送的任务由我带上两名士兵负责。

"长官,你们这是要带我去哪里呀?"路上,小吉卜赛问我。

"去监狱,去坐牢,说不定还要上断头台呢!"我这样说,当然是在报复。

"呀,头掉了可就再也没法吃饭了呀!不如这样吧,您把我放了,我给您一样东西;您有了这样东西,所有的女人一定都会爱上您。"

"得了吧,什么东西能有这么神奇。"

"是巴拉齐呀。"

后来我才知道,这巴拉齐就是一种带磁力的石头。据波西米亚人说,如果女人喝了这种石头的粉末泡的白葡萄酒,男人让她们怎样她们就会怎样,其实当然都是骗人的鬼话。她们所谓的法术也不过就是一些精神暗示而已。

"得了,我知道那东西,都是你们弄出的鬼把戏。我看你还是老老实实地等着去坐牢,等着去掉脑袋吧!"我说。

我们巴斯克人口音很特别，一听就不是西班牙人；而且一辈子也改不了。也因此，西班牙人不论怎么学也说不好巴斯克语，所以无论你如何伪装，只要一出口就露馅了。波西米亚人没有祖国，四处流浪，也因此各种语言都会。他们大部分居住在葡萄牙、法兰西、西班牙，但和摩尔人、英国人也可以交谈。卡尔曼更是个语言天才，她的巴斯克语竟然也说得过去，这令我很吃惊，她说是我的同乡，但是我不信。那天，她突然用巴斯克语对我说道：

"噢，心肝宝贝，你是巴斯克人吧？"

先生，我们的语言简直太美了！客居异地，听到乡音，尤其是从卡尔曼的嘴里说出来，我浑身上下都是麻酥酥的了。于是我便用巴斯克语回答她说：

"我的老家是艾里狄多。你呢？"

"我吗？"她还是用巴斯克语说，"我的老家是艾查拉尔，离艾里狄多也就三四个小时的路程，是波西米亚人把我拐到塞维利亚来的。我之所以要在卷烟厂工作，是想赚够了路费回家。家里只有一个小园子，种着二十棵苹果树，所有的苹果都要用来酿酒，才能维持一家人的生活。哎，我要是能重新回到那雪山下的故乡该多好！刚才我之所以要和她们打架，是因为她们看不起我这个外地人。她们全都和我作对，因为我和她们说过，就是全塞维利亚的人都拿着刀一起上，也抵不过我们纳瓦拉的一个勇士。我说伙计，你难道不能帮你家乡的小姑娘一个忙吗？你难道就忍心这样把她送到断头台上去吗？"

她这是在撒谎，她总是撒谎，我真不知道她到底说没说过几句真话。但是只要她一开口，不论说出什么话来我都会相信。她的眼睛、肤色都说明她是个波西米亚人，但当她说自己是纳瓦拉人时，我竟然也信了。当时我真糊涂，心里想，是啊，如果有谁当着我的面说纳瓦拉人不好，我不也同样要用刀子把他的嘴巴豁开吗？当时我就像是喝了泡了磁石粉的白葡萄酒的女人一样，无论她说什么都是什么了，区别只是我是个男人而她却是女人而已。

"大哥，亲哥，如果现在我给你一拳，你就倒在地上，剩那两个卡斯提尔的傻小子又怎么能追得上我呢？就请你帮助小妹这一回吧！"

我的天，她这又是哥哥又是妹妹的一说，弄得我两条腿都软了。我竟然对她说："我的小乖乖，你就试试看吧，愿天上的圣母来保佑你吧！"

这时，我们是走在一条行人很多的街道上。卡尔曼原本是走在那两个士兵中间的，而且她的双手还是用绳子捆绑着的，但不知她怎么一鼓弄，那绳子就从她的手臂上脱落下来了，然后她猛地一个转身，照着我的胸口就是一拳，我也便顺势倒在了地上。她先是一个健步从我的身上越了过去，然后撒开腿就跑，等那两个士兵醒过神儿并转过身来的时候，她已经跑得无影无踪了。那两个士兵先要把我扶起来，而我的枪又被我横拿在手里，他们想追却还要先越过我，这样一折腾，卡尔曼就更不知道跑到哪里去了。大街上的行人都在嘲笑我们，三个大男人竟然看不住一个小女子。在大街上兜了几个圈子之后我们只好回去。结果是我不仅因此被革了职，还为此蹲了半年多牢房，因为那两个士兵一口咬定是我放走了卡尔曼。他们说的的确不是假话，但卡尔曼当时是怎么让绳子从手臂上脱落下来的对我来说至今也还是一个谜。

坐牢的头几天非常悲惨,想起自己做的傻事来恨不得自己打自己一顿。入伍时满以为可以做个军官然后再衣锦还乡,结果却落得这般下场。沙帕朗加拉、米纳和我一样是从家乡流亡出来的,当年我至少和他们一起打过二十场网球,可现在他们都已经是上校了,而我不仅连个中士也没升上去,而且还成了阶下囚。尤其让我受不了的是,这一切竟然是为了一个波西米亚的小妞儿,我还连她的一根毛都没碰过。而且每当我想起她来的时候两条腿还照样会发软。她真的有什么道行吗?我不知道。她是一个妖精吗?我说不清。总之是我让她给害苦了。

一天,一个狱卒走进来,递给我一个阿尔卡拉面包。他对我说:

"拿着,这是你表妹送来的。"

我接过面包之后愣住了,因为在塞维利亚,我并没有什么表妹。但面包就是面包,尤其是这阿尔卡拉面包,散发出来的香味儿也太诱人了,所以我不管三七二十一便先吃起来。结果怎么样呢?没吃几口我就发现里面藏着一把锉刀和两枚金币,都是在烤制之前就放进去的,所以才骗过了狱卒。但如果那狱卒再多一个心眼把那面包掰开来检查一下呢?所以送这面包的人一定还使用了什么更高级的招数。毫无疑问,这一定是卡尔曼送进来的。那天夜里,连一个小时都没用上,我便用那把英国造的锉刀将窗子上中间的那根铁条锉断了。窗子外面就是街道,但我不想逃,因为我那时还有一种军人的荣誉感,但我又渴望自由。怎么办呢?最后我终于想出了一个好办法,就是晚上钻出去夜里再钻回来,至于爬上爬下,那对于我们这种曾经在悬崖绝壁上讨生活的民族来说又算的了什么呢!

好在半年的时间并不长,出狱之后我又回到了那个军团,只是连个下士也不是了,天天都要像普通士兵那样去站岗。幸运的是我被派到上校家的门前站岗,上校是个富家子弟,很好玩。几乎所有年轻的士官都往他的家里跑。还有一些女人,大多都是戏子,打扮得花枝招展的,各个年轻、漂亮、香气扑鼻。我往他家门口一站,好像全城的人都是到这里来看我一样,那种幸福的感觉似乎是在任何地方都找不到的。

那天,我正在为自己得到的这个差事而沾沾自喜,衣服熨得格外笔挺,腰板也站得格外笔直,许多人都已经进去了,自然是又吃又喝。最后,吉卜赛人的马车来了,你猜从车子上走下来的人是谁?竟然是卡尔曼。这一天,她把自己打扮得格外妖艳,一件粉色的连衣裙,一双蓝色的高筒靴,上面缀满了花朵和亮片,手里拿着一面巴斯克鼓,已然不再是一个小吉卜赛,而是一个标准的吉卜赛女郎了。和她一同来的吉卜赛人还有好几个,自然都是来给她伴奏、伴唱和伴舞的。卡尔曼也认出了我,但也只是看了我两眼而已,而我却仿佛听见她在说:

"哟,伙计,怎么到这里站岗来了?"

这时我那沾沾自喜的幸福感已经一丝不剩,真想找个地缝儿钻进去。

聚会的人都坐在或站在院子里,透过铁栅,我能将里面的情形看得一清二楚。演出开始了,琴声、鼓声和歌声相和。我终于看见她了,她站在一个临时搭起的台子上跳舞,所有人都为她的美丽而疯狂起来。也就是从那一刻开始我觉得自己爱上她了。我听见有人大笑,有人大叫,我听见有人对她说出一些令人脸红甚至肉麻的话,我恨不得冲进去用刀子把这些人的嘴巴豁开。这样折腾了一个小时之后,吉卜赛人从里面簇拥着卡尔曼出来了。经过我身边的时候,卡尔曼装作很轻佻地在我的脸上亲了一下,并趴在我的耳朵边上说:

"要想吃炸鱼,就到特里亚纳去找里拉斯吧!"

然后她又把这句话朝着那些随她一起出来的吉卜赛人大声地说了一遍,于是他们就上了自己的车子走掉了。

那天一下岗,我立刻就去了特里亚特的里拉斯炸鱼店。卡尔曼果然在那里。后来才听说,那一阵子,因为她在那里做招待,炸鱼店的生意火爆得很。

于是我们来到了街口,谁也不知道往哪里走好,便先在街口站住了,各自沉默了一会儿之后还是我先开口说:

"卡尔曼……小姐,非常感谢我坐牢时……你送给我的……面包,面包吃了……那把锉刀我也留下来了,但是,这钱……还是要还给你。"

卡尔曼先是噗嗤一声笑了出来,然后说:

"瞧你这吞吞吐吐的样子,哪里还像个军人?什么钱不钱的,好了,我们用它去买东西吃,我请客!狗儿到处走,还怕没骨头?"

"我们还是回塞维利亚吧!"我说。

"好,听你的!"卡尔曼说着,便拦下一辆马车,和我一起回塞维利亚了。

到了塞维利亚的逶迤街,我们买了面包、香肠、葡萄酒、蜜饯、蛋黄酱、杏仁儿奶糖等等一大堆好吃的和想吃的东西，几乎花光了两个人口袋里所有的钱，最后在油灯街的一所老房子前停下来。一个波西米亚的老婆子来开门，卡尔曼对那老婆子说了几句话并塞给那个老婆子几个橘子，那老婆子便走掉了。我们进到屋里，卡尔曼把门栓插上，把买来的那些东西随便放在什么地方，便开始像发了疯似的在屋子里转起圈儿，嘴里还不住地唱着一首波西米亚歌曲：

噢，你是我的老公
噢，我是你的娇妻
你要还你的债给我
我要还我的债给你
噢，这是爱的规矩
噢，为了今天
让我们把明天忘记

那天，我们又吃、又喝、又跳、又唱。卡尔曼像小孩子一样吃糖果，像酒鬼那样咕咚咕咚地喝酒。我说屋里有苍蝇，她就把蛋黄酱涂抹到墙壁上，说苍蝇落在上面后就被粘住了。我说喜欢她跳节奏感强的罗曼丽舞，她就把一个盘子打碎了用两块瓷片打着节奏给我跳起来。我知道她是要让我高兴，我也的确忘记了所有的烦恼。

但终于，窗外传来了归营的号角。

"我该回去了。"我说。

"回去？"她坚决地说，"今天你哪都不能去。"

我终于留了下来。第二天早晨她却说：

"行了，你走吧，我已经还清欠你的债了，你也还清欠我的债了。我们既然谁也不欠谁的了，也就只好分手了。"

说着她披上斗篷、打开门，头也不回地走了。

可也就是从那一天开始，我却再也忘不了她了。我整天地东游西逛，就是想再见到她，但她却像是从人间蒸发了一样，连个影子也见不到。我没事就往特里亚纳的炸鸡店或油灯街老婆子那里跑一趟，得到的回答却是她去葡萄牙或什么地方了，永远也不回来了。为了找到她，我主动要求到城门口站岗，希望有一天她若出城我能拦住她，她若进城，我能截住她，总之是一定要抓住她，不让她再离开我身边了。

一天，那个炸鱼店的老板找到我，问我说：

"小子，你不是想见到卡尔曼吗？那你今天就换个夜岗来站吧，她会来找你的。"

于是我便找到下士，把班调换了一下。

那天夜里，我刚上岗，就有一个女人向我走过来。我一眼就认出那是卡尔曼，真想一下子冲上去把她抱在怀里。但她却在离我还有两三步远的地方站住了。

"怎么样，何塞，你还像先前那么傻吗？"

"也许是吧，因为，我已经爱上你了！"

"那么好吧，你也就是又欠了我的债了。欠了债可是要还的，你打算怎么还呢？"

"我要你做我的妻子！"

"这恐怕会有一点难度，除非你也变成一个波西米亚人。不过好了，今天我到这里来不是和你谈这个的。我们来做一个交易怎么样？"

"交易？什么交易？"

"我现在和几个朋友在合伙做生意。你只要在站岗的时候把城门打开一道小缝儿就可以了。"

"走私？这可是要犯法的。"

"不犯法怎么能赚钱呢？当然，只要是每做成一次，你都可以得到二十个里亚尔。"

"仅仅是二十个里亚尔就要冒这么大的风险，值得吗？除非是一百个里亚尔。"

"那就五十个，怎么样？"

"那就再加上一次油灯街的幽会。"

我很后悔自己说出的这句话，这等于是拿这种东西做起买卖来了。

卡尔曼犹豫了一下说道：

"那好，今天就开始，明日下午见。"

说着她一招手，几个人走了上来，其中就有炸鸡店的老板里拉斯。她示意我将城门打开，结果城门外也早有人等着了，几口袋的货物——我想其中至少有两口袋是鸡肉——被递了进来，我平生第一次做这样的事，也算得上我平生做的第二件最愚蠢的事。

第二天下午，我按照约定的时间来到油灯街，但卡尔曼却没到。那个老婆子把一百个里亚尔交给我说：

"卡尔曼小姐说不喜欢和她讨价还价的人，所以不打算再和你来往了。"

我伤心极了，自然也没要那一百个里亚尔，而是从灯油街走出来，走进了街口边上的一个教堂，在一个角落里坐下来,眼泪不知不觉从眼里涌出,渐渐地泣不成声了。

"我只听说过鱼会流泪,难道龙也会流泪吗?据说那是可以收集起来做春药的好东西呢!"

我一回头,发现卡尔曼竟然就站在我的身后。我立刻把她抱住了。

"卡尔曼,别闹了!你知道我已经不能没有你了!"我说。

"亲爱的,其实我也一样,见不到你就像是丢了魂儿一样。好吧,明天这个时候你来吧,我们好好地亲热一下!"说完,她就又转身走了。可到了第二天我到了油灯街,那老婆子又告诉我说,卡尔曼小姐为了波西米亚人的事到英国去了。

我想,这一定是卡尔曼在折磨我,也是在考验我,于是在其后的一段时间,我几乎天天往油灯街跑,每次都给那个老婆子买一点礼物,把老婆子弄得很高兴。一天,我正和老婆子一起喝茴香酒,卡尔曼推门走了进来,后面跟着的竟然是我上司的上司。

"你怎么在这里?赶紧走!"她用巴斯克语对我说,我惊呆了。

"你到这里来干什么,快滚!"那个中尉说。我麻木了。

那中尉看见我坐在那里动也没动,便走上前来一把抓住我的衣领说:

"你这个混蛋,难道没听见我说的话吗?"我也不知对他说了句什么,让他突然拔出剑朝着我就刺过来,我下意识地用胳膊一挡,小臂便被刺中,血立刻流了出来。我急了,把我的剑拔出来,只一剑就给他来了个透心儿凉。

这一切卡尔曼当然都看在眼里了,她立刻吹熄了灯盏说:

"何塞,快跑吧!"

我也知道自己这回是闯了大祸,便三步并作两步地跑到了街上。然后又不管东西南北地急走了一阵子,直到卡尔曼把我叫住为止。

"你真傻,只会做蠢事,这回好了,那个大兵也别当了。不过不用担心,只要和一个波西米亚女人有了交情,多大的事都是小事一桩。"她先是把我拽进一条小巷,然后对我说:

"你站在这里别动,两分钟后我回来。"

我立刻说:"你不会再来个人间蒸发吧!"

"放心,"她的嘴角往上翘了翘说:"我要是今天不回来,这辈子也就回不来了。"

似乎还没用两分钟的时间她就回来了,带回来了一件大斗篷。她先让我把军装脱掉,在我的伤口上撒了点药粉并为我包扎了一下,然后让我把斗篷披上把我的头用一块头巾包得只剩下一双眼睛,告诉我谁要问你为什么如此就说自己得了麻风病。然后便拽着我七拐八拐也不知绕了多少个弯子走了多少路,最终又钻进一所和油灯街老婆子那里差不多的屋子。卡尔曼和另外一个波西米亚女人又重新给我处理了一下伤口,简直熟练得和医院里的护士没什么两样。也不知她们给我喝的那杯水里放进了什么,我接下来一睡就睡到了第二天天亮。

卡尔曼和她的女伴又给我换了一次药,然后你一言我一语地安慰我说伤得不重,很快就能好,只是要尽快离开塞维利亚,万一被捕,肯定得被判处死刑。

卡尔曼说:"不过你也该干点正事了,现在那军营里的米饭和鳕鱼是吃不上了,不如就和我们一起干走私吧。只要不被抓住,你会生活得像王侯一样,即便被抓住,吊死也比被枪毙强。"

事情已然这样了,也就只好如此了。于是我便开始了这样一种生活,整天和一些走私者混在一起,骑着快马,挎着短筒火枪在安达卢西亚的群山之间驰骋。我和卡尔曼之间的关系也因此变得越来越亲密了。我们先是到了哈莱斯,我被介绍给一个外号叫"丹卡伊尔"的头头儿,也就算是入了伙儿。每次出动,卡尔曼都是打前站。一次,她从直布罗陀跑回来,说是已经和一个船主定好,只要收到货,立刻就可以装船启程。我们到艾斯特普纳等着,货一到便将一部分藏进山里,再将另一部分送往龙达。卡尔曼已经在城里等候着我们了。每一次行动都做得得心应手,但其实又都是卡尔曼精心设计的结果。我觉得这样的生活比当兵有意思多了。我在各处都受到良好的接待,身边的弟兄们也都对我怀着敬意,我觉得这和我杀过人有很大的关系。卡尔曼对我很好,但在众人面前却从不承认是我的情妇。我总是往好处想她,所以她说什么就是什么。日子也就这样一天天过下来。

这个团伙一共有十八个人,平时都分散着,只在一些特殊的日子或有特殊情况的时候才聚在一起。每个人都有自己的专业,有的贩马,有的是兽医,有的做修理匠专门修理铝锅和铜器等。一天夜里,我们在维赫尔聚齐。丹卡伊尔和我先到了。丹卡伊尔说:

"今天我们有喜事,卡尔曼的丈夫从搭立法的监狱里逃出来了。"

"什么？卡尔曼的丈夫？难道她已经嫁人了吗？"我惊讶地问道。

"当然，"丹卡伊尔说，"嫁的是独眼的加西亚，一个和她一样聪明能干的波西米亚人。这家伙本来还要在里面蹲几年，可不知卡尔曼使用了啥手段竟然让他先住进医院，然后又从医院中逃了出来。她一定是和监狱里的那个医生勾搭上了，这小娘儿们本事可真不小！"

您可以想象我听到这个消息之后有多么沮丧，原来我这么长的时间里爱着的竟然是别人的妻子，怪不得她不让把我们的关系公开呢！而且很快我就见到了这个独眼的波西米亚人，卡尔曼还是和他一起来的。她当着我的面叫他老公，然后又转过头来向我挤眉弄眼，仿佛是在告诉我我才是她真正的老公。但那天，卡尔曼自然是陪着那个皮肤黑得像是糊了一层泥巴的独眼去睡了，我真想冲进他们睡觉的房间里去把他们两个都弄死。第二天一早我们打好包裹刚上路，就有十几个据说是官府的人追来了，除了丹卡伊尔、加西亚、我和卡尔曼，还有一个名叫雷曼达多的小伙子还算没有慌神儿，其他人都只顾逃命了，可他们平时却也都号称是杀人不眨眼的波西米亚好汉呢！我们当然也要逃走，因为我们不仅人手不够，武器也不灵，所以我们只好把值钱的东西从马背上拿下来扛在肩上，当跑到一个很陡的斜坡时，先将包裹扔下去然后自己再滚下去。这时，子弹在耳边嗖嗖地响，但我却毫不在意，就因为我不能在卡尔曼面前输给加西亚。只有雷曼达多腰上中了一枪。我扔了包裹想去扶他，加西亚对我大叫道：

"笨蛋！你要具死尸有啥用，把他结果喽，包裹拿起来！"

"把他撂下！把他撂下！"卡尔曼也对我大声说。

那家伙挺沉，我也累了，便把他放在了一块岩石上。加西亚走过来，不由分说地将一梭子子弹都打在了他脸上，嘴里还说着：

"现在，看谁还能把他认出来。"

可不，雷曼达多的那张脸已经被打烂了。

晚上，我们在灌木丛里歇息，没吃没喝，精疲力尽，可加西亚却拿出一副旧纸牌和丹卡伊尔赌起钱来。我仰面躺着，望着星空，想着自己这样活着，倒不如像雷曼达多那样死去更好。卡尔曼坐在离我不远的地方，哼着小调。看到我看她，便站起身走了过来。她俯下身来在我的脸上亲了几下说：

"你觉得这样的生活如何？"

我说：

"你真是个魔鬼！"

天还没亮，卡尔曼就动身到高辛去了。早晨，一个放羊的孩子给我们送来了一些面包。我们白天仍然在灌木丛里猫着，直到天黑下来才动身，一边向高辛进发，一边等待着卡尔曼的消息。天快亮了的时候，山下的小路上来了一辆骡车，上面坐着一个女人，打着把洋伞，身边还坐着个女仆样儿的小姑娘。加西亚说：

"瞧！上帝给我们送礼物来了，我们该去把它们收下。"

说着，他拿起枪哈着腰，以矮树作掩护，朝着山下奔

去。我和丹卡伊尔只好跟着他。可到了射程之内,那辆骡车也停了下来,车上的那个女人也下来了,还朝着我们这边招手道:

"快出来吧,你们!别把老娘当作贵妇给劫了!"

原来是卡尔曼,她这样一装扮也的确很像是一个贵妇呢!弄得我们几个都哈哈大笑起来。

卡尔曼先是与丹卡伊尔和加西亚说了几句话,然后才转过脸来对我说:

"喂,我的金丝鸟,我现在去直布罗陀,但别急,在你被绞死之前我们还会见面的。"

原来,她已经为我们安排好了躲避的地方,不久又派人给我们送来了一笔钱和有两个勋爵要从直布罗陀到格林纳达去的消息。结果我们按时去打了一个埋伏,得到了不少金币。加西亚要杀人灭口,我和丹卡伊尔都反对,所以除了我们需要的东西什么都没拿。

一个人变坏是不知不觉的,为了一个女人杀了人而成了个逃犯,为了生存只好去走私和抢劫而成了强盗,最后不得不成为一名山贼草寇,这就是我的经历。

直布罗陀一带待不下去了,我们便只好躲避在龙达山中。您和我提到过的何塞·马里亚,我就是这个时候和他认识的,我们还和他有过合作。他有一个情妇,那是一个美丽的姑娘,举止文雅且对他忠心耿耿,可何塞·马里亚生性好色,因此使她受尽折磨。何塞·马里亚甚至给过她一刀,但还是没能将她从自己的身边赶走,却使她对他更加死心塌地了。何塞·马里亚还是个很不讲义气的家伙,我们最后的那一次合作差点让他把我们算计进去。

不过我们还是言归正传吧。我们在那之后很长时间都没有得到卡尔曼的消息,于是我们决定要有一个人去直布罗陀找她,据说只要找到一个叫罗约娜的女人就一定能找到卡尔曼。因为在直布罗陀认识丹卡伊尔和加西亚的人太多,所以这个任务就落在了我的头上。在龙达,有人给我弄了个护照;在高辛,有人给我弄了一头驴和两筐水果。到了直布罗陀,却说那个叫罗约娜的联系人已经死了。我只好在直布罗陀的大街上沿街叫卖,发现这座城市哪里来的人都有,说什么语言的都有,真是混乱至极。我这样跑了两天却打听不到一点卡尔曼的消息。当我正要放弃的时候却听见头顶上有人叫我:

"买橘子的!"

我抬头一看,只见那阳台上站着一男一女两个人,男的是个英国军官,女的竟然是卡尔曼,她穿着一身绫罗绸缎,简直气派极了。那个军官还在招呼我把所有的橘子都送上去,而卡尔曼已经笑得前仰后合了。我搬着那筐橘子上了楼,卡尔曼一边挑橘子一边用巴斯克语对我说:

"用不着大惊小怪,别说认识我,装作一句西班牙语也不会说。"

然后她又抬起头用西班牙语对那个英国军官说:

"您看怎么样,我一看他就是巴斯克人。您看这个人,呆头呆脑的,像不像是一个被人当场抓住的窃贼?"

我则用巴斯克语说:

"你自己呢,我看你简直就是一个荡妇,真想当着你这个相好的面用刀子在你的脸上画上一个十字。"

"相好?"卡尔曼又转过头来用巴斯克语对我说,

"你难道吃这家伙的醋了吗?我觉得你变得比以前更加愚蠢了。你难到没看出来我是在做买卖吗?我的手段是很高明的,用不了几天,这所房子就是我的了。至于我的这位相好,却要被我带到一个有去无回的地方去。"

"我可不想让你把买卖这样做下去。"我说。

"你觉得你有这个权利吗?你又不是我的老公。能做我的情人还不够吗?"她说。

"你们在说什么?"那个英国军官问道。

"他说他渴了,很想喝一杯。"卡尔曼说着放下了橘子,躺在沙发上笑起来,她一定是在笑自己的翻译。

"那好,给他拿酒来,拿酒来!"那个英国军官一边说着一边也跟着她傻兮兮地笑了起来。

"你看见他手上的那枚金戒指了吗?如果你喜欢,将来就是你的。"卡尔曼又对我说。

"我倒愿意和他比试一下马基拉。"我说。

"马基拉是什么意思?"那个英国军官问。

"马基拉是苹果的意思,他是说想让你吃苹果。"卡尔曼说。

"那好那好,明天叫他送一些苹果来好了。"那个英国军官说。

这时,仆人送上来三杯酒,我们每人手里拿了一杯。那个军官一饮而尽,我和卡尔曼也只好一饮而尽。其后,那个军官从口袋里拿出一枚银币递给我说:

"明天再送一些苹果来,我还会请你喝酒的。"

说完之后,便做了个手势让我下楼,我也只好告辞出来了。

第二天上午,我弄了一筐苹果,去到卡尔曼的住处。她把我带到一个房间,我从没有到过布置得那样豪华的房间。卡尔曼搂住我的脖子对我说:

"我真想把这一切都烧掉,然后回到山里去找你们。至于那个英国军官,我要把他带到龙达去,他在那里的一个修道院里有个姐姐。你们在路上截住他并把他干掉,他的一切就都是我们的了。但是记住,一定要让加西亚冲在前面,因为这个英国军官的那把手枪很厉害。"

说完她就又哈哈大笑起来,直到把我笑得毛骨悚然,直到把那个英国军官笑得也跑过来了。于是我又喝了一杯酒并拿到了一枚银币。

我知道卡尔曼的意思,但我不想那么做。于是回到龙达之后,我便想找个茬儿和加西亚决斗。那天喝过酒之后,我提议与加西亚赌牌,赌到第二局的时候我说他作弊,他自然不承认,我便把牌摔在了他的脸上。他急了,想拿枪,我却抓住了他的手说:

"听说你刀玩儿得好,不如我们来比试一下刀吧。"

丹卡伊尔上来规劝,可我们两个都让他走开,于是他也只好站到一边去了。结果自然是我用刀割断了加西亚的咽喉。

"你这是为什么呀?"丹卡伊尔问道。

我则毫不隐瞒地说:"为了卡尔曼,我要让她成为我一个人的。再说,我也要还雷曼达多一个公道。现在只剩下咱们两个了,如果你愿意就和我一起干,如果不愿意就请你站在一边。"

第二天,丹卡伊尔表示当然还是愿意一起干。于是我们分了工，我负责那个英国军官，他负责其他人。结果是那个英国军官虽然厉害还是在顷刻之间就被我结果了，当然要是没有卡尔曼推了他的胳膊一下使他的子弹飞向了别处也就很难说了。丹卡伊尔那边更是轻松，因为那几个人都没有武器。总之，就在那一天，我把卡尔曼抢回到我的手里来了。我把事情的经过讲给了卡尔曼，她听了之后对我说：

"他死了，你的大限也要到了，这都是我在咖啡杯里看到的结果。"

我却说："只要你老老实实做我的老婆，什么事都不会有。况且，我们现在还有了这么多的金币……"

"你别老说钱钱的，如果没有了爱，钱有什么用？算了，听天由命吧。"说完，她便又唱起了那首波西米亚民歌来：

噢，你是我的老公
噢，我是你的娇妻
你要还你的债给我
我要还我的债给你
噢，这是爱的规矩
噢，为了今天
让我们把昨天忘记

虽然只换了一个字，但意味可是不同了，尤其是她唱出的感觉更是不同了，仿佛是一种不祥的预兆。

这之后，我们又纠集了一帮兄弟，主要靠走私来过活，只是偶尔才干一些劫道的营生,而且是只图财不害命。我对卡尔曼也很满意,她还是干给我们通风报信的事,到处跑,但只要我捎个信儿去说我想她了,她便立刻会到指定的地点和我相会。只有一次,我知道她要在一个富商身上故技重施,便立刻不顾一切地赶到马加拉把她弄了回来。她和我大吵了一架,彼此都说了一些伤害对方的话,因此自从那次以后,我们的关系也就不再像先前那样亲密了。

没多久,我们也不知怎么把当地的一个军团惹着了,他们竟然出动了一个营的兵力来围剿我们。丹卡伊尔和几个兄弟丧了命,还有几个被俘虏,我也受了重伤。我被一个兄弟藏在一个山洞里,然后他去格林纳达找卡尔曼。卡尔曼很快便来到我身边,在山洞里伺候了我半个月。我刚刚能站起来走路,她便将我带到了格林纳达,把我藏在了离市长家不足十米的一间房子里。要知道对我的通缉令可是由他来签署的呢!我养好了身体之后曾向卡尔曼提议金盆洗手,但卡尔曼却说她刚刚联系到一笔大买卖,就剩下最后一搏了,于是我只好又重操起旧业来。

格林纳达城里有斗牛表演,卡尔曼经常去看,回来就跟我谈一些关于斗牛的事,并经常提到一个名叫卢加斯的斗牛士,甚至还对我说过卢加斯坐骑的名字和那件绣花上衣值多少钱。几天以后,因为一个兄弟跟我说在萨迦提恩大街上看到卡尔曼和卢加斯走在一起我才警觉起来。我问卡尔曼是怎么回事,她说:

"这个小子,我想在他的身上打点儿主意。他靠斗牛赚了几万里亚尔。我们可以想办法把他手里的钱弄过来,也可以拉他入伙。他的马骑得好,又有胆量,咱们的兄弟都死掉了,不也正需要人手吗?"

"得得,我既不需要他的钱,也不需要他的人。"我说,"尤其是不允许你再和他来往!"

"你要知道我是什么人,"她对我说:"你越是不让我做什么事,我就要立刻做什么事!"

幸运的是那个斗牛士到马拉加去了,也正好有她刚刚联系好的那桩买卖要做,所以我们两个事情都很多,两个人也就都没动起真格的来。

也就是在这个时候我遇上了您,先是在蒙迪亚,然后是在科尔多瓦,卡尔曼偷了您的金表,还想拿您的钱,尤其是您现在戴在手上的这枚戒指,她说那个戒指有灵性,是个魔环,一定要弄到手。我说您是我的恩人,她不信,我们大吵了一架,我打了她,她哭了,那是我平生第一次看到她哭,她一哭我的心就软了,但无论如何,我都不能让她再伤害您,就连那金表,我之所以放在身上,也是准备要归还给您的。

可三天以后,她又像一只小鸟那样来到我的面前,又是拥抱,又是亲吻,简直就像是一对初恋的情人一样。分手时她对我说:

"哥尔多巴有个节日,我要去看看有什么生意可做,你就在家里等着我的好消息吧!"

我让她一个人去了,但随后又觉得奇怪,她为什么突然又对我这么好了呢?是不是给我放的一颗烟雾弹呢?这时一个老乡到我这里来了,说是科尔多瓦有斗牛表演,我这才醒过神儿来。我立刻就火儿了,并立刻去了科尔多瓦,到了斗牛场,而且一眼就看见了卡尔曼,她坐在第一排,正在为斗牛士的表演鼓掌呢!又一个斗牛士上来了,我一看就知道是卢加斯,卡尔曼立刻站起来了。只见卢加斯把牛身上的绸带摘下来后立刻驱马跑过来送给了卡尔曼,卡尔曼则立刻戴在了头上,立刻,观众席上的所有人都站起来为卡尔曼欢呼起来。但就在这时场上却出事了,就当卢加斯刚刚转过身去的时候,一头公牛跑了过来,卢加斯的马被那牛猛撞了一下立刻倒在地上,那牛又转过身来朝着被摔在地上的人冲过去,眼看着那牛一低头就用角把卢加斯铲了起来,紧跟着又猛地一抬头,把卢加斯扔到空中然后狠狠地摔在了地上。卢加斯在地上蠕动了几下之后终于没有动静了。这时才见到有人冲上去把卢加斯放在车子上拉走,而那头牛则是站在一边喘着粗气,好像还并不解恨似的。

当我去找卡尔曼的时候,发现她已经不见了。等到散场的时候,所有观众都走尽了,我还是没有见到卡尔曼的影子。于是我只好回到您曾经去过的那所房子里等。后半夜的时候她回来了,她看见我在那里等她并不感到惊讶,说明她已经知道我也去了斗牛场。

我对她说:"跟我来!"

我把马牵过来,把她抱上去,然后我牵着马往城外走去。天蒙蒙亮的时候,我们来到了一个小客栈。我停下来,把卡尔曼从马上抱下来。走进了一个房间,我对卡尔曼说:

"你听着,过去的事都让它过去,但你要随我到美洲去。"

"不,"她说,"我什么地方都不去,只待在这个地方。"

"是因为这里离他近吗?可是你离他近了,离我可就远了。你要知道,我杀你的情人已经杀烦了。"我说。

"那你就把我杀了吧!"她说。

"卡尔曼,难道你不爱我了吗?咱们换一个环境、换一种方式生活,有什么不好呢?我们现在已经有不少钱,足够我们这辈子花了。"我几乎是在恳求她了。

"没有了爱,钱有什么用?我死了,你也活不长。我已经算出来了,等着瞧吧!"卡尔曼像是对我说,也像是对自己说。

这时,我看见不远处有个神甫用来自己修行的小教堂,便对卡尔曼说:

"你再想想吧,否则,你可别怪我。"

然后,我便朝着那小教堂走去了。

那个神甫正在祈祷,我站在他的身后等着他祈祷完毕站起来时才问道:

"神甫,你愿意为一个正处于痛苦之中的人祈祷吗?"

神甫说:"我为一切处于痛苦之中的人祈祷。"

我又问:"有一个人就要魂归天国了,您能为他做一次弥撒吗?"

神甫说:"可以呀!您只要给我一个银币就可以了。"

我把一块银币放在他手里说:

"您什么时候可以做弥撒呢?"

神甫说:"两个小时以后吧。年轻人,是什么事让你如此痛苦呢?"

我想说,却说不出来。于是只好掉头又回到了那个小客栈里。她还在那儿。我知道,她不愿意让我觉得她怕我。她在哼着一首歌,那首歌是呼唤传说中唐佩德罗国王的情妇马利亚·帕狄亚的,据说她将一条金腰带献给了王后白朗施,而在对马利亚·帕狄亚着了魔的国王唐佩德罗的眼中,那腰带却变成了一条蛇,王后因此失宠,她则因此得宠。从此,马利亚·帕狄亚也就成了波西米亚人至高无上的女王。

"卡尔曼,"我对她说,"你跟我来好吗?"

于是,有人把我的马牵了过来,我再一次把她抱到了马背上。

"这样看来,"走了一段路后,我问她,"你是想好了要跟我走了吗?"

"不,我宁愿跟你一起死,也不愿意跟你一起活。"她说得很坚决,一点也不像是在开玩笑。

走到一个山口处,我勒住了马。

"就在这里吗?"卡尔曼说着一纵身跳到了地上,把披巾也摘下来扔到地上,然后看着我说:

"你想杀我,可以,来吧!但要我离开这个地方,办不到!"

听她这么一说,我倒先给她跪下了。我说:

"我求你别闹了,行吗?你要知道,我今天成了这个样子可全是为了你,就让我把你从这个烂泥塘中救出去,也同时把我自己救出去吧!"

"何塞,你听着,我已经不再爱你了。如果我还说爱你,那只是对你的欺骗,而我已经不想再生活在谎言里了。现在你如果想杀了我,那就杀了我吧。我只能为了我的真爱活着。"

"这么说你是爱上卢加斯了。"

"是他爱上了我,而我还没有爱上他,至少还没有像爱你那样爱上他。但我现在倒是可以确定地说,我已经不爱你了。"

我扑倒在她脚下,泪如雨下。我对她说尽了好话,甚至答应和她一起留在这里做一辈子窃贼和强盗,但她仍旧说要和我分开,誓死也不再和我在一起。我终于愤怒了。

"你说,还愿不愿意和我在一起?"我在喊着。

"不,不,不!"她在叫着,还把我送给她的戒指从手指上捋下来扔到树丛里去了。

我扎了她两刀,她一声不吭地倒下了。她的眼睛瞪得大大地看着我,然后渐渐变得模糊,眼皮也慢慢地合在了一起。我在她的尸体边足足呆立了两个小时。我知道她喜欢树林,便在边上的林子里挖了个坑,把她的披巾铺在她的身体下面,又找到了那枚戒指放在她的胸前,埋起来后堆成一个坟冢。然后,我便向官府去自首了。路过那个小教堂时,神甫叫住我对我说,弥撒已经给我做完了。

我的故事讲完了。

他又点燃了一支雪茄,便不再说什么了。第二天,我也并没有去行刑的现场,据说他是非常坦然地接受了那个绞刑的,甚至并没有让行刑者给自己戴上面罩。

所谓波西米亚人也就是吉卜赛人,有些地方也称之为茨冈人。这是一个散布在欧洲的一个以流浪为其存在方式的民族。在西班牙的东部和南部有许多,在法国南部的集市上也经常可以见到他们的踪迹。

  西班牙的波西米亚人女人一般都长得很丑,所以卡尔曼说她是被波西米亚人诱拐到安达卢西亚来的巴斯克人,也许并不是在说谎。

熊 人

一

"昨天你不是问我有关若木德语的事情吗,那好,"德国人威登巴赫教授对他的朋友泰奥多尔说,"请把书柜第二层那个羊皮笔记本递给我好吗?"泰奥多尔立刻拿给了他。

"对,就是它!这里有我在一八六六年写下的一篇笔记,其中所记下的一些内容与若木德语有关。噢,在这里,你拿去看看吧!"

泰奥多尔接过那本子,在威登巴赫教授为他翻开的那一页上先看到了一个人名"洛奇"和一对用立陶宛语写成的连句"米熊与洛奇,二者乃一体"。这当然会让他很费解,于是把那篇笔记看下去,发现那竟然是一个令人毛骨悚然的故事。

二

当《圣经》立陶宛文译本首次出版发行的时候,我在科尼格斯堡的《科学与文学》杂志上发表了一篇文章。文章在充分肯定了译者工作努力和圣公会用心良苦的同时,也指出了其中的几点不足,其中最重要的是名为立陶宛文译本，但大多数立陶宛人未必能看懂，尤其是译文中使用了许多方言，这对于那些讲若马伊迪语的立陶宛人来说几乎是不可理解的。若马伊迪语俗称若木德语，在立陶宛西部萨摩基第地区简直算得上是一种接近梵文的语言。因此，这样的译本对于他们来说几乎可以称得上是毫无意义的。

我的这种观点虽然招致了多尔帕大学某教授的强烈抨击，但却启发了圣公会的那些理事们，他们决定由我来领导将马太福音译为萨摩基第语的工作，这简直让我感觉到有点受宠若惊。当时我正忙于研究外乌拉尔地区的方言，因此只好把我的婚期都推迟了，我抽出了近三个月时间去科夫诺搜集一些若木德语的资料，来为这样一项既光荣又艰巨的工作做一些准备。我所收集的东西范围很广，但主要是一些古代的神话传说和童谣民歌之类的东西，因为它们可以作为我进一步研究若木德语的基础。

最让我感到幸运的是，我的一位朋友为我写了一封信给米歇尔·谢苗特伯爵，因为据说这位伯爵已故的父亲老米歇尔手里藏有拉维茨基神父所著的《萨维基第语教理》。这部书在许多图书馆里都找不到，甚至有人因此质疑这部书的存在，而这部书对于当时的我要完成的那项工作也许有着至关重要的意义。除此之外，据说这位老伯爵还藏有一整套古代的若木德语的民谣和古普鲁士人的诗歌，这也正是我所需要的。于是我先是给这位谢苗特伯爵写了一封信，当然也把我朋友的那封信放在了里面，在信中我把自己的想法毫无保留地说给了他，没想到很快就得到了他的回信。他要求我到他美登迪塔斯别墅去，而且想待多久就待多久。他还说他本人的若木德语讲得和当地人一样好，并愿意无偿地和我一起来完成那项伟大的工作。他算得上是立陶宛最有钱的地主，喜欢新教，而我也是新教的提倡者，我又听说这位小伯爵虽然脾气有些古怪，但却非常好客，尤其喜欢与文化人交往，因此便立刻动身前往了。

来迎接我的是管家，他把我领到特意为我安排好的套间，然后对我说：

"对不起了，教授先生！伯爵因为犯了偏头痛，因此不能与你共进晚餐，如果您不介意的话，晚餐会有伯爵老夫人的医生弗雷贝尔先生作陪。晚饭时间在一小时以后，有什么吩咐尽管说，只要一按窗前或床头那红色的按钮就可以了。"说罢便退出去了。

房间很宽敞，家具更是讲究。一面是餐厅，一面是花园，既方便又安静，还有一扇小窗子可以看到大门口，算得上是很精心的设计。我正在准备换上礼服的时候听见有马车声传来，便立刻站到那扇小窗前去观看。进来的是一辆四轮马车，马车停住后先下来的是一个身材高大的仆妇，还有两个同样身材高大的仆妇是早就站在一边等待着的。接着下来的是一个男人，他先是把身子探到车厢里去为坐在里面的一个面色惨白、身穿黑色衣服的长发女人解开了系在她身上的一条宽宽的皮带，然后那男人做出请那女人下车的姿态，可等了半天那女人也没有动弹一下。于是那男人对那三个仆妇作了个手势，那三个仆妇便一起走上去先是连拉带拽地把那女人从车厢里弄出来，然后便不管那女人如何挣巴而将那女人整个地抬起来，朝着大门的另一侧走了。在我到来之前我就听说了伯爵母亲的一些情况，因此也就判定出了那女人一定就是精神失常的伯爵老夫人，而那个男人一定就是伯爵老夫人的医生弗雷贝尔先生了。

不一会儿有人敲门，然后那个男人，即弗雷贝尔医生便走进了我的房间，他先做了自我介绍，对我的到来表示欢迎，为伯爵先生没能亲自迎接表示道歉，请我到餐厅共赴晚宴。于是，我们便一起来到餐厅。餐厅装饰得可谓富丽堂皇，所有东西都称得上是一尘不染。那些侍者也都是衣着整齐，一看就是经过了专门训练的，连脸上的表情都像是经过了一番设计似的,正所谓不一样就是不一样。

一个侍者用一个银盘端上来几种烧酒和开胃的小菜。弗雷贝尔先生立刻说:"教授先生,请允许我先向您推荐一杯斯塔克酒,这种酒完全可以和窖存四十年以上的法国干邑媲美,然后再吃一块德隆特海姆的鲥鱼,我保证您一定会因此而胃口大开。"我按照弗雷贝尔医生的推荐喝了酒又吃了鱼,也的确就有了食欲。这时侍者又端上几种菜来,弗雷贝尔医生突然用德语说道:"好了,我们现在可以随便吃喝随便聊天了。这里的侍者只听得懂俄语和波兰语,如果我们用德语交谈,无论谈到什么他们就都听不懂。您来自科尼格斯堡,我虽是梅美尔人却在耶拿上的学,这也算得上是我们的特权。"说着我们两个便相视而笑了。

我们的谈话是从我问起伯爵的偏头痛开始的。

"伯爵的偏头痛是很严重吗?"

"应该是吧,只要是一疼起来,就连饭也吃不成了。"

"会经常犯吗?"

"那倒不会,往往只要到杜希里去一趟,那就准犯。"

"杜希里?我去过的,但那和他的偏头痛有什么关系?"

"因为罗兹尼与他的爱情有关系。"

"这样说来,是伯爵的情人或未婚妻住在杜希里喽?"

"未婚妻,情人,或许都还谈不上,但那的确是一个美人,把我们的伯爵先生已经弄得快和他的母亲一样神魂颠倒了。"

"对了,伯爵老夫人是怎么回事呢?刚才我看见……"

"的确如此,刚才您也许看见了,那个被抬到后院去的就是。她疯了,所以我才会住到这里来。说实在的,她把我也快给弄疯了。"

"但愿您的细心照料能使她尽快好起来。"

"是的教授,但愿吧!……我先前是卡卢加军团的军医,在萨瓦斯托波尔我们一天到晚救治伤病，什么样的情况都有。吃不好喝不好更睡不好，炮弹像苍蝇总在马屁股周围一样在我们周围狂轰滥炸，但也没有像现在这样烦躁过，我好像已经不知道自己是谁了。"

"伯爵把老夫人交给你照顾有多长时间了？"

"不是伯爵，是老伯爵，因为这个老妖婆从伯爵还没出生的时候就已经疯得不行了。所以，我做这件事已经二十七年了。"

"那么早！那她到底是怎么疯的您也应该是很清楚的了？"

"怎么，你既然到过美登迪塔斯，难道还不知道伯爵老夫人是怎么疯的吗？这在罗兹尼和科诺几乎是无人不知的事了。……好吧，反正今天也没什么事，我就来给您讲讲吧。我也正准备将其作为病例写成一篇分析报告寄给《圣彼得堡医学报》呢！

"她是被吓疯的！

"她的娘家属于凯斯图特家族，这个家族的人在婚姻嫁娶这件事情上最讲究门当户对。我们这边属于热迪敏族，先人是十四世纪的立陶宛大公，也因此才有了这段年龄差距很大的婚姻。婚礼就是在这里举行的。婚后的第三天，也许是第二天吧，老伯爵带着家人去打猎。你知道，我们立陶宛的女人也都会骑马射箭的，所以新娘子也就跟着一块儿去了。她原本是走在后面的，但也不知什么时候就跑到前面去了。不一会儿，一个哥萨克的男孩子纵马来到老伯爵面前说道：'不好了，那边，夫人被一头黑熊叼走了！'老伯爵一听，便立刻招呼人朝那男孩儿所指的方向奔去。果然他们看到，新娘子的马倒在了地上，一头黑熊正把新娘子往树林里拖去，新娘子仿佛已经是一具死尸了。当时的老伯爵也就四十多岁，还不算老，因此立刻举着剑冲了上去。但我们这里的黑熊并不是用剑就可以制服的，幸亏一位家仆手里有枪，结果只一枪便把那头黑熊打死了。后来我们才知道，其实那个家仆是醉醺醺的，如果他是清醒的，那他断然是不会打那一枪的,因为那是很有可能会伤到新娘子的。

"新娘子当然还没有死,但已经是遍体鳞伤,而且也已经失去了知觉,被我简单地处理了一下之后立刻送到了圣彼得堡。在圣彼得堡,四位功勋医生为她诊治,虽然很快就醒过来了,但却成了现在的样子。而且当时就被诊断出已有身孕,竟然没有流产也算得上是一个奇迹了。那几个医生建议将新娘子送到乡下去疗养,而且一定要让她把孩子生下来,说分娩也许会有益于她神志的恢复。但结果却是孩子生下来了,她却疯得更厉害了。当老伯爵把小伯爵抱到她跟前去让她看一看时,她抓起小伯爵,嘴里说着'杀死它!杀死它!'差点没把小伯爵的脑袋拧下来。

"从那以后,她便疯得任谁都没有办法了,整天不是要杀别人就是要杀自己,所以老伯爵只好雇了三个身强力壮的女人看着她,即便这样也还要时不时地将她捆绑起来,否则,谁也保证不了会弄出什么事来。不过我最近倒是从两件事上获得启发而设计出了两套新的治疗方案。一个要从她的头发说起。她有一头秀发,所以对自己的头发非常在意,我只要一拿起剪刀说要剪掉她的头发,她就立刻老实了。爱美是女人的天性,如果以此作为一个缺口,我也许真能把她的病治好。"

"你准备怎么下手呢?"我插进来问。

"我准备来一次恶治。不瞒您说,我曾用恶治治好了不少人的疯病。有一种疯病叫俄罗斯狂吼症,得这种病的多是女人,她们时不时就会狂吼起来,除非将其捆绑起来再用什么东西把她们的嘴堵上,但这样的办法会给病人带来太大的痛苦,因此会加重其病情。这种病还会传染,你想想如果一个村子的女人都得了这种病会是一种怎样的情形吧。有一次一个村子有二十几个女人得了这种病,弄得她们的男人真是一点办法都没有。于是他们把我请了去。我把她们通通弄到大野地里去,让她们尽情地吼,谁不吼了我就用鞭子抽她,这样弄了不到两天,她们的病竟然都奇迹般地好了。为此我曾写了一篇报告发表在了当时的《圣彼得堡卫生报》上。

"这一次我是想真的把伯爵老夫人的头发剪掉一回,一根儿一根儿地剪,不剪到她向我求饶不罢休。如果她就是不求饶,我就一直剪下去,让她变成一个秃子,反正到时候还会再长出来。

"那另一套方案则要从她衣服的颜色说起。在没疯之前,洛奇,对了也许您还不知道,洛奇是老伯爵夫人的小名,在先前只有老伯爵这样称呼她的,现在我们也要这样称呼她了,因为如果不这样称呼她,她就不吃饭。还有老伯爵夫人称老伯爵为米熊,那是她给老伯爵起的绰号,自然是因为老伯爵身材高大的缘故。她经常把一句话挂在嘴边,就是'洛奇与米熊,二者乃一体',现在在我们这里这个连句已经成为童谣了。

"再回来说衣服。在出事之前,洛奇夫人最爱穿白色的衣服,但出事之后却不一样了,她变成非黑色的衣服不穿了,这让我曾经百思不得其解。但有一天她发起病来吵吵着要杀人的时候我突然想到,她也许是已经把自己变成一头黑熊了。尤其是这时又发生了一件事,让我立刻又构想出了一套新的治疗方案。

"又发生的事是小伯爵在狩猎的时候又遭遇到了一头黑熊。那是一头母熊,个头非常之大。小伯爵用长矛去刺它,它却只是一个反掌就把那长矛拨弄到一边去了。它抓起小伯爵就像抓起一只小鸡,小伯爵被它摔在地上就像我们把酒瓶摔在地上一样。好在小伯爵聪明,也不知道他是在哪里得知熊是不吃死物的,于是他就躺在地上装死。那熊在他身上闻了闻,他憋住了气不再呼吸,于是那熊竟然以为他真的死了,便扭头离开了。也因此,我就有了第二套救治方案,就是让老伯爵夫人再遭遇一次黑熊。当然这黑熊也许是假的,让一个人披上黑熊的皮就可以了。我们甚至可以给老伯爵夫人一件武器，那武器当然是不能真正伤人的，但我们又要让她以为自己是真的把那头黑熊杀死了。这样一来，她对黑熊的恐惧也许就没有了，她的病也许就好了。

"我现在还没有和小伯爵去商量，也不知能否得到他的认可。威登巴赫教授，您对此如果有什么看法，希望赐教。"

于是我说道：

"有些事情做起来一定要谨慎，除非到了只能死马当成活马医的程度，否则会适得其反。有些事很奇怪，似乎冥冥中确有一种超自然的力量在干预着我们的生活似的。因此我们不能太依赖于偶然性，而要去追求必然性，这也就是我们所说的科学精神。

"我就曾遇到过这样一件事，那是在塞瓦斯托波尔，我们五六个人坐在一辆医疗车后面喝啤酒。一个哨兵突然喊起来：'飞机！炸弹！'我们都立刻趴在了地上。炸弹几乎就在我们身边爆炸了，我们趴下当然算是躲过了一劫，但有一个新兵，也许是在做着白日梦，他站在那里一动都没动，也竟然连根汗毛都没伤着，甚至那还有一半啤酒的酒杯也还被他拿在手里呢！可第二天他就没那么幸运了，我们还是在那个地方喝酒，但喝的是香槟，他也还是站在那个地方，但意想不到的事情发生了，一个香槟酒的瓶塞儿崩起来，正好打在他的太阳穴上，他立马儿倒在地上死掉了。"

这时，一个身强力壮的仆妇走进来对弗雷贝尔医生说："你去看看吧，老伯爵夫人又不吃饭了。"

"你们没有齐声对她喊'洛奇'吗？"医生转过身去问。

"喊过了不知多少遍，但不管用。"那仆妇说。

"活见鬼！去给我找一把剪刀来！"那仆妇转身去了，弗雷贝尔医生便又转回身来对我说道，"对不起，教授，等我让那头母熊吃了饭再来陪您,我们可以一起玩儿纸牌。"

可我等了半天,弗雷贝尔医生也没有再回来,我便自己吃了点主食,然后回到房间里给我的未婚妻写信去了。

三

信写好了,但我仍无睡意,于是便想利用睡前的时间研究一下梵文,想从中找出立陶宛语中动词不规则的原因。房间里很热,于是我打开了朝向花园那一侧的窗子。忽然,离窗子不是很远的一棵树在摇晃,同时还伴随着枝权断裂的声音,似乎有只什么动物正在往上爬。是熊吗?因为刚刚听到了那么多关于熊的事,我便立刻想到了熊。在犹豫了一下之后我立刻站起身冲到窗前,但看见的却是一个人,正在从树上爬下来,像是发现了站在窗前的我,那人便撒手从树上跳了下去,跑掉了。是贼吗?我按了一下窗前那个红色的按钮,果然没有十秒钟,一个仆役就来敲门,问我有什么需要帮助的。我把见到的情况和他说了,他笑了,说那是小伯爵在锻炼身体。我于是把窗子关上,上床睡觉。真没想到,他还要这样来锻炼身体,我想。

大概是因为旅途劳顿,我睡得很好,并没有做噩梦。早晨,我正在洗漱,便有人来敲门了。我打开门,站在我面前的是一个身材修长的美少年。我立刻判断出他就是小伯爵,那个昨晚在树上爬上爬下的人。

"您好啊,教授先生,我是米歇尔·谢苗特,昨天因为身体欠佳,没能及时迎接,真是抱歉得很!"

"不,我还要谢谢您的邀请和款待呢?您的偏头痛好了吗?"

"还好,吃了点镇静剂,缓解了不少,但也不知道什么时候就又会疼起来,真是烦死人了。"

"不过,我实在没想到,昨天晚上……"

"让您见笑了,那是我从小养成的习惯,每天都要那样做,否则就睡不着觉,但没想到会打扰了您的工作,实在是抱歉得很。"

"令尊真的藏有拉维茨基神甫所著的《萨摩基第教理》一书吗?"为了避免尴尬,我岔开了话题。

"有可能,但不瞒您说,我对家父的藏书并不是很熟悉。他的确喜欢收集一些古籍珍本,可我的兴趣却是近现代的文学。不过,我倒是知道家父的藏书里肯定有若木德文的福音书,只不过已经残缺不全了。"

"好,那对于完成我们的那项工作一定大有帮助。"

"不过我还是要提醒教授,在说若木德语的人中,并没有几个人喜欢读书。"

"您不觉得他们不喜欢读书是因为没有好书可读吗?"我想,当萨摩基第的农民有了好书,他们即便不识字也会让识字的人来教他们识字的。再说了,作为一种语言的文字消失了,那这种语言也就有可能随之消失,这难道不是一件很可惜的事情吗?"

"您说的太对了!德·汉博尔特先生曾经对家父讲过在美洲有过这样一个部落,他们的人都因为得了天花那种病而灭绝了,最后只剩下一只鹦鹉还能说出几句他们的语言,这对于这个部落来说实在是太不幸了。一种语言被创造出来,其中要倾注多少人的聪明和智慧呀!"

我们一面喝早茶,吃早餐,一边谈着。不一会儿话题又被谢苗特伯爵转到若木德语上来了。

"若木德语和立陶宛语有很大区别,后者有的许多东西前者却没有，因此我们要做到那件事也的确是有一定难度的。另外，你们印行立陶宛文的书籍问题也很多，最近得到了一本去年在科尼格斯堡出版的立陶宛民谣，连我都费了很大的力气才将其读下来，更不要说别人了。"

"阁下说的应该是莱斯内尔的民谣吧？"

"不错，平淡得像是白开水。"

"我想，这部书的主要意义是在学术上面。如果再去努力挖掘一下，一定能弄出一本更具文学性的集子。"

"唉，尽管我很热爱这个民族，但对此却并没有什么信心。"伯爵表现出一种无可奈何的样子。

"几个星期前，在维尔诺，有人给了我一首若木德语的叙事诗，非常好，正好在这里，我来读给您听听好吗？"

"好极了！"

"这首诗的题目是《布氏三英》。"

"布氏三英？"谢苗特伯爵几乎惊叫起来。

"看来阁下是知道这首诗的了，它的确还有一个别名。"

"您读吧，对它的具体内容，我还并不是很清楚。也许您说的和我知道的并不是一回事。"伯爵这样说着，并定睛看着我，那种神情让我很难捉摸。于是我便把那首诗朗读了出来：

> 在立陶宛，没有人不知道布德里斯
>
> 那一天，布德里斯老人叫来他的三个儿子
>
> 对他们说，孩子们，如今
>
> 维尔诺已经向整个世界宣战
>
> 基尔格海洛直取波兰
>
> 卡斯图特扑向条顿

奥盖尔德就要吞掉俄罗斯

你们还等什么，快请拿起武器

骑上战马，到战场上去出生入死

把你们需要的全拿回来

除了女人，还有黄金白银

真丝和陶瓷……

你们也要分成三路

一个去俄罗斯

那有世界上最好的皮草

商人们口袋里的卢布更是被打成了捆

一个去条顿

神甫们衣服上镶嵌着的宝石

就如同是满天灿烂的星辰

最小的一个去波兰

那里有锋利的矛和坚固的盾

三个儿子走的时候是阳春三月

回来时却已经是寒冬腊月

他们每个人带回来的都只是一个女人

个个都是既年轻又貌美

老人为他们同时举行了婚礼

用尽了自己所有的资财

唉，谁让他的三个儿子都没出息

只要见到了年轻貌美的女人

他们就会忘记了其余

"好极了，威登巴赫教授，您的若木德语讲得太好了，但请问，这首诗是维尔诺的谁交给您的？"

"是在诺卡塔齐纳·帕斯公主府上遇见的一个女孩儿。"

"她是不是自称伊乌因斯卡潘纳？"

"是的，看来您是认识的了。"

"是伊乌尔卡小姐！那个疯丫头！亲爱的教授，你是被她骗了，这其实是波兰诗人密茨凯维奇在二十年前创作的一首诗，不过是被伊乌尔卡小姐翻译成若木德语了而已。我这里有波兰文原本，也有普希金的俄文译本为证。"

我当时立刻就傻眼了，我本来还想着要当作若木德语民歌去发表呢，那一定会弄出个大笑话，让我名誉扫地的。这次是谢苗特伯爵把话题岔开了。

"您觉得伊乌尔卡小姐如何？"

"是个很可爱的姑娘！"

"真的吗？"

"那双眼睛简直是太美了！还有那头金发。"

"的确！"

"还有那皮肤，白得像雪。"

"但冷得也像雪。"

谢苗特伯爵站起来，开始在房间里踱起步来，然后又突然停了下来。

"我们刚才说到哪儿了，是不是民歌？"

"不错……"

"不管怎样，她把这一首诗翻译得也还不错，但另一首翻译得更好：'面颊红得像桃花，皮肤白得如棉絮，有时温顺如羊羔，疯狂起来像母猫……'这正是她的写真，一点都不差。"

"还真是差不多。"

"也许是环境造成的，她住在她姑妈家，过得日子像是修女一样。"

"她也经常参加一些社交活动，我在一个军官们举办的舞会上也见过她。"

"那些年轻的军官倒是很适合她的，与这个胡说，对那个八道，向所有的人卖弄一下她的所谓才学，真是无聊透顶！教授先生，您不是想看看家父的藏书吗？请跟我来吧！"

于是，我跟着谢苗特伯爵来到一间很大的房间，那是老伯爵生前的藏书室。书很多，但一定是很少有人来翻阅，因为上面落着很厚的灰尘。我几乎没费什么功夫就找到了那本《萨摩基第教理》，这简直已经要让我喜出望外了，没想到谢苗特伯爵拿过去翻了翻之后立刻就在上面写了一句话："转赠威登巴赫教授——米歇尔·谢苗特"，这就更让我高兴得要跳起来了。当然，我也看到了几本童谣和民歌的集子，那都是我最需要的东西。

"我会让下人把这里收拾一下，您在此期间可以把这里当作自己的书房，绝对不会有任何人来打搅您。"当我们从那间房子里出来的时候谢苗特伯爵说。

这时已经到吃午餐的时候了。那天下午和第二天上午，我都是在那间藏书室里度过的。

四

第二天吃过午饭后，谢苗特伯爵建议去参观一个陵墓，那是古时候的巫师，其实也就是诗人们聚会的地方，因为在那时候，巫师和诗人是一体的。俄罗斯人管这种地方叫库尔加纳，立陶宛人称之为卡帕斯。其实我真愿意继续留在藏书室里，但又无法拒绝主人的盛情，所以只好客随主便了。

因为要走小路，就只能骑马。因为还带上了一条狗，所以一上路，谢苗特伯爵就和我谈起狗来。

"您觉得我这条狗怎么样？"

"这我可不在行。"

"这是一条西班牙猎犬，是附近一个叫佐兰尼村的村长送给我的，是条好狗。"

"不过我觉得奇怪，刚才您的仆人刚把它牵出来的时候它还活蹦乱跳的，可一到了您的跟前就立刻安静下来了，就仿佛是从一只狼变成了一只猫一样。"

"我也奇怪，其实以前也不是这样的，但自从我和一头黑熊有过一次遭遇——听弗雷贝尔医生说他已经把这个故事讲给您听过了——在那之后情况就变了，不论是牛马还是猫狗，一见到我立刻就老实了。但我又觉得它们虽然是老实了，却又总是和我保持着一定的距离，总不能像和别人那样亲近，甚至可以说是对我抱有着仇恨似的，这真让我百思不得其解。"

"我想，尤其是牛马、猫狗一类的动物，他们是通人性的。他们可以通过你的面相或者气息判断出你是爱它们的还是不爱它们的，是能保护他们的还是会给它们带来伤害的。我想，您一定是并不爱它们但又不会给它们带来伤害的，于是就与它们构成了现在的这种关系。比如我是从心底里喜欢猫这种动物的，所以无论是多凶的猫，只要我一出现它们就会主动来与我亲近，从不会对我动爪。甚至连老虎都一样，有一次我去探访一个马戏团的驯兽师，他的老虎见了我竟然立刻就变得像猫一样温顺了,虽然是隔着铁笼,但我让它怎么样它就怎么样起来,让那个驯兽师竟然要拜我为师了。"

"您说的太对了,我其实是真的不喜欢动物的,但像马和狗这样的动物我又是离不开它们的,所以我绝不会伤害它们。其实也包括其他的动物我也是这样对待它们的,尤其是那次遭遇了一次黑熊之后,我把打猎这种爱好也戒掉了。其实我们这里还有一个传说,据说在我们要去的那个陵墓所在的森林里有一个动物的王国。因为四周都是沼泽,所以除了那些巫师之外谁也没有进去过。据说那里的动物实行的是共和制,尚存的长毛象是最受尊敬的长者,原牛位居其次,再然后才是虎豹熊罴豺狼等其他动物,如果有什么动物违背了它们约定俗成的法律,就会被从里面放逐出来。"

"这是个很有意思的传说,倒是可以被写成一部童话。其实像你所说的长毛象和原牛,是不是并没有完全灭绝也还真是说不定,只不过是它们跑到我们人类找不到它们的地方去了而已,不定哪一天还会再窜出来呢!"

"长毛象我不知道,至于原牛,家父生前就猎杀过一头,比我们的家牛大一倍还要多,凶猛劲就更不用说了。您看见挂在别墅大厅里的那个牛头骨了吗?那就是那头原牛留下的,虽然仅从头来看,比家牛倒是没大出多少来。但我们这里最多的还是黑熊,这也是我要带上这条狗,还要仆人带上火枪的缘故。"

这样说着我们已经来到了森林里,道路越来越窄,有的地方根本无法通行,只好绕来绕去。经常会见到一些水潭,上面漂满了浮萍和睡莲,据说那都是一些很深的泥塘,只要掉进去就别想再出来。我真佩服谢苗特伯爵的记性,不论怎么绕来绕去都不会迷路。没用多久,我们就见到了那个古老的陵墓。陵墓很高、很大、很雄伟,让人不得不肃然起敬。我们把马拴在一边的树上,步行围着那陵墓转了一圈，发现了一些陶片和被火烧过的痕迹，因此我认定这个陵墓已经被人盗掘过了，但愿还不是一座空墓，如果再发掘一下，还能得到一些东西。但这是考古学家的事，我这个语言学家就只好等待着了。因此，我并没有把这个想法说出来。

当我们准备往回走的时候遇到了一个声称是来采蘑菇的老妇人，我惊讶地发现她采到篮子里的蘑菇竟然都是有毒的。

"您采这么多毒蘑菇是做什么用的呢？"我问。

"我的老爷，您的问题我可是不懂，对于我们这些穷人来说没有什么东西是有毒的，它们都是上帝赐给我们的食物，说着就把一个带着斑点的蘑菇塞到嘴里去了。

"看来教授太不了解我们立陶宛人了，他们的身体是百毒不侵的。"谢苗特伯爵说。

我因为站得离那老妇人很近，便下意识地把手伸向了老妇人的篮子，但老妇人却立刻躲开了，嘴里还说道："我的皮尔库恩斯，可不能乱动，这东西是有神灵看管着的。"

"皮尔库恩斯"在若木德语中指的是俄罗斯人称之为"佩罗纳"的天神。佩罗纳在斯拉夫语中所指的又是雷神，这时候听到那老妇人把天神搬出来已经够让我惊讶的了，但后面的事就差点把我的魂都吓没了。因为我看见一个蘑菇如一条蛇一样正从那老妇人的篮子里爬出来，一直爬到她的耳朵边上去了，等我再定睛一看那竟然就是一条蛇，仿佛是和那个老妇人说了几句悄悄话，然后就又缩回到了老妇人的篮子里，只剩下了一个头留在外面，如果不仔细看是很难分辨出来的。

这时，那老妇人干脆坐到了地上念起经来，那条蛇便又从篮子里爬出来，先是爬上了她的右臂，然后在围着她的脖子绕了一圈之后又爬上了她的右臂，再然后又按照这样的路径反爬回来，钻回到了篮子里。

谢苗特伯爵掏出一个银币丢在了老妇人的面前,老妇人立刻把那银币捡起来装进了衣袋里。

"怎么样,教授。您不想让这位大姐给您算一卦吗?我们立陶宛女人可都是精灵啊!"谢苗特伯爵说。

"我倒是想让她给我算算,我这趟来有没有机会能到您说的那个动物王国里走一遭。"我半开玩笑地说,因为我实实在在是一个铁杆儿的唯物主义者。

"那您可是问对人了先生,我就是刚刚从那个王国里走出来的。动物们刚刚失去了他们的国王,狮子诺布刚刚驾崩,您如果去了,说不定还能做成下一任的国王,至少也可以做一个议员呢!"老妇人说这话的时候表情很是严肃,一点也没有开玩笑的意思,把我和站在一边的谢苗特伯爵都震住了。

"那要怎么去呢?"谢苗特伯爵问。

"这的确是个难题,但你们因为遇上了我,这一切就变得不能再容易了。看见这个篮子了吗?我先要把你们变小,小得像一个昆虫,然后附着在这些蘑菇上就可以了。因为那动物王国的周围都是沼泽,也只有我这样的人走过去时才不会陷入,我是可以让我的身体变得比鸿毛还轻的。但我给你们送过去之后除了可以给你们恢复原状别的可就帮不了你们什么了,那些野兽毕竟是野兽,见到人之后能不能接纳人成为它们当中的一员我是一点把握也没有的,因为人的头脑实在是比它们灵活多了,尤其是接纳你们这些男人,对于它们来说也许并不是什么好事。还有这位伯爵,您可千万不要再到杜希里那个地方去了。好了两位先生,能不能再赏给老太婆一袋烟抽呢?"

这时那条蛇又从那篮子里爬出来,爬到老妇人的耳边像是说了什么之后又缩回到了篮子里。

"你们看，我的皮尔库恩斯对我说：'你说得对，老太婆，那个小白鸽与那位先生不适合，'"那老太婆说。

"这么说你是知道我和伊乌尔卡小姐的事了？"谢苗特伯爵又一边把一个银币放在老太婆的面前的地上一边问道。

"不，先生！绝对不认识！"说着，老妇人捡起那枚硬币并将其放进了衣袋里。

"看来那个动物王国你们是不想去了，那我也就只好走了。再见吧！"说着，那老太婆站起来快步离开了，看那走路的姿态，竟像是一下子变成了一个小姑娘一样。

"骗子！"我在心里说道。

"教授看出来没有，这其实就是个女骗子。这样的女骗子我们这里有很多，她们其实都是年轻女郎，精通化妆术和驯蛇术，往往把自己化妆成老太婆来骗人。我怀疑她是哪个人雇来要拆散我和伊乌尔卡的，甚至我还怀疑她就是伊乌尔卡小姐化妆成这样来戏弄我们的，所以我今天一定要到杜希里去，既然您与她也认识，那就和我一起走一趟吧。我也不瞒您了，我是的的确确爱上这个小妞儿了。再有，她姑妈虽然严厉，但她家那个厨子的手艺却很好，做出的菜非常地道。"谢苗特伯爵说着已经上了马，我当然也就只好跟着走了。

在转了几个弯之后我们出了森林上了大道。半个小时之后，我们来到了杜希里一座别墅门前。出来迎接我们的正是那个把若木德语的《布氏三英》送给我的那个小姐伊乌因斯卡潘纳，但现在我可要随着谢苗特伯爵叫她伊乌尔卡了。不过无论如何我还是要承认，她长得的确漂亮，所以谢苗特伯爵的那个猜疑是绝对不可能的，再高的化妆术也不可能把这样一个女孩儿变成那样一个老太婆而让我们在那么近距离的情况下也认不出来。

"欢迎，谢苗特伯爵！欢迎，威登巴赫教授！你们来得正好，朋友刚从巴黎给我寄来一件连衣裙，我觉得很好，可姑妈偏说不好，你们来评价一下，我们两个到底谁正确。"

走上台阶的时候，我听见谢苗特伯爵从牙缝里挤出来了一句话说：

"她要穿上这件连衣裙肯定不是为了我！"

进屋之后，谢苗特伯爵立刻把我介绍给了伊乌尔卡的姑妈杜希洛夫人。

"久仰久仰！威登巴赫教授，我已经读过您写的文章了。"杜希洛夫人说。一定是听伊乌尔卡提到过我，这是我最希望听到的话了，这也更增加了我对伊乌尔卡的好感。

"威登巴赫教授今天可是来向您的侄女兴师问罪的呢！"谢苗特伯爵紧接着又说，我知道他是想淡化一下他此行的目的。

"噢，我知道了，一定是因为那首《布氏三英》，她和我说了之所以那样做是想让威登巴赫教授对她的翻译水平给出一个更真实的评价。她想把自己用若木德语做的诗拿去出版，可是又对自己的若木德语水平缺少自信，所以才这么做的，如果这件事真的让教授不高兴了，那我就先在这里为她向您赔个不是好了。"听杜希洛夫人这么一说，我们才都恍然大悟。

"好好，您的侄女真称得上是个才女，我想她自己的诗一定更好。这一点谢苗特伯爵或许是更有发言权的。"我的这句话也许能让谢苗特伯爵感激我一辈子，当然，前提是事情的结局不是那样的话。

"是的，很不错！这一回我是彻底服气了！诗的翻译是最难的，那是一次再创作，有的时候比原创还要难得多。如果说有的诗经过翻译可以变得更好的话，那伊乌尔卡小姐所翻译的《布氏三英》就是。"

大约过了一刻钟的时间,伊乌尔卡小姐终于出现在了大家的面前,那件连衣裙更使她变得仪态万方,简直难以用语言来形容。

"你们看,我怎么样?"她虽然眼睛只是看着自己的连衣裙,但每一个动作都总是把最好的角度(一般说就是四分之三的角度)朝向谢苗特伯爵。

"怎么,伊乌尔卡,"杜希洛夫人说道,"你难道不知道教授还在生你的气吗?"

"怎么啦,教授,"她噘了噘嘴,然后又面带微笑地说,"伊乌尔卡做了什么不对的事情了吗?"

"没有,只要见到了您,多大的气就都没了,"我说,"而且,我已经知道,由于您的存在,立陶宛的缪斯即将又一次焕发出她青春的光辉,我正在为此而高兴着呢!但是我对您还有一个要求,就是您必须履行一个诺言。"

"您说的是……"她一定是故意要我来把那个诺言说出来,我知道这些女孩子的伎俩。

"您在维尔诺的时候说过,如果我们能在萨摩基第见面,您会让我欣赏到原汁原味的鲁萨尔卡舞。"我说。

"噢,是的,鲁萨尔卡舞!现在跳正是时候,因为有了一个很好的舞伴。"她说着先是走到钢琴边,翻开乐谱本,把她的家庭教师叫了过去说:"就弹这个,欢快,急促。"然后她又转过身来喊道:"喂,米歇尔,你是立陶宛人,一定会跳这个,我们一起来吧!"于是凡是碍事的椅子和桌子都被挪开了,伊乌尔卡和谢苗特伯爵便一起跳了起来,两个人都跳得一样好,而且配合得十分默契,那真称得上是天底下最般配的一对儿。

可就在他们跳在兴头上的时候,有仆人来报:

"维利亚米诺夫将军到!"

伊乌尔卡立刻从谢苗特伯爵的怀抱中挣脱出来迎了出去,不一会儿便挎着那个什么将军的胳膊走了进来。我看到谢苗特伯爵气呼呼地坐到一边去了。

五

晚饭的气氛很好,正如谢苗特伯爵所言,每一道菜都是色香味俱全,馅饼更令人赞不绝口。饭桌上,由于听说我是专门研究语言的,维利亚米诺夫将军谈到了高加索地区的语言状况,很是有趣,即尽管各个民族之间风俗习惯几乎没有什么群别,但语言却可以分属不同的语系,这也就打破了所谓风俗习惯会因为语言的不同而不同的语言学论断。因为谢苗特伯爵大赞我的骑术,我便不得不讲起我的一些经历。当讲到在南美的几年草原生活经历时我还讲到了喝马血的事,让在场的女人们都惊讶得张大了嘴巴。

随即维利亚米诺夫将军也讲到卡尔梅克人喝牛血的事,是连碗也不用的。

"能讲讲喝马血时的感受吗?"谢苗特伯爵说。

于是我说道:

"其实从感性上讲我也接受不了,但理性却告诉我非喝不可,因为不喝也就意味着要死掉。后来喝下去了,也没觉得怎么样,还是蛮舒服的,身体立刻就有了力量,可以继续往前走了。现在想起来还多亏了那马血,否则我也就早已经不在人世了。那些年有许多的欧洲人在那边,每天都和印第安人生活在一起,喝马血是经常的事。我的好朋友,后来的乌拉圭总统福鲁杜阿索·里维拉就喝成了习惯。有一次他要去国会演讲,本来心里很没有底,路上遇到有人给一匹马放血,他上去直接喝了几口,结果是其后的演讲竟然大获成功。"

"这个总统也许是恶魔的化身。"伊乌尔卡大叫道。

"请原谅,亲爱的伊乌尔卡小姐,"我对她说,"不仅仅是因为他是我的朋友我才这样说,他的确是一个非常了不起的人,他不仅是一位政治家,还是一位语言学家。他精通各种印第安语,尤其是查鲁亚语,这些语言都非常复杂,动词形式变化多端,引语因直接和间接会在表现手段上有更多不同,更不要说还要随着对话人社会地位的不同而要作相应的调整了。自从他去世之后,再也找不到这样一个人了。"

"如果要喝马血,要从什么地方放血最好呢?"谢苗特伯爵又问。

"看在上帝的份儿上千万别再说了,"伊乌尔卡说,"不然我们的米歇尔先生也许今天晚上就要去给他的马放血了。"一番话弄得在场的人都大笑起来,但谢苗特伯爵却没有笑,脸上的表情倒是比先前更严肃了。

接下来在伊乌尔卡的倡议下,大家又玩起了摸狗熊鼻子的游戏,谁要是摸到了狗熊鼻子谁就有咖啡喝,摸不到的就只能喝白水,当然也可以反复进行。这个游戏在全世界的许多地方都有,但摸狗熊鼻子却是这里的特色,因为这里熊很多,几乎可以被称之为熊的国度。但一看到挂在墙上的熊头像,谢苗特伯爵便更不高兴了。因为稍有语言学知识的人也许都知道,在斯拉夫语系里米歇尔就是熊的意思,这一点谢苗特伯爵应该知道,伊乌尔卡也应该知道,所以在这个时候玩儿这个游戏如果被谢苗特伯爵视为是对自己的戏弄也不是没有道理,更不要说伊乌尔卡还要弄出更多的恶作剧,比如还在这个人的鼻子上抹上蜂蜜,在那个人鼻子上抹上糨糊,弄得所有人都大笑不止。但也奇怪,这些恶作剧都并没有用在谢苗特伯爵身上,否则,真不知道会出现怎样的结果。

六

在立陶宛,即便是大户人家,他们睡的也是木板床,这对于我倒是没什么,因为当年在南美考察的时候,我是经常睡在地上的。但杜西洛夫人的别墅更有过之。他们把我和谢苗特伯爵安排在了一个房间里不说,那房间里竟然连床也没有而只有两张躺椅。好在那躺椅上还铺了一个厚厚的棉垫,边上还放着睡袍和拖鞋,否则就是明摆着不让人睡觉了。

我立刻脱下礼服、皮靴换上睡袍、拖鞋,躺在了靠近窗子的躺椅上,发现倒也是别有一番心情。谢苗特伯爵却只是在房间里不住地踱步。突然他在我的躺椅边站住了。

"教授,您觉得伊乌尔卡怎样?"

"很迷人!"

"但是,您不觉得她有点太风流了吗?尤其是对维利亚米诺夫将军带来的那两个副官,至于那么殷勤吗?"

"有吗,我怎么没发现?"

"还有她的那些恶作剧,您不觉得有一点过分吗?"

"噢,不过有些事她可能想不到,其他的人更不懂这些,也不过就是娱乐一下而已,您可不要想得太多。"我不知道我的这句话谢苗特伯爵是否听得明白,但我也并不想说的太明白,好在他并没有问。

……

"另外,我觉得无论伊乌尔卡小姐怎么做,其实都是在讨您欢心,只不过她不想做的太明显罢了。凡是既漂亮又聪明的女孩子都是这样的,她们发出的暗号很隐秘,她们更希望男人主动,您可千万不要错过这机会。"

我的话显然让谢苗特伯爵听着很顺耳,于是他便不再说什么,也躺了下来,只是并没有像我一样换上睡袍和拖鞋。没过多一会儿,他竟然就打起呼噜来了。我这个人睡觉的时候最怕的就是别人打呼噜,没有办法,只好又把带在身上的那本《萨摩基第教理》拿出来翻看,竟然把上午百思不得其解的一个语言学问题想出点眉目来了。这时谢苗特伯爵的呼噜声也变得低沉了一些,于是我也就把灯吹灭准备试着睡觉了。

可就在我刚觉得是睡着了的时候,从谢苗特伯爵那边却又传来了声音,先是冷笑,后是狂笑,再然后是一连串的梦呓,仿佛是在参加野餐,吃的是马肉,喝的是烈酒,啃的却是那躺椅的椅背。终于,他坐了起来,大约是那躺椅上的铁箍硌了一下他的牙吧。然后他忽然又站起来,在屋里转了一圈,又坐下了,也不知坐了多长时间,因为他不打呼噜了,我也就睡着了。第二天早晨我醒来的时候,他正站在窗前往外看着,对面是马厩,我们的马都拴在那里。我突然想到:他是不是夜里出去过,是不是去喝了马血呢?我身上的汗毛立刻就立起来了。

七

那天下午,我们返回来美登蒂斯塔。当谢苗特伯爵去了他的书房时，我便去找到了弗雷贝尔医生。

"弗雷贝尔先生，您没觉得谢苗特伯爵有些不对劲吗？他夜里睡觉会做噩梦，说梦话，关键是我还怀疑，他也许还有梦游症，这对于他来说是很危险的。"

"这我早就发现了，这也正是我迟迟还没有与他商量伯爵老夫人治疗计划的原因。他有时一连几天连屋都不出，夜里却会到处溜达。他看的一些书都是别人不看或看不懂的，比如黑格尔、康德之类。他不结婚，也没有情妇，更不到那些地方去，真不知道是怎么回事。还有他的爬树行为，更让人觉得不正常。要知道精神方面的疾病是遗传的，我很担心，他最终也会因为什么事而像他母亲那样成为疯子。这一母一子要都疯了，这个家可就没救了。"

"伯爵是个很聪明的小伙子，我本来还想和他合作做一些事情呢！要真是这样的话可真是太可惜了。但愿他能找到一个好姑娘来做他的妻子，也许结了婚，一切就都正常了。"

"教授，看来我们是英雄所见略同。"

谢苗特伯爵还喜欢黑格尔和康德，这真有点令人难以置信，但到了晚上的时候我就不得不信了。

"二位先生，"晚饭快要结束的时候谢苗特伯爵突然问，"你们是如何理解自然的二元论或双重性的呢？"或许是以为我们不能完全领会他的意思，他又说道："或者说你们是否有过这种感觉，自己像是站在高高的塔顶或悬崖上，非常想跳下去又怕摔得粉身碎骨，所以只好整天坐在悬崖边上不知怎么是好呢？"

"这可以从生理的角度来解释，"弗雷贝尔医生先说道，"人站在高处的时候会因为失去了许多的参照物而产生一种无可凭依的感觉，这就是所谓的恐惧，这种感觉达到一定程度时就叫作恐高症……"

"不，请原谅，弗雷贝尔医生，你所说的和我说的不是一回事。咱们举个例子吧，比如您手里拿着一支上了膛的枪，您的好朋友就站在离您不远的地方，您也许会突然产生一个念头，要把枪膛里的子弹射入他的胸膛。您虽然明知道谋杀是有罪的，但您的头脑里还是会不时有这样的念头产生出来，这该是一件多么痛苦的事啊！所以我觉得如果单从这样一个角度来看，也许每一个人都是罪人。如果我们每个人都把掠过自己脑际的想法写出来，任何一个法官都会把你送进监狱，至少你的上司会让你停职。我们的社会之所以能这样维持着，不过是我们大家都善于伪装而已，就像是女人善于打扮一样。"

"伯爵先生，看来您的确是个善于思考问题的人，甚至已经快要成为一个哲学家了。我是研究语言的，但我也是一个人，也会有七情六欲，因此您所说的那样的感觉也一定会有，但我觉得人在是感性动物的同时一定还是理性动物。因为我们是从动物进化来的，因此生命中就一定还会残存着许多邪恶的东西。这些东西是一种本能，最终会变成一个个的念头突然冒出来，但我坚信人类理性的力量也同样巨大而且也同样反应迅速，一定会在刹那间就将这种邪恶的念头消灭，使我们不至于做出伤害别人也伤害自己的事情来。"

"您说的真是太好了，真不愧是来自德意志那个善于用形而上的方法来思考问题的民族。但我们的理性真的总能具有那样强大的力量和迅速的反应吗？那个所谓的刹那间又是多久呢？在战场上，如果我看见一颗子弹飞过来，同时又看见我的朋友被击中，我自然会去救他，但我真能看得见那飞来的子弹吗？……"

说完，他便站了起来。我本来还想再和他谈一谈，但也只好作罢了。

我又在美登蒂斯塔住了将近十天，又陪着谢苗特伯爵到杜希里去了两次，但都坚持不在那里过夜。伊乌尔卡还是那个样子，但谢苗特伯爵似乎和她相处得融洽多了。他不再理会伊乌尔卡身上那些他认为不好的东西，伊乌尔卡一看到他不高兴了，就主动到他面前来撒一撒娇，一切就又都烟消云散了。

我离开的前一天，伯爵又要让我陪着他去杜希里，我想他是要我去陪杜希洛夫人聊天而使他能有更多的时间和伊乌尔卡去花园里散步吧，但我的确有更多的事情要做，所以还是婉言谢绝了他的邀请。晚饭之前他回来了，饭也不吃，水也不喝，便把自己关到书房里去了。到了我都要上床睡觉的时候他却来敲我的门，进到我的屋里来对我说：

"我真后悔昨天又去看那个疯丫头了。她竟然把我扔在一边去和那哥军官打球。您和医生都曾经认为她是爱我的，我也差一点就这样认为了，但现在我发现不是。的确，她长得漂亮，但太没头脑。我本来想把她当个小动物来宠着，可是不行，她是一匹野马，我真想把她的血放出来喝上一大碗。"

说完，他大笑着走了，那笑声听上去实在有点瘆人。

第二天，我就离开了那里。

八

我离开谢苗特伯爵的美登蒂斯塔别墅之后，继续在萨摩基底地区进行勘察。我几乎走遍了萨摩基底地区的每一个村庄，收集到了大量有关若木德语的资料。为此，我该感谢这里的居民，尤其是那些神职人员，他们的帮助甚至对我能最终圆满地完成我的工作有着决定性的意义。

正准备打道回府的时候,我却接到了谢苗特伯爵的信:

教授先生:

　　请允许我用德文给您写信,因为用若木德文来写,我怕会犯下太多语言上的错误。我不知道自己是否已经失去了您的尊重,那一次,没有听取您的教诲却站起来走了,还有后来又对您说的那些关于伊乌尔卡的话,现在想起来实在是惭愧得很。但不知我现在要告诉您的这个消息能否使我在您的心目中因为那两件事形成的印象有一些改变,哪怕只是一点点。我要结婚了,新娘当然是伊乌尔卡小姐。婚礼是在下个月的八号。我郑重地邀请您,一定要来参加,如果您还没有离开萨摩基底的话。那一天,美登蒂斯塔周边所有的农人都会来到我的家,他们会在大吃大喝一顿之后还会在林荫道边上的草地上跳舞,使您对当地的民俗得到更多的了解。之所以一定要邀请您到场,还因为我和伊乌尔卡都是耶稣教徒,而本来决定为我们来主持婚礼的那位牧师的痛风病突然发作,连路也走不了了,而只有您,因为是我们两人的朋友而最有资格来为我们主持这个仪式。请接受我和伊乌尔卡对您最诚挚的敬意!

米歇尔·谢苗特于美登蒂斯塔

下方还有伊乌尔卡小姐的附言:

亲爱的威赫巴登教授:

　　请允许我用若木德文给您写几句话。米歇尔实在不像话,竟然不相信您一定会来,我真不知道自己怎么会答应嫁给这样一个懵懂的家伙。但我保证,那一天您将看到一个打扮非常得体的新娘,她最希望的是能够得到您的祝福!

伊乌尔卡

有什么必要推辞呢?于是我回复说一定去。后来证明,这算得上是我一生中做出的最最错误的决定。

九

一走上美登蒂斯塔的林荫道,我便看到许多身穿礼服的男人和穿得花花绿绿的女人正在向别墅的方向走去。院子里洋溢着太多喜庆的气氛,就像是要过节了一样。管家把我带到一间楼下的客房,说是我上次住的那个套间已经安排给了一个贵族首领。不过我的这个房间也很好,有一扇小门直通一块宽阔的草坪,在那草坪上溜达溜达也是一件很惬意的事。

大约下午两点钟的时候,鞭炮声大作,这表示新娘子被接来了。谢苗特伯爵先下了车,然后是杜希洛夫人,再然后当然就是伊乌尔卡小姐了。但就在伊乌尔卡小姐刚刚从车厢中把手伸出来的时候,一匹边马却因为天空中传来的一声闷响而受了惊。那马叫了一声然后几乎是直立了起来,车厢也因此向着伯爵站立的这一侧倾斜过来。还好,伊乌尔卡小姐几乎是从车厢里被扔了出来,但却正好落在了谢苗特伯爵的怀抱里,车厢也并没有因此而倒下来。所有的人都鼓起掌来,好像这是特意安排好的一个接亲形式一样。

但接下来的事情就一定不是这样的了。一个女人突然出现在了台阶上。是老伯爵夫人，那个疯女人，谁也不知道她是从哪里窜出来的。

"来人呀！快来人呀！熊把一个女人叼走了，快去救她呀！开枪！开枪！打死它，打死它呀！"

老伯爵夫人一边大叫着一边还手舞足蹈着，正仿佛是一个老妖婆。但终于，这老妖婆还是被那几个身强力壮的仆妇抬走了。

"这实在是太不吉利了！"

连平时并不迷信的我也这么说。

接下来是新娘子去换衣服，其他的人则是默默地等待。

终于，新娘子出来了。她把自己打扮得的确十分得体，尤其是她那件婚纱，白得像雪，像云，再加上她那一头金发，真的仿佛是一个仙女。但令我没有想到的是，杜希洛夫人却在这个时候走上前来给了她一记响亮的耳光，而包括她在内的在场的所有人都不但不感到惊讶还一致地欢呼起来。后来我才知道，这是当地的一个风俗，竟然是要以此来说明女方的家人是并不同意这一婚事的，如果新娘子执意要嫁给这个男人，之后不论出现怎样的情况，一切责任都只好由她自己来承担了。

在婚礼上，作为主持人的我对这对新人说：

"的确，我之所以来为你们主持这个婚礼不仅仅因为我是个牧师，还因为我是你们的朋友。婚姻不是儿戏，而是一项伟大的事业，它对每一个结婚者都是一个考验，希望你们能经受住这考验，把你们的爱情当作一项伟大的事业去完成，不要让所有为你们祝福过的人失望。"

但没想到的是，事情还真是让所有为他们祝福过的人失望了。

宴会开始了。最初只听见刀叉和杯碟碰撞的声音，因为菜肴和酒水都是一流的。一会儿之后，人们相互之间便开始有说有笑起来。

一个上了年纪的人站起来说道:"为了不让古老的风俗消失,我提议要新娘子把她的靴子脱下来,我们每一个人都要用她的靴子喝一杯来为这一对新人祝福,大家说好不好啊!"

"好!好啊!脱下来,喝一杯!脱下来,喝一杯!"所有人都叫起来。

于是那个上了岁数的人便走到伊乌尔卡面前对她说:"来吧,新娘子,把你那双红色的靴子脱下来吧。"伊乌尔卡红着脸把原本藏在婚纱下面的双脚伸了出来说:"拿去吧,只要不让我用你的那双皮靴来回敬你就好了。"

于是,伊乌尔卡的靴子便被灌满了香槟酒在那些人的手里传递开了。我对这样的场面实在是有点不适应,便从餐厅里面溜了出来,结果又看到了几个喝醉了的农人正在打架,有的已经被打得头破血流;还有几个波西米亚女郎在跳舞,但也不过是让她们的丰乳颤动起来,把她们的肥臀扭动起来而已。我于是回到了房里看了会儿书,然后便在酒精的作用下不知不觉地睡着了。

当我醒来的时候,已经是后半夜了。想继续睡却睡不着了,于是想看书,却又找不到火柴。正在这时,窗外有一件什么东西从高处落下来砸在了地上。难道又是伯爵在爬树时从树上跳下来了吗?我赶快走到窗前向外望去,月色朦胧,窗外只有那片草坪,并没有其他的东西。我本想推开门出去看看,但犹豫了一下还是放弃了。那也许是一只猫,顶多是一头黑熊,但这与我有什么关系呢?于是我又重新躺倒在床上,竟然又奇迹般地睡着了,而且也并没有因此而做噩梦,直到有人把早茶端进来。

十一点,我来到客厅里,那里当然又聚集了许多人,都是被邀请来参加午宴的,大宴三天也该是这里的风俗吧。但到了十一点半,新郎和新娘还没有动静,总管说叫了两次门都没有应,也许是昨天太累了还在睡觉。又过了一刻钟,弗雷贝尔医生找到我说:"我们一起上去看看吧,别是出了什么事。"于是我们又叫上了总管和两个仆人一起上了楼。

新房正在我住的那间客房的上面,我想起了夜里窗外落下的东西,顿时紧张起来了。先是由总管敲门,后是由弗雷贝尔医生叫门,最终只好让仆人用身体将房门撞开了。眼前的景象真是太可怕了,新娘伊乌尔卡,不,现在只能说是一个女人的尸体,光着身子躺在床上,像是遭遇了什么野兽的袭击,她的面部已是血肉模糊,胸部和腹部都被撕开了,内脏从里面被拉扯出来弄得到处都是。谢苗特伯爵不见了,有一扇窗子被打开着,从床上到地板上再到窗台上,到处都是血迹。

到底是医生,弗雷贝尔医生走到近处去看了看伊乌尔卡的身体说:

"真是不可思议,这真像是遭遇到了一头黑熊。"

我则赶紧跑到窗前往下面看了看,发现下面的地上的确有被砸过的痕迹。

"谢苗特伯爵像是被一头黑熊叼走了。"我说。

十

威登巴赫教授的朋友泰奥多尔合上了那个笔记本,稍作思考之后问道:

"教授,您能更明确地解释一下那个连句的意思吗?"

于是教授说道:

"你该知道,立陶宛文是从梵文转化过来的。洛奇在立陶宛文中指的是动物，但在梵文中指的却是熊，而在法文中熊被称为伯伦，斯拉夫人却称熊为米歇尔。所以洛奇和米歇尔就都算得上是熊的别称了。当然，对于这些并没有几个人知道的，也或许在美登蒂塔斯所发生的一切都只是个偶然的巧合，还或许是因为我除了在语言学方面有一些造诣之外，在文学上也并非毫无才能，因此在这段笔记中加入了一些想象。你最好只注意一些与语言有关的内容，至于其他的那些带有故事性的情节对于你研究若木德文是一点意义也没有的。"

巴黎情恨

> 姑娘貌美如花
> 谁见谁不爱她
> 只怕爱到深处
> 先生无法自拔

一

朱莉女士结婚已经六年了。婚后才半年多的时候，她便发现自己和丈夫沙维尼先生之间不仅没有爱情，到了现在，甚至连相互之间起码的尊重都没有了。

沙维尼自然也不是有多不好，要不然也就不会有这段婚姻了。但没有了爱情，好也就变成了不好，连他说话时过于圆润的声音都让朱莉觉得不舒服，更不要说别的了。他们在一起的时候，朱莉会感觉像是在受罪一样。但奇怪的是，沙维尼对于这一切却像是一点感觉都没有。他坚信妻子是很爱他的，绝不会随着时间的流逝而有什么变化。他根本不会想到自己在妻子的眼里已经近似于魔鬼了。

沙维尼先前在一个骑兵团里服役，后来继承了一笔遗产便退役而成了一个所谓的社会活动家。朱莉和他是在舞会上认识的，一个貌美如花，一个英俊潇洒，算得上是很般配的一对儿。然后自然就是一起吃饭，散步，拥抱，接吻……结婚，总共也没有一个月的时间，虽然有点火箭式，但也算得上是顺理成章了。

很快，沙维尼的缺点就暴露出来了。他最大的缺点是懒惰，所谓的社会活动家其实就是游手好闲而已。他以前去参与一些较高层面的社会活动，只是想找一个貌美如花的女人来做自己的妻子，现在既然已经找到了，也就没有必要再去了。跳舞不必了，他觉得那很可笑。看戏不必了，他更愿意睡觉。尤其是还要穿着西服革履，那对于他像是被五花大绑，而与那些文质彬彬的人坐在一起对于他就更像是受刑。他喜欢大声说话，大口吃肉，大碗喝酒。他的身边有不少和他趣味相投的人，他们把他推为老大。他的身体也渐渐胖起来，尤其是那肚子，朱莉总说自己没怀孕，他倒是像已经快要生了。他经常说自己是天底下最幸福的人。每当他这样对朱莉说的时候，朱莉都会抬起头来望望天空说："那天上面呢？"他便会哈哈大笑，然后说："亲爱的，我是人，不是神，才不去管天上的事呢！"

虽然朱莉已经认定自己的丈夫是一个自己并不喜欢的人，但她却对任何人也没有说过。

二

朱莉的父母要与尼斯旅游，临行的前一天晚上，沙维尼只好陪着朱莉回娘家吃晚饭。晚饭后，沙维尼还要陪二老聊天，这对于他来说无疑是一种折磨。好在可以睡觉，而且他还可以半睡半醒半闭着眼睛，时不时"哼"一声或"哈"一声，让别人以为他醒着，其实他正在梦里与他那帮狐朋狗友们狩猎或者打牌呢。

终于，朱莉说要走，他立刻就醒了。他给朱莉裹上披巾，这是唯一被他保留下来的习惯。边上有一面镜子，两人的目光竟然在镜子里对视了片刻。他看见自己的妻子的确称得上是貌美如花，但眉宇间却像是有着一丝忧郁，但也正因为如此而变得更可爱了。他突然想起来自己已经很久没有这样欣赏妻子的美貌了。他突然感到有一些内疚。于是转过身来想在妻子的脸上吻一下，可没想到妻子却躲开了。这让他又想起来，自己已经很久没有吻过妻子了。回去再说吧，他想。

两个人并坐在车子里，先是谁也不说话，然后是沙维尼连打了好几个哈欠之后说："我想我一定是大脑供血不足，不然怎么会总是犯困呢。"其实，他是在为自己刚才的半睡半醒找理由，也算是在向朱莉表达自己的愧疚吧。然后他接着说："今天的晚饭菜做得不错，只是香槟太甜了。"他也知道自己是在没话找话，但他实在又忍受不了谁都不说话的沉闷，这在往常是再自然不过的事，可今天不成，他似乎像是变了一个人。

"什么？你说什么？"朱莉看着窗外，这时突然转过头来，似乎也觉出了他今天的反常。

"我是说今天在你家喝的那种香槟太甜了。"他说。

"那又怎么样呢？"朱莉嘴里问着，脸却又转向了窗外。

"香槟当然是酸一点的更好。但是……每个人的口味……"沙维尼看到妻子对这个话题不太感冒，便没再说下去。过了一会儿，他又是打了几个哈欠并把身子往妻子身边凑了凑说："你今天穿的这件连衣裙很好看，是在什么地方买的？"

朱莉又一次转过头来看了看他，然后撇了一下嘴说："你的记忆力真好！"

"怎么呢？"沙维尼大惑不解地问道。

"你自己想想呗。"朱莉的头又扭到一边去了。

"噢,我想起来了,原来是那一件,哈哈。看来我是老了,不中用了,连自己买给你的东西也忘记了。"他想起来那是在结婚前自己买给朱莉的,当时朱莉觉得有点老气,只穿过一次便收了起来。

"再说,你怎么又注意起我的穿戴来了呢?"朱莉问。

"怎么是'又',对于你,我一直都是很注意的,只不过是我觉得,你无论穿什么都一样好看。不像有些女人,什么样的好衣服一到了她身上就变得别扭扭,怎么看都不舒服。"沙维尼显然是在讨好自己的妻子了,"还有你的那匹马,我正准备给你换一匹更好的来呢!"但他的讨好似乎并没有起到作用,朱莉的头并没有再转过来。

终于到家了,他们各自去了自己的房间。实际上,他们虽然还住在一栋房子里,但已经分居很久了。

三

佩兰上校坐在自己的书房里。房间不大但很整洁,写字台上总放着一摞稿纸,但其实他一年也写不上几页。他喜欢阅读,此时正聚精会神地读着《波斯人的信札》那部书,手里的水泡石烟斗已经不再冒烟至少有五分钟之久了,连沙陀福尔上校已经走到他的身边都没有发觉。

沙陀福尔上校的年龄比佩兰上校小得多,长得英俊潇洒,为人和蔼可亲,虽然有点自命不凡,但佩兰上校还是和他成了很好的朋友。他轻轻地拍了一下佩兰上校的肩膀,佩兰上校便知道是他来了。佩兰上校有点不情愿地放下《波斯人的信札》,然后开始招待这位常客。按照惯例他是要先找到钥匙,再打开柜子从里面拿出一支雪茄来。这雪茄是他专为沙陀福尔上校准备的。但这一次他怎么也找不到那钥匙了,急得额头上已经渗出汗粒来。沙陀福尔上校立刻说:"算了吧,老兄,我还是抽我自己的吧!"说着,他从一个用麦秆儿制作的烟盒里拿出一支中间粗两头细的雪茄自己点着了,然后仰面躺在一把摇椅上,一面喷云吐雾,一面微闭着双眼,似乎在想着什么事,脸上不时露出一抹神秘的微笑。佩兰上校也重新点着了自己的烟斗,把椅子挪到沙陀福尔上校的对面,然后问道:"你的乌利卡怎么样了?"乌利卡是沙陀福尔上校的一匹马,前些日子被他跑得太狠,差点给累死。

"乌利卡吗?好极了!"沙陀福尔上校说着,把一条腿抬起来放在了另一条腿上,头还是那样仰着。

"佩兰上校,有我做你的朋友,那可真算得上是你的福气!"过了一会儿,沙陀福尔上校又说。他这句话让佩兰上校有点摸不着头脑。佩兰上校想了想,觉得与沙陀福尔上校交往以来虽然得了他送的几包烟草,但不知为他替了多少次班,怎么也想不出沙陀福尔上校的这句话所指的是什么。他刚想反驳一下,却被坐起来的沙陀福尔上校拦住了。

"得了,佩兰上校,你看一看这封信就不会来反驳我了。"沙陀福尔上校说着便从上衣口袋里拿出一封信交给了佩兰上校。那是写在英国光纸上的一封短信,内容是:

亲爱的沙陀福尔上校,您好:

上次一见,甚有好感,然未能尽兴,深感遗憾。故特邀您于明晚到敝舍小酌,如能邀佩兰上校同来,本人将不胜荣幸之至。

朱莉

"这就是你说的福气吗？我可知道那些女人，在他们那里一定不能抽烟，还要穿西服，打领带，那太难受了！"佩兰上校把信还给了沙陀福尔上校。

"你要知道那可是全巴黎都数得上的美女，可不是谁都能得到她的邀请的。我还不知道你，这叫得着便宜卖着乖。"沙陀福尔上校说着，把那封信放在鼻孔前闻了闻，又放在嘴边轻轻地吻了一下，然后才又折叠好放进上衣的口袋里。

"这也算不上是你的功劳，一定是沙维尼对他妻子说过我，我们当年的关系很不错。不然的话，她怎么会邀请我这样一个比他大了近一倍的人到她家里去呢？"佩兰上校说。

"你错了，沙维尼，那家伙也许早就将你忘了都说不定。你没看出来她邀请你只是因为你是我的好朋友吗？如果不是这样的话，她为什么不直接给你也写一封这样的信呢？"沙陀福尔上校说着站起来去照了照镜子。

"你说讨好是什么意思？难道你以为她是爱上你了吗？"佩兰上校说。

我没这么说，但事情是明摆着的，难道你还看不出来吗？"说着，沙陀福尔上校得意地吹起口哨来了。那旋律正是一首当时很流行的歌曲《她爱上了我》。

"可怜的小妞儿，她要是真的爱上了你，我想，她也就不可爱了。"佩兰上校说这句话的声音很小，沙陀福尔上校还在吹着口哨，而且正吹到结尾处的高音，所以并没有听见。

下面是他们接下来的对话：

"亲爱的佩兰上校，你要帮我一个忙。"

"又要我帮什么忙？"

"沙维尼当年是你的部下，对不对？"

"那还用问吗？"

"你要对朱莉说一些沙维尼的坏话。"

"为什么？"

"他们夫妻俩感情不好。"

"你怎么知道？"

"一眼就能看出来。"

"你真行！"

"你最好说他在部队里的时候就经常去外面胡搞女人，现在在外面也有情妇。"

"可不能那么说。那不是在给人家两口子制造矛盾吗？有道是宁拆十座庙不拆一个家呀！"

"可不把他们拆开我又怎么插足进去呢？"

"对不起了！这个忙我可帮不了你。我倒是可以说几句你好。"

"那倒不用，你只说我最近吃不下饭，睡不着觉就好了。"

"可是你前天还喝得烂醉，睡得像死猪一样呢！"

"那叫借酒浇愁你懂吗？记住，后天下午我来接你，你要穿得越整齐越好。"

"可你知道，我最讨厌那个样子了。"

四

沙维尼对于朱莉请人到家里来吃饭并不是很赞成，但听说来客有佩兰上校所以还是从猎场赶了回来。餐桌上他一边开怀畅饮自己喜欢的不是很甜却更酸一些的香槟，一边和佩兰上校谈论着过去部队上的事，当谈到一些有趣的事时两个人会一起哈哈大笑，像是那餐桌上只有他们两个人一样。沙陀福尔上校则忙着去向朱莉献殷勤，也像是这餐桌上只有他们两个一样，这似乎正是沙陀福尔上校非要拉着佩兰上校和他一起到这里来的目的。直到晚宴快结束时，这样的局面才有所改变。

晚宴快结束时，话题转移到了一部正在上演的芭蕾舞剧，他们先是评论剧情，转而又评论音乐，很快就开始对几个演员品头论足起来，最后自然是集中到了女主角——他们称之为"那个小妞"的身上来了。但这还不算，他们——那三个男人竟然当着女主人的面谈论起那个小妞的大腿来了。

"那个小妞的两条腿简直太美了。"沙维尼说。

"是啊，我拿着望远镜也没看别的，就看她的两条腿了。尤其是她把两条腿劈开的时候，哈哈……"佩兰上校说。

"小心啊，你这样说那个小妞，D将军可是要吃醋的，据说那个小妞已经是他的人了。"沙陀福尔上校说。

"是吗？我还以为你最近吃不下饭、睡不着觉是为了她呢！"佩兰上校虽然喝了不少，也没忘记自己的任务。

"哈哈，为她，我才不会呢！我看你倒是差不多。"沙陀福尔上校说着，还转过头去面带微笑地看了朱莉一眼，但朱莉却并没有什么反应。

"你这么说我也不信，沙陀福尔上校如此英俊潇洒，还不知会有多少女人追着他呢！不过你们不知道，还有一个女人的大腿才更美丽呢！我曾经想到找一个雕刻家来为她雕刻一尊塑像，重点雕刻那两条腿，可是她说什么也不肯，即便穿上短裙也不肯，因为那个雕刻家坚持要让她把腿劈开。哈哈哈哈……"这样说着，他的眼睛往朱莉身上看了好几眼，两位上校也自然知道他说的是谁了。这时，朱莉站起来去了洗手间，晚宴也就这样结束了。

"很好，佩兰上校，今晚没有白过，事情很有进展。尤其是你说的那句话，真的是太自然了。谁也不会想到那是我们事先策划好的。"回驻地的路上，沙陀福尔上校对佩兰上校说。

"这么好的一个家庭，你怎么忍心去破坏呢？"因为道路不是很平，马蹄和车轮声很大，佩兰上校说话的声音又很轻，因此连他自己也许都没听见自己所说的这句话；忽而又想到自己对这个家庭的判断也缺少足够的依据，因此当沙陀福尔上校问他说了什么的时候，他竟然说自己只是在说那路该修一修了而已。

五

几天来，沙维尼都在想着如何才能成为一名宫廷侍从。这样一个懒惰且肥胖的人竟会有这样的想法，很多人会不理解。但沙维尼却有他的说法：一是如果能弄到这个差事，在剧院里定包厢就容易了；二是如果能弄到这个差事，参加皇家的狩猎活动也就是顺理成章的事了；三是穿上一身宫廷侍从的服装，他的那些兄弟们就更要唯他是从了。不过这说法他并没有对任何人说过，只是自己默默地和自己说了无数遍而已。H公爵在宫廷里是颇有势力的，如果能得到他的帮助是最好了，他这样想着，机会竟然就来了。

那是一场首演的歌剧，沙陀福尔上校通过自己的关系弄到一个位置很好的包厢。他邀请了朱莉，但朱莉怕引来非议便拉着沙维尼一起来了。沙陀福尔上校为朱莉买了一大束鲜花，朱莉当然很高兴，但沙维尼却皱起了眉头。上半场一演完，沙维尼便不见了，剩下沙陀福尔上校和朱莉在包厢里。沙陀福尔上校发现大堂里有许多熟人，有好几个都在朝他所在的这个包厢望着，想到那些人一定在猜想着自己和朱莉的关系,沙陀福尔上校便有意地把身体与朱莉的身体挨得更近了。

"怎么样,您觉得这束鲜花好看不好看?"沙陀福尔上校问道,他的声音因为紧张而有一些沙哑。

"当然,简直是美极了!不过……"朱莉欲言又止。

"不过什么?"沙陀福尔上校追问道。

"……不过,应该把它送给一位年轻的姑娘才对。我已经老了,配不上它了。"朱莉犹豫了一下说。

"怎么会?您一点也不老,而且……"这回轮到沙陀福尔上校欲言又止了。但朱莉并没有追问,过了一会儿沙陀福尔上校便只好又接着说了出来,"而且你比这花还要美丽一万倍呢!"说出这句话来他仿佛用了很大的努力,但也许是他在表演也说不定。

"我觉得您应该去做演员。"朱莉撇了一下嘴角说。

"我的确有过这样的想法,但我刚才说的话可是一点虚假也没有的。唉,如果能生活在骑士时代该多好啊!"沙陀福尔上校转而叹息道。

"怎么呢?您是不是以为自己穿上一身中古时代的骑士服会更威风呢?"朱莉似乎知道沙陀福尔上校要说什么,便故意把话题往别的方面引。

"不,我之所以这么说,是因为在那个时代,一个骑士只要勇敢,就能得到他想要得到的东西。比如,您看到那边那个大个子男人了吗,就是您丈夫沙维尼正在与之说话的那个,您该知道那是 H 公爵吧,如果是在那个时代,一个骑士如果想在一个心爱的女人面前表现一下自己的勇敢,便可以毫无理由地冲上去一刀将他的脑袋割下来,而那个女人也绝不会辜负他的勇敢。不过现在,只要您点一下头,我倒是可以过去把他不多的那几根胡须揪下来。"沙陀福尔上校直视着朱莉说，但朱莉的眼睛却并没有直视他。

"您看，站在 H 公爵身边的那个女人。那么大年纪了，还穿的那么暴露，真是让人不可思议。"朱莉看着坐在另一个包厢里一个女人说，这便是所谓顾左右而言他吧。

"我知道您不愿意听我的这些话，但只要您明白我的心意就好了。"沙陀福尔上校说完这句话之后，两人便没再说什么。

等到下半场就要开始的时候沙维尼回来了，和他一起进到包厢里来的竟然还有 H 公爵和那个女人。

沙维尼说："这是 H 公爵和公爵夫人，我觉得他们的那个包厢太靠边上了，我们这里还有座位，所以就把他们请过来了。"

H 公爵倒是很有礼貌地说："对不起，打扰了！能和你们坐在一起太荣幸了。"朱莉和沙陀福尔上校自然也都站起来说："不客气！"他们脸上的笑是一致的，都是冷冷的，或者说都只是抿了一下嘴唇。但那个"公爵夫人"倒是一点也不客气，她直接就坐到前面去了，而且还拿起了那束花说："哦，这真是太美了，至少要花十法郎。"她说话的声音很大，而她说这话的时候舞台上的幕布已经被打开了，所以几乎全场的人都朝这边扭过头来，她本来还要说什么的，便只好又吞回去了。

包厢里一共有六个座位，前面三个后面三个，既然那个"公爵夫人坐在了前面，H 公爵也被沙维尼请到前面坐下了，这样沙陀福尔上校只好坐到后面来。他本来想让朱莉一起也坐到后面来，但朱莉并没有那样做，连头也没有转过来一次。而沙维尼呢，在向他问了一句那束花是从哪里买来的之后便离开了，因此整个下半场就把沙陀福尔上校一个人留在了后面。好在那个舞剧还不错，否则那一个小时可就太让他难受了。

其实，朱莉坐在那个"公爵夫人"的旁边也很难受。几乎整个下半场,"公爵夫人"都用手指在座椅的扶手上随着音乐打拍子,但几乎没有一下儿能打在点儿上,弄得朱莉也找不到那音乐的点儿了。她想,这女人肯定是从乡下来的,更不可能是什么"公爵夫人",顶多是 H 公爵一时的情妇而已。而且这个"公爵夫人"身上的香水喷得也太多了,让朱莉简直有点喘不过气来。但她还是没有坐到后面去,尤其是当她知道沙维尼又不知道跑到哪里去了之后。

舞剧终于结束了。他们一起走出包厢。这时沙维尼也回来了,他把手里拿着的一大束鲜花送给了"公爵夫人",把"公爵夫人"高兴得差点跳起来。这一束鲜花比朱莉拿在手里的那一束要大一倍,朱莉倒是没有觉得怎么样,沙陀福尔上校却觉得很不自在。这时有个熟人与他打招呼,他便走过去与那个人聊了几句,那个人告诉他说那个所谓的"公爵夫人"其实是 H 公爵新搞上的情妇。当然,这一点也早就被沙陀福尔上校感觉到了。于是他又立刻追上朱莉并悄悄地把这个消息告诉了她,她自然是装作很惊讶地说:"是吗?原来是这样啊!"

沙维尼把 H 公爵和"公爵夫人"送到了马车上之后又跑回来说:"夫人。看来我不能和你一起回去了,因为 H 公爵邀请我去他那里吃宵夜。还有您,沙陀福尔上校,H 公爵也邀请了您呢!"

"我看我还是算了吧!我已经想回去睡觉了。"沙陀福尔说。

"那您是否可以用您的车子把我送到公爵的府邸呢?"沙维尼问。

"那当然是可以的。走吧!"他们这样说话,好像都已经把朱莉忘记了似的。

这时朱莉已经上了自己的车子,沙陀福尔上校便和沙维尼一起朝着自己的车子走去。

"你知道那个女人和公爵到底是什么关系吗?"沙陀福尔上校

悄声问道。

"那还用说，是夫妻呗！"沙维尼大声说。

"得了，那只是他新搞上的情妇。"沙陀福尔用更低的声音说。

"那不可能！"沙维尼非常肯定地说。

"我们刚才都忘了和你夫人说声再见，她会不会不高兴呢？"沙陀福尔上校像是刚刚想起来似的说。

"不会，我夫人那个人，没有哪个女人比她的心胸更宽广了！"沙维尼用同样肯定的语气说。

六

朱莉其实并不像沙维尼认为的那样心胸宽广，那一天回到家里她几乎到后半夜才勉强睡着。睡觉前，她本来决定第二天一定要和沙维尼好好谈一谈，因为他晚上的那种做法实在是太过分了，但第二天早晨她却改变了主意，她怕这样的谈话会引出至少是在现在她还不愿意得到的结果——离婚。也恰巧，她看见桌子上放着一封昨天她没来得及看的信，是她的忘年闺蜜兰贝尔夫人寄来的，打开一看，竟是邀请她这一天下午到她的乡间别墅去聚会。出去散散心也好，而且，她准备中午之前就赶到那里，说不定兰贝尔夫人还能给她出点儿好主意呢，她想。

朱莉一边吃早饭一边翻阅前一天的报纸，一个熟悉的名字竟然随着一条这样的消息出现在她眼前："法国驻君士坦丁堡大使达西先生即日回国，与外交部长……举行长谈。"

"哦，达西！这家伙竟然成了个人物了！"要是往常，朱莉一定会叫出声音来，但今天却没有，因为昨天的事，她的心情有一些抑郁。也正是在这时,沙维尼走了进来。

"亲爱的朱莉,我要出去几天,随H公爵去打猎,所以你这几天不用管我,自己想干什么就去干什么吧!"沙维尼说。

"你和我说这些,难道不觉得有点多余吗?"说着,朱莉站起来便去了梳妆室,门也被她"咣当"一下子关上了。

七

从巴黎到兰贝尔夫人的乡间别墅有大约六十公里的路程。出了巴黎,仿佛整个世界都变了个样子。灿烂的阳光,清新的空气,田野,流水,行人们脸上的笑容,这一切都像是在对她说:喂,这生活是蛮好的,何必要自寻烦恼呢!是啊,有沙维尼养着她,有沙陀福尔上校在她身边献着殷勤,还有那个达西……,想到这儿,她心中的怨气已经被化解了一大半。

这郊外的许多地方还都是她在女子寄宿学校上学的时候来玩过。由此,她又想起了她的那些同学,现在都已经成了这个夫人那个夫人了,但当年就在这一片草地上相互追逐着游戏,或在那一片山坡上野餐,那是一些多么快活的日子啊!尤其是当每个人都有了自己的隐私,今天喜欢上了这个,明天又喜欢上了那个,一会儿神秘兮兮地笑了,一会儿眼泪又吧嗒吧嗒地落下来了,女人那"水性杨花"的本性在那个时候就已经或多或少地表现出来了。现在呢,有的结了婚又离了,有的离了婚又结了。还有的在婚外恋,还有的婚也不结,说是独身主义,可总是今天这个明天那个的更换着,但也不过是把女人水性杨花的本性表现得更加淋漓尽致了而已。这些女人,又有什么权力去责怪男人们的朝三暮四呢?只有她是不同的,至少直至今天，除了自己的丈夫沙维尼，她还没有跟任何别的男人有过任何非精神的关系。于是她又想到了那些曾经追求过她的男人们。A是个蠢材，即便他对你百依百顺，你也未必会满意。B是个情种，见到美丽的女人就走不动道，跟了他也只好伤心。C成天想着当议员，这也让她讨厌。终于，她又想到了达西。

达西在朱莉所认识的男人中原本是一个很不起眼的人物，但后来也像沙维尼一样继承了一笔可观的遗产便一下子风光了。后来又不知通过什么关系花钱在外交部里弄了个文秘的职位，也就愈加风光无限了。他倒是个有名的正人君子，从不拈花惹草。他有点愤世嫉俗，善于冷嘲热讽，有点孤傲，有点瞧不起人，但也没有到令人讨厌的程度。连朱莉的母亲吕桑夫人也经常说："达西是个不错的男人，你要是将来能找到这样一个男人嫁了就好了。"

也许是吕桑夫人这句话起了什么作用，不久朱莉和达西就真的成了不错的朋友。一天晚上许多人聚集在一起唱歌，有人提议要朱莉来一个独唱，但也许是因为不仅有点感冒而且还喝了两杯的缘故，朱莉那一次的独唱竟然会大失水准，不仅没唱两句就跑了调而且最后的高音还没上去。正在朱莉恨不得有个地缝儿钻进去的时候，达西走过来对她说："没事，朱莉，感冒了谁都唱不好，更不用说还喝了酒。如果不是这样，一定会唱得很好！"

"他是爱我的！"朱莉想。那天夜里，朱莉做了一个梦，梦见自己真的嫁给了达西，他们一起出国旅游，去了君士坦丁堡。但就在第二天，她却得到消息说达西先生走了，去了君士坦丁堡。达西真的去了君士坦丁堡，但他是自己去的，连招呼也没跟她打。"他不爱我！"朱莉这样想着，眼里流出了泪水。但年轻人，尤其是年轻的女人，最容易忘记那些不愉快，没过几天，朱莉就将达西忘得一干二净了。

也许正是因为与达西之间有了这样一段经历，所以她才火箭式地嫁给了沙维尼。现在想起来，沙维尼的确令她生厌，但达西却让她生恨，沙陀福尔上校呢，却又让她生疑。

"一个军人，如果没有仗打，一定是很无聊的。他也许只是想拿我来解解闷儿而已。"她想。

八

朱莉的马车终于来到了兰贝尔夫人的乡间别墅。她看见院子里还停着一辆车子，而且并不是兰贝尔夫人自己的车子，这说明已经有客人到了——这意味着她想和兰贝尔夫人谈一谈自己的事恐怕是没有机会了。无所谓，她想。

她也没有让人通报一声便直接走向了客厅，兰贝尔夫人自然也看见是她来了，赶紧迎出来，先是给了她一个颇为热烈的拥抱，然后几乎是把她抱了进去。果然，客厅里还坐着另一个女人——努阿夫人，这个女人朱莉见过，所以便相互点了一下头，便算是打了招呼了。

"哦，原来你和努阿夫人也认识，这太好了！"兰贝尔夫人一边把朱莉拉到沙发上坐下一边说，"你今天来得太巧了，因为我今天要在这里招待几个爱你爱得几乎要发狂的先生。"

"怎么会，都已经快成了黄脸婆了……"朱莉嘴上这么说，但心里当然并非这么想。女人么，总是喜欢被别人爱，但又要掩饰一下，正如中国人所谓的"既要当婊子又要立牌坊"，只是程度和性质都还有着些许不同而已。

"得了，宝贝儿。你要知道，自从我女儿出嫁以后，我总是一个人主宰这里，冷冷清清的，太寂寞了。今天我们要好好热闹一下。你一定要把往日的活泼劲儿拿出来，让大家都高兴高兴。不过，我发现你的脸色有点儿苍白，要不要补上一点妆。"兰贝尔夫人拉着朱莉的手说。

"我只是走了六十里的路，一会儿就好了。我倒是想知道，你所说的那几位先生都是谁。"朱莉强打着精神说。

"哈哈，看看看，我们的美人已经开始兴奋起来了。这样才好，我们的生活就该这样，总是能让我们处于兴奋的状态，不然活着还有什么意思呢！告诉你吧，首先是沙陀福尔上校和佩兰上校，他们算不算是你的崇拜者呢？至少那个沙陀福尔上校已经爱你爱得都要疯了，这个你不得不承认吧！"兰贝尔夫人一边说着一边亲自给朱莉倒上了一杯中国红茶，这也恰巧是朱莉喜欢的。

"原来是他们，我前两天在我那里刚刚接待过他们。那个佩兰上校和我丈夫倒是很合得来，那个沙陀福尔上校……不过，还是先说说你那个'首先'之后的后来吧！"朱莉一边拿起杯子来闻着那茶散发出的香气一边说，仿佛有点儿漫不经心似的，其实心里却不是这样的，不过既然来到这里了，也只好既来之则安之了。

"还有圣莱热先生，是个格言剧的导演。他要组织一个格言晚会，我向他推荐了你，很有可能，你要在那个剧里出演一个角色呢。这也是我要邀请你来的第一个原因。"兰贝尔夫人说。

"我的上帝，演格言剧，那是好几年前做过的事了，看来我今天是来错了。再说吧，那第二个原因呢？"朱莉又问。

"第二个原因是受人之托，你可以猜一猜，是谁想见你。"兰贝尔夫人说着，脸上露出了蒙娜丽莎式的微笑。努阿夫人为了提醒她们自己的存在也趁机凑过来说："原来是这样啊，看来我们今天可都要来当沙维尼夫人主演的这场戏的配角了。"

"当然了,今天,我们都是配角。"兰贝尔夫人回应了一下努阿夫人,但眼睛却还是盯着朱莉。

"哎呀呀,您就别卖关子了,说吧,他是谁?"其实这时朱莉已经想到了一个名字,那就是达西。

"你还记得七八年前,当你还梳着小辫子蹦蹦跳跳的时候,就有一个人爱上你了吗?"兰贝尔脸上的笑容变得更加神秘了。

"谁呀?七八年前,不会是达西吧,他可算不上,走路碰到连个招呼都不打……"朱莉摇了摇头否认道。

"不错,就是他。他说那个时候他很自卑,觉得自己配不上你,所以不敢对你说什么。他说他最怕被别人拒绝了。后来听说你嫁给了沙维尼,让他后悔死了,但这也是没办法的事。这次回来,他很想见你一面,他说只要你日子过得幸福,他也就别无所求了。"兰贝尔夫人这样说着,脸上的笑已经消失得无影无踪了。

"达西,他自卑?我怎么没感觉出来,我觉得再没有人比他更高傲了。高高的个子,一头金发,口袋里还有的是钱,谁能比得上他呢?"朱莉的口气中依然带着怒气,仿佛刚被谁甩掉似的。

"哦,亲爱的,你如果今天看到他,也许都会认不出来他了。还不到三十岁的他已经生出了许多白发,而且头顶也秃了,看上去倒像是四五十岁了呢!"兰贝尔夫人说完之后,深深地叹了口气,"唉——,真是怪可怜的!"

这时努阿夫人又趁机插进来说:"秃头没关系,用卡利多生发剂抹一抹就好了,我去年得了一场病,头发也掉了不少……"但这次兰贝尔夫人并没有回应她,她也并没有把话说完就被朱莉的话打断了。

"他一直在君士坦丁堡吗?"朱莉问。

"怎么可能?他去过俄罗斯,还跑遍了希腊,还有什么小亚细亚、卡拉玛尼等等。不过他还是那么健谈，可以讲给你听许多有趣的事。"兰贝尔夫人在努力使自己重新兴奋起来。

"他给您讲过那个土耳其女子的事吗？"努阿夫人又找到了说话的机会。

"什么土耳其女子，你是说他爱上过一个土耳其女孩儿吗？"兰贝尔夫人赶紧问，屋子里的气氛立刻又显得活跃起来了。

"不是，是他救过一个土耳其女子，不过那个女子因此爱上了他倒是真的。"努阿夫人这回几乎要成主角了。

"快讲一讲，这件事倒的确有趣。"朱莉故意在喝了一口茶之后说。

"不，我想还是叫他本人来讲更好，那也许会更有趣。再说，我也只是听我妹妹说的，自然不会很具体。"看来努阿夫人是不适合做主角的。

"那就讲一个大概吧，反正现在也没什么事，就当是解闷儿。"朱莉这样说，也是为了掩饰，其实她巴不得知道更多关于达西的事，但她掩饰的手段也还算得上高明，往往能不露痕迹，尤其是在一些对她不太熟悉的人面前就更是如此了。不过兰贝尔夫人还是知道这是怎么回事的。

"对，对！讲一个大概也好，我可实在等不及了！"这样说着，却向朱莉挤了一下眼睛。"那意思是说："小妞儿，别和我装，我知道你是比我更着急一万倍呢！"当然朱莉也并不像她想的那样着急一万倍，但一千倍或一百倍，至少十倍二十倍还是有的。

"好了，那我怎么听来的就怎么讲给你们吧。那一天晚上，达西先生正在土耳其的海边上独自散步，突然看见几个土耳其人向海边走来，起中的一个扛着一个口袋，口袋里装着一个活的东西。那是人，应该还是一个女子，因为从那口袋里还传出了几声呻吟，达西先生立刻作出了这样的判断。"

"哎呀，那些人一定是要把那个女子扔到海里去！"兰贝尔夫人叫到，因为她在一部叫作《不贞的女奴》的书中读到过这样的情节。

"正是，兰贝尔夫人！"努阿夫人似乎不喜欢自己说的话再一次被别人打断，所以皱了皱眉，停顿了一下之后才继续说，"达西先生立刻走上前去想问个究竟，那些人竟然拔出了匕首。幸亏达西先生带着枪，那几个人只好扔下口袋掉头跑了。当达西先生把那个女子从口袋里拉出来的时候，那个女子已经处于半昏迷的状态了。"

"谢天谢地！"兰贝尔夫人又插话道。

这回努阿夫人只是有停顿了一下之后继续说道："达西先生先是把那个女子送进了医院，然后又带回到自己的住处。很快那些人又纠集了更多的人要将这女子带走，但达西先生却叫来了当地的警察将那些人中为首的几个人抓了起来。其后才知道那女子之所以要被扔到海里去是因为她不喜欢她的丈夫而不和她丈夫同房，这真是天地之大什么样的事情都有。"

"那女子最后怎么样了？达西先生为什么没有娶她呢？"兰贝尔夫人又问。

这回努阿夫人既没有皱眉也几乎连停顿也没有停顿又继续说道："那个女子叫艾美妮，她管达西叫索迪尔，就是'救命恩人'的意思。据说那个女人很愿意嫁给达西先生，达西先生还帮助她改变了教籍，但最后为什么没有娶她为妻就谁也不知道了。这个问题或许只有在达西先生那里才能最终找到答案。"

"我知道达西先生是一个什么样的人，他一定认为那女子之所以要嫁给他是为了感激而不是为了爱，他需要的恰恰只能是后者。要么就是那个女子的长相不符合他的审美标准，要是那女子长得有我们朱莉小姐一半，恐怕就不是这样的结局了。"兰贝尔夫人话头一转就又转回到朱莉身上来了。

听到这句话之后朱莉本想说点什么,最终却又什么也没说,只是又喝了一口已经不太热的茶,然后对着那茶杯里的自己悄悄嘀咕道:"可惜的是现在再去哪里才能找回那个朱莉小姐呢!"

九

下午,先到的是沙陀福尔上校和佩兰上校。沙陀福尔上校在朱莉身边坐下了,他趁着别人还没有找好地方坐下来的时候悄声对朱莉说:"我看您似乎有点不高兴,如果是因为我昨天对您说了几句那样的话而如此的话,那我现在就对您表示歉意,您就当我昨天什么都没说好了。"但朱莉却没有说话。他以为是朱莉没有听清楚,于是便凑近一些把那意思又表达了一遍,可这一遍却让刚刚坐下来的兰贝尔夫人听到了。

"你昨天说了什么话会让沙维尼夫人不高兴了呢?你不会是说你爱上她了吧,但那会让她高兴还高兴不过来呢!是不是,我们的朱莉小姐?"兰贝尔夫人又一次现出了那蒙娜丽莎式的微笑。

"哪里还有什么朱莉小姐!而且什么爱不爱的呢?我现在是只剩下怨和恨了。"说着朱莉站起来,换了个离沙陀福尔上校隔着一把椅子的地方坐下了。尽管随后沙陀福尔上校说了许多足够风趣的话,朱莉也只当是没有听见,她的心里已经被"达西"这两个字充满了。他见到我之后会对我说什么?我又应该对他说什么呢?她在想着这样两个问题。

终于,先是一辆马车进了院子。"嘿,他来了!"兰贝尔夫人喊道。然后客厅的门开了,达西先生走了进来。朱莉的身上感到一阵发冷,汗毛都立了起来。他的确是变了不少，但即便是在大街上，朱莉相信自己还是能一眼就认出他来，这和兰贝尔夫人所说的完全不同。而且，以前他是有点盛气凌人的，现在又多了一点高贵的气质，更将他与别人拉开了距离。这就是中国人所谓的鹤立鸡群吧，朱莉想。

达西先生吻了兰贝尔夫人的手，然后在她的身边坐了下来。先是由兰贝尔夫人给大家作介绍，但主要就是把达西先生介绍给沙陀福尔上校、佩兰上校和努阿夫人，其实这三个人也只是在这之前没有见过达西先生而已。至于朱莉——沙维尼夫人，兰贝尔夫人故意将她空了出来，她想让他们自己去相认，那也许会更有趣，她的确是太喜欢看这样的一幕了。接下来是短暂的沉默，各自都摆出了一种矜持的态度，因为谁都认为自己也是个人物，这在上流社会里是很常见的景象。

终于还是达西打破了这沉默。他从天气谈到旅途再谈到君士坦丁堡，然后也就自然谈到了这次回来对巴黎的新感受，当然都是一些无关紧要的事，但却被他说得有声有色。他的语气和缓，声音温润，在朱莉听来比先前更多了一份亲切感。她觉得他比先前瘦了，脸色也的确有一些苍白，头发的确有一点稀疏，但并不像兰贝尔夫人所说的那样已经秃顶；鬓边也的确有了几根白发，但却越发让她觉得可亲可爱了。兰贝尔夫人是故意要那样说的，她想。

"亲爱的达西先生，"兰贝尔夫人终于说道，"你不要忘了现在还有一个你最想见到的人正在等着你去问候她一下呢！"

这时候达西才转过头来深情地看了朱莉一眼，然后站起来走到朱莉面前。他先是伸出手来却又立刻缩了回去，向朱莉深深地鞠了一躬说："沙维尼夫人，非常高兴能再见到您！"然后是朱莉伸出手来，想说什么却又突然哽咽了，她的脸上飘过一抹绯红，眼睛也湿润了。

"看，看，看！动情了，动情了！"兰贝尔夫人说，她自然是把一切都看在眼里了。

朱莉情不自禁地又抬起头来看了一眼达西，却发现他的额头上多了一道疤痕，是被刀砍过留下的痕迹。她突然又生出一种怜惜之情，很想伸出手去抚摸一下，只是因为这是在众目睽睽之下，所以她才控制住了自己，重新坐了下来。

"哪里还有什么情可动，只不过是因此想到了一些往事而已。"朱莉说。

"也是，谁又能忘记那些少年时期的往事呢！想起来那真是一段美好的时光，当时不珍惜，现在也只有悔恨了。"这样说着，达西便要回到自己原来的位置上去。在朱莉和沙陀福尔上校之间原本有一个空着的位置，是朱莉躲开沙陀福尔上校时空出来的，但这时却不知怎么又被沙陀福尔上校坐上去了。好在兰贝尔夫人旁边也有一个空位置，于是兰贝尔夫人便站起来，把达西拉到自己的位置上坐下，自己却坐在了达西的边上。

这样，朱莉和达西便坐在了一起，成了这场戏里的男女主角，这一切都仿佛是被谁事先安排好的一样。到了晚宴的时候，也仍然是朱莉和达西坐在一起，而且还被兰贝尔夫人坚持着推到了主位上去，让沙陀福尔上校再怎么愤愤不平也没有用了。

十

晚饭后，大家来到花园里围坐在一张木板桌子旁喝茶。月光如水，微风阵阵，花香扑鼻，令人感到十分惬意。

但沙陀福尔上校却感到了从未有过的不自在。他发现那个达西对朱莉非常殷勤，而朱莉对那个达西说的每一句话都非常感兴趣，要么愉快地点头，要么回应一句什么，尤其是那微笑，尤其是那眼神，他觉得自己似乎从来就没有得到过。他先是坐立不安，然后是站到一边去赏月看花来掩饰自己的烦躁，最后终于趁着达西那家伙给大家讲穆罕默德·苏丹的胡子时走到朱莉的背后，趴在其耳边上说："夫人，看来您是有了新朋友便忘记了老朋友啊！"

"什么老的新的，我不明白您这话的意思。您看，这手帕上的花儿绣的如何？我觉得可是美极了！"朱莉拿起被兰贝尔夫人分发给每个人的那块手帕说。

"您这样认为吗？您该知道那其实是达西先生送给兰贝尔夫人的。也许还是他的那位土耳其女人绣的呢？"沙陀福尔上校终于找到了机会来攻击一下自己的情敌了。他说话的声音很大，是故意让自己的情敌听到的。

"沙陀福尔上校，您说什么土耳其女人，还是我的，那又是哪一个？"达西立刻转过头来问道。

"哦，对不起，达西先生！就是那个您对她有救命之恩，名叫艾美妮，她叫您索迪尔的那位苏丹公主，我是说这手帕上的美丽的刺绣一定是出自她之手吧？"沙陀福尔上校的话也称得上是滴水不漏。

达西立刻哈哈大笑起来，然后说："想不到，我的倒霉事居然传到巴黎来了。你们大概都只知其一不知其二，其实我的遭遇犹如堂吉诃德遭遇上大风车，实实在在的闹了个大笑话，已经被法兰克人——也就是当时和我在一起的欧洲人——笑了很长一段时间了，现在又要被巴黎人来接着笑个不停了。"

"怎么呢？我们可都不知道，还是讲给我们听听吧！"努阿夫人叫道，其他人也都跟着"是啊，是啊"地叫起来。于是达西先生

283

只好说:"其实,我实在不想把我的这一段经历讲给你们,因为它太让我伤心了;但为了不让你们去胡思乱想,更为了不让有些人去随意演绎,我也只好把这件事的后一半说给你们了。"

"不行,我们连前一半也不知道是怎么回事,您还是从头说起吧!"又是努阿夫人说道。

"好吧,那我就从头说起吧!事情是这样的:

"那是我到了君士坦丁堡之后不久,我又到了塞浦路斯的南部港口拉尔纳卡。

"一天,我闲着没事,便拿着画架出城去写生。和我一起去的是一个名叫约翰的英国青年。约翰的旅行没有任何目的,因为既不懂地质学,对植物学也没兴趣,性格又很随和,也因此是个很好的旅行伙伴。

"这地方有一段海岸风景很好,有许多陡峭的山岩,又有一些古堡的废墟,都很入画。我便坐在一所破房子的阴影下画起来。约翰躺在草地上一边吸着烟草一边东一句西一句地说着他所经历过的事情,偶尔还要嘲讽我几句,说我的爱好艺术实在是多此一举。我还雇了一个土耳其人给我们当翻译,他的咖啡煮得很好,算得上我喝过的最好喝的咖啡了。

"正当这个土耳其人为我们煮着咖啡,那咖啡的香味儿已经在空气里弥漫着的时候,突然,约翰叫了起来:'看呢,那边有人从山上下来了,那驴背上驮着的可能是冰,我们可以买一点回去冰橙汁。'我抬起眼,看见的确有几个人从山上走下来了。因为他们个个都戴着一顶小白帽,所以自然是一些伊斯兰教徒。一个老头牵着一头驴子走在最前面,驴子驮着一个白色的包裹;后面的人有的骑着马,有的走着。'那也许是雪吧?'我说。可那个土耳其人往那边瞭了一眼却说:'那既不是冰也不是雪而是人,是用来喂鱼的人!'那一定是死人了,这或许是要给那个人施行海葬吧!'我想。

"但就在这时,那其中的一个人突然纵马疾驰,向海边跑去。当他从我们身边掠过的时候向我们瞥了一眼,像是在说:'该死的基督徒!'那些伊斯兰教徒把我们这些人一律称之为'该死的基督徒',很不友好,所以我这个什么教都不信的人也只好跟着挨骂了。

"只见他一直跑到一个悬崖上去了。那些悬崖很高,下面就是极深的海水,然后他向走在后面的另外几个人招了招手,那几个人便也像那个悬崖上走去了。但当他们走过我们身边的时候,我们却都发现那布袋里的人仿佛动了一下,而且还似乎听到了仿佛是一个女子发出的呻吟声。我突然想到了从《不贞的女子》一书中读到的事——一个女子因为不和自己的丈夫同房便被丈夫怀疑有外遇而将其扔到海里去了——于是我便对约翰说:'我们带上枪过去问问到底是怎么回事吧!'那个土耳其人立刻说:'千万不要去啊!还是多一事不如少一事吧!'那个约翰平时很随和,没想到这时却突然变成了一个骑士,他冲上去就把那几个人截住了。他用英语问那几个人口袋里装的是什么,那几个人听不懂也就自然不回答,他便冲上去把那个老头儿推开,把那个布口袋从驴背上抱了下来。那几个人掏出了匕首,结果约翰倒没怎么样,我的额头上却先负了伤。'枪!'我听到约翰这样喊,才想起别在腰带上的枪,便立刻把枪从腰间拔出来拿在手里举起来,但我仍然也只是朝天上先放了一枪,可没想到那几个人一听见枪响立刻掉头就跑,连悬崖上骑着马的那个人也瞬时就跑得没影儿了。

"我们立刻将那口袋解开,发现里面装的的确是一个女子,而且算得上是一个长得非常美丽的土耳其女子。她几乎是光着身子,手脚被绑着,嘴被堵着,当我们将她嘴里堵着的毛巾拽出来,将她手脚上绑着的绳子解开后,她立刻跪在地上对我们一个'艾美妮'

一个'索迪亚'地叫起来。一问那个土耳其人才知道,她是在说她叫艾美妮,你们是她的索迪亚——也就是救命恩人。但我们让那个土耳其人问她一些其他的事,她却什么也不说了。我们只好让她用那个白布口袋把下身裹起来,又脱下自己的上衣给她穿上,她又要跪在地上'艾美妮'或'索迪亚'地叫起来,我们让那个土耳其人将她拦住了。接下来我才把自己的头用我的衬衫裹起来,虽然刀口不深,但得了破伤风也是会要了我的命的。

"但接下来怎么办我们却没了主意。'我们必须立刻走,那些回教徒可能随时都会回来,如果他们再叫一些人也拿着枪来,我们可就抵挡不住了。'我说。'回拉尔纳卡也不行,那些人说不定会追上来。我们倒无所谓,可是她……'约翰说。'我有个在法国领事馆做事的土耳其朋友,他的老家我去过,在离这里不是很远的一个镇子上。他最近正在休假,因此一定住在家里,我们到他那里去,看他有什么办法没有吧!'我说。于是我们就立即乘上自己的马车赶往那个领事的家里。

"那个领事是个胆小如鼠的人,见了面先是埋怨我们多管闲事,说那女子一定做了什么丑事,被扔进海里是罪有应得,我们的做法弄不好会引起一场回教徒的暴动,他们会把来到这里的法兰克人全都杀光。然后便让我们把这个女子送回去,并且还要给那些回教徒道歉,但这我们是绝对做不到的,尤其是约翰,他宁愿去和那些回教徒拼个你死我活。

"正在我们僵持不下时,那个领事的妻子回来了,没想到他的妻子倒是一个敢作敢为的人。她把我们视为了不起的英雄,并说自己有办法去说服那些回教徒。她说她和那些回教徒的首领认识,可以让他们放过这个女子,还可以为这个女子改变一下教籍,这样她就是做了那些回教徒们认为再大的丑事也就不算什么了。但最后的结局却是那个领事出钱把那个女子买下了,他的妻子做了那女子的教母,还让我这个只有教籍没有信仰的人做那女子的教父。

"但最不能让人接受的是,在我们要为那女子举行改教仪式的时候,那女子却不见了,后来才知道她是同领事家的厨子私奔了。原因很可能是因为那个厨子做的烩饭很好吃,她不仅是很能吃的,而且还有一句名言叫作'能吃就是美丽'。那个英国小伙子约翰听说了之后差点没气得去跳海。

"我就是这样做了一回堂吉诃德,现在想起来也的确是有一些好笑的!"

"哦,可怜的达西!你这额头上的疤就是那一次留下的吧?"兰贝尔夫人说。

"是啊,幸亏我本能地躲开了一些,否则我就再也回不到巴黎了。"

"她到底是不是公主呢?"努阿夫人问。

"在那个地方,你手下只要有十个人,就可以自称为王,因此公主也就遍地都是了。"达西笑着说。

"那她是不是真的很漂亮呢?"朱莉问。

"我说了,她只算得上是一个土耳其的美女,但要我们接受起来还有一定的困难。尤其是他们的浓妆艳抹,好好的眼睛非要涂上一个大黑眼圈,像个中国的熊猫,真让人受不了。"

然后大家又回到客厅。达西被不知从哪儿又冒出来的一个人拉到一边去谈事。看到朱莉又落了单,沙陀福尔上校便又凑了过来。

朱莉耳朵听着沙陀福尔上校说话,眼睛却盯着坐在客厅另一边的达西,希望达西能再回到她的身边来。但达西似乎并没有这样的意思,于是她叫人备车,缓缓地站起来。

"怎么了,朱莉?要不就在这里住下,明天再回去好了。"兰贝尔夫人说。

"那怎么行,我换了地方是睡不着觉的。"朱莉这样说着,又扭过头去瞟了达西一眼。

"不要着急,我的小妞儿!"兰贝尔夫人的脸上除了那神秘的微笑之外又多了一点遗憾,她摇了摇头说。

朱莉向门口走去。沙陀福尔上校就站在朱莉身边,他伸出了手臂,朱莉并没有拒绝,这才让他找回了一点面子。沙陀福尔上校一直把朱莉送到马车边,并对朱莉说他和佩兰上校的车子随后就会跟上来。朱莉向站在台阶上的兰贝尔夫人挥了挥手,她很希望这时台阶上会出现达西的身影,但是没有。于是,她走了。

或许就在朱莉的马车才走出院门的时候,达西跑出来了。他是不是故意这样做的,谁也不知道。

十一

朱莉离开兰贝尔夫人的乡间别墅不久,天空就变得黑沉沉的了。很快,暴风雨就来了,又是雷鸣,又是闪电,风吹得树木东倒西歪,雨下得如瓢泼一般。那车夫喝了点酒而对此全然不惧,依旧让那马车飞快地奔驰在并不很平坦的乡间土路上。

朱莉对暴风雨的突然来临也没当回事,对于车夫让车子如此飞快地奔驰也没什么意见。她似乎倒希望那暴风雨来得更猛烈些,将这世界掀翻、淹没了才好。她更希望这马车跑得更快一些,快一些让她用被子把头蒙起来睡一觉或是哭一场。她这样想着,突然,马车像是遭了猛烈的一击,接着就是噼里啪啦咔嚓,出车祸了。窗玻璃碎了,一个车轮也掉了,马车翻在路边的沟里,好在人都没事。

风还在刮，雨还在下，车夫骂着天、路和马，仆人骂车夫，车灯又灭了，四下里一片漆黑。仆人问她怎么样，她说没事。仆人问她要不要到车厢的外面去，她说不用。她问能不能继续走，车夫说不能。她问能不能回去，车夫说不能。她说那就等吧，说不定一会儿就会有车子跟上来，因为沙陀福尔上校是那么说的。朱莉斜卧在马车里什么也不说了，她以为这是天意。不会就让她死在这里吧？她想。她昏睡了过去。

也不知过了多长时间，是一个小时还是一个世纪，车窗外传来了一个熟悉的声音："是沙维尼夫人的车吗？她在哪里，受伤了吗？"不是沙陀福尔上校，而是达西，他来了，来救她来了。她的身上是有斗篷的，但他还是脱下自己的斗篷把她再一重地裹起来了。他抱住了她，把她从车厢里抱出来了，把她抱上了自己的车子。他把她抱得那么紧，仿佛要把她抱进他的身体里去、生命里去。他的脸和她的脸离得那么近，几乎就要贴在一起了。终于，他握住了她的手问道："怎么办，朱莉，我们是继续前行，还是掉头回去？"

他叫她朱莉而不是沙维尼夫人了，那她该怎么办呢？是继续前行，还是掉头回去呢？她也拿不定主意。或许，她既不想前行也不想掉头，而是想就这样停在这里，死在这里，死在达西的身边，死在达西的怀里，这比去什么地方都好。于是她不说话了。但马车还是往前走了。这里离巴黎还有三十里的路，她真希望是三百里、三千里，就这样走完自己人生的旅程。

但她为什么不做另一个选择呢？那样不就可以把与达西相处的时间拉得更长一些了吗？达西是不是因为自己的不说话才选择了继续前行的呢？他会不会因为自己的犹豫不决而不高兴呢？于是她终于说话了。她问达西自己是不是还活着，她问达西为什么会在她最需要他的时候出现，她问达西这是要将她带到哪里去。于是达西对

289

她说她现在还活着，他之所以会出现是因为想和她单独地说一声再见，他是要把她送回到她自己的家里去，因为他怕她换了地方会睡不着觉。

一切的误会都没有了，外面的夜色依旧很黑，雨也还在淅淅沥沥地下着，但朱莉的心里已经是红日东升、晴空万里了。她终于坐了起来。她见到达西的外衣被雨水打湿了，便将那裹在自己身上的他的斗篷拿下来让他穿上，但达西却说什么也不穿，非要她继续裹在身上，说那样会更暖和一些，于是最终那斗篷被摊开将他们两个人盖在了一起。他们两个靠得很近，要不是有黑夜作掩护，朱莉一定会感到不好意思。这是天意，她想。

"朱莉，还记得吗，那时，你外祖母的身体很胖，我们曾经把她的外套合穿在我们身上。"达西说。

"怎么不记得，为了这件事，外祖母还说了我一顿呢！"朱莉说。

"我们还在一起演过神话剧《普罗米修斯》。你演那秃鹫，我为你用金纸做了个带钩的长嘴；我演普罗米修斯，你将我绑在了床头上。然后你便来啄我的前胸，弄得我浑身都痒痒的。还有《保尔和维吉妮》，我演保尔，你演维吉妮，我们还接了吻。那是一段多么美好的时光啊！"达西说。

"你竟然什么都记得，我还以为你都忘记了呢！但你……"朱莉想问他为什么会不辞而别，但欲言又止。

"我知道你想说什么，那是我的自卑天性造成的。我这个人不论什么事都是会在最需要我往上冲的时候退下来。"达西说。

"你去过那么多地方，真是让人羡慕！据说到了东方的人就再不想回到西方来了。"朱莉想把话题引开，以为那样说下去太危险。但达西却并不想那样，他问道："那个沙陀福尔是个怎样的人呢？"

"你是说那个军官吗？他是我丈夫的朋友，一个骑兵上校。"朱莉故意把自己和沙陀福尔上校拉开一些距离，因为她还不知道达西为什么会这样问。

"这个人我不喜欢，你说的那个东方我也不喜欢。不错，那边的天很蓝，可在那边待了一段时间之后我却又想念起巴黎的云雾来了。如果不是为了工作，我早就跑回来了。"达西说。他的话也并非话里有话，但在朱莉听来却仿佛包含着另外的一重意思。

"除了工作和写生，你在那边是怎么打发时间的呢？"朱莉问。

"在别人去喝酒赌钱找女人的时候，我一个人躲在住所里研究土耳其文，当然有时也去海边上走走，也不仅仅是去写生，而是想能遇见个老乡聊一聊，可遇到的总是一些来这里卖假首饰的小商贩。有一次遇到了几个诗人，我也不喜欢他们那种造作出来的激情，于是就只好又去住所里研究我的土耳其文去了。"达西说。

"你还是老样子，那么刻薄，那么孤傲，一点也没变！"朱莉说。

"一个掉进油锅里的人还不能蹦跳几下吗？我们这些人在那里就仿佛是一群流浪汉，没有友谊，更没有爱情。快十年了，我找不到一个知己。"达西说。

"那么说你现在还是……还是不说这个吧！你不喜欢你的工作吗？"朱莉想问达西他是不是还单身一人生活，但话到嘴边又咽了回去。

"你是想问我是不是单身吧？的确，我还过着单身的生活。如果遇不到让我心满意足的人，也许就要这样一个人过一辈子了。至于我的工作，虽然不喜欢也只好这样做下去了，因为至少它能使我有一点实在的事情做，使我的精神不至于太空虚。其实现在，只要让我留在巴黎，即便是让我去疏通下水道我也愿意。"达西说。

达西的这句话如果在加上"因为有了你"就更好了，但没关系，朱莉是自己把这几个字加上去的。"噢,上帝!巴黎,这让人寂寞得要死的城市!"她的嘴里却是这样说着。

"等在土耳其待上两年,或许你就再不会这样说了。中国人有句话叫'月是故乡明'。那是一点错儿都没有的。"

十二

天色依旧很黑,雨小了一阵又大起来,道路不仅不平而且满是泥泞,所以马车只能走得很慢且走走停停。这是天意,这样想着,朱莉不知怎么竟然会"呜呜"地哭起来了。

"怎么了,朱莉,你这是怎么了?是我哪句话说错了,还是让你想起什么伤心事了呢?达西越是问,朱莉就哭得越凶,最后竟然几乎是号啕起来了。

"我真倒霉啊!我真不幸啊!……"朱莉哭喊着。

"你怎么倒霉,怎么不幸了呢?"达西把嘴唇几乎贴在朱莉的耳朵上问,但朱莉并不回答,还是哭。于是他让车夫把马车停下来,然后对朱莉说:"是不是我的出现让你感到痛苦,那我们以后就不要再见面了吧!"

"噢,达西,我亲爱的达西,这不关你的事,都怪我自己。我嫁给了一个我不喜欢的男人,这都怪我自己。"朱莉停止了哭泣,一边用手帕擦着鼻子一边说。

"你是说你不喜欢你的丈夫吗?这就严重了。可你当时为什么要嫁给他呢?"达西问。

"谁知道呢?或许是因为赌气吧,你连招呼都没打就走了,我只好随便找个人就嫁了吧。但当时他看上去也还不错,谁知道婚后就变成了这个样子,像个地痞,真让我觉得丢人。哪里还谈得上什么幸福呢!"朱莉说。

"原来是这样!当我知道你很快就结婚了的时候,还以为你一定是遇到了一个多么可心的人了呢!"达西说着把视线移向了窗外,又因为什么也没看见又转了回来。车灯照在朱莉的脸上,他又看见了朱莉那双还带着泪痕的眼睛,他被感动了。

"亲爱的达西,你难道不知道我爱的是你吗?"朱莉把头探过来趴在达西的怀里又哭起来了。达西先是吻她的头发、耳朵,然后把她的头捧起来吻她的脸、她的眼睛、她的嘴唇……她没有任何反抗,就这样成了那爱情的俘虏。

十三

但达西知道,自己只是被朱莉的爱感动了才做了自己想做的事,这是在享受一种老天赐予的艳福。他也和所有男人一样在做事之前可以说得天花乱坠,但在做事之后就只剩下浮皮潦草的感谢。马车已经进了城门,用不了几分钟,他就要和这个被他彻底征服了的女人分手了,但他却突然觉得不知道该对她说什么好了。他拿起她的手亲了亲,发现那手是冰冷的。他想把那手握住,却被她抽回去了。他只好不再说什么也不再做什么。

这时朱莉已经坐到了车厢的另一边,也同样是不知和那个刚刚征服了她的男人说什么好。刚刚还吸引着自己往他怀抱里钻的那个男人现在却好像对自己有了一种排斥力,虽然两个人之间还是触手可及,但却又仿佛隔开了千山万水。想法一个又一个从她的心中产生出来,可还没等说出来就被另一个想法摧毁了。

那些想法有许多是转瞬即逝的,连朱莉自己也抓不住它们。那正是一股所谓的意识流,但我还是想将其记述在这里:

> 我是爱他的,但他是爱我的吗?他是爱我的,我是爱他的吗?我已经成了他的情妇了吗?他已经成了我的情夫了吗?将来怎么办?我会离婚而嫁给他吗?他会结婚而娶了我吗?我会不会被人们认为是一个淫妇呢?这件事会不会弄得全巴黎都知道呢?他会不会再一次连个招呼都不打就走了呢?他走了我怎么办呢?我还能和沙维尼再过下去吗?沙维尼若是知道了这件事会不会先休了我呢?我早晨起来还觉得沙维尼可耻,可现在的我是不是要比沙维尼更可耻呢?昨天我还看不起的那个女人明天会不会也看不起我呢?兰贝尔夫人把我和他拉在一起是为了什么呢?是不是为了看我的笑话呢?那个男人,那个走的时候连个招呼都不打的男人,我竟然会那么快就把自己给了他,他会不会因此而看不起我呢?不,不会,我是爱着他的,他也是爱着我的,只要我愿意,随时都可以投入他的怀抱,只要他愿意随时都可以把我抱在怀里,随后我们将进入一种男人与女人之间的正常循环,除了肉体之外还有灵魂,除了物质之外还有精神。我要跟着他离开巴黎,离开这些熟识的人到一个陌生的地方去,就去君士坦丁堡好了,或者塞浦路斯,都行。但是,他却说巴黎最好,这是什么意思呢?难道他只是想让我做他的情妇吗,让我做他的便池,完了事就扭头而去吗?那可不行,绝不……

马车很快便拐进了沙维尼夫人住的那条街,达西终于拉住朱莉的手说:"亲爱的沙维尼夫人,你一定找个机会让我和沙维尼先生认识一下,听说他很快就要成为一等御前侍卫了。"

一切都完了,达西的每一句话都像刀子一样刺入朱莉的心。马车在沙维尼府邸的门前停下来。当达西伸出手来搀扶她的时候,她却躲开并自己从车上跳下来,虽然那地上积着雨水。

"亲爱的沙维尼夫人,再见吧!"达西说着深深地向朱莉鞠了一躬。

"再见!"朱莉也似乎说了一下,但似乎也没说,因为刚要说出口时又似乎被堵在了嗓子眼儿里。

十四

达西先生重新登上马车回到住所,一路上吹着口哨,得意极了。

回到住所,他先是冲了个澡,然后便披上一件土耳其睡袍,坐在皮沙发上抽起烟斗来。那烟斗的管儿是波斯尼亚樱桃木的,嘴儿是白琥珀的,烟草是拉塔基耶的,这一切都是很讲究的,但只要有钱,这一切也都是不难做到的。其实他之所以还要做那外交官的工作,只是为了一种虚荣,和沙维尼要做御前侍卫并没有什么区别。

抽着烟斗,他的头脑里也有一股意识在流动着:

很好,很好,这样的结果,正合我意,拉近了,再推开,这是天意,我的艳福不浅,让她委身于我,又不会黏住我,我才不会结婚,与谁都不会,幸亏没听约翰的劝告,如果买一个希腊女奴回来养着,我岂不成了个傻瓜?再说了,那简直就是带着无花果去大马士革,脱了裤子放屁——

多此一举，脑子进了水！感谢上帝，感谢我的选择，离开这几年，竟像是给自己镀上了一层金，否则，谁又会把我当成个人物呢？让他们想象去吧，要感谢那场雨，下得那么大，又下得那么是时候，还有她的马，她的马夫，她的马车，那路边的水沟。这是天意，的确是天意，不然我怎么会有这样的艳福？但最终还是要感谢我自己，是我判断出天会下雨，是我想到要追上去……但总的来说，她还是可爱的，好的，尤其是做情妇，她是最合适不过了。幸亏我走了，她嫁给了沙维尼，否则，戴绿帽子的也许就是我了也说不定。在巴黎，像她这样的女人会有多少呢？也不用多，有那么两三个，过一段时间再换一下，不是挺好的事吗？而且即便是在巴黎这样一个守旧的城市，人们的思想也该解放解放了，结什么婚呢，即便结了婚，也还是要离，太累了。那一纸婚书就更是可笑，人生不过是一场游戏，想怎么活全由我做主，我要活出一个自己的样儿来，和你们谁都不一样，否则……我还有什么事值得让自己骄傲的呢？要知道，我不仅是一个外交官，还是个艺术家；一个艺术家，能和别人一个样子吗？可怜的朱莉，美丽的小妞儿，我是爱她的，但也只能如此，可怜的沙维尼……可怜的……达西……你这个混蛋……混蛋……

他的烟斗灭了，人也睡着了。

十五

回到家里以后，朱莉要做到第一件事就是把侍女叫起来给她准备好洗澡水，然后把自己关在浴室里一边洗澡一边就开始哭起来。无论她的眼睛是睁开着还是紧闭着，白天至午夜所发生的一切都变成了一连串的画面不停地从她眼前掠过。洗过澡之后她立刻又上了床，用一床大被子把自己从头到脚都蒙起来，立刻失声痛哭起来。

我失节了，就在今天，就在一个小时前，我失节了。我像是一个妓女，一个无耻的女人把自己交给了一个不爱自己的人，这和嫁给一个自己所不爱的人有什么不同呢？真该死！如果他不爱我，一定会以此为荣耀去到处宣扬，到了明天，后天，也许全巴黎的人都会知道了。我要怎么样才能抹去这耻辱呢……她一边哭一边这样想着，还时不时地咳嗽一阵，几乎直到天明。她病了。

但早晨起来，她仍然作出了一个决定，去尼斯看一看母亲，她想把自己的事都告诉母亲，然后便去旅行，把自己没去过的地方都去看一看，如果发现哪个地方适合自己就在那里住下直到死去。至于巴黎，她永远都不会再回来了。那些所谓的朋友，她也一个都不想再与他们来往了。她将忘了这里的一切，就让这里的一切把她也忘记了吧！

她透过窗子看了看外面，天色依旧是灰蒙蒙的。她叫侍女给她收拾东西，又给沙维尼留了个条子说："我母亲病了，要回家一趟。"就这么简单。

就在她要动身的时候，仆人却进来说有两位先生要见她，一位是沙陀福尔上校，一位是达西先生。

"让他们走，我今天谁也不见！"朱莉对这两个人的同时到来尤其不能容忍，几乎是叫喊着说。

其实沙陀福尔上校和达西先生只是在沙维尼府邸的门前遇上了。前一天晚上沙陀福尔上校本来是要立刻就走的，但是佩兰上校非要坚持打完那几局牌，结果牌打完了，雨也下起来了，他们只好等到后半夜雨小了才动身往回走。因此，一大早就想着到朱莉这里来看看并表示歉意。达西先生呢，早晨一起来，便将昨天发生的事从头到尾地想了一遍，立刻觉得无论如何都应该再去安慰一下这个已经成了自己情妇的女人。两个人似乎都不愿意同时去见朱莉，所以当仆人说沙维尼夫人不愿见客时竟然都觉得正好，于是两个人相互点了一下头便各奔东西了。

这之后，朱莉立刻叫马夫备车，然后便出发了

十六

从一上车开始，朱莉就不住地咳嗽。仆人要让她先去看医生，但她却坚持要立刻就走，而且还要车走得越快越好，像是在逃跑一样。从早晨到晚上，她一口东西都没吃进去，几乎是走了一路咳嗽了一路。到了晚上，她终于晕倒在了一家小旅店里。店主人为她叫来了一个当地的医生，医生说她得了重感冒，很可能已经转为肺炎，留下了一点药，建议她最好立刻返回到巴黎去。朱莉自然是不会那么做的。那一夜，她开始咳血了。

但第二天一大早，她仍坚持要走，可刚要站起来就又摔倒在了地上。此后的一两天，她都处于昏迷状态，身边只有个侍女陪着她。那个侍女是她出嫁时带过来的，虽然对她忠心耿耿，但到了这个时

候就只剩下哭哭啼啼了。那个马夫骑着马回巴黎去报信儿，但沙维尼先生陪着H公爵去打猎了，要第二天才能回来。这样一耽搁就又是一天，等到沙维尼先生带着医生赶到时，一切都已经太晚了。

据那个侍女说，那天早晨，沙维尼夫人醒来后似乎好了许多，她要来纸笔说要写信，但写了几页之后又都扔进火炉里烧掉了。然后就又突然晕倒了，便再也没有醒来。

沙维尼先生自然是很悲痛的，但他并没有把夫人的尸体送回到巴黎而是葬在了那个小镇上的公共墓地里。因为按照当地的规定，要想把死在那里的人运走需要办许多相关的手续，这至少要用去沙维尼先生一个星期的时间，而他接到的让他去宫廷赴任一等御前侍卫的时间却是在三天之后。

另一个唐璜

记得是公元前1世纪的罗马政治家西塞罗曾在他的论文《论诸神之本性》中说过,在最早的希腊神话中,所谓的朱庇特神并不是只有一个,至少是有一个在克里特岛,另一个在澳利比亚,还有一个在别的什么地方。其实在古希腊,凡是稍大一些的城市无不有其自己的朱庇特神,然后古希腊人又将这所有朱庇特的故事都集中起来塑造出了一个朱庇特神,即成了所谓众神之神宙斯。

在希腊,唐璜的知名度并不比宙斯小多少,他的情况也与宙斯相同。也就是说希腊的许多城市都有着一两个自己的唐璜,每个唐璜都有着各自不甚相同的传说。随着时间的推移又不断地相互融合,最后也就弄不太清楚哪个是哪个了。但总的来说名气最大的只有两个,而且他们的原型都出自塞维利亚,一个是唐璜·泰诺里奥,据说是勾引了骑士乌洛亚的女儿并杀死了乌洛亚,还邀请死者的石像来赴宴,结果被那石像拽入到地狱里去了。另一个是唐璜·德·马拉纳,他与前者的经历和结局都有着很大的不同。

而且这两个人曾经的存在和由他们为主角儿所构建出

的两个故事的真实性也似乎是不容置疑的，否则便会伤害塞维利亚人的情感，因为他们往往是会不以为耻反以为荣的。他们会指给你看唐璜·泰诺里奥生前住过的房子，更会指给你看唐璜·德·马拉纳在著名的塞维利亚慈善教堂圣教主祭堂旁边的墓。尤其是唐璜·德·马拉纳的墓是所有到塞维利亚旅游的人都必去参观的地方，或许他们只是想去看一看那墓碑上的铭文。"此地长眠者／世间最坏人"，谁也弄不清是谦逊还是骄傲，但至少是此人存在过的一个不容辩驳的证明了。如果遇到一个喜欢多说几句的导游，他还会给你讲述一个唐璜隔岸借火的故事。说那天唐璜喝多了酒，在夸大基维尔河边散步，想抽烟却没带火，看见对岸有个人正抽着雪茄，便喊道："喂，老兄，能借个火吗？"可那个人正是魔鬼的化身，只见他的手臂越伸越长，直伸到唐璜的面前来了，他用拿在手中的雪茄点燃了唐璜手中的雪茄之后立刻又把手臂缩了回去。唐璜呢，竟然也并没有觉出什么异样，仿佛这一切都是自然而然的事。至于这导游会把这个故事安在哪一个唐璜身上，却有着绝对的随意性，或者全凭他当时的心情决定。

由于莫里哀的喜剧和莫扎特的歌剧，前一个唐璜对于我们法国人来说已经算得上家喻户晓了，但后一个唐璜却还差得远。也因此便有了这《另一个唐璜》。

唐卡洛斯·德·马拉纳伯爵是塞维利亚最富有、最令人尊敬的贵族之一。他出自名门，在镇压摩尔人起义的战争中表现出色，在攻陷摩尔人的最后一个据点——阿尔哈拉斯峡谷之后带着前额上的一道伤疤和从那里抢来的几百个孩子回到了塞维利亚。他为这些孩子重新做了洗礼，然后卖给一些基督教的家庭赚了不少的钱，很快便又获得了一个大家闺秀的青睐并很快就与她结了婚，只可惜他的妻子在生了几个女儿之后就再也怀不上了。唐卡洛斯伯爵一想起自己几乎是用生命换来的万贯家资最终竟要落入旁姓之手就感到郁闷，但没想到正当他已经心灰意冷的时候，妻子不仅肚子又大了起来而且竟然还给他生了个儿子。至于伯爵为什么给这个儿子取名叫唐璜，那至今也还是个谜。

生于如此富贵之家，又是一代单传，所以这个唐璜从小就被溺爱着，正所谓捧在手里怕摔了，含在嘴里怕化了，想要天上的月亮不给天上的星星，成了家里的小皇上。当然，他的父母自然也会在他的身上寄予各自的希望。他的母亲是个非常虔诚的基督教徒，用各种糖果哄着他背诵各种经文，用讲述"圣徒传"来哄他入睡。他的父亲希望他像自己一样英勇无畏，给他讲自己去和摩尔人打仗的经历，教他拉弓射箭，投标枪，打火枪。

伯爵夫人的祈祷室里挂着一幅油画，画的是炼狱中的景象：炼狱里的灵魂被囚禁在一个地穴里，他们的头顶上有一个天窗，一个天使从那里伸下一只手来，正在把一个即将升入天堂的灵魂从地穴里拉出去。这是伯爵从一座摩尔人教堂的废墟中捡回来的，当时那座教堂已经被烧得没什么了，但不知怎么这幅画还完好无损。对于他来说这只是个装饰品，但在他妻子那里却成了宝贝。小唐璜每次到这里来，都要在这幅画前面站一会儿。他最喜欢看的是其中被铁钩挂起来、悬在空中的一个灵魂，一条蛇正在吞噬着他的脏腑，下面还有一堆火在烧着。他的下半身都在被那火焰炙烤着，但那灵魂并没有挣扎，而是抬起头来看着那天使，眼里像是充满了对救赎的渴望。他看着这幅画，心中充满了好奇。"真的会有那样一个世界吗？"他想。

伯爵的书房里，陈列着许多对于伯爵来说有着纪念意义的东西。一件带有血迹的铠甲和一个像是被刀斧砍掉了一块的头盔，那都是伯爵当年穿戴过的。有一把弯刀是伯爵从维哈尔一个回教徒首领那里缴获的，当时他先是被人家砍了三刀，但都不致命，结果是他一剑刺过去就要了人家的命。还有一面已经被烧掉了一部分的战旗，是他带兵攻打埃维尔叛军时从人家房顶上拔下来的。这里的每一件东西都有着一段故事，也都可以讲给小唐璜听。

"儿子，你看见你我袖口上的图案了吗？那是我们的家徽；你看见上面那个金色的圣餐杯了吗？那是当今的国王特许我们加上去的。那一年，我去镇压摩尔人的叛乱，有个摩尔人的光头军官很坏，可以称得上是作恶多端。他让他的马吃祭坛上的大麦，让他的士兵随意拿走教堂里的圣物，但有一次当他正在营帐里用一个金制的圣餐杯喝着果子露的时候我冲了进去，一刀就将他的光头劈成了两半。我将那金制的圣餐杯献给了国王，便因此获得了这份殊荣。所以你来看你祖父画像中他袖口上的徽章，那上面是没有这个金色的圣餐杯的。"像这样的故事，伯爵经常讲给小唐璜听，直到小唐璜能复述出来为止。

因此，虽然是娇生惯养，但小唐璜在十八岁以前也还算得上是一个好孩子。但到了十八岁的时候，伯爵决定把他送到西班牙的一所最著名的大学——萨拉曼卡大学去读书。伯爵夫人给儿子带上了圣衣和圣牌。伯爵呢，他给儿子带上的是一把剑，剑柄上刻着家族的徽章和唐璜二字。

"儿子啊你要记住，一个贵族最宝贵的是名誉，而你唐璜的名誉就是我们马拉纳家族的名誉，无论如何、即便牺牲生命都要维护这名誉。拿住这把剑，你不要轻易使用它，但一旦把它从剑鞘里拔出，就不要轻易把它再插回到剑鞘里去。"在把剑交给唐璜之前伯爵对唐璜说。

当时的萨拉曼卡大学正处于鼎盛时期,有很多学识渊博的教授,自然也就有很多像唐璜这样的富家子弟来这里上学,市民也因此吃尽了这些学生的苦头。这些学生往往仗着口袋里有钱而为所欲为,他们除了吵吵嚷嚷令人不得安宁之外还时常打架斗殴,甚至还会时常发生各种各样的流血事件。唐璜到了这里之后先是像他父亲嘱咐的那样跑遍了各个教堂去瞻仰其陈列着的圣物,其次是把一笔数目很可观的钱捐给了学校作为助学金分发给相对穷困一些的学生。其实这里哪有什么穷困的学生,不过是表面上穿得破而已,但他的这一举动还是在学校里引起了极大的轰动,也使他一下子就成了学校里的名人。

到了一个全新的环境,唐璜的求知欲很强烈,他每堂课都认真听。一开始,他总是往后坐而把前面的位置让给别人,但有一次,连后面的座位也没有了,而前面最好的位置却有一个座位空着,于是他便在那个座位上坐了下来。可他刚坐下,旁边那个衣衫褴褛的学生说话了:"唐璜先生,虽然你在这个学校里也算得上是个名人了,但这个位置是我为唐加西亚先生占下的,您还是赶紧坐到别的地方去吧!"

如果是刚到时候,也就是教室里还有别的座位的时候,唐璜是一定会那么做的。但今天却不行,一是教室里的确已经没有别的座位了,二是这堂课是历史课,这是他最喜欢的课程。于是他对那个同学说:"座位么,谁先到就是谁的,如果你的那个什么唐加西亚先生不来了,这个座位还要一直空着不成?真是岂有此理!"

"谁说我会不来的呢?唐璜先生!"说话的人当然正是那个唐加西亚,宽宽的肩膀,黑黑的脸膛,身穿一件磨旧了的短上衣,外披一个黑不黑黄不黄、还破了几个洞的斗篷,典型一个穷艺术家的形象。但脖子上的大金链却又在告诉着你并非如此，尤其是眼神中的傲慢和嘴角上的轻蔑，更告诉你那一定是个不可一世的家伙。说着他向那个衣衫褴褛的家伙一摆手，那个衣衫褴褛的家伙立刻站起来走了，他却坐在了那个位置上。

"认识一下吧，唐璜先生！鄙人唐加西亚，家父纳瓦罗与马拉纳伯爵是战友，能与您坐在一起深感荣幸！"说着还向唐璜伸出手来。唐璜没有想到这个唐加西亚不仅认识自己还会对自己如此客气，便立刻也伸出手来与其轻轻地握了一下手，并漫不经心地说道："彼此彼此！"但就是这轻轻的一次握手和这漫不经心的一句"彼此彼此"改变了唐璜的人生轨迹，这是连他自己也万万没有想到的。

接下来，两个人都认真地听起课来，课上所讲的正是西班牙人与摩尔人的战争，其中既提到了马拉纳伯爵也提到了纳瓦罗伯爵，这也就更将唐璜和唐加西亚的关系拉得更近了。下课后，唐加西亚把自己的住址给了唐璜，希望有时间能和他一起喝两杯，然后用那件斗篷把身体重新包裹了一下便转身走了。

唐璜在走廊墙壁上的一些题词面前放慢了脚步，一边看那些题词一边思考着这个唐加西亚到底是怎样一个人。这时那个衣衫褴褛的家伙凑到了他的身边。唐璜想离开，因为他对和这种衣衫褴褛的人说话还有点不习惯，他还不能完全接受这种在这里算是很时兴的打扮。但那家伙却拉了一下他的衣角说："唐璜先生，您能否给我一点时间，难道您不想多知道一点那个唐加西亚先生的情况吗？"

"当然可以，"唐璜把身子靠在一根柱子上说，"您说吧。"

"先介绍一下，我叫贝里戈。"这样说着，贝里戈还向四周看了看，仿佛害怕自己说的话会被别人听到似的，其实这时走廊里已经没有别的什么人了。"唐璜先生，您的令尊和唐加西亚的父亲真的是战友吗？"他问道。

"也许是吧,因为他们都参加过那场战争。但至于他们是否认识我可说不清,也从没有听家父谈起过。可是你问这样的问题有什么意义呢?难道唐加西亚不是纳瓦罗伯爵的儿子吗?"唐璜反问道。

"不!我只是想知道你是否也知道关于唐加西亚的一段传闻。据说纳瓦罗伯爵只有这么一个儿子,也自然是老来得子。这个儿子六七岁时得了种怪病,说是自己被投进了炼狱。在炼狱里,他被一根铁锁吊在了半空中,一条蛇在不断吞噬着他的脏腑,一堆火在炙烤着他的下肢,真是痛苦极了。纳瓦罗伯爵为他找了很多医生,但都治不好他的病。但有一天,纳瓦罗伯爵对着一幅圣者米歇尔的肖像说:'如果你有法力,就立刻来救救我的儿子,否则我就只好来祈祷那被你打翻在地的魔鬼了。'"

"这种亵渎神灵的话怎么可以随便说呢?"唐璜想起了母亲祈祷室里的那幅画,心中竟生出了几分恐惧,但还是不动声色地说。

"话是那么说,但这之后小唐加西亚的病竟然好了。也不知是圣者米歇尔给他治好的,还是那魔鬼给他治好的。但也不知为什么,很多人都坚持说是后者。"贝里戈说。

"哈哈……,因为从此以后,他就仿佛变成了一个魔鬼了,是不是?"不知什么时候,唐加西亚竟然出现在了这里,"贝里戈,如果你不是在对唐璜先生讲话,我一定会让你为此而付出代价!"然后他又转过脸对唐璜说:"唐璜先生,为了证明他们这些人说的都是屁话,我请你先和我一起去学校边上的那座圣彼得教堂做一次祈祷,然后我们再约几个同学一起吃顿便饭吧!"说着,唐加西亚便不由分说地挽起了唐璜的胳膊。唐璜心想:"这不是绑架吧?"但为了证明自己并不是胆小鬼,也为了证明自己并不把贝里戈说的那些话放在心上,便跟着唐加西亚走出了校门。

他们一起来到圣彼得教堂并在祭台前跪下来祈祷,唐璜默诵了一段很长的经文之后抬起头来，发现唐加西亚还在低着头默诵经文，便也只好又低下头默诵起来。但当他再一次抬起头来的时候，却发现唐加西亚仍没有结束的意思，便看了看其他的人；这一看不要紧，就有了更惊人的发现。他发现有两个美人儿跪在离他们不远的地方，两个美人儿应该是姐妹俩，年龄都不大，说是少女或女孩儿都可以，尤其是那个年龄小一些的，竟然还在这个时候也抬起头来看了他一眼，那女孩儿的脸便一下子红到了耳根，而唐璜几乎就要晕倒了。"太美了！"唐璜几乎要喊出来了。也就是从那一刻起，他觉得自己真的已经是一个男人了，因为他爱上了一个女人，这样的感觉他以前还从来没有过。唐璜有一点控制不住自己了，这时正好唐加西亚也抬起头来，看到他正呆呆地看着那个女孩儿，便立刻明白了一切。

"怎么样，唐璜先生，那两个女孩儿是这里行政院长奥赫达先生的女儿，姐姐叫唐娜·法奥斯特，妹妹叫唐娜·泰莱莎，你一定看上那个妹妹了吧，和你不同，我是看上了那个姐姐，如果你愿意，咱们就一起把她们拿下，你看怎么样？"

"你怎么知道得那么清楚？"唐璜惊讶地问。

"要想做贼就先要踩点儿，这也是我要到这里来而且要祈祷那么长时间的目的。现在我们赶紧到门口去，她们的祈祷也很快就要结束了，这样我们就可以从正面欣赏一下她们的美丽，如果一阵风吹过能将她们的裙子掀起来，我们就能欣赏到她们美丽的大腿了。"

唐璜跟着唐加西亚一起来到教堂门口，果然那两个美人很快就走了出来。唐加西亚竟然还迎着那两个美人儿走过去，像是把什么东西落在教堂里要回去拿似的；唐璜却只是呆呆地看着，和泰莱莎之间又有过一次瞬间的对视。唐加西亚当然很快又返回来，他们一起看着两个美人儿上了一辆豪华的马车，又快步跟着那马车往前走了一段，直到那马车拐进了瓦拉多利德街，那条街的两边居住的都是萨拉曼卡的富人。

"行了！我保证十天之内，一定要把那个法奥斯特弄到手，因为刚才我已经把一封信递给了法奥斯特，她并没有拒绝。"

"什么信？我可没看见你写信啊！"唐璜问。

"哈哈……，我这里时刻准备着一封适合送给任何女人的信，时刻准备着送给看上的女人，只要她不拒绝，事情也就十有八九的成了。"唐加西亚说。

说着，他们来到了一家餐馆儿，几个同学正在里面等着他们，一定是贝里戈去通知来的，因为他也在其中。菜的花样不多，但酒有的是，面红耳热之后，每个人都开始话多起来。一个说他如何骗了女房东，在该交房租的前一天夜里搬走了。一个说他以一个教授的名义订购了几箱上好的葡萄酒，然后在半路上把酒提走了却让酒家到教授那里收账，结果是那教授只付了一半的账，连那酒的成本也不够。这一个说昨天他把一个巡夜的警察打了，结果还要那个警察给他道了歉。那一个说前天夜里他借助一根绳子爬进了情妇的房间，昨天那女人的丈夫还请他吃了顿大餐。唐璜一开始时还有些拘谨，但酒喝到了一定程度之后便也放开了自己。他甚至开始羡慕起这些同学来了，他甚至被他们那些胡作非为吸引了，他甚至为自己没有做过那些事儿感到惭愧了。

这一次的聚会使唐璜的人生观有了一个根本性的转变，使他抛弃了社会上公认的那些道德规范而接受了这些同学们所独有的行为准则，那就是为所欲为，只要不被警察抓住就不是违法，只要不被关进监狱就不是犯罪，而且绝不会把发生在同学之间的任何事情告诉警察，哪怕是杀死了人也是一样。

这次聚会从那一天中午一直延续到黄昏，酒也不知喝了多少，所有的人都迷迷糊糊了。于是唐加西亚宣布结束，唐璜被唐加西亚搀扶着回到了自己的住处,两个人便都倒下睡了。

唐璜做了一个梦,梦见自己乘着一叶扁舟漂流在一条大河上。没有帆,没有舵,甚至也没有桨。那河仿佛就是瓜达基维尔河,他所处的位置正是河的入海处,他就要漂流到大海里去了。他先是扭过头往左看,发现河的左岸站着一个老者,一手拿着带刺的皮鞭,一手拿着一顶荆冠,仿佛是在呼唤他过去。他又扭过头往右看,发现河的右岸站着一个美人儿,仿佛就是泰莱莎,一手拿着个花冠,一手拿着剑,竟仿佛是自己的那一把,也仿佛是在呼唤他过去。这时他还发现自己仿佛是可以用意念来驾驶那条小船了。于是他便用力把船向右岸驶去,但当他快要到达岸边的时候却发现,那把拿在泰莱莎手中的剑上沾满了鲜血,仿佛是刚刚刺穿过什么人的胸膛一样,而此时又被举起并朝着他刺来。而那个老者也仿佛就站在他的身后,正举起手中的皮鞭向他的后背上抽过来。他被吓醒了,看见唐加西亚正把那把剑拿在手里摆弄着,看到他醒了便对他说:"你的这把剑真漂亮!天还不算晚,咱们去散散步吧!请把你的剑拿上吧,这样你就更像是个骑士了。"

唐璜当然不会有什么意见,于是他们出了门走到街上来。唐璜的酒劲似乎还没过去,但唐加西亚却已经完全清醒了。

"这儿的夜晚比白天好,我们可以随心所欲地做许多事。再等一会儿,我们可以去为那两个小妞儿唱一段小夜曲。"

"那是不是应该有一把吉他呢?"唐璜问。

"别急,该有的时候自然会有。"唐加西亚说。

他们先是在托尔姆斯河边上溜达了一会儿,不时会有一两个男人或女人从他们的身边走过去,他们也自然会对那些女人品头论足一番,不是这个胖了就是那个瘦了,总之是没有一个入眼的。等到好半天也没有人从他们身边走过去了,唐加西亚说:"好了,到时候了,现在的萨拉曼卡属于我们了,走吧!"说着,他在前,唐璜在后,两个人便朝着那两个小妞儿居住的那个小区走去。途中经过教堂,唐加西亚打了个口哨,贝尔戈便从教堂大门的阴影中闪了出来,于是唐加西亚的手中便有了一把吉他。

这时有一队警察从他们对面走过去,唐加西亚立刻躲闪开给他们让路,并向他们鞠了一躬,唐璜也跟着这样做了。

"在萨拉曼卡,就是这些家伙总和我们作对。但也用不着怕他们,如果遇上他们人少就和他们干,而且绝不能手软;如果遇上他们人多就溜。这里胡同很多,随便钻进哪个胡同他们都不好办,更不要说时间长了,你只要用心,便可以记住这些胡同中的奥妙,哪一个连着哪一个,哪一个是死的,哪一个是活的,他们就更拿你没办法了。"唐加西亚说着,唐璜听着,他对唐加西亚甚至已经有一点崇拜了。

很快,他们来到了瓦拉多利德街,来到了一所房子的前面。至于唐加西亚怎么知道的就是这所房子,唐加西亚没说,唐璜也没问。

"就是这所房子!她们的闺房在二层,我心上人的闺房在这边,你心上人的闺房在那边,我们分别看好她们闺房的窗子,看我唱歌时她们会有什么反应,只要那窗帘被掀开一点儿,我们今天就没白来。"说着,唐加西亚便弹唱起来。那是《圣经》中一首所罗门情歌,他只是把第一句中的耶路撒冷改成了萨拉曼卡。这首歌很多人都会唱,但从唐加西亚嘴里唱出来,却又增添了许多别样的韵味:

  在所有萨拉曼卡的女子中你最美丽
  比法老车上的骏马更让我着迷
  我喜欢你红润的嘴唇和柔软的舌头

更喜欢你说出的甜言和蜜语

你若不知道我在哪里
就去我的帐篷中稍作休息
当太阳落下去的时候我就会回来
但愿今晚的月亮不会被云遮蔽

当唐加西亚唱到这里的时候，不仅两扇窗子的窗帘都被掀了起来，连那窗子也都被打开了一条缝儿。然后，先是从唐加西亚那边的窗缝儿传出了一声咳嗽，唐加西亚立刻停止了歌唱，扭过头去朝着那扇窗子也咳嗽了一声，不过没想到那窗却又被关上了。唐璜这边呢，竟然有一块手帕从窗缝儿中落下来，还从窗缝儿里传出一声"哎呀"。像是出于一种本能，唐璜一个健步跳过去接住了那手帕，又立刻情不自禁地闻了闻那手帕上的香气，然后用剑尖挑起来把那手帕送到了那窗口。

"请问，您是唐娜·泰莱莎小姐吗？"

"是啊，您怎么知道我？"

"今天上午我们在圣彼得教堂见过面。至于您的名字，我是从别人那里问来的。"

"噢，你就是呆呆地看了我半天的那个小伙子吗？"

"是啊，是您的美丽让我着了迷。"

"噢，不行了，我的父亲来催我睡觉了，这个给你吧！"说着，从那被开得更大了一些的窗缝儿，那块手帕又落了下来，也自然是被唐璜接在了手里。

这时，唐加西亚又唱了起来，是那首情歌的第三段：

>我会为你编起长长的发辫
>
>再为你佩戴上金项链和银耳坠
>
>当明天早晨太阳从东山上升起来时
>
>我就和你在那高高的山顶上举行婚礼

当他把这首歌唱完要走的时候,法奥斯特的那扇窗子终于又被打开了一道缝儿。"喂,给你吧!"说着,一块同样的手帕落了下来,唐加西亚自然也同样没有让那手帕落在地上。

接下来的几天晚上几乎天天如此,终于有一天事情有了比较大的进展,两个小妞儿同意互赠发卷作为信物;那一边先把她们的发卷系在一根线绳上给他们放下来,这一边把自己的发卷系在线绳上让她们吊上去;之所以如此是因为那两个小妞还不够十八岁呢。但唐加西亚不干,他说他已经迫不及待了。他说要在后半夜用绳梯从窗子爬到她们的屋里去,唐璜当然也同意这么干,但那两个小妞儿却不同意。弄得事情就这样僵持下来。

"好事多磨,坚持就是胜利!"唐加西亚说。怀着这样的信念,他们依然每天都去唱一段小夜曲,每天都把自己的愿望向那两个小妞儿倾诉几遍。

"看来你那个十天的设想要落空了。"唐璜说。

"那就十五天,只要她们每天都和我们说话,用不了一个星期,我们一定可以得手。"唐加西亚说。

可就在这个时候,真仿佛是有个魔鬼在帮助唐加西亚一样,突然之间事情就有了大进展。那天晚上,当他们正准备把小夜曲唱起来的时候,又有一群不知是哪个学校的学生来了,他们个个手里都拿着吉他,也是来为这两姐妹唱小夜曲的,为首的是唐克,身后不仅背着一把剑,头上还顶着一块盾牌。结果还没说上两句话,唐克就把剑拔出来了。唐加西亚没有带着剑，于是要唐璜把剑给他，可唐璜却将他推向一边自己冲了上去。

唐克的动作敏捷，但唐璜也不迟钝。几个回合之后双方都没占到对方什么便宜。唐璜突然想起了父亲教教过他的一个招数，当唐克再一次向他刺过来的时候，他假装没有站稳而摔倒了，但却把剑从其盾牌的下面刺过去，正好又从其肋骨下面刺进去，直入心脏。唐克大叫一声倒在了血泊里，他的那些手下其实都是跟着来起哄的，到了这个时候就都跑得无影无踪了。唐加西亚也拉着唐璜跑到另一个胡同里去了。

"我的剑？"这时他才发现自己的剑还插在唐克的身体上。

"糟糕，那剑柄上还刻着你的名字呢！"唐加西亚说。

他们赶紧又往回跑，但却看到那地方已经被许多人围住了，而街道的另一头又正有一队警察赶过来。两个人只好又赶紧离开了。

"怎么办？只好等着警察来抓我了。"唐璜说。

"别那么悲观，让我想想，看怎么来让你脱身。"唐加西亚说。

说来也凑巧，他们当时所在的那个地方离圣彼得教堂不远，这时正有一个教士从他们身边走过。唐加西亚立刻走上前去拦住了他。

"请问，您是否是学识渊博的戈麦斯先生？"唐加西亚一边鞠躬一边说。

"我是努埃尔，谈不上学识渊博。但您若有什么请求，鄙人倒是愿意效劳。"那位教士似乎对自己被别人错认为学识渊博并无反感。

"噢。努埃尔先生，如果我没记错的话，您就是发表在《马德里日报》上的《论良心问题》那篇文章的作者吧！大名鼎鼎的您正是我希望倾吐心曲的人。不知您能否给我腾出一点时间来，听我给您讲一件我刚刚遇到的事，如果您能为我出出主意，我将不胜感激之至。"唐加西亚说。

"可是……不过……我现在倒确实在思考这方面的问题，那好吧！"那个教士很勉强地说。后来唐璜才知道，原来这所有的事都是唐加西亚顺口胡诌出来的，那个教士之所以没有否认他不是那篇文章的作者是因为他连有没有那篇文章的存在也不能确定，而在《马德里日报》上发表文章却正是他多年来想实现而未能实现的愿望，现在有人把这样的事情生加在自己身上倒也并不是什么坏事，因此也就借坡下驴了。

唐加西亚也自然接着说道："神甫，"这当然也是唐加西亚生安在那个教士身上的头衔儿，"就在刚才，我遇到了这样一件事。当时我和我的这位朋友在大街上散步，突然有个人走过来对他说：'骑士，我一会儿要与一个人决斗，可我的剑长而他的剑短，这有悖于公平的原则。我看您的那把剑和他的那一把长度相当，我想借来用用，不知是否可以？'我的这位朋友本来就很仗义，又听人家叫他骑士，便毫不犹豫地把自己的剑借给了那个人。那个人说：'你们在这里稍等一下就好了。'说完转身就走了。可我们在那里等了半天，那个人却再也没有回来。我朋友的这把剑上刻着他的名字，一旦那个人用这把剑杀了人再把这把剑扔在现场，警察很有可能会找到他的头上来，到那时候他可是要跳进托尔姆斯河也洗不清了。我在想，如果能有两个以上的人来证明这件事是不是就可以让我的这个朋友从这件麻烦事中脱身出来呢？"

"你是想让我给你的这位朋友作伪证吗？这个……不过……最近我正在思考如何通过为别人排忧解难来积累自己的善功或减免自己的罪过，但是……"那教士这样说着，脸上现出了左右为难的神情。

"神甫，"唐加西亚继续说，"如果像您这样一个博学的人也觉得这事难办，那对于我们来说可就是要难于上青天了。这样吧，您肯定是这个教堂里的神甫吧，您回去想想，我们明天再来找您，不过请您就在今天夜里念一台弥撒，就当是有人已经被那把剑杀死了吧！"说完，唐加西亚从口袋里掏出一把金币塞在了那个教士手里。

"好吧，明天，还是这个地方和这个时间，我会把一个证明我这一个晚上都和你们在一起并亲眼看见你们把剑借给了那个人的书面材料交给你们。"那教士说完便转身走了。

"真是有钱能使鬼推磨，但愿有了他的这份书面材料作证明，警察局就不会找我们什么麻烦了。"那教士走后唐加西亚对唐璜说。

这家伙不仅够朋友而且也的确聪明，唐璜在走回住处的路上想。

回到住处，他躺在床上一夜也没有合眼，想着自己杀了人，明天，或者后天，会有一个怎样的结果等着他？尽管唐加西亚找了那个教士来为他作伪证，但他还是不放心。那些警察和法官都是吃干饭的吗？他们要是问起一些细节来怎么办呢？再说还有那么多唐克的手下，他们难道真的都会遵守那不成文的行为准则而对警察什么也不说吗？直到太阳升起来的时候他才睡去，结果又做了一个和上次那个梦情节差不多的梦，最大的区别是在醒来的时候所看到的人不是唐加西亚，而是那个让他在前几天一直都在朝思暮想的泰莱莎。

先是他醒了，然后是他的仆人来报告说有位夫人求见，然后是一个从头到脚裹着一件黑色斗篷，脸也用面纱遮得严严实实只剩下一双眼睛的女人出现在他面前，一只手里似乎还拿着什么。他本能地往后挪了挪自己的身子，心里想，这一定是那个唐克变成鬼来找自己寻仇来了。

但很快，来的人揭开了自己的面纱，露出了泰莱莎那张美丽如同天仙似的脸庞。

"怎么是你，亲爱的泰莱莎？"唐璜先是有点惊慌失措，然后又立刻喜出望外地说。

"唐璜先生,这个时候,也许警察正在到处抓您,您怎么还能睡得着觉呢?"泰莱莎佯装很严肃地说。

"我怎么了,警察为什么要抓我?"唐璜也佯装什么事情都没发生过。

"您的记性真是有问题,难道您昨天没有杀死过一个人,没把您的这把剑落在人家的身体里吗?"说着泰莱莎从斗篷里拿出了那把剑,那把上面刻着"唐璜"二字,还带有马拉纳家徽的剑。

"这剑,怎么会在你手里?"唐璜一边问着,就本能地伸出了手,但又立刻缩了回去。

"哈哈,别急,唐璜先生!那天,要不是我看到了这一切,恐怕您现在已经被警察抓去了也说不定呢!我看到您杀了人,也看到您把剑落在了现场——那把剑我见过,知道上面还刻着您的名字——因此便趁着你们都跑掉了警察还没来到的空隙去把这剑从死去的那个家伙身上拔出来藏了起来。好吧,现在可以物归原主了。"说着,泰莱莎把那剑递给了唐璜。

唐璜接过那剑,立刻跪下来说:"亲爱的,是你救了我的命,我只好用爱你一生来作为对你的回报了。"

泰莱莎也立刻跪下来说:"亲爱的,那就让我们相爱一生吧!"说着,两个人便拥抱在了一起。

"好好好,这场面太令人感动了!"这时,唐加西亚出现了,他一边击掌一边说,"我们的泰莱莎小姐真是了不起,唐璜先生也真是有福气,出了这么大的事竟然等于是直接就被大事化小,小事化了了,而我的努力竟然变成是多余的了,这不仅让我感到惭愧甚至要让我感到无地自容了。"

"哪里?唐加西亚大哥早就是我们姐妹俩心目中的英雄了,尤其是您的歌声更是让我们陶醉不已，更不要说您和我的姐姐，那才是天造地设的一对儿呢！"泰莱莎的这几句话说得唐加西亚心花怒放，房间里的气氛也一下子就活跃起来。唐加西亚要泰莱莎在她姐姐面前再为自己多说一些好话，泰莱莎说自己当然是责无旁贷，并答应就在当天晚上，她会拉着她的姐姐去托尔姆斯河边散步，这样他们四个人就可以同时见面了。

"你看，我们真像是得了神助一样。"泰莱莎走了之后，唐加西亚说，"还有你，我真没想到你的父亲马拉纳公爵竟然有那么大的影响力。刚才，市长找到了我，问那个唐克是不是我杀的，我说不是，他就是不信，可当我说我整个晚上都和你在一起的时候他便信了，他说自己和你父亲是好朋友，他相信马拉纳公爵的儿子是不会做出格儿的事情来的。现在又有了泰莱莎的出手，那个教士也许根本就用不着了。还有那些个唐克的手下，我已经让人去挨着个儿问过了，他们都说自己对谁都会说根本就不知道有这么回事。因此我们完全可以把这件事忘记掉，只想着怎样和我们的美人相会就成了。

晚上，先是一个学生的聚会，其中还有几个是唐克的手下，可现在也都频频举杯给唐璜敬酒，大家嘴里不说但心里什么都明白这是为了什么，他杀死了唐克，仿佛成了威震一方的英雄。一个来自木尔西亚的学生还即席赋诗一首云：

啊，唐璜
你是真正的骑士
你勇猛如同一头雄狮
你是熙德
是贝尔纳·德·卡皮奥

萨拉曼卡以至整个西班牙

都将永远记住你的名字

来吧，干杯

为你的勇猛和无畏

来吧，干杯

愿作你的铁杆儿粉丝

直到这时，压在唐璜心头的那份沉重才算是荡然无存了。

夜幕降临，唐唐二人来到了托尔姆斯河河边，没想到两个美人儿已经先到了，这两个唐和那两个唐组成了四个唐，也真要算得上是无巧不成书了。

先是唐璜拉住了泰莱莎的手，然后才是法奥斯特拉住唐加西亚的手，少不了甜言蜜语和海誓山盟，少不了拥抱和亲吻，但也只能是仅此而已。于是约好了明天再见。于是道别。至此为止，唐璜无论对于友谊和爱情还都保持着自己的那份真诚，这与唐加西亚有着本质的不同。但很快这种真诚就被掺加进了杂质，并最终使他变成了一个和唐加西亚没有了区别的人，用他自己的话说就是"天底下最坏的坏人。"

就在那两姐妹走了之后，他们又遇到了几个波西米亚女郎。那几个女郎缠着他们要一起跳舞，唐加西亚当然是来者不拒，没说上几句话就和她们舞在了一起。唐璜则有些犹豫，因为他觉得这样做实在是有一点对不住泰莱莎。他们跳了一会儿之后又说要去吃宵夜，唐璜当然也只好跟着。吃着吃着就又喝起来了，几杯酒下肚之后，那几个女郎当中的一个走过来搂住了他的肩膀说："唐璜先生，我们听那位唐加西亚先生说您是个真正的骑士，但怎么一点骑士的气概也没有呢？我倒觉得您像是一个教士，甚至简直就像是一个没有性别的人。"说着就用手在他的身上乱摸起来。他这个年龄的男人本来就像是一捆干柴,刚才和泰莱莎在一起的时候就已经有些按捺不住了,这时便几乎要被点燃了。为了控制住自己不要当众出丑,他便开始大杯大杯喝酒,直到把自己灌醉。他人事不省地被弄回住处,心里想着的和梦里梦见的都是泰莱莎,但第二天醒来的时候,却发现自己是和那个波西米亚女郎睡在了一起。他大发雷霆,先是把那个波西米亚女郎骂了一顿,然后掏出一大把钱来将其打发走了。

这之后唐加西亚每天都要用许多话来开导他,给他讲社会怎么是一个游乐场,人生怎么是一场滑稽剧,任何高尚的想法和行为怎么都会成为一个笑话,最终所有的东西又都怎么会成为泡影,渐渐洗去了他对泰莱莎的负罪感,胆子也愈发大了起来。然后他们就要么去逛街,要么去喝酒,到了晚上就再去托尔姆斯河边与那两姐妹幽会。终于,算来也就是在唐加西亚所说的那个第十天,唐加西亚和唐璜便分别将法奥斯特和泰莱莎弄到了手,让两姐妹分别成了他们的情妇。

其后的一些日子,唐璜也和唐加西亚一样几乎不去上课了。他们要么是在白天分别将自己的情妇领到自己的住处去,要么就是晚上用绳子爬到自己情妇的闺房里去,其余的时间便是和几个纨绔子弟一起吃喝闲逛。日子就这样一天一天过着,倒也是挺开心的。父亲也来过信问他在这里学习和生活的情况,他也自然总是说这里如何如何好,但只是什么东西都贵,又要付房租,又要学这个学那个课外的东西,还要交朋友,开销自然很大。结果很快,父亲也就又会给他寄上一笔钱来。学校那边呢,只要你付了学费,学不学是没有人管的。这真是一个自由的世界,对于这些纨绔子弟来说,简直就是个人间天堂。

但一天早晨,唐璜突然收到泰莱莎一封短信,说是当天晚上的约会取消，因为家里来了客人，她的房间要腾出来给客人住，而她要和母亲一起住，可唐加西亚却并没有接到法奥斯特的信，这让唐璜嫉妒死了。

那天晚上，唐加西亚去与法奥斯特幽会了，唐璜一个人在大街上闲逛，他突然觉得除了年龄大一些之外，法奥斯特比泰莱莎漂亮多了。尤其是想到泰莱莎胸前那颗上面还长着几根毛的痣来，便更加觉得自己的情妇简直没有办法和唐加西亚的情妇相比了。这似乎正应了唐加西亚的一句话："当你的性欲得到了充分满足之后，才可以对女人的美丑作出正确的判断。"看来自己在唐加西亚面前还顶多是个小学生，唐加西亚肯定在得到法奥斯特之前早已经阅人无数了。

第二天，唐加西亚和唐璜自然又聚到了一起。

"昨天这个法奥斯特简直让我烦透了，总是这也不行那也不行的，那我要她做情妇是干什么的呢？"唐加西亚说。

"怎么这也不行那也不行了呢？"唐璜问。

"哎呀，男人和女人之间不就那点儿事吗？而且不就是长得漂亮点儿吗，有什么了不起？漂亮的女人我见得多了！"唐加西亚说。

"我可不这么认为，整个萨拉曼卡也没见过哪一个女人比她漂亮呢！"唐璜说。

"你若这样说，我们就来个交换，我倒觉得泰莱莎比她好，尤其是一定比她乖，比她温柔，那才是男人最需要的。"唐加西亚说。

唐璜不知唐加西亚说的是不是真的，便没有说话。

"你怎么不说话，是不是又不舍得了？"唐加西亚问。

"哪里，我是怕出事。"唐璜说。

"能出什么事？就这么定了，今天晚上八点你到我新租下的那所房子里去，法奥斯特一定会在那里等你！你可以把我大骂一顿，说我去找别的女人了,叫你到这里来通知她一声,再接下来就看你自己的了。"唐加西亚说。

"可是泰莱莎今天晚上可是还要和她母亲一起住的,这样你不就要像我昨天晚上一样去享受孤单寂寞了吗?是不是你真的还有别的女人呢?"他还问。

"女人有的是,但我谁都不找,只等着过两天和我的泰莱莎去幽会,你可不能反悔。"唐加西亚说。

"我倒是没事,可是,您如何保证法奥斯特会同意呢?"唐璜问。

"老兄,你可真够糊涂的,女人和男人一样,哪个不喜新厌旧?也许在我厌烦她的时候,她也已经开始厌烦我了,连你那个泰莱莎也是一样,什么要和她母亲一起住了,那也许只是个借口,不然她为什么不上她姐姐的房间里去住呢?"唐加西亚一下子就说到了点子上,这也正是唐璜曾经想过的。也许真是这样,唐璜想。

"好吧老兄,既然你把话说到这个份儿上了,我唐璜也就豁出去了。来吧,为了我也为了你,我们喝两杯!"说着唐璜倒了两大杯蒙迪亚葡萄酒,自己先一口气干了,唐加西亚也随即干了。

其实直到这个时候,唐璜也仍然良心未泯。他知道这是不好的事,甚至是坏事,只要这样做下去,自己可就真的要成为一个坏人且再也不能有回头之日了。但他现在已经收不住那系在自己脖子上的缰绳了,于是他只能一杯一杯地喝酒,以此来麻醉自己的神经,使自己不再去想那些宗教和道德上的事,他使自己变成了一匹脱了缰的野马。

终于,挂钟敲响了八点,两个人出了门。唐加西亚把唐璜一直送到那所房子门前,房子里的灯亮着,说明法奥斯特已经到了。唐加西亚向唐璜道了一声晚安,然后便转身走了。唐璜先是犹豫了一会儿，然后终于鼓足勇气叩响了那房门。

"唐璜先生，怎么是你，唐加西亚呢？"门开了，法奥斯特出现在唐璜面前，她有些诧异地问道。

"是的，唐加西亚，生病了，不，他只是不来了，他要我，来通知你一声，说他……"唐璜有些吞吞吐吐地说。

"他，该不是另有新欢了吧？"法奥斯特打断了唐璜的话说。

"你该知道，他是个风流惯了的，他的情妇，可不止你一个。"唐璜便顺着说下来。

"这不可能！您是在开玩笑吧！唐加西亚就要来了！他说过要把以前的都抛开，他说过只爱我一个，他说过再也爱不上别人了！我想您也不会是这样的人吧，否则，我的妹妹可要伤心死了。这样吧，您在这里等着，我去把泰莱莎叫过来。此时，她正一个人在河边上溜达呢！"

但唐璜却拦住了她说："不，亲爱的法奥斯特，既然这样，不如我们在一起待一会儿吧，因为，您不知道，我早已经爱上您很久了，只是因为唐加西亚先选择了您，我才不得不选择泰莱莎，这是真的，求求您，可怜可怜我吧！"说着便在法奥斯特面前跪了下来。

法奥斯特被惊呆了。"这不可能，唐璜先生！"

"不，亲爱的，这不是开玩笑，是真的！唐加西亚已经不爱你了，他不会来了，永远都不会来了！"唐璜抱住了法奥斯特的双腿说。

"滚开！"法奥斯特的双腿挣开了唐璜的手臂。"如果你说的话是真的，那你们两个就都是一路货色——无耻之徒！"

"爱情是高于一切的，哪怕它并不能长久。唐加西亚离开了你，这正好是我们的机会。就让我的爱来抚慰你那受伤的心灵吧！"唐璜也不知道这话是从哪里听到的，或者是自己凭灵感创作出来的，他像是在乞求着法奥斯特似的说着，心里却生出了一种得意。他本以为这样的话一定可以打动法奥斯特，没想到却愈加惹恼了法奥斯特。

"你混蛋，你这样做我妹妹怎么办？我这样做我还是人吗？而且，还有我肚子里的……"说着回手便拿起一把水果刀来，"你让开，"说着就要走。但唐璜抓住了她的胳膊，毫不费力地夺下了她手里的水果刀并顺势将她按在了沙发上强吻起来。没想到那法奥斯特并不因此就范，她先是手脚并用把自己从唐璜的身下挣脱出来，然后便举起一把椅子砸在了唐璜的头上，随后转身就大叫着要往外跑。这下子可把唐璜惹火了，他追了上去把法奥斯特揪回来重新按倒，并用双手捂住法奥斯特的嘴。但这时已经无用了，房门被打开了，竟然是法奥斯特的父亲奥赫达手持火枪闯了进来，只听见"砰——"的一声枪响，先是灯灭了，然后是法奥斯特的身子软了，再然后是唐璜的手摸到了一股热乎乎的东西。他原以为是自己被击中了，但动了动自己的身体，却发现自己还是好好的，他立刻想到那一定是法奥斯特被击中了，于是站起来就往门外冲去。黑暗中他先是在门口挨了一枪托，然后又在过道里被奥赫达的手下刺了一剑，但都没有伤及要害，于是他知道只有还击了。他抽出了自己的剑先是狠狠地刺了奥赫达的那个手下一剑，奥赫达的那个手下当即倒下了，等到奥赫达冲过来的时候，他又用力把剑朝着奥赫达刺去，奥赫达也当即倒下了。这样他才得以从那所房子里跑出来。

唐加西亚还未喝完一瓶蒙迪亚葡萄酒，唐璜就站在了他的面前。看到唐璜浑身是血，面色苍白，气喘吁吁地倒在扶手椅上，唐加西亚知道出事了。他倒了一杯酒递给唐璜说："别怕，无论遇到了什么事，总会有解决的办法。"唐璜接过酒一口气喝了下去，然后把事情的经过简单地说给了唐加西亚。他本以为唐加西亚听了之后也会惊慌，然后立刻为他想出一个对策来，但没想到唐加西亚依旧非常轻松地说:"父亲开枪射杀女儿的情夫,结果误杀了自己的女儿,或者为了维护自己的荣誉而直接射杀了自己早恋且未婚先孕的女儿,这与你没什么关系。但刺了情妇的父亲一剑,如果是人死了,这事情的确有一些严重了,不过历史上也有这样的先例,比如十一世纪的熙德,不过他是为了给父亲报仇,但你也可以解释为是为了给自己的情妇报仇,而且你无论怎么样还都是为了自卫,所以即便是被抓起来,也没有多大的罪过。至于那个奥赫达的手下,就更不用去为他的死活操心了。来,接着喝我们的酒!"听唐加西亚这么一说,唐璜的心才开始渐渐平静下来了。

"不过,"过了一会儿唐加西亚突然又说,"我建议你还是躲一躲。或者,干脆就离开这里,因为奥赫达毕竟是行政院长,一旦出了这种事,是没有谁会为你说好话的。甚至他们还会把唐克的事也翻出来堆在你头上。那你就是不被绞死也会在监狱里蹲上十年二十年,出来的时候做什么都晚了。现在西班牙人的军队正在布鲁塞尔参加新一轮的宗教战争,不如我们一起去冲锋陷阵吧,也不管他谁对谁错和谁新谁旧,说不定一场战斗下来,我们还就成了英雄呢!"

"你是说要和我一起离开萨拉曼卡吗?"唐璜问。

"当然,既然是兄弟,怎么可以随便就分开呢?再说这件事也是因我而起的,我又怎么能扔下你不管呢!"唐加西亚说。

唐璜被唐加西亚的话感动了,他说:"好!到布鲁塞尔去!如果成不了英雄,就让我们战死在沙场,那才是真正的骑士,真正的男子汉呢!"

"为了不被抓住,我们要分开走。你先走,我随后跟上,然后在萨拉戈萨会合。"唐加西亚说。

"好!一言为定!"唐璜说。

接下来唐璜迅速脱下了先前的衣服，换上了一件唐加西亚不知从哪里弄到的军服，戴上了一顶大檐帽。唐加西亚又往他的口袋里塞了一些金币，于是唐璜连自己的住处也没回便直接出了城。他先是步行，然后又在一个小镇上买了匹马，很顺利地在两天之后到达了萨拉戈萨。等他在萨拉戈萨住了两天之后，唐加西亚也来到了这里。他说本来要去唐璜的住处收拾点东西再出来，但发现唐璜的住处已经被警察包围了。其实还有一件事唐加西亚没有说，唐璜走了的那天晚上，他是和那几个波西米亚女郎一起度过的。

在萨拉戈萨，两个人并没有做太久的停留。他们先是去那里的圣母堂做了做祈祷，顺便欣赏了欣赏从身边走过的阿拉贡美女，便出发去了巴塞罗那，然后又从巴塞罗那乘船到了意大利的维基亚。意大利的维基亚对于他们来说该是个非常好玩的地方，于是他们在那里待了两个月。反正口袋里有钱，整天的寻欢作乐，酒店是三天一换，女郎是每天一换，玩的好不尽兴。直到把萨拉曼卡忘得差不多了，把口袋里的钱也花得差不多了，他们才和新认识的几个意大利年轻人一起取道到了当时正在打仗的布鲁塞尔。他们加入了戈马莱上尉的连队，因为据说在戈马莱上尉的连队里只要作战英勇就行，其他都各随其便。

戈马莱上尉见他们身体都很强壮，又愿意冲锋陷阵，便总是把更为艰巨、危险的任务派给他们。他们也真是厉害，不论执行什么任务都能顺利完成，即便同去的人都死了，他们两人也能毫发无损地回来。很快，他们的事迹便在整个军团传开了，军团司令也知道了他们，他们竟同时被提升为少尉和整个军团的旗手。但他们的本性已经养成了，打起仗来倒是英勇，平时却依旧是吃喝嫖赌无所不为。他们把自己的情况都写信告诉了父母，也都得到了父母的认可，于是他们也就又有大把大把的钱可花了，于是他们又成了布鲁塞尔最著名的风流浪子,与在其他地方不同的只是换上了一身军装而已。但即便如此,他们也有青黄不接的时候,弄得自己爪干毛净的时候也经常有。到了那样的时候他们就只好躲在营房里喝闷酒了。

也正是在这样的时候,更大的战役又开始了。

一次,西班牙人中了荷兰人的埋伏,戈马莱上尉负伤倒下了,唐璜立刻招呼另一个士兵和他一起把戈马莱上尉抬到了安全的地方。戈马莱上尉拉着他的手对他说:"唐璜,我不行了,可荷兰人的大举进攻马上就要开始了,你要把我们的士兵集合起来,做好随时撤退的准备!"然后他又转过头去对围上来的几个士兵说:"你们一定要听从唐璜的指挥,他现在就是你们的上尉!"

这时,唐加西亚也跑了过来。"怎么了,上尉不行了吗?快问问,他有什么愿望,戈马莱上尉,你有什么遗愿吗?"唐加西亚这样说着,仿佛是希望上尉赶紧死掉一样,大家都没有搭理他。上尉本来已经把眼睛闭上了,听到了唐加西亚的话眼睛又慢慢地睁开了。他在人群中找到了唐加西亚之后说:"你说得对,我的确是不行了,如果问我有什么愿望,我希望能有一位神甫站在我身边听一下我的忏悔,不做忏悔就死去那该是我最大的遗憾,可惜你不能帮助我。"

"得了上尉,我这里有更好的经文给你留着呢!"说着唐加西亚从口袋里掏出一小瓶葡萄酒来送到上尉的唇边,"喝下去吧,把上帝也忘了吧!"

但上尉却并没有喝唐加西亚送到唇边的酒,而是又转过头对唐璜说:"孩子,看来我的事情只有托付给你了,我的口袋里有几十个金币,那是我全部的财产,你把它收好,等这场战役结束后,用它来为我做几场弥撒,超度一下我的亡灵吧。"唐璜握着上尉的手答应了他的要求,戈马莱上尉说完后便闭上了眼睛。

几颗子弹从他们耳边飞过,荷兰人逼近了。撤退的命令下来了,唐璜带领着大家撤退。雨后的道路满是泥泞，士兵们也早已经疲惫不堪，但唐璜还是带领着连队甩开了荷兰人的追击，回到了大本营。

晚上，唐璜和唐加西亚坐在帐篷里闲谈，很快便说到了戈马莱上尉。

"我会怀念他的，他是个好上尉！"唐璜说。

"不过，他平时和我们在一起的时候也没见他对上帝怎么虔诚，可临死时却因为没有个神甫站在身边而伤心，这真令人不可思议。这就像有些人似的，平时总说自己什么都不怕，可真的面临什么危险的时候跑得比谁都快。我最看不起的就是这些人。"唐加西亚说。

唐璜觉得他这话里似乎有话，便没有应声。

过了一会儿，唐加西亚又说："你没看看戈马莱上尉那个袋子里有多少钱吗？"

唐璜有点并不情愿地把那袋子拿出来甩给了唐加西亚之后说："能有多少呢？你数数吧！"

"六十五，是少了点，可怜的老家伙！"唐加西亚数了数之后说。

"不过我们倒是可以让它增多一点或者变成六百五也说不定。"唐加西亚又说。

唐璜知道唐加西亚所说的意思，便说："不好吧，那可是那老家伙一生的积蓄呢！"

"那有什么关系？我家里的钱很快又要寄到了，如果输掉了，到时候加倍还上不就成了，至于做弥撒，早一天晚一天又有什么了不起！"

也是，唐璜想，好些日子没去玩玩儿了，不如去痛快一下，而且，自己家里的钱也很快就该寄到了。于是他说："那好，听你的，走吧！"

他们拿着钱，找到平时经常在一起的赌友便开始了新的战斗。先是唐璜出战，结果总是赢赢输输，不见多少起色。然后唐加西亚出战，没几个回合就赢了几百个金币。唐璜拽了拽唐加西亚的衣角意思是让他收手，可唐加西亚的赌注却是越下越大，最终竟然一把就输了个精光。

他们赌钱是从来不允许赊账的，于是只好散摊。

几天后，援军到了，西班牙人开始反攻。上级的任命也已经下来，唐璜已经正式被任命为上尉了。他带领着自己的连队穿过前几天开始撤退的地方，没有掩埋的尸体已经开始腐烂。突然，他们又看见了戈马莱上尉，只见他的眼睛睁着，嘴巴也张着，一定是在他们走后又醒过来过，但他已经看不到自己的属下，也没有任何人可以听到他的呼唤了。唐璜似乎听到了戈马莱上尉的呼唤，却不敢再去看戈马莱上尉的眼睛。他叫几个士兵停下来挖了个坑把戈马莱上尉的尸体掩埋起来，这时正有随军的教士走过来，他又让那教士为戈马莱上尉念了几句经文，也算是对戈马莱上尉有了交代了。唐加西亚却站在一边连头也没有低一下。

战役打到最后阶段，西班牙军团包围了荷兰人的租奥姆城。于是，这场战役中最残酷的一幕被拉开了。守在城里的荷兰人拼死抵抗，西班牙人屡攻不下，死亡惨重。那一夜，唐璜和他的连队蹲在战壕里，因为这里离敌人的阵地很近，所以没有人说话。偶尔这边会有一排子弹打过去，那边也会有一排打过来，不过是为了向对方证明一下自己的存在而已。后半夜，那该是双方都最难熬的时刻。

"该死！我怎么打起哆嗦来了呢？"唐加西亚说。

"你也有害怕的时候了吧！"唐璜说。

"我既不怕上帝，也不怕魔鬼，但是怕荷兰人，尤其是怕……"唐加西亚想说的是怕他这个刚刚上任的上尉，因为从他们认识到这之前，他一直都处于主导地位，现在唐璜却占了上风，他怎么能平衡得了呢？但话到嘴边又咽了回去。

"荷兰人有啥可怕的？上帝和魔鬼倒是不能不怕的哟！"一个留着胡子的老兵搭茬儿说。

"要是上帝和魔鬼能把枪打得比荷兰人更准，我就会怕他们了。"唐加西亚带着一种轻蔑的语气说。

"那你的灵魂怎么办？总要有一个归宿吧！"那老兵又说。

唐加西亚想了想之后说："我的灵魂，谁能证明给我看看那灵魂是个什么样子呢？我觉得那所谓的灵魂都是那些神甫们用来骗人的东西，他们把灵魂制造出来卖给那些愚昧的人，就像面包师傅把面包制作出来卖给那些要用它来填饱肚子的人，人们个个都以为自己有了灵魂，那些神甫们的腰包也就鼓起来了，然后去偷女人，养情妇……得，我不说了，你们看我们的唐璜上尉，他一直都在撇嘴，他是有灵魂的，或者说他是相信有上帝和魔鬼的，还有什么炼狱和天堂，没有他不信的呢！"

"别说了，唐加西亚！小心你一兴奋跳起来，荷兰人的子弹，或者说是上帝或魔鬼的子弹会被射入你的脑门儿！"唐璜说。

"哈哈，你说荷兰人我信，说上帝和魔鬼就是另外一回事了。他们不存在的最好证明就是你今天不仅活着而且还做了上尉。如果真的有上帝和魔鬼，你或许早已经在监狱里服刑或者被绞死……。"他的话还没说完，只听见"砰——"的一声枪响，唐加西亚坐立着的身子应声倒下了。他捂住自己的胸口说："我中弹了，这是自己人干的，他或许是听到了我说的话……唐璜，我的好兄弟，原谅我刚才最后那几句话，那或许会对你造成伤害，但念在老交情的份儿上，你要找到这个对我放黑枪的人，为我感谢一下他……我的口袋里有个小本子，上面有几个布鲁塞尔女人的名字和地址，如果你愿意,可以帮助我去照看一下她们……不要为我祈祷,也不要为我做弥撒……把我埋了,用我的抚恤金为戈马莱上尉做一次像样的弥撒,然后带着你的手下去喝一顿吧……当然,前提是你们能活着回到布鲁塞尔的话……别了,我的好兄弟!"

唐加西亚死了,他也并没有把卑鄙可憎的角色一直演到最后。他是闭着眼睛,微笑着死去的,和戈马莱上校的样子完全不一样。

唐加西亚的死让唐璜感到非常痛心,使他好几个月都没缓过劲来。但唐加西亚对他的影响是根深蒂固的,他和唐加西亚在一起时所养成的那些生活习惯和所形成的那种生活方式是无法改变的。那场战役很快便结束了,西班牙人又回到了布鲁塞尔,唐璜也就又开始了那种放荡不羁的生活。他不仅把唐加西亚的那几个女人都关照到了,还通过各种方式弄到了好几个专属于自己的女人,整天除了花天酒地就是灯红酒绿。只是没过多久他得到消息说父亲母亲都相继病故了,要他回去继承家业,还得到消息说奥赫达先生不仅没有死也没有起诉他,而是为了保护自己女儿的名声让这件事不了了之了。于是他决定回到西班牙去,回到塞维利亚去。那里或许会有一个更美好的世界在等着他,他想。

于是他以一个上尉的身份退役而摇身一变又成了唐璜·德·马拉纳伯爵。他先到了马德里,即兴参加了几场斗牛,以衣着华丽和身手敏捷赢得了人们的赞誉,甚至还上了报纸。然后他回到塞维利亚,几乎让整个城市都为之沸腾了。因为钱有的是,所以排场便可以搞得很大,使当地的大小人物都趋之若鹜,那些名媛贵妇也自然就都将他另眼看待。同时,他也很快就变成了一大帮纨绔子弟的首领,更俨然是一个帮会的老大,可以呼风唤雨,为所欲为,至于女人,那就不知有多少都主动送上门来了。有道是多行不义必自毙,终于,他大病了一场,这是所有骄奢淫逸的人最终必然要遭遇到的报应。也许有的人会因此改邪归正,但也许有的人会更进一步,不幸的是唐璜属于后者。

躺在病床上无事可做,他把自己玩弄过的女人列了个名单。先是那些少女,其中自然包括泰莱莎,其次是那些有夫之妇,在这些有夫之妇的旁边还同时列出了她们丈夫的名字,再其次是别人的情妇,边上同时列出的不是侯爵就是伯爵,甚至还有亲王,但最让人不可思议的竟然还有罗马教皇。好了,该休息了,再弄就要弄到国王那里去了,那可不是闹着玩的。但有一天,他竟然把这个名单拿给一个来看他的名叫唐托里比奥的人看,这个人被他称作又一个"唐"。这位又一个唐看后却摇了摇头说:"可惜是美中不足啊!"他赶紧问为什么,又一个唐笑着说:"在男人这一列里还缺少上帝!"这一句话刺激了他,他的精神立刻倍增,身体一下子好了起来,仿佛又恢复到了在萨拉曼卡时的样子。他对那又一个唐说:"你看着吧,十天之内,我一定让这名单上出现你说还没有的那两个字!"这和当年唐加西亚的那句话几乎是一样的。

第二天唐璜就出了医院而直奔了塞维利亚最著名的修道院——玫瑰修道院。他一边跪在那里祈祷一边把目光投向那些修女,从其中寻找着下手的对象。很快他便锁定了一个目标,她虽然把自己包裹得很严,而且从不抬起头来,但还是被唐璜认定为他见到过的最美丽的修女。唐璜觉得他仿佛在哪里见过她,却又想不起来到底是什么地方。他打听到了这位修女的名字叫阿加特。这太不性感了,如果叫泰莱莎该多好,唐璜想。

其后的几天,唐璜每天都去玫瑰修道院。他不仅一祈祷就祈祷很长时间,还捐了一大笔钱给院里,因此很快就和那里的神甫成了朋友,出来进去也就很随便了。祈祷的时候他和修女之间是隔着一道栅栏的,那个阿加特坐在那里祈祷,嘴唇微微地阖动着,似乎比在场的所有人都更虔诚。祈祷过后,修女们从单独的一个出口走出去,那个阿加特也同样从不会抬起头来向周围张望。怎么才能让她抬起头来看自己一眼呢?唐璜想。

终于,办法想出来了。那天,他准备了一瓶香水,正是当年泰莱莎喜欢用的香型。祈祷还没有完,他以要找神甫谈事情为理由先来到修女们必须要经过的一个过道等候。在那个阿加特从他身边走过的时候,他便将那香水拿出来朝她身上轻轻地喷了一下,或许那香气只有阿加特一个人才能闻得见。果然,那个阿加特抬起头来看了他一眼,但立刻惊叫了一声晕倒在地上。那些修女,谁也不知道是什么原因,便将那个阿加特围上。唐璜已经达到了自己的目的,便赶快溜掉了。他看到了阿加特的脸,那实在是太美了,正是他喜欢的类型,有一点幽怨,更显得妩媚动人。

第二天,他又准时来做祷告。那个阿加特原本应该是坐在前面的但却坐到中间去了,他蒐摸了半天才找到她。祈祷的时候,唐璜发现这个阿加特有好几次在偷偷地看他,这是个好兆头,他想。祈祷过程中,唐璜的眼睛一刻都没从那个阿加特的身上离开过。祈祷结束了,修女们都走了,他发现在那个阿加特的座位上竟然有一串念珠,他不知道这是那个阿加特有意为之还是无意为之。正当他不知该怎么办的时候那个阿加特竟然回来了,她像是回来拿她落下的那串念珠的,却先转到唐璜所在的位置将一个折了四折的小纸片扔在了唐璜的脚下,然后才到自己的座位上拿起那串念珠转身走了。

唐璜一看到了那折成四折的纸条心中就有了几分激动,因为当年泰莱莎送来的纸条也是这样的折法。他立刻走出修道院,打开那纸条,他立刻就认出了泰莱莎的笔迹。那纸条上写道:

唐璜，亲爱的！真的是你吗？是你来找我了吗？难道过了这么长时间你还没有把我忘记吗？我本来应该恨你的，因为你，法奥斯特才会那么年轻就死掉。因为你，我才会跑到这里来当了这生不如死的修女。但我仍然爱你，或许要这样爱你一辈子。只是你不要再来了，就让我死在这里吧！

到底是她，但一会儿说恨我，一会儿又说爱我，一会儿又说要死掉，这到底是什么意思呢？我为什么要遇到她呢？难道这是天意吗？但既然这样遇上了，也就只好将错就错了。我要再一次得到她，因为无论如何她已经是修女了，我就当她是改嫁给上帝的寡妇或移情于上帝的情妇吧！他又想起了泰莱莎胸前的那颗痣，是的，我并不爱她，他想。

第二天，他揣着一封写好的说他如何如何还爱着泰莱莎的信来到了修道院，可没想到的是泰莱莎并没有出现。他问神甫那个阿加特修女哪去了，神甫说她已经发了永愿，因此最近不会参加集体的祈祷活动了。唐璜自然很是恼火，但还是做完了祈祷才悻悻地离开。他独自在瓜达基维尔河边溜达，琢磨着有什么办法才能再与泰莱莎联系上。他看到路边上有卖蜜饯的，一问才知道这些蜜饯竟然都是玫瑰修道院里的修女们制作的。他立刻想起自己教给过泰莱莎制作马拉尼亚柠檬蜜饯的方法，那是马拉纳家族特有的东西。于是他立刻就又返回到修道院去问专管蜜饯批发的嬷嬷这里有没有马拉尼亚柠檬蜜饯，如果有的话他要买一罐。

"马拉尼亚柠檬蜜饯？我们谁也没听说过。"那个嬷嬷说。

"这样吧，你们问一问，你们的修女中有没有会做的。我明天再来买。"唐璜说。

第二天，唐璜又来到修道院，那个嬷嬷立刻告诉他说他所要的那种蜜饯已经有了，但还只有一罐，是一个名叫阿加特的嬷嬷制作的。他二话没说立刻付了款把那罐蜜饯买走了。当他回到家里打开那封口时，却发现里面又有一个折成了四折的纸条，上面写着：

唐璜：
　　我知道是你想出了这个鬼主意，但求求你，还是别来找我，放了我吧！

唐璜乐了。这明明是放不下我，却说要我放了她，这不是自欺欺人吗？于是当天下午，唐璜便让仆人买了一箱上好的柠檬给修道院送去了，说是要让那个阿加特嬷嬷再为他制作几罐马拉尼亚柠檬蜜饯。在那箱子里面，有他给泰莱莎的信：

我亲爱的泰莱莎：
　　你说让我放下，我怎么放得下呢？几年来，我一直都在想着你，一直都在为那件事痛苦、悔恨。我把你弄丢了，可现在又找到了，既然知道你在这里生不如死，又怎么能撒手不管呢？明天我会到修道院来取订做的蜜饯，然后会提出要当面谢谢你这位蜜饯的制作者，你一定要出来见我，因为有的事我一定要当面对你说。

第二天，他们果然在接待室里相见了。那个管理接待室的嬷嬷因为得了唐璜送给她的一罐蜜饯还特意躲了出去。

"泰莱莎，我决定把你从这里带走。"唐璜立刻几乎是趴在泰莱莎的耳朵边上说。

"你疯了吗？我们是不许走出这院门一步的。"泰莱莎说。

"我会买通这里的园丁，他会把一切都安排好。算上今天，三天之后的那天夜里，当午夜的钟声敲响之后，你到花园里来，围墙里外两面都会有梯子，我就在围墙的外面等着你。"唐璜说。

"那好吧，我就再信你一次！"泰莱莎说。

但就在这时，那个嬷嬷进来说院长往这边走过来了，于是他们只好结束了这谈话。

"阿加特嬷嬷，您制作的马拉尼亚柠檬蜜饯真是太好了，再次对您表示感谢！我还会继续来订做的，一言为定！"唐璜这样装模作样地说完了，还深深地给泰莱莎鞠了一躬。

"好吧，唐璜先生！一言为定！"泰莱莎也朝唐璜行了个屈膝礼，然后便转身走了。这时，院长嬷嬷走过来，对唐璜为修道院的捐款表示感谢，唐璜表示这样的事他还会继续做，然后他又去装模作样地做了一会儿祈祷，再然后就转到花园里去找那个园丁，因为用了几个钱，所以没费几句话一切就都被搞定了。

这之后，唐璜先回到了马拉尼亚庄园，这是他小时候的家，自从去了萨拉曼卡之后还从来没有回来过。那里的一切似乎还都和先前一样，他先去父亲的书房看了看，那些纪念物还都摆在那里，只是上面似乎多了一些灰尘，他告诉管家要叫人按时打扫。然后他又去了母亲的祈祷室，于是又看到了那幅油画，看到了那个被吊在半空中，被蛇吞噬着内脏，被火炙烤着的灵魂，他的汗毛又都竖起来了，他让管家立刻将这幅画摘下收起来了。晚上，他回到自己的房间，熄灭了所有的蜡烛，但依然能看见那幅画中的情景，仿佛自己就置身于其间，也被那样、那样、那样着。

那两天他都住在马拉尼亚庄园，两天都仿佛是在炼狱里受罪，但当第三天到来的时候，他依旧没有悔改的意思。他吩咐管家把庄园好好整饰一下，以欢迎一个特殊人物的到来。是的，他要把泰莱莎接到这里来，他要让外界，特别是那一个唐知道，他这回真的是把上帝的女人弄到手了。

当他来到当年国王佩德罗存放金银财宝的地方——金塔下面的时候天已经黑了。他对几个仆人做了一些具体的安排，然后便独自向着玫瑰修道院的方向走去。时间还早，他拐进一条僻静的街道并在街边的长椅上坐下来，但却不知怎么会忽然间进入了一种迷迷糊糊的状态。他先是听到了一段哀乐，然后便看见一支送葬的队伍从街道那一边走过来。他看见走在前面的是一些僧侣，个个手里都举着蜡烛、唱着挽歌，后面的一口棺材被几个身穿丧服的人抬着，再后面又是一些手持蜡烛、唱着挽歌的僧侣。奇怪的是所有的人都并不是用脚走着而仿佛是向前滑行着，他们衣服上的皱褶也一动不动，整个形象仿佛是从画面上剪下来的图片或是用泥巴捏成的彩塑。为人送葬，这是他从小到大最不喜欢看到的景象，于是他想走开，可又迈不动脚步，整个身子像是被捆绑在了那长椅上一样。最后他竟然也加入到那送葬的行列中去了，但并不是他自己走过去的，而仿佛是被什么人拿起来又放进去的。队伍来到了一座教堂的门口，教堂的门被打开了，他的手脚终于可以动一动了。于是他拉一拉走在他前面那个僧侣的衣角问死去的是何人，那个僧侣回过头来说："是唐璜·德·马拉纳伯爵。"那僧侣如同一具骷髅的样子先是吓了他一跳，那回答就更差点没让他晕过去。定了定神儿，他想，这家伙一定是弄错了，这世界上除了我之外难道还会有另一个唐璜·德·马拉纳伯爵吗？他又跟着那些人一起走进了教堂，一场规模宏大的弥撒开始了。风琴响起来，几位神甫唱起了赎罪圣诗：

> 主啊
> 我看见了你的光芒
> 越过了大海汪洋
> 世人在苦难中沉浮
> 等待着你的救赎

在那琴声的衬托下，歌声显得更加悲怆了。听着这歌声，唐璜觉得自己的血液在身体中流速愈来愈慢，几乎要凝固了。他使劲晃动了一下身子，证明自己还活着，然后又鼓足了勇气，转过身向身后的那个僧侣问道："这个正在被超度的是什么人的灵魂呢？"那个僧侣不仅和前面的一个回答相同，而且样子也和前面的那一个一样都仿佛是一具骷髅。唐璜被吓坏了，如果边上不是有一根柱子可以倚靠，他当即就会摔倒在地上了。仪式继续进行，神甫们又唱起了另一首圣诗：

> 主啊
> 当你震怒之日
> 邪恶的人必将得到惩处
> 那漆黑的地狱
> 将是他们最终的归宿

这歌声不停地在教堂的拱顶下回荡，连那梁柱上的尘土也被震落下来了。唐璜鼓足了最后的勇气走到主持仪式的神甫面前问道："请问神甫，那被超度的灵魂是唐璜·德·马拉纳伯爵的吗？"那神甫先是连看也没看他一眼说："让我们为他那十恶不赦的灵魂祈祷吧！"然后，他把唐璜拉到一边悄声地对他说："唐璜·德·马拉纳伯爵,你还没有死吗?怎么又从那棺木中跑出来了呢?我们都是你母亲从炼狱中救出来的灵魂,受她的嘱托来给你做这场弥撒的,这是我们能为她做的最后一件事了。"这时,教堂敲响了午夜的钟声,他想起自己该走了,这是他与泰莱莎约定的时间,但就在他刚刚走出教堂大门的时候却听到了更可怕的声音:

"我们可以抓住他了吗?"那是唐加西亚的声音。

"是的,时间已经到了!"那是戈马莱上尉的声音。

这时,那个棺材也正被从教堂中抬出来,唐加西亚走上前去将那棺材的盖子打开了,戈马莱上尉则扑上来将唐璜抓起来扔进去像是扔进去一具尸体,唐璜大叫了一声连眼睛和嘴都没有来得及闭上就被扔进了那棺材,但他仍然能感觉到后背被摔得很痛,仿佛是从一个很高的地方滚落下来摔在了很坚硬的地上一样。恰巧这时正有几个巡逻的警察经过发现了他,认出他是赫赫有名的唐璜·德·马拉纳伯爵,便将他抬回了他的住处。仆人们立刻找来了医生,医生给他又是放血又是灌药地忙乎了一阵子,他终于醒了,但却没完没了地说起谁都听不明白的胡话来。于是医生又给他服了镇静剂,让他睡了十几个小时,直到第二天下午才醒过来。当他弄明白了自己是怎么又回到了自己的住处的时候,之前的那不知是真是假的经历便又浮现在他的眼前,于是他立刻叫人给他把玫瑰修道院里的那个神甫请了来。

这次唐璜真的是要悔过了。他跪在神甫的面前,先是把那幻象告诉给了神甫,然后便拿出自己先前列好的那个名单一件一件地说起来,直到再说到泰莱莎为止,整整说了一夜,说得那神甫也要坚持不住了。最后他问那神甫道:"像我这样一个十恶不赦的人还能得到上帝的宽恕吗?"那神甫说:"上帝是最为仁慈的,只要你能悔改,就有被宽恕的希望,你现在该想一想的是自己要怎么悔改了。我晚上再来！"那神甫当然是回去睡觉去了，但唐璜并没有睡。他先是写了一份遗嘱，将自己的财产分为三份：一份用来建造一座礼拜堂，专门为那些直接或间接因为他而死去的亲人和朋友做弥撒之用；一份用来修建一座济贫院来救济穷困的人；还有一份留给了泰莱莎，任由泰莱莎处理。然后他又写了一封信给泰莱莎，说了自己去找她的目的，向她赔罪。他把遗嘱交给一个律师事务所代理，把给泰莱莎的信让仆人送去，然后便坐下来等着那神甫的到来。

晚上，那个神甫来了。唐璜把自己白天所做的事对神甫说了，并要神甫为他介绍一所偏僻一些的修道院，说自己愿意以最苦的修行来赎罪。那神甫当然无话可说，便将他带到了我们一开始说的那所最终也将他埋葬在了那里的慈善教堂。据说那地方最早只是一个专门埋藏犯人的墓园，后来才变成了修道院，至于后来为什么又变成了教堂，大概是因为后来随着城市的发展已经变得并不偏僻的缘故吧。

总之，几乎是从第二天开始，唐璜就穿上了修士的长衣，开始了自己的苦修。他会在别人的基础上给自己加压，几乎到了自虐的程度：修士袍子里面穿的是一件马鬃编织的衬衣，以一个比他的身体的长度还要短一尺的木箱为床，吃的是白水煮白菜和用掺了不少麸子的面粉烤制的面包；夜里很少睡觉，更多的时间是用来祈祷。他过去是那些纨绔子弟们的老大，现在却成了所有修士们学习的榜样。院长找到他让他节制一些，但他却说比这再多再大的苦难都是他应该受的，只有这样他才对得起那些被他伤害过的人。学习期满之后，他又宣誓立下了永修之愿而成为神甫，改名为安布罗瓦茨，继续在那个修道院里修道。这之后塞维利亚曾流行过一次瘟疫，他被派到一所医院去做护理，整日守护在那些患者床前，为他们端屎端尿、擦身洗背并为他们念诵经文以安慰他们的心灵。如果他们死了，他便为他们祈祷并负责将他们的尸体掩埋。这种工作是花多少钱都雇不到人来做的，但他干得却比任何人都好。最终很多参与这项工作的人都被传染上了，他却什么事都没有，难怪有人说："这或许是上帝在安布罗瓦茨神甫身上创造的一个奇迹吧！"

几年之后的一天，连唐璜自己都忘记了自己曾经是唐璜的时候，突然有一个人出现在了他的面前。

那天上午，他正在园子里锄地，看见一个修士打扮的年轻人走过来了。他直起腰来和那个年轻人打招呼，可那个年轻人没有回答，而是定睛看着他。他仔细打量了一下那个人，一看到他帽子上装饰着的羽毛，便知道那不是一个修士而很有可能是一名骑士了。

"您难道不认识我了吗，唐璜先生？"几分钟后那个年轻人问道。

"唐璜？……你怎么知道我叫唐璜？"唐璜反问道。

"我不仅知道您叫唐璜，还知道您是唐璜上尉和唐璜·德·马拉纳伯爵，还知道您是直接杀害唐克和间接杀害我姐姐法奥斯特、我父亲奥赫达以及您的朋友唐加西亚的凶手。"那个年轻人说。

"噢，原来你是……"唐璜虽然已经知道这个年轻人是谁了，但还是不能立刻想起他的名字来。

"我是奥赫达的儿子，法奥斯特和泰莱莎的弟弟，本来想射杀你却误杀了唐加西亚，我就是你连队里的士兵唐佩德罗·德·奥赫达，今天是来与你做个了断！"这个唐佩德罗该是第几个唐已经让人有点弄不清了。

"唐佩德罗兄弟，"唐璜跪下来说，"我的确是一个罪人，也因此才到这里用修行来赎罪的，而且我也已经不再是从前的我而是安布罗瓦茨神甫了。"

但唐佩德罗却说:"得了,我是来找你决斗的,没耐心听你啰唆!听说你的剑法很好,来吧,这两把剑,选一把吧!"说着,唐佩德罗把两把剑都插在了他面前的地上。

唐璜在胸前画了个十字说:"兄弟,我已经说过我不再是唐璜而是安布罗瓦茨神甫了。我已经发过誓,再不会舞刀弄剑了。我可以死,但不会与任何人决斗!"

"哈哈,人家都说唐璜是个英雄,原来是个胆小鬼!你以为我会杀了你来成全你吗?绝不,我要让所有人都知道,你的所谓修行不过是逃避惩罚的手段,而教会为你提供这避难所,也是因为从你手里得到了好处。所有的这一切,都是用来欺骗人的。我是不会让你们得逞的!"唐佩德罗说。

"随便你怎么说吧,我走了!"唐璜站起来要走,但唐佩德罗却拦住他说,"不是你死就是我死,咱俩绝不可以同时活在这世间!我要把你这虚伪的长袍撕碎,那时你也许就有勇气来和我决斗了。"说着,唐佩德罗揪住了唐璜的衣领并把他推搡到了墙角上。

"我还是那句话,你可以杀了我,但我绝不和你决斗!"唐璜咬着牙说。

"好吧,那我就杀了你,但在杀你之前却要先教训教训你,让你知道什么是耻辱!"说着扬起手一个耳光又一个耳光朝唐璜的脸上打过来。这是唐璜有史以来第一次被别人打耳光,而且如果他继续忍耐下去,还不知道这耳光要打到什么时候为止。终于,少年时代的那股豪气立刻又从唐璜的心头被激发出来了。他从唐佩德罗的纠缠中挣脱出来,去抓了一把剑在手里,又把另外一把剑扔给了唐佩德罗说:"好吧,那就再陪你玩一玩儿吧!"两个人立刻交起手来,唐佩德罗招招都是狠招,摆明着是要唐璜的命,如果不是唐璜躲闪得及恐怕就不仅仅是袍子被刺破,而是身体被刺穿了。终于,唐璜一不留神，唐佩德罗的剑刺中了他的大腿，而他的剑却刺入了唐佩德罗的胸膛。见到唐佩德罗当即倒在地上，唐璜立刻去施救，但剑刺入得太深，即便神仙来了也已经是无力回天了。

唐璜立刻意识到自己又犯了大错，赶紧一瘸一拐地跑到了院长办公室跪在了院长面前，把事情一五一十地告诉了院长。院长不太相信，但唐璜身上的血和腿上的伤口却又不容他不信。他立刻想到为了维护修道院的名誉而不能让这件事传出去。因为没有人看到这场决斗，所以他甚至也不想让修道院里的人知道，于是他和唐璜一起将唐佩德罗的尸体拖进地下室藏起来，然后自己赶紧去找市长商量解决的办法。

院长找到市长，向市长说明了事情的经过，还把唐佩德罗如何逼着安布罗瓦茨神甫与他决斗和他这样做的险恶用心强调了一番。于是市长和院长达成了一致，就是将死者说成是在外面与别人决斗而被人刺伤，在被抬回来不久不治身亡的一名修士。当然，安布罗瓦茨神甫也受到了相应的惩罚。院长要他每天去厨房没有任何理由地让厨师扇两个耳光，之后还要给那个厨师鞠两个躬表示感谢。别的修士还以为这是安布罗瓦茨又新想出的苦修方式呢，于是他的声望又因此而提高了许多。

接下来，唐璜又以安布罗瓦茨神甫的身份在这个修道院里修行了七年。这期间，除了他的声望还在不断提高之外没有再发生任何其他的事，他死时在人们的眼中已经俨然是一个圣人了。临死前，他要求院长把他埋在修道院的门槛下，好让从这里进出的人都踩他一脚，还要求在那门槛上刻上前面说过的那几个字。但院长虽然答应了他却没有那样做，而是把他埋在了主祭坛的旁边，而且还为他立了一块碑，只是把那几个字刻在了那碑石的后面，同时还加上了一段赞扬他的文字作为碑记。

再说那个泰莱莎，在接到那封信之后便开始愈加地抑郁起来，没多久就开始不吃不喝起来，再然后自然也就死了，死之前留下的最后一句话是："他为什么不爱我呢？"至于唐璜给她留下的那笔遗产，自然是被她全部捐献给了玫瑰修道院。

图书在版编目（CIP）数据

梅里美中短篇小说选集/（法）梅里美著；孙更俊译.
—北京：中国书籍出版社，2016.8
ISBN 978-7-5068-5687-4

Ⅰ.①梅… Ⅱ.①梅…②孙… Ⅲ.①中篇小说—小说集—法国—近代②短篇小说—小说集—法国—近代 Ⅳ.① I565.44

中国版本图书馆 CIP 数据核字（2016）第 170226 号

梅里美中短篇小说选集

（法）梅里美　著　孙更俊　译

策　　划	安玉霞
责任编辑	李　新
责任印制	孙马飞　马　芝
封面设计	Mirro
出版发行	中国书籍出版社
地　　址	北京市丰台区三路居路 97 号（邮编：100073）
电　　话	（010）52257143（总编室）　（010）52257140（发行部）
电子邮箱	chinabp@vip.sina.com
经　　销	全国新华书店
印　　刷	北京媛明印刷有限公司
开　　本	880 毫米 ×1230 毫米　1/32
字　　数	274 千字
印　　张	11
版　　次	2016 年 10 月第 1 版　2016 年 10 月第 1 次印刷
书　　号	ISBN 978-7-5068-5687-4
定　　价	35.00 元

版权所有　翻印必究